MASCHA VASSENA

Mord in Montagnola

AF150441

MASCHA VASSENA

MORD *in* MONTAGNOLA

Moira Rusconi ermittelt

eichborn

Dieser Titel ist auch als Hörbuch und E-Book erschienen.

Eichborn Verlag in der Bastei Lübbe AG

Originalausgabe

© Mascha Vassena 2021. Dieses Werk wurde vermittelt
durch die Literarische Agentur Michael Gaeb.

Copyright © 2021 by Bastei Lübbe AG, Köln

Lektorat: Jan Wielpütz, Bergisch Gladbach
Umschlaggestaltung: Massimo Peter-Bille
unter Verwendung eines Motivs von © Anton_Ivanov/shutterstock
Satz: Dörlemann Satz, Lemförde
Gesetzt aus der Minion
Druck und Einband: GGP Media GmbH, Pößneck

Printed in Germany
ISBN 978-3-8479-0102-0

2   4   5   3

Sie finden uns im Internet unter eichborn.de
Bitte beachten Sie auch luebbe.de

PROLOG

Anfangs war er vor allem wütend gewesen. Aber die Zeit hatte ihn mürbe gemacht. Es drang kaum Licht durch die Türritzen bis auf den Grund seines Gefängnisses, und obwohl draußen die Sonne schien, war es hier unten kühl und klamm. Nachts fror er, trotz der Decke, die man ihm gegeben hatte, und die Fesseln machten ihn wahnsinnig. Er konnte nicht einmal aufrecht stehen, nur sitzen, und das Metall hatte seine Handgelenke inzwischen aufgerieben – zwei glühende Armreife, die sich täglich tiefer in sein Fleisch fraßen. Am schlimmsten war allerdings, dass er nicht wusste, wie lange er hierbleiben musste. Inzwischen war er sich nicht mehr sicher, ob er jemals wieder hier herauskommen würde oder ob seine Welt für immer aus einer Steinmauer bestehen würde, die sich in einem Kreis von viereinhalb Metern Durchmesser um ihn schloss.

Manchmal glaubte er zu träumen, so irreal erschien ihm seine Situation. Er hätte gerne die Wände berührt, um sich ihrer Echtheit zu versichern, doch die Kette, die an einem Ring im Boden befestigt war, hielt ihn zurück und verkleinerte seinen Aktionsradius auf wenige Meter. Er musste gebückt im Kreis gehen, um sich etwas Bewegung zu verschaffen, doch nach einiger Zeit schmerzte sein gebeugter Rücken dermaßen, dass er es aufgab. Stattdessen versuchte er, ein wenig Gymnastik zu treiben und die Blutzirkulation in Gang zu halten, indem er sich auf den Rücken legte und wie ein Käfer mit den Beinen strampelte.

Wer hätte gedacht, dass man so schnell seine Würde verlieren konnte? Seine Notdurft verrichtete er am äußeren Rand seines Bewegungsradius, möglichst weit von seinem Schlafplatz entfernt. Es gab nichts hier unten, was ihm Trost geboten hätte. Nichts, womit man sich ablenken konnte. Er war nie gut darin gewesen, mit sich selbst alleine zu sein. Wenigstens ein paar Zeitschriften hätte man ihm geben können, ein Brettspiel oder etwas zum Schreiben. Doch man wollte ihn bestrafen, ihn leiden lassen, und das auf unbestimmte Zeit.

Er war schon so weit, dass er dankbar für den heißen Tee war, der ihm in einer Thermoskanne gebracht wurde. Wenn er zwei bis drei Tassen getrunken hatte, fiel er in einen traumlosen Schlaf, erlöst davon, die Zeit bewusst wahrnehmen zu müssen, und erlöst von seinen Gedanken, die hier unten in der Einsamkeit und Stille endlos umeinanderkreisten.

Wahrscheinlich war dem Tee ein Schlafmittel beigemischt. Am liebsten hätte er die ganze Zeit so verbracht, ohne Bewusstsein. Doch das würde seinen Aufenthalt hier unten zu bequem machen und seine Strafe zu sehr erleichtern. Der Tee reichte nie, um sich für länger als einige Stunden aus der Wirklichkeit zu verabschieden. Dennoch gelang es ihm nicht, ihn so einzuteilen, dass er den ganzen Tag in einem angenehmen Dämmerzustand verbringen konnte. Er war zu gierig darauf, zumindest für kurze Zeit seine Lage vollkommen auszublenden.

Heute schmeckte der Tee anders. Es war dieselbe Sorte wie immer, Pfefferminz, aber der Aufguss hatte, obwohl gezuckert, einen bitteren Beigeschmack, der seinen Gaumen zusammenzog. Vielleicht war es diesmal ein anderes Schlafmittel.

Er setzte sich mit angezogenen Knien auf den Boden und wartete auf die Müdigkeit, und tatsächlich kam es ihm vor, als hätte er eine Zeit lang geschlafen, als er wieder zu sich kam. Doch er saß immer noch aufrecht da.

Sein Mund war so trocken, als hätte er Mehl gegessen. Er trank eine weitere Tasse von dem Tee, aber schon eine Minute später hatte er erneut unerträglichen Durst. Sein Herz raste. Er griff nach der Plastikflasche mit Wasser, die auf einmal so schwer wog, dass er sie nicht mehr hochheben konnte. Ausgerechnet jetzt musste er dringend pissen, verdammt! Er versuchte, aufzustehen, soweit es die Kette erlaubte, und zu dem Platz zu gelangen, an dem er sich erleichterte. Doch seine Beine gaben nach, und er fiel auf sein Gesicht.

Als er die Augen wieder öffnete, lag er auf einer Wiese, über sich einen blauen Himmel, an dem kompakte weiße Wolken dahinzogen. Er war frei! Welch eine Wohltat, endlich wieder Sonne auf der Haut zu spüren! Er genoss die Wärme, die über ihn floss, sein T-Shirt und seine Jeans durchtränkte und ihn vollkommen einhüllte. Nach einer Weile, von der er nicht wusste, ob sie Minuten oder Stunden dauerte, wurde die Sonne stechender, und er überlegte, sich in den Schatten einer Baumgruppe zurückzuziehen. Nur klebte sein Rücken im Gras fest, weil auf den Halmen winzige Saugnäpfe saßen. Die Sonne wurde unerträglich, und seine Mundhöhle war völlig ausgetrocknet. Dabei schien es in unmittelbarer Nähe einen Bach zu geben, denn er hörte ein leises Plätschern, was seine Qual noch steigerte. Mit aller Kraft riss er sich los, wobei Hautfetzen an den Saugnäpfen zurückblieben. Er stand auf und sah sich einem Mann gegenüber, der ungefähr halb so alt war wie er selbst, und obwohl er ihn bislang nur auf Fotos gesehen hatte, erkannte er ihn sofort. Er wusste nicht, wie es möglich war, dass der Mann nicht einmal eine Schramme aufwies, hatte er sich doch vor einen Zug gelegt und war von dessen Rädern säuberlich zerteilt worden.

Er wollte ihn fragen, was er hier zu suchen hatte, doch das, was aus seinem Mund kam, war nur unverständliches Gebrabbel. Der andere lachte, und da musste er selbst auch lachen, weil es so albern klang. Dann wurde das Gesicht seines Gegenübers plötzlich ernst.

»Leben ist das kostbarste Geschenk, und du hast es einfach sinnlos vergeudet«, sagte der Mann verachtungsvoll, und dann machte er einen Schritt nach vorne und schubste ihn. Er schrie und stürzte in eine blendende Helligkeit.

Jetzt war er wieder in seinem Gefängnis. Unter seinem Körper knackten bei jeder Bewegung die kleinen Körnchen des Fledermauskots. Nur waren es gar keine Körnchen, sondern winzige schwarze Käfer, die über ihn herfielen und bald seinen ganzen Körper bedeckten. Sie krochen in seinen Mund und seine Nase und jede andere Körperöffnung, und von dort breiteten sie sich in ihm aus. Er versuchte zu schreien, doch sie verstopften seine Kehle. Er spürte sie unter seiner Haut krabbeln und sah die winzigen Knötchen, die sich bewegten. Voller Panik und Ekel packte er den Plastiklöffel, den man ihm zum Essen gegeben hatte, und versuchte, damit seine Haut aufzukratzen. Plötzlich lösten sie sich auf und wurden zu einer Traurigkeit, die sich in seinem ganzen Körper verteilte.

Der Mann hatte recht: Er hatte sein Leben vergeudet. Er war nie der Mensch gewesen, der er hätte sein können. Er rollte sich zusammen und weinte um seiner selbst willen. Noch nie zuvor hatte er sich so verlassen gefühlt.

Jemand lachte. Als er hochblickte, stand auf der Treppe, die an der Wand entlang nach oben führte, wieder der andere. Er öffnete den Mund, und heraus kamen Dutzende kleine Fledermäuse, die durcheinanderflatterten und wuchsen und wuchsen, bis sie den gesamten Raum füllten. Ihre ledrigen Flügel strichen über sein Gesicht, und ihre hohen Schreie gellten in seinen Ohren. Dann verwandelten sich die Fledermäuse in Steine, die auf ihn herabprasselten und ihn unter sich begruben.

1

Die Haustür war unverschlossen. Moira stieß sie auf und hob ihren Rollkoffer über die Schwelle aus Granit. Im Alter von drei Jahren hatte sie sich daran das Kinn aufgeschlagen, und bis heute spürte sie die Narbe, wenn sie mit den Fingerspitzen darüberfuhr.

In der halbdunklen Diele roch es wie früher: nach angebranntem Kaffee und Pfeifenrauch. Das war der Geruch, den sie immer mit ihrem Vater und den Sommerferien im Tessin verbunden hatte, und er löste eine seltsame Mischung unterschiedlicher Gefühle in ihr aus. Sie war vor etlichen Jahren zum letzten Mal hier gewesen, doch plötzlich war alles wieder ganz nah.

»*Papà*, ich bin da!« Niemand antwortete, und Moira seufzte. Ihr Vater war wohl inzwischen ein wenig schwerhörig. Dann ließ sie vor Schreck fast ihren Koffer fallen: Durch die Tür zum Korridor schoss ein pelziger roter Blitz, stürzte sich auf ihre Beine und schlug seine Krallen in ihre Jeans. Moira musste lachen.

»Na, wer bist du denn?« Sie bückte sich und streichelte das Fellknäuel. Die Katze fauchte und krallte erneut nach ihr. Moira zog schleunigst ihre Hand zurück.

»Schon gut, wir lernen uns sicher noch besser kennen.«

Die Katze maunzte und starrte sie mit kieselgrauen Augen an, dann löste sie sich von ihrem Fuß und sauste unter den Dielenschrank. Moira ließ ihren Koffer stehen und ging durch den breiten, mit alten Fliesen ausgelegten Flur in die Küche. Hier war das Herz des Hauses. Auf dem großen Holztisch in der Mitte des Raumes lag ein Sammelsurium verschiedenster Dinge: aufgeschlagene Zeitschriften, mehrere Pfeifen, benutzte Weingläser und Kaffeetassen, ungeöffnete Briefe sowie drei bedenklich hohe Bücherstapel. Auf dem Gasherd stand ein Pastatopf, aus dem es nicht gerade gut roch, und in der Spüle türmten sich benutzte Teller. Nur von Moiras Vater war nichts zu sehen. Sie rief erneut nach ihm, aber auch dieses Mal antwortete ihr niemand. Die Stille war bleiern, und Moira begann, sich Sorgen zu machen. Schließlich hatte ihr Vater erst vor Kurzem einen leichten Schlaganfall erlitten.

Unter dem Tisch kam eine weitere Katze hervor – groß und schwarz – und huschte lautlos in den Flur. Moira folgte ihr ins Wohnzimmer, das gegenüber der Küche lag, halb darauf gefasst, ihren Vater tot auf dem Boden liegend aufzufinden. Wenn dem so sein sollte, hoffte sie inständig, dass die Katzen ihn nicht angefressen hatten. Doch zum Glück befand sich dort nur die schwarze Katze, die auf einen Sessel sprang, sich dreimal um sich selbst drehte und hinlegte. Dann entdeckte Moira auf dem Sofa eine weitere, grau getigerte Katze, die zusammengerollt auf einem sehr haarigen Kissen schlief. Sie öffnete nur kurz ein jadegrünes Auge und nahm ansonsten keine Notiz von ihr. Wie viele Katzen besaß ihr Vater eigentlich?

Moira sah sich kurz um, in der Hoffnung, einen Hinweis auf den Verbleib ihres Erzeugers zu finden. Es gab eine Unmenge von Büchern, die in den Wandregalen keinen Platz mehr gefunden hatten, sich auf dem Boden wie Stalagmiten auftürmten und die beiden dunkelblauen Samtsofas – deren Farbe unter einer Schicht von Katzenhaaren verblasst wirkte – in eine Art von Büchermauern umgebene Festung verwandelten. Zwischen den dunkel gebeizten Deckenbalken hingen graue Spinnweben. Moira nahm sich vor, ihrem Vater eine Putzfrau zu besorgen, ob er wollte oder nicht.

Als Nächstes sah sie im Arbeitszimmer an der Rückseite des Hauses nach, aber auch dort war er nicht. Allerdings hätte man ihn hinter den Stapeln deutscher Klassiker und Fachbücher über Literaturwissenschaft auch übersehen können. Es lag kein Staub auf den Werken, was bewies, dass Ambrogio Rusconi seinen Ruhestand keinesfalls untätig verbrachte. Moira fragte sich, ob ihm seine Arbeit als Literaturprofessor fehlte. Sie wusste so wenig über ihn.

Sie war acht gewesen, als sich ihre Eltern getrennt hatten und ihre Mutter mit ihr zurück nach Deutschland gezogen war. Später hatte Moira bis zu ihrem fünfzehnten Lebensjahr einen Teil der Sommerferien im Tessin verbracht, doch damals hatte sie andere Interessen gehabt als das Innenleben ihres Vaters. Und dann war sie so sehr mit ihrem eigenen Leben beschäftigt gewesen, dass nach und nach die Verbindung zwischen ihnen abgebröckelt war, bis sie nur noch aus kurzen, oberflächlichen Telefonaten zu Weihnachten und Geburtstagen bestand. Alle paar Jahre sahen sie sich für ein Wochenende, immer in einem Hotel auf halber Strecke zwischen Frankfurt und Lugano. Und so wäre es weitergegangen, hätte nicht zwei Wochen zuvor Ambrogios Nachbarin sie kontaktiert und ihr von dem Schlaganfall erzählt. Ihr Vater selbst hatte das nicht für nötig befunden. Moira hatte ihn sofort angerufen und war erleichtert gewesen, dass er klang wie immer.

»Ich komme bestens zurecht, mach dir keine Sorgen.«

Natürlich hatte Moira sich Sorgen gemacht. Und ihre Mutter zurate gezogen.

»Also, mein Problem ist das nicht!«, hatte Nelly ausgerufen. »Wir sind seit über dreißig Jahren geschieden, da kann wohl niemand erwarten, dass ich mich zuständig fühle!«

Moira hatte unterlassen, sie darauf hinzuweisen, dass niemand etwas Derartiges von ihr verlangt hatte. Ihre Mutter neigte zu dramatischen Auftritten, was in dem Buchladen, in dem sie arbeitete, des Öfteren zu denkwürdigen Szenen führte. Gerne spielte sie Rat suchenden Kunden die Handlung der Romane szenisch vor, oder sie pflückte den verdutzten Leuten ihre ausgewählten Bücher aus den Händen und verfügte, was sie stattdessen lesen sollten. Da der Buchladen noch nicht pleitegegangen war, vermutete Moira, dass die Kundschaft Nellys bestimmende Art mehr schätzte, als sie es tat.

»Du kannst doch von überall aus arbeiten, willst du nicht in die Schweiz fahren und nach ihm sehen?«, hatte Nelly gesagt. Und sie hatte recht. Als freiberufliche Übersetzerin war Moira mobil, und außerdem war ihr gar nicht unrecht, eine Zeit lang aus Frankfurt zu verschwinden. Vor einem halben Jahr hatte sie sich von Martin getrennt, und schon ein paar Wochen danach hatte er überall seine neue Freundin präsentiert. Es war geradezu unmöglich, den beiden in Frankfurt nicht über den Weg zu laufen. Auch wenn Moira die Beziehung beendet hatte, tat es weh, so schnell ersetzt zu werden.

Die Vorstellung, sich in sichere Entfernung in ein winziges Dorf oberhalb des Luganer Sees zu begeben, erschien daher durchaus verlockend. Außerdem hatte Moira ein schlechtes Gewissen, weil sie sich in den letzten Jahren kaum um ihren Vater gekümmert hatte. Deshalb hatte sie ihrer Mutter zugestimmt, was sie eigentlich mit einer Flasche Champagner hätten feiern müssen, so selten kam das vor.

»Aber wer kümmert sich um Luna, während ich weg bin?«

»Sie bleibt natürlich bei mir«, hatte Nelly gesagt.

»Ich weiß nicht. Ich habe kein gutes Gefühl dabei, sie einfach hierzulassen. Die Trennung war hart für sie, auch wenn sie sich nichts anmerken lässt.«

»Dann kann sie ein bisschen Ablenkung umso besser gebrauchen! Sie ist doch sowieso ständig hier, und wir müssen unbedingt Fotos für unseren neuen Instagram-Account knipsen. Oma und Enkelin rocken das gleiche Outfit – unsere Follower lieben das Konzept!« Sie fuhr sich mit großer Geste durchs Haar, und Moira musste lachen.

»Also gut. Wenn Luna möchte, habe ich nichts dagegen.«

»Wir werden wunderbar zurechtkommen.«

Moira schrieb Luna eine Nachricht auf dem Telefon und erhielt sofort Antwort in Form einer ganzen Reihe von Emojis, die aus verschiedenen Herzchen, Smileys, Feuerwerk und einer Tänzerin bestanden.

»Ich schätze, Luna ist einverstanden. Ich bleibe ja auch nur ein paar Wochen, bis *papà* wieder alleine zurechtkommt.«

Und so hatte Moira ihren Koffer und ihren Laptop gepackt und sich in den Zug nach Süden gesetzt, im Magen ein Gefühl aus Vorfreude, ihren Vater und das große alte Haus wiederzusehen, und der Angst, ihn als Pflegefall anzutreffen, auch wenn er am Telefon das Gegenteil behauptet hatte.

Moira blieb einen Augenblick am Fenster des Arbeitszimmers stehen und genoss den Blick über den großen Garten mit seinen Magnolien- und Mandelbäumen, die in voller Blüte standen. Am anderen Ende des Grundstücks befanden sich die Bienenstöcke – das Hobby ihres Vaters – und rechts davon das kleine Gästehaus, in dem sie als Kind gerne gespielt und so getan hatte, als lebte sie ganz alleine in der Wildnis. Es sah ein bisschen verfallener aus als früher, zog sie aber immer noch magisch an, so gemütlich wirkte es.

Später würde sie nachsehen, ob es bewohnbar war, doch zuerst musste sie ihren Vater finden. Auch in den anderen Räumen des Erdgeschosses traf sie ihn nicht an. Mit einem unguten Gefühl stieg Moira die Steintreppe hinauf in den ersten Stock. Durch die verglaste Gartenseite des Korridors fiel helles Licht herein. Hier war immer Moiras Lieblingsplatz gewesen, und tatsächlich gab es noch das alte Ledersofa an der Wand, auf dem sie unzählige Stunden in Bücher vertieft verbracht hatte. Auf dem Dielenboden lagen bunte Flickenteppiche, und an den Wänden hingen Aquarelle von Tessiner Landschaften, die vor vielen Jahren Moiras Mutter gemalt hatte. Moira kam sich wie eine Einbrecherin vor, als sie in das Schlafzimmer ihres Vaters spähte. Das Bettzeug war zerwühlt, und auf einem Sessel türmten sich diverse Kleidungsstücke. Auf dem Boden darunter lag ein Wäscheberg, in dem sich eine weitere Katze aalte, grau mit leuchtend grünen Augen.

»Du bist aber eine Schöne«, sagte Moira. Obwohl sie sich zunehmend Sorgen machte, kniete sie sich hin und kraulte die Katze hinter den Ohren. Die rollte sich auf den Rücken und streckte die Vorderpfoten in die Luft, wobei sie vernehmlich schnurrte.

Etwas widerwillig stand Moira auf. Wo steckte Ambrogio nur? Sie hatte ihm extra eine SMS mit ihrer Ankunftszeit geschickt. Halb erwartete sie, dass er aus einem Schrank springen würde, um sie zu erschrecken, was sie ihm ohne Weiteres zutraute, doch er blieb verschwunden. Sie durchsuchte auch die beträchtliche Anzahl von Zimmern im oberen Stockwerk ohne Ergebnis. Ziemlich ratlos stieg sie die Treppe wieder hinunter und holte sich in der Küche ein Glas Wasser. Es war herrlich frisch, so gut wie hier schmeckte Leitungswasser nirgendwo sonst.

Zufällig fiel ihr Blick auf das Chaos, das den Esstisch überzog. Sie entdeckte ein zerknittertes Blatt Schreibmaschinenpapier, das ihr zuvor nicht aufgefallen war. In Ambrogios großer, weit geschwungener Handschrift stand darauf: *Bin im Il Mulino, komm auch.*

Moira stützte sich auf den Tisch. Wider Willen musste sie lachen. Anscheinend war ihr Vater weit davon entfernt, ein Pflegefall zu sein. Das Il Mulino war die örtliche Osteria und schon früher Ambrogios liebster Ort gewesen, von seinem Schreibtisch einmal abgesehen.

Sie verließ das Haus, wobei sie in der Diele kurz aufgehalten wurde, weil der rote Blitz sich erneut auf ihre Füße stürzte. Sie nahm die kleine Katze vorsichtig am Nackenfell und setzte sie neben den Schirmständer. Das Tier sah sich verwirrt um und begann dann, sich zu putzen, als hätte es nie etwas anderes vorgehabt.

Moira nahm den Haustürschlüssel vom Haken neben dem Spiegel und schloss die schwere Holztür von außen ab. Auch wenn ihr Vater das anscheinend nicht für notwendig hielt, wollte sie es möglichen Einbrechern nicht allzu leicht machen. Es war bekannt, dass Banden über die italienische Grenze kamen, um im Tessin auf Raubzug zu gehen.

Bis zum Il Mulino, das im Ortskern von Montagnola lag, waren es zu Fuß nicht mehr als fünf Minuten. Moira genoss den kleinen Spaziergang durch die vertrauten Gassen. Hier hatte sich seit ihrer Kindheit und Jugend kaum etwas verändert. Die traditionellen Tessiner Häuser mit ihren dunklen Holzbalken und den Außengalerien in jedem Stockwerk lösten in ihr ein heimeliges Gefühl aus, und ihr wurde bewusst, dass sie diesen Ort vermisst hatte. Neu waren für sie die Schilder, die an jeder Ecke auf Hermann Hesse hinwiesen, der viele Jahre lang in Montagnola gelebt hatte. Anscheinend gab es jetzt einen Hermann-Hesse-Rundweg. Der Gemeinde war wohl klar geworden, dass ihr berühmter Einwohner jede Menge deutsche Touristen anlocken würde, und tatsächlich begegnete Moira auf dem Weg mehreren Grüppchen älterer Damen mit Reiseführern in den Händen, die Deutsch miteinander sprachen.

Ihren Vater fand Moira im Gewölbe des Il Mulino, wo er mit einem weiteren Mann um die siebzig an einem Tisch saß, vor sich mehrere Flaschen, die mit einer klaren Flüssigkeit gefüllt waren, und einer ganzen Reihe von Grappagläsern.

»Moira, mein Schatz!« Er stand etwas schwerfällig auf und breitete die Arme aus. Seine Bassstimme dröhnte, und sein grauer Bart zitterte, als er Moira anlächelte. Sie ließ sich von ihrem Vater umarmen und fühlte sich wieder wie ein kleines Mädchen. Er drückte sie fest, aber kurz und hielt sie dann an den Oberarmen ein Stück von sich entfernt, um sie zu betrachten.

»Ich hätte dich ja beinahe nicht erkannt! Wie lange haben wir uns nicht mehr gesehen? Drei Jahre?«

»Fast dreieinhalb«, sagte Moira und begutachtete ihrerseits ihren Vater. Ambrogio Rusconi sah auf den ersten Blick alles andere als krank aus, doch auf den zweiten bemerkte Moira, dass er dunkle Augenringe hatte und seine Haut blass war. Auch schienen seine Gesichtszüge ein klein wenig verzerrt. Am Telefon hatte er bereits erzählt, dass seine linke Körperhälfte sich etwas taub anfühlte. Trotz seiner nach wie vor beeindruckenden Größe und Statur wirkte er ein wenig gebeugt. Schwer zu sagen, ob es an seinem Alter lag oder auch eine Folge des Schlaganfalls war. Moira wurde zum ersten Mal bewusst, dass die Zeit, die sie noch mit ihrem Vater verbringen konnte, begrenzt war. Es war gut, dass sie hergekommen war.

Ambrogio legte dem Mann neben sich die Hand auf die Schulter. »Kannst du dich noch an Vittorio erinnern?«

»Aber natürlich«, sagte Moira und wandte sich seinem Begleiter zu, »ich bin ja zur Hälfte bei Ihnen im Haus aufgewachsen. Ihre Frau hat immer so köstliche Sachen für uns gekocht. Wie geht es Ihnen und Ihrer Familie?«

Vittorio Cavadini war der beste Winzer der Gegend und der beste Freund ihres Vaters. Außerdem der Vater von Luca, mit dem Moira schon im Sandkasten gespielt hatte. Ihrer ersten Liebe. Ihr wurde bei dem Gedanken ein wenig warm.

»Uns geht es hervorragend, die letzte Traubenernte hat einen großartigen Wein hervorgebracht, und der Grappa schmeckt dieses Jahr noch besser als sonst.«

Das war nicht exakt das, was Moira interessierte, aber sie wollte sich nicht zu auffällig nach Luca erkundigen. Sie hatte nie wieder etwas von ihm gehört, seit sie aufgehört hatte, ihre Ferien bei ihrem Vater zu verbringen. Sie hatte auch lange nicht mehr an ihn gedacht. Doch jetzt seinem Vater gegenüberzusitzen weckte Erinnerungen an ihren letzten Sommer, den sie in Montagnola verbracht hatte. Damals war Luca ein schlaksiger Teenager mit langen schwarzen Haaren gewesen, der auf einer alten Vespa durchs Dorf bretterte, eine verspiegelte Sonnenbrille auf der Nase und immer eine Zigarette im Mundwinkel. Moira musste lächeln, als sie daran dachte, wie unfassbar cool sie ihn gefunden hatte.

»Setz dich her, du musst unbedingt den Grappa probieren.« Ambrogio rückte für Moira einen Stuhl zurecht, und sie setzte sich. Vittorio schenkte eines der bauchigen Grappagläser halb voll und schob es ihr hin. Moira nippte vorsichtig. Sie war nicht daran gewöhnt, Hochprozentiges zu trinken, sondern bevorzugte Rotwein. Die zugleich samtweiche und leicht brennende Flüssigkeit glitt ihre Kehle hinab.

»Wirklich gut!« Sie hustete dezent und wandte sich ihrem Vater zu: »Ich bin zwar nicht als dein Babysitter hergekom-

17

men, aber ist Schnaps das Richtige, wenn man vor Kurzem einen Schlaganfall hatte?«

Ambrogio legte seine Pranke auf ihre Hand. »Ich nehme meine Medikamente und gehe zweimal wöchentlich brav zur Krankengymnastik, aber wenn ich das Leben gar nicht mehr genießen darf, ist es mir auch nichts mehr wert.«

»Salute!« Vittorio schenkte nach.

»Aber ihr solltet unbedingt etwas dazu essen. Sonst schafft ihr es nachher nicht mehr nach Hause. Außerdem will ich auch etwas verdienen, wenn ihr schon stundenlang hier herumsitzt.« Eine zierliche Frau Mitte fünfzig mit kurz geschnittenem grauem Haar trat an den Tisch und stellte eine große Platte mit Salami, Schinken und Weichkäse auf den Tisch, daneben einen geflochtenen Korb mit geschnittenem Brot. Sie reichte Moira die Hand. »Salve, Gabriella. Ich halte den Laden hier am Laufen. Willkommen in Montagnola. Ambrogio war schon ganz aufgeregt, dass seine Tochter ihn besucht. Er spricht seit Tagen von kaum etwas anderem.«

Moira gefiel die herzliche Ausstrahlung der Frau. Sie wirkte wie jemand, der die Dinge im Griff hatte.

»Warten wir mal ab, ob er es nicht bald bereut, wenn ich anfange, das Haus aufzuräumen.«

Gabriella lachte. »Wenn jemand das darf, dann du! So, ich muss wieder an die Arbeit.« Sie eilte nach draußen, wo sich eine Gruppe älterer Damen an einen Tisch gesetzt hatte.

»Warum hockt ihr beiden bei diesem schönen Maiwetter eigentlich hier drin?«, fragte Moira die beiden Männer.

»Damit ich mich nicht über solche wie die da draußen aufregen muss.« Ambrogio blickte auf einmal finster. »Diese Literaturgroupies treiben mich noch in den Wahnsinn. Alle naselang klopfen sie bei mir an die Tür und wollen wissen, ob Hermann Hesse hier gelebt hätte. Einmal waren sogar Amerikaner da, die ihn persönlich sprechen wollten, um sich ein Autogramm abzuholen!«

Moira lachte. »Die Menschen verehren ihn eben.«

»Dann sollen sie seine Bücher lesen, und zwar bei sich zu Hause.«

In der folgenden Stunde saß Moira mit den beiden alten Männern zusammen. Sie führten ein lebhaftes Gespräch, während sie verschiedene Grappasorten probierten und mit Genuss Gabriellas Imbiss verzehrten. Moira erzählte vor allem von Luna.

»Ich hoffe, meine Enkeltochter kommt mich auch mal besuchen«, brummte Ambrogio und wischte sich ein paar Brotkrümel aus dem Bart. »Als ich sie das letzte Mal gesehen habe, war sie ein ganz kleiner Stöpsel.«

»Da war sie zwölf, *papà*. Du übertreibst also. Aber ich frage Luna gerne, ob sie in den Sommerferien ein paar Wochen mit mir hier verbringen will.«

Moira hatte bereits den dritten Grappa getrunken und fühlte sich ziemlich beschwingt. Nur ihre Zunge wurde etwas schwer, und sie hatte ein wenig Mühe, deutlich zu sprechen.

Es war ein eigenartig vertrautes Gefühl, neben ihrem Vater im Il Mulino zu sitzen, seiner Bassstimme und seinem dröhnenden Lachen zu lauschen. Als Kind hatte sie das oft getan, damals natürlich statt eines Grappas mit einem Glas Holunderlimonade vor sich. Sie hatte sich in der Nähe ihres Vaters beschützt gefühlt, und auch wenn sie inzwischen erwachsen war, hatte sie dieses Gefühl noch immer. Und erst jetzt merkte sie, wie sehr es ihr gefehlt hatte.

Vittorio stöhnte unvermittelt. »Da kommt das Suchkommando.«

Moira bemerkte, dass ein neuer Gast an ihren Tisch herangetreten war. Zwar nicht mehr ganz so schlank und langhaarig wie früher, aber dafür noch genauso groß und mit demselben offenen Blick.

Sie hatte in den letzten zehn Jahren vielleicht zweimal an ihn gedacht. Und dann auch mit der leicht amüsierten Nostalgie, die Jugenderinnerungen oft in sich tragen. Sie hatte ihn noch nicht einmal gegoogelt. Aber jetzt war er keine Erinnerung mehr, sondern stand leibhaftig vor ihr. Sie fühlte sich wieder wie mit fünfzehn in jenem endlos scheinenden Sommer, in dem sie unzertrennlich gewesen waren. Er war der zweite Junge überhaupt gewesen, der sie geküsst hatte, und der erste, bei dem es ihr gefallen hatte.

Luca nickte ihr zu. »*Buona sera.*« Keinerlei Anzeichen, dass er sie wiedererkannte. Hatte sie sich etwa so sehr verändert?

»*Papà*, Abendessen ist fertig. Du hast mal wieder dein Telefon zu Hause liegen lassen.«

»Das war Absicht. Das ständige Gepiepe geht mir auf die Nerven«, brummte Vittorio. »Und du hast offensichtlich deine Manieren zu Hause gelassen, oder erkennst du etwa Ambrogios Tochter nicht mehr?«

Lucas Augen wurden größer. »Moira? Okay, das ist ungefähr das Peinlichste, was mir je passiert ist.« Er grinste schief.

Moira hob einen Zeigefinger. »Aber wirklich! Ist ja nur fünfundzwanzig Jahre her, seit wir uns zuletzt gesehen haben.«

Luca breitete die Arme aus, und Moira stand auf, wobei ihr ein wenig schwummerig wurde. Sie umarmten sich unbeholfen. Moira entschloss sich zur Flucht nach vorne. »Die Schnapsfahne ist nicht meine Schuld! Ich bin gerade angekommen, und unsere beiden Väter haben nichts Besseres zu tun, als mich betrunken zu machen.« Sie setzte sich wieder, und das schwummerige Gefühl verging.

»Du bist entlastet, die Beweise sind offensichtlich.« Luca zeigte auf die Reihe benutzter Gläser. Dann setzte er sich neben Moira und betrachtete sie lächelnd. »Tut mir leid, dass ich dich nicht sofort wiedererkannt habe. Es klingt dämlich, aber ich hatte dich die ganzen Jahre über noch als Teenager vor Augen, wenn ich an dich gedacht habe.«

»Du hast an mich gedacht?« Der verdammte Grappa bewirkte offensichtlich, dass alles, was sie dachte, ungefiltert herausrutschte.

»Nicht nur das. Dein Vater redet ziemlich oft über dich.«

Hieß das, Luca wusste auch von ihrer Trennung? Sie richtete sich auf und hob das Kinn. Er sollte auf keinen Fall den Eindruck erhalten, sie sei auf Männerfang.

»Was erzählt er denn so?«

»Dass du als Übersetzerin arbeitest, verheiratet bist und eine Tochter hast. Klingt richtig gut.«

»Ja, alles perfekt.« Jetzt wäre der passende Moment, um ihre Trennung zu erwähnen. Aber es kam ihr nicht über die Lippen. Der Grappa hatte seine zungenlösende Wirkung anscheinend verloren.

»Du warst früher schon so sprachbegabt«, sagte Luca. »Ich kam mir immer richtig dumm vor mit meinem Bauernitalienisch und den paar Brocken Schulfranzösisch. Aber bei dem Vater liegt es ja auch nahe, dass du dich mit Literatur beschäftigst.«

»Nein, nein, ich übersetze keine Romane. Eher Bedienungsanleitungen und Handbücher. Ich kann dir sagen, was Ablassventildichtung auf Französisch heißt oder Belüftungsklappenhalterung auf Portugiesisch. Falls du dafür mal Bedarf haben solltest.«

Luca lachte, dann sah er sie nachdenklich an. »Wer weiß! So, jetzt muss ich aber meinen Vater loseisen, sonst enterbt mich meine Mutter.« Er stand auf. »*Papà*, trinkst du aus? *Mamma* hat Kaninchen mit Bratkartoffeln gemacht.«

»Ich hab keinen Hunger«, sagte Vittorio, verschränkte die

Arme und sah seinen Sohn listig an. »Außerdem arbeiten wir, wie du siehst. Der Grappa muss fachmännisch verkostet werden.«

»Das habt ihr Experten ja auch ausgiebig getan.«

»Und ob!«, meldete sich Ambrogio. Er erhob sich. »Bin in Kürze zurück.«

Moira sah ihm nach, als er sich in Richtung der Waschräume begab, war aber beruhigt, da er nicht schwankte und auch sonst keine Anzeichen von Trunkenheit zeigte.

Sie richtete ihre Aufmerksamkeit wieder auf Luca und seinen Vater. Letzterer klammerte sich an einer Grappaflasche fest, als böte sie ihm Halt in einem Sturm. Für einen Winzer vertrug er erstaunlich wenig, allerdings wog er auch nur halb so viel wie Ambrogio. Wenn überhaupt.

»Richte deiner Mutter aus, ich komme nach Hause, wenn wir fertig sind«, sagte er.

»*Papà*, du bist betrunken.« Luca wandte sich an Moira. »Alkohol macht ihn störrischer als einen Esel.«

Moira beugte sich vor. »Vittorio, es tut mir furchtbar leid, dass deine Frau so schlecht kocht.« Sie legte eine ordentliche Portion Mitleid in ihre Stimme.

Der Winzer sah sie mit verwirrter Miene an. »Wie kommst du darauf? Meine Frau ist die beste Köchin im ganzen Dorf!«

Moira zuckte mit den Schultern. »Ich dachte, du willst nicht nach Hause, weil es dir nicht schmeckt. Welchen Grund könnte es sonst geben, sie mit dem Essen, in das sie sicher viel Mühe gesteckt hat, alleine zu Hause sitzen zu lassen? Aber ich habe mich wohl geirrt, und es sind andere Dinge, die dich von deinem Zuhause fernhalten.«

Vittorios ohnehin gerötetes Gesicht nahm eine noch intensivere Färbung an. Neben ihm stehend gluckste Luca in sich hinein und gab Moira ein Zeichen, weiterzumachen.

Der Winzer plusterte sich auf. »Meine Silvana ist die wunderbarste, schönste, klügste und liebevollste Frau, die man sich vorstellen kann.«

»Dann hast du großes Glück. Und du zeigst ihr sicher jeden Tag, wie sehr du sie schätzt.«

Vittorios Schultern sackten ab, und er ließ den Kopf hängen. »Viel zu wenig. Ich bin ein schlechter Ehemann.« Er nahm seine Schiebermütze vom Tisch und stand unsicher auf. »Luca, bring mich heim!«

Luca hakte seinen Vater unter und führte ihn zum Ausgang. Dort drehte er sich noch einmal kurz um und zeigte mit dem Daumen nach oben. Moira grinste und winkte ab.

»Wo sind denn die beiden Cavadinis?«, sagte Ambrogio, als er eine Minute später zum Tisch zurückkehrte.

»Dort, wo sie hingehören«, sagte Moira. »Und wir sollten vielleicht auch langsam mal los.«

»Richtig, die Katzen warten sicher schon auf ihr Abendessen.«

Gabriella packte ihnen die angebrochenen Grappaflaschen in eine Tüte und umarmte sowohl Ambrogio als auch Moira zum Abschied. »Wenn du ein bisschen Dorftratsch hören willst, komm einfach vorbei.«

Moira und Ambrogio schlenderten durch die jetzt touristenfreien Gassen. Die Sonne stand schon tief und legte einen goldgelben Schleier über die Häusermauern. Moira fühlte sich etwas unsicher auf den Beinen, Ambrogio dagegen war der Alkohol nicht anzumerken. Als sie über einen hervorstehenden Pflasterstein stolperte, legte er ihr den Arm um die Schultern.

»Fall mir nicht hin, Kind.«

Moira lehnte sich an ihn. Es fühlte sich ungewohnt an, und sie spürte Bedauern darüber, dass es nicht anders war. Sie nahm sich vor, in Zukunft den Kontakt zu ihrem Vater nicht noch einmal so schleifen zu lassen, auch wenn sie wieder in Deutschland war. Ambrogio hatte offensichtlich den gleichen Gedanken.

»Es ist schön, dich mal wieder für längere Zeit zu sehen, auch wenn ich sehr gut alleine zurechtkomme.«

Sie bogen in die Via Valdoro ein. Zwischen den Häusern hindurch hatte man einen herrlichen Blick über den Luganer See und die Stadt, die sich an seine Ufer schmiegte und die ihn umgebenden Hügel hinaufzog. Wolkenschatten zogen über die Wasserfläche und die grünen Hänge. In der Ferne erhoben sich die noch schneebedeckten Gipfel der Alpen. Der Anblick weitete Moiras Herz. Sie hatte nicht einmal gewusst, dass sie die Landschaft ihrer Kindheit vermisst hatte, aber jetzt hatte sie zum ersten Mal seit langer Zeit das Gefühl, zu Hause zu sein.

Sie erreichten die Casa Rusconi. Moira holte den Schlüsselbund hervor und reichte ihn an ihren Vater weiter. Ambrogio mühte sich eine ganze Weile mit dem alten Schloss ab. »Jedes Mal klemmt das Ding! Warum hast du überhaupt abgeschlossen? Hier gibt es doch sowieso nichts zu holen.«

Moira drehte sich um, weil die Tür des Hauses gegenüber aufgerissen wurde.

»Ambrogio, ist endlich deine Tochter gekommen?« Die Frau im Türrahmen sprach Deutsch mit Schweizer Akzent und hatte eine bemerkenswert heisere Stimme. Auf der rechten Seite ihres Kopfes sträubten sich zerzauste, rot gefärbte Locken, auf der linken Seite waren sie platt gedrückt, als hätte sie bereits geschlafen.

Ambrogio seufzte so leise, dass nur Moira es hörte, und drehte sich um. »*Buona sera*, Agnes.« Er stellte Moira der Nachbarin, Frau Tobler, knapp vor und wandte sich wieder dem Türschloss zu.

»Warst du schon wieder im Il Mulino? So kurz nach deinem Schlaganfall?« Die Frau reckte den Kopf aus ihrem Bademantel hervor wie eine Schildkröte aus ihrem Panzer. Ambrogio kämpfte weiter mit dem Schloss und sprach über die Schulter. »Vielen Dank, dass du so besorgt um mein Wohl bist, aber es geht mir gut, und meine Tochter ist ja jetzt bei mir. Du musst mich auch nicht mehr mit Essen versorgen.«

»Ach, das mache ich doch gerne!« Sie wandte sich an Moira. »Finden Sie nicht auch, dass man das Haus unbedingt einmal gründlich sauber machen müsste? Ich komme gerne morgen vorbei.«

»Nicht nötig!«, rief Ambrogio hastig. »Du hast schon so viel getan, und ich bin wirklich dankbar dafür.«

Die Nachbarin winkte ab. »Man muss sich schließlich gegenseitig helfen.«

»Vielen Dank«, sagte Moira und lächelte die Frau so strahlend an, dass ihre Mundwinkel steif wurden. »Das ist wirklich sehr nett. Allerdings passt es morgen nicht so gut, aber ich würde mich bei Ihnen melden, falls ich in den kommenden Tagen Hilfe brauche.«

»Jederzeit! Klingeln Sie einfach bei mir, und ich eile wie der Wind!« Frau Tobler kicherte mädchenhaft, was bei ihrer rauen Stimme eine sehr eigenartige Mischung ergab.

Ambrogio hustete. »Ich glaube, ich muss mich hinlegen, mein lahmes Bein schmerzt ganz furchtbar.« Endlich schwang die Tür auf. Er war schon halb eingetreten, aber Frau Tobler hielt ihn erneut auf.

»Ambrogio, ich brauche unbedingt deine Hilfe!«

Moiras Vater schloss kurz die Augen und drehte sich um. Die Nachbarin rang dramatisch die Hände.

»Meine Hesse-Briefe sind verschwunden!«

In Ambrogios Blick blitzte Interesse auf.

»Die Briefe, die Hesse an deinen Vater geschrieben hat? Ich habe dir schon immer gesagt, du sollst sie in einem Bankschließfach aufbewahren.«

»Ja, ja, ich weiß. Aber jetzt sind sie weg, und ich wollte sie doch morgen ins Museum bringen, wegen dem Hesse-Jubiläum. Sie sollten das Herz der Ausstellung sein!«

»Mit den Festlichkeiten habe ich nichts mehr zu tun, Agnes. Das weißt du doch. Roberto hat jetzt den Vorsitz im Dorfkomitee, wende dich an ihn.«

»Pah!« Frau Tobler reckte die Nase in die Luft. »Was weiß ein Bauunternehmer schon von Literatur? Ich bin sicher, die Briefe sind mir gestohlen worden. Es weiß hier jeder, dass ich immer vergesse abzuschließen.«

»Wahrscheinlich wirst du in deiner Einliegerwohnung fündig«, brummte Ambrogio.

Die Nachbarin stemmte die Hände in die Hüften. »Adrian ist ein anständiger junger Mann, der tut so etwas nicht! Außerdem ist er in der Deutschschweiz, und als er wegfuhr, waren die Briefe noch da! Du kennst dich doch aus, was würde ein Dieb mit handschriftlichen Briefen von einem berühmten Schriftsteller anfangen?«

Ambrogio stützte sich am Türrahmen ab. Wahrscheinlich schmerzte sein Bein tatsächlich.

»Er würde versuchen, sie zu verkaufen. Ich schreibe morgen mal ein paar Sammler an, die ich kenne, und frage nach, ob ihnen etwas angeboten wurde.«

Frau Tobler strahlte. »Danke, *carissimo!*« Sie zupfte neckisch an einer Haarsträhne in ihrem Nacken. »Ich revanchiere mich auch!«

»Nicht nötig!«, sagte Ambrogio schnell. »Ich gebe Bescheid, wenn ich etwas herausfinde.« Er ging ins Haus. Und Moira folgte ihm.

»Wir sehen uns beim Fest!«, rief ihnen Frau Tobler hinterher, bevor Ambrogio die Tür von innen zuwarf.

Moira lachte. »Die gute Frau Tobler ist ja hin und weg von dir! Soll ich das Aufgebot bestellen?«

Ihr Vater verdrehte die Augen.

»Seit ich aus der Reha zurück bin, hat sich die Frau in eine Klette verwandelt.« Schnaufend zog er seine Schuhe aus, wobei er sich an der Wand abstützte. Er ging voran, und Moira bemerkte, dass seine Bewegungen schleppender waren als zuvor. In der Küche ließ er sich schwer auf einen Stuhl fallen.

Moira setzte sich ebenfalls.

»Was für ein Fest ist das, von dem sie geredet hat?«

»Wieder so ein Zirkus, weil Hermann Hesse 1919 nach Montagnola gezogen ist. Demnächst feiern sie noch, dass ihm vor hundert Jahren eine Warze entfernt wurde! Ich wollte das Ganze ja würdig gestalten, aber das Dorfkomitee ist nur darauf aus, möglichst viel Spektakel zu veranstalten, um die Touristen anzuziehen.«

»Aha. Und daraufhin hast du das Handtuch geworfen?«

»Ich habe mich zurückgezogen«, sagte Ambrogio würdevoll. »Na, meine Süße, hast du Hunger?« Er beugte sich zu der grauen Kartäuser hinunter, die ihm um die Beine strich.

Nacheinander fanden sich auch die anderen Katzen ein und miauten im Quartett, als hätten sie seit Tagen nichts zu essen bekommen.

Moira stand auf. »Ich kann sie füttern, ruh du dich ein bisschen aus.«

Ambrogio sagte ihr, in welchem Schrank das Katzenfutter aufbewahrt wurde, und Moira befüllte nach seiner Anweisung die Steingutschalen. Erst als jede Katze vor ihrem Napf kauerte, kehrte Ruhe ein.

»Für wen ist denn der fünfte Napf?«

»Für Elfriede. Sie ist ziemlich scheu und kommt bestimmt nachher, wenn die anderen weg sind.«

»Elfriede? Süßer Name!«

»Süß? Etwas Respekt vor diesen einzigartigen Kreaturen, bitte! Die da sind: Herta, Ingeborg, Luise – und Marlen mit einem E.« Ambrogio deutete nacheinander mit dem Zeigefinger auf jede der Genannten.

Herta war die Graugetigerte, Ingeborg die große Schwarze, Luise der rote Blitz und Marlen die blaugraue Kartäuser.

»So hast du deine Lieblingsautorinnen immer um dich. Sind es wirklich alles Kätzinnen?«

»Selbstverständlich«, antwortete Ambrogio ernst. »Ich dulde doch keine Konkurrenz neben mir!«

Moira zog aus den Geschirrstapeln eine Moka-Kanne hervor, spülte sie und setzte einen Kaffee auf.

»In einer Sache muss ich deiner Nachbarin recht geben: Ein bisschen Hilfe beim Putzen und Aufräumen wäre möglicherweise gar nicht so schlecht«, sagte sie vorsichtig.

Ihr Vater brummte in seinen eisengrauen Bart. »Ach, ich brauche mein Durcheinander. Deine Mutter war zum Glück immer genauso unordentlich wie ich. Eine andere, die das mitgemacht hätte, hab ich nicht mehr gefunden.«

»Habt ihr mal geprüft, ob ich nach meiner Geburt im Krankenhaus vertauscht wurde? Ich glaube, ich war das einzige Kind der Welt, das freiwillig sein Zimmer aufgeräumt hat.« Die Kaffeekanne auf dem Herd begann zu zischen, und Moira drehte die Flamme ab.

Ambrogio lächelte und sah sie liebevoll an. »Du warst eben eine kleine Rebellin.«

Moira lachte. »Total aufmüpfig! Ich kann einfach nicht denken, wenn um mich herum alles durcheinander ist. Aber du hast recht: Geht mich nichts an, wie es bei dir aussieht.«

»Nun ja, da du ja einige Zeit bleiben willst, könnte ich mich schon bemühen, ein wenig mehr Ordnung zu halten. Vielleicht engagiere ich tatsächlich Agnes, um hier mal durchzuputzen.«

Der Kaffee tat Moira gut und vertrieb die Schwere, die der Grappa hervorgerufen hatte. Ambrogio zündete sich seine Pfeife an.

»Ich hoffe, der Rauch stört dich nicht, aber Kaffee und Pfeife gehören für mich einfach zusammen.«

»Kein Problem, ich mag den Geruch. Außerdem ist es ja dein Haus.«

Herta, die graugestromte Katze mit den grünen Augen, strich um Moiras Beine. Sie nahm das Tier auf den Schoß, wo es sich zusammenrollte und zu schnurren begann.

»Darf ich dich was fragen?«

»Natürlich, *tesoro*.« Ambrogio paffte dicke Rauchwolken in Richtung Balkendecke.

»Weshalb hast du Luca nicht erzählt, welche Art von Übersetzungen ich mache? Er dachte, ich übersetze Literatur. Schämst du dich für das, womit ich mein Geld verdiene?«

Ihr Vater zog seine buschigen Augenbrauen zusammen. »Keineswegs! Für ehrliche Arbeit muss sich niemand schämen. Ich kann mich auch nicht mehr erinnern, bei welcher Gelegenheit ich deinen Beruf erwähnt habe und warum ich nicht ins Detail gegangen bin. Aber ganz sicher schäme ich mich nicht für dich. Oder hältst du mich für einen arroganten alten Sack?«

»Ich dachte nur, du bist vielleicht enttäuscht, weil ich mit meinem Abschluss nichts angefangen habe.« Moira zog mit einem Fingernagel die Holzmaserung der Tischplatte nach.

»Du entscheidest selbst, was du mit deinem Leben tust. Aber es hätte mich für dich gefreut, wenn du deinen Traum verwirklicht hättest. Als Sprachwissenschaftlerin hättest du so vieles erlebt, so viele Erfahrungen sammeln können.«

Moira lächelte. »Vielleicht schreibe ich ja irgendwann noch meine Doktorarbeit. *Sprachtabus der mongolischen Sprachfamilie.* Dann lebe ich in einer Jurte und reite jeden Morgen zur Falkenjagd. Das habe ich mir als kleines Mädchen immer vorgestellt, seit ich die Abenteuer von *Großer Tiger und Christian* gelesen hatte. Das Buch war ein Geschenk von dir, weißt du noch?«

Ambrogio räusperte sich: »Zu deinem zwölften Geburtstag.«

»Ich wäre wirklich gerne Ethnolinguistin geworden«, fuhr Moira fort. »Aber das Leben hatte eben andere Pläne für mich. Ich bedaure nicht, dass ich Luna gekriegt habe. Wir haben es gut – und dank Martin hatten wir bisher auch keine finanziellen Sorgen.«

»Und wie sieht es jetzt nach eurer Trennung damit aus?«

»Martin zahlt freiwillig Unterhalt für Luna, obwohl er das als Stiefvater gar nicht müsste. Und ich nehme einfach mehr Aufträge an. Ich mag meine Arbeit. Komplexe Dinge einfach zu erklären, das liegt mir. Ich weiß eine Menge darüber, wie man Schwingschleifer, Schlagbohrmaschinen und TV-Boxen bedient.« Sie reckte das Kinn.

Ambrogio lachte so sehr, dass er husten musste. Herta schreckte hoch und glitt mit einem eleganten Sprung von Moiras Schoß.

»Wenn es dir gut geht, bin ich auch zufrieden, *tesoro.* Und wenn ich technische Hilfe brauche, werde ich mich an dich wenden.«

»Jederzeit! Sag mal, ist es dir recht, wenn ich im alten Gästehäuschen schlafe? Dann gehe ich dir auch weniger auf die Nerven.«

Ambrogio stieß eine Rauchwolke aus. »Hier im Haus gibt es genug Zimmer, aber wie du möchtest. Die Hütte ist nicht im besten Zustand, aber du kannst es dir ja einmal ansehen.«

Moira nahm ihn beim Wort, holte den Schlüssel zum Gästehaus aus der Küchenschublade und ließ ihren Vater mit den Katzen und seiner Pfeife in der Küche zurück. Draußen war es noch hell genug, dass sie sehen konnte, wo sie entlangging. Sie pflügte mit ihrem Koffer durch das hoch stehende Gras, das von wild wachsenden Wiesenblumen durchsetzt war, hinüber zum Gästehäuschen.

Die Tür klemmte ein wenig und knarrte laut, als Moira sie aufdrückte. Sie trat ein, legte den Lichtschalter um und erhaschte einen Blick auf ein schwarzes Katzenhinterteil, das im Türspalt der halb geöffneten Badezimmertür verschwand. Das Letzte, was Moira erblickte, war eine ungehalten wedelnde orangefarbene Schwanzspitze. Sie folgte der Katze, doch als sie das kleine Badezimmer betrat, war es leer. Das schmale Fenster über der Toilette stand offen, was erklärte, wohin das Tier entfleucht war. Das musste wohl die sagenumwobene Elfriede gewesen sein. Moira bedauerte, die Katze aus ihrer Zuflucht vertrieben zu haben, und nahm sich vor, ihr zum Ausgleich einen besonderen Leckerbissen aufs Fensterbrett zu legen.

Sie kehrte zurück in den Hauptraum, einer Kombination aus Küche und Wohnzimmer. Wenn sie als Jugendliche in den Ferien hier gewesen war, war das Häuschen ihr Reich gewesen, und es steckte noch jetzt voller Erinnerungen an diese Aufenthalte. An dem alten Holztisch hatte sie Tagebuch geschrieben, auf dem abgenutzten Ledersofa hatte sie stundenlang gelesen und auch ein paarmal mit Luca geknutscht. Beherrscht wurde das Zimmer von dem großen Kamin, in dessen Einfassung aus Stein zu beiden Seiten je ein Sitzplatz eingebaut war. Hier konnte man an Regentagen sitzen und eine Tasse Tee trinken, gewärmt durch die glimmenden Holzscheite. Wie geborgen sie sich an solchen Abenden gefühlt hatte. Zum Glück war es hier oben auch zu dieser Jahreszeit abends noch kühl, sodass sie Gelegenheit haben würde, ein Feuer zu machen.

Es war alles ein wenig verstaubt, aber sauber und erstaunlich aufgeräumt, abgesehen von dem Imkeranzug und dem dazugehörigen Hut, die auf dem Sofa lagen. Moira hängte den Anzug über eine Stuhllehne und legte den Hut auf den Esstisch, daneben ihre Laptoptasche. Dann zerrte sie ihren Koffer die steile Treppe, mehr eine Leiter, hinauf auf die Galerie. Es gab hier oben gerade genug Raum, um aufrecht zu stehen. Durch das runde Fenster im Dachfirst kam Licht herein, grün gefiltert durch den Oleander, der draußen an der Mauer wuchs. Auf dem Holzboden lag eine Doppelmatratze und darauf Daunenkissen und Federbett, die beide voller Katzenhaare waren. Moira war froh, dass sie in weiser Voraussicht eine Fusselbürste mitgenommen hatte.

Sie packte ihre Kleidung in die kleine Kommode, schüttelte die Bettwäsche vor der Tür aus und ließ sie offen, um frische Luft hereinzulassen. Dann setzte sie sich auf die Kaminbank und rief Luna an, um sie wissen zu lassen, dass sie wohlbehalten angekommen sei und es ihrem Großvater gut ginge. Doch Luna und ihre Großmutter waren gerade mitten in einem Fotoshooting, weshalb Moira freundlich, aber schnell abgefertigt wurde. Danach fühlte sie sich ein bisschen verloren, auch wenn sie sich freute, dass Luna anscheinend ohne sie zurechtkam. So frei wie in den kommenden Tagen hatte sie schon lange nicht mehr über ihre Zeit verfügen können, und wenn sie ehrlich war, freute sie sich darauf. Sie würde spät aufstehen, ausgedehnte Spaziergänge unternehmen, Zeit mit ihrem Vater verbringen, mit den Katzen spielen und an ihrem aktuellen Auftrag arbeiten, der Übersetzung einer Betriebsanleitung für eine Kettensäge aus dem Französischen ins Deutsche.

Sie hatte lange nicht mehr darüber nachgedacht, ob sie diese Arbeit gerne machte. Nachdem sie aus Lima zurückgekehrt waren, hatten die Übersetzungen ihr und Lunas Überleben gesichert, bevor sie Martin kennenlernte. Es war Moira wichtig gewesen, dass Luna in Deutschland zur Schule ging, doch sich einzugewöhnen fiel ihnen beiden schwer. Alles war zu ernsthaft, zu pünktlich, zu geplant, zu kalt. Moira vermisste die bunten Häuser von Lince, ihrem Stadtviertel in Lima. Manchmal kochte sie aus purer Sehnsucht ein *lomo saltado*, stand mit geschlossenen Augen am Herd und stellte sich vor, dort zu sein.

Sie hatte oft davon geträumt, zusammen mit Martin nach Lima zu reisen, damit er diesen Teil ihres Lebens verstehen würde, aber es war nicht dazu gekommen – und jetzt würde es das nie mehr. Sich zu trennen war schwerer, als verlassen zu werden, auch wenn man sicher war, das Richtige zu tun. Sie war diejenige, die Schuld am Ende der Beziehung und dem Durcheinander trug, das diese Entscheidung mit sich gebracht hatte. Nur allmählich war ihr bewusst geworden, dass sie wieder vollkommen frei war, zu tun, wozu immer sie Lust hatte. Natürlich mit Rücksicht auf Luna, aber sie musste sich nicht mehr an den Lebensentwurf eines anderen Menschen anpassen.

Auf einmal gab es Möglichkeiten, wo sich vorher nur ein gerader Weg ohne Abzweigungen erstreckt hatte. Allerdings hatte Moira keine Ahnung, welche davon sie wählen sollte. Darüber würde sie sich hoffentlich während der Zeit hier im Tessin klarer werden.

Doch nicht heute Abend. Sie ging wieder hinüber ins Haupthaus, wo in der Küche ihr Vater vor dem Herd stand und in einem Topf mit Minestrone rührte. Er verbat sich jegliche Hilfe. Moira setzte sich und holte ihr Handy hervor. Es war ihr insgeheim ein wenig peinlich, als sie in die Suchmaschine den Namen Luca Cavadini eintippte.

In der Ergebnisliste erschienen einige Websites, die ihn in Verbindung mit dem Weingut seines Vaters erwähnten, doch die meisten befassten sich mit seiner beruflichen Tätigkeit: Moiras Sandkastenfreund war der leitende Rechtsmediziner der Tessiner Kantonspolizei.

2

Moira wunderte sich, wie schnell sie sich wieder in Montagnola eingewöhnte. Auch das Zusammenleben mit ihrem Vater spielte sich ein. Sie ließen sich gegenseitig ihren Raum. Morgens frühstückten sie gemeinsam, danach legte er sich für ein Nickerchen noch einmal eine halbe Stunde hin. Moira kehrte dann in das Gästehäuschen zurück, um an ihren Übersetzungen zu arbeiten. Zum Mittagessen trieben sie meistens keinen Aufwand, sondern jeder schnappte sich aus Kühlschrank und Vorratskammer, worauf er Lust hatte.

Moira unterstützte ihren Vater, indem sie die Lebensmitteleinkäufe übernahm und ihn mit dem Auto zu seiner Physiotherapie nach Lugano brachte. Sie überredete ihn außerdem dazu, sie etwas Ordnung in der Küche und im Wohnzimmer schaffen zu lassen.

Ambrogio ging es gut, bis auf die leichte Lähmung, aber er wurde schnell müde, und die Aufgaben des alltäglichen Lebens überforderten ihn. Langfristig würde Moira eine Hilfe für ihn finden müssen. Schließlich würde sie in wenigen Wochen wieder nach Deutschland zurückkehren.

Sie vermisste Luna und erstaunlicherweise sogar ihre Mutter. Alle paar Tage unterhielten sie sich per Videochat. Luna schien fröhlich und ausgeglichen. Ein schlechtes Gewissen hatte Moira trotzdem. Auch für Luna war die Trennung ein tiefer Einschnitt in ihr Leben gewesen. Und nun war Moira, statt sich um Luna zu kümmern, Hunderte von Kilometern entfernt.

Abends gingen Moira und ihr Vater meistens hinüber in die Osteria und ließen sich von Gabriella bekochen. Die einfache, aber gehaltvolle Tessiner Küche schmeckte hervorragend. Gabriellas *brasato* – stundenlang gekochtes Rindfleisch mit Gemüse und Rotwein – war so zart, dass es auf der Zunge schmolz. Als Beilage gab es Polenta, den traditionellen Brei aus Maisgries, den ein Automat stundenlang in einem großen Kessel im offenen Kamin rührte. Dazu tranken sie Rotwein, natürlich aus Vittorio Cavadinis Produktion. Meist gesellte sich der Winzer selbst zu ihnen, und wenn sie alle Gäste versorgt hatte, setzte sich die Wirtin Gabriella ebenfalls an ihren Tisch. Insgeheim hoffte Moira, auch Luca würde sich einmal im Il Mulino blicken lassen, aber er hatte wohl Besseres zu tun.

Durch den gemächlichen Tagesablauf kam Moira zur Ruhe. Die Anspannung, die sich in den letzten, unerfreulichen Jahren mit Martin in ihr aufgestaut hatte, fiel nach und nach von ihr ab. Auch der Großstadtstress, der ihr erst jetzt bewusst wurde, löste sich allmählich auf.

Als beste Therapie entpuppten sich die Katzen, in deren Gesellschaft es unmöglich war, sich nicht zu entspannen. Sie hatten schnell Vertrauen zu Moira gefasst, nachdem sie sie einige Male gefüttert hatte. Nur die geheimnisvolle Elfriede blieb zurückhaltend und ließ nicht mehr als ihre orangefarbene Schwanzspitze sehen. Aber die Stückchen Thunfisch, die Moira gelegentlich auf das Fensterbrett des Gästehäuschens legte, verschwanden zuverlässig jedes Mal innerhalb kürzester Zeit. Nur Geduld, sagte sich Moira. Elfriede würde sich schon an sie gewöhnen.

Vier Tage nach ihrer Ankunft saß Moira gerade bei ihrem zweiten Becher Morgenkaffee, als die Türglocke anschlug, eine Eigenkonstruktion ihres Vaters aus einem antiken Toilettenzug und einer Kuhglocke. Moira erhob sich nur widerwillig, weil sie mit Signora Tobler rechnete, die jeden Tag mindestens einmal klingelte, um Kuchen vorbeizubringen oder ein Schwätzchen zu halten. Aber vor der Tür stand Luca.

»Ich brauche deine Hilfe, kann ich kurz reinkommen?«

»Na klar, bitte.« Sie trat zur Seite und ging ihm voraus in die Küche, so würdevoll, wie es ihr in dem alten, karierten Bademantel, den sie ihrem Vater entwendet hatte, nur möglich war.

»Kann ich dir einen Kaffee anbieten? Ist schon fertig.« Sie holte eine Tasse aus dem Schrank.

»Einen ganz schnellen, ich habe es leider eilig. Wir haben einen Leichenfund, und ich muss so schnell wie möglich dahin. Könntest du mich begleiten?«

»Entzückende Idee für einen Ausflug, aber ich glaube, nicht so ganz mein Ding.« Moira grinste und reichte ihm seinen Espresso.

Luca lachte. »Ich scherze nicht. Die Leute, die die Leiche gefunden haben, sind deutsche Wanderer. Wir brauchen jemanden, der ihre Aussagen übersetzt. Die Dolmetscherin, die das sonst macht, ist dummerweise krank.«

Moira wurde ernst. »Die armen Leute! Nur bin ich keine Dolmetscherin, sondern Übersetzerin.« Sie trank einen Schluck Kaffee.

»Das macht nichts, es genügt, dass du korrekt ins Italienische übersetzen kannst. Bitte, ich weiß sonst nicht, was ich machen soll. Niemand im Team kann gut genug Deutsch, ich schon gar nicht.« Er sah sie flehend an, und sie musste lachen. »Eigentlich wollte mir mein Vater heute zeigen, wie man die Honigwaben aus den Bienenstöcken holt, aber das wird wohl warten müssen.«

Sie stellte den Kaffeebecher in die Spüle und lief hinüber ins Gästehaus, um sich anzuziehen. Auf dem Rückweg sagte sie ihrem Vater Bescheid, der in seinem Imkeranzug wie ein Astronaut oder jemand vom Seuchenschutz im Garten herumstapfte, und wenige Minuten später saß sie neben Luca in einem knallroten Vintage-Sportcabrio.

»Toller Wagen! Was kompensierst du damit?« Es machte Spaß, Luca aufzuziehen, denn er revanchierte sich sofort: »Dass ich mich mit vorlauten Dolmetscherinnen herumschlagen muss.«

Moira lehnte sich zurück und genoss die Fahrt die kurvige Straße hinunter. Dann erinnerte sie sich daran, dass sie unterwegs zu einem Leichenfundort waren, und richtete sich wieder auf.

»Geht es um einen Mord?«

»Das wissen wir noch nicht. Erst einmal müssen am Fundort Spuren gesichert werden, und dann muss ich mir die Leiche genauer ansehen. Es könnte sich auch um einen Unfall oder um einen Suizid handeln.«

Sie fuhren auf der Kantonalstraße am Ufer des Luganer Sees entlang in Richtung Süden. Moira entspannte sich wieder und genoss die Aussicht aufs Wasser, das in der Sonne tiefblau leuchtete. Die bewaldeten Hügel wirkten wie mit dunkelgrünem Samt überzogen, hell gesprenkelt von den Häusern ferner Dörfer.

Die idyllische Stimmung wurde ein wenig dadurch beeinträchtigt, dass der Fahrtwind Moiras Haare in ihr Gesicht wirbelte und ihr Fliegen in die Augen trieb. Leider hatte sie vergessen, ihre Sonnenbrille einzustecken. Sie kniff die Augen zusammen und versuchte, ihre Haare hinter die Ohren zu streichen, was ungefähr zwei Sekunden lang funktionierte. Eine Unterhaltung war wegen des Motorengeräuschs und des Rauschen des Fahrtwinds nicht möglich. *So viel zu romantischen Cabriofahrten*, dachte sie.

Sie war erleichtert, als Luca von der Autobahn abfuhr und der Wind nachließ. Die Straße wurde schmaler und steiler, je weiter nach oben sie kamen. Sie passierten einige kleinere Orte, und dann gab es links und rechts der Fahrbahn nur noch dichtes Grün. Mehrmals kamen ihnen Autos entgegen, und dann musste einer der beiden Fahrer zurücksetzen bis zur nächsten Haltebucht. Moira war zuerst froh, als sie abbogen, aber jetzt rumpelten sie über einen unbefestigten Weg, und sie bekam Angst um das schöne Cabrio. Doch Luca schonte den Wagen nicht. Erst als sie gar nicht mehr weiterkamen, hielt er an.

»Von hier aus müssen wir leider laufen. Die Fundstelle ist ziemlich abgelegen.«

»Zum Glück habe ich nicht meine Stöckelschuhe angezogen.« Weshalb redete sie so einen Unsinn? Sie besaß gar keine Stöckelschuhe. Moira wand sich aus dem niedrigen Autositz.

»Entschuldige, dass ich dir das verschwiegen habe«, sagte Luca. »Ich hatte Angst, du würdest vielleicht nicht mitkommen.«

»Ein bisschen besser solltest du mich schon kennen. So ein kleiner Spaziergang macht mir nichts aus.«

Sie nutzten die Gelegenheit, um sich gegenseitig in groben Zügen zu erzählen, was in den letzten fünfundzwanzig Jahren passiert war. Luca hatte einen kleinen Sohn, gerade vier Jahre alt. In Moiras Kopf erschien eine idyllische Szenerie: Eine attraktive, gut gekleidete Kleinfamilie saß auf einer sonnigen Terrasse an einem reich gedeckten Frühstückstisch. Alle redeten freundlich miteinander und lächelten, während sie sich gegenseitig Butter und Marmelade reichten.

»Und du hast also eine Tochter im Teenageralter?«, sagte Luca. »Nicht zu fassen! Wir sind ganz schön alt geworden.«

»Wir gehen praktisch schon am Stock, und die nächste Station ist das Altersheim.«

»Du weißt, wie ich das meine. Auch wenn man erwachsen ist, fühlt man sich eigentlich nie wirklich so. Manchmal kann ich selbst kaum glauben, dass ich Vater bin.«

»Eine respektable Karriere hast du auch gemacht. Das ist nicht beleidigend gemeint, aber ich hätte mir nie vorgestellt, dass du Mediziner wirst. Du warst immer eher der Künstlertyp.«

Luca, vom steilen Aufstieg außer Atem, keuchte ein wenig, als er antwortete. »Ich weiß auch nicht, wie das passieren konnte. Ich hing nach der Schule ziemlich viel rum und wusste nicht, was ich machen sollte. Meiner Mutter wurde es irgendwann zu bunt, und sie meinte, wenn ich mich nicht aufraffte, würden sie mich nicht weiter finanzieren. Daraufhin habe ich mich in Mailand fürs Medizinstudium eingeschrieben. Ich hatte eigentlich gar kein Interesse, aber meine Mutter hat sich immer einen Arzt in der Familie gewünscht, und irgendwas musste ich ja machen. Sagen wir, ich war kein besonders engagierter Student.« Er wischte sich den Schweiß von der Stirn. »Gott, ist das warm! Warum bist eigentlich nicht außer Atem?«

»Ich gehe seit meiner Trennung zum Boxtraining, um meine Wut loszuwerden.«

»Tut mir leid, dass es nicht funktioniert hat.«

»Besser so, als zusammenzubleiben und sich gegenseitig fertigzumachen. Aber lenk nicht vom Thema ab.« Sie setzten sich wieder in Bewegung, und Luca erzählte weiter.

»Dann habe ich zufällig eine Praktikumsstelle in der Rechtsmedizin gekriegt – und wusste nach dem ersten Tag, das ist das, was ich machen will. Ende der Geschichte. Und bei dir?«

»Ich wollte immer was mit Sprachen machen und bin aus Abenteuerlust in Lima gelandet. Dort habe ich für eine deutsche NGO gedolmetscht, die dort Kinderheime und Schulen betreibt. Das, was ich jetzt mache, ist nicht ganz so aufregend.«

»Macht es dir Spaß?«

»Kaum zu glauben, aber: ja. Ich mag es präzise und gehe gerne ins Detail. Je fisseliger so eine Anleitung ist, umso mehr vergnüge ich mich.«

»Da haben wir was gemeinsam. Du sezierst Texte, ich Tote.« Moira lachte. »Makaber, aber nicht ganz falsch!«

Luca blieb stehen und stützte die Hände auf die Oberschenkel. »Das ist auf jeden Fall der abgelegenste Leichenfundort, der mir jemals untergekommen ist. Man kann nicht einmal mit dem Helikopter landen. Und ich muss unbedingt wieder mehr Sport machen.«

»Ich kann Boxtraining sehr empfehlen. Es wirkt.«

»Das merke ich. Ich würde jedenfalls nicht im Ring gegen dich antreten.«

Danach sprachen sie nicht mehr viel, denn es ging weiterhin steil bergauf. Auch Moira geriet allmählich außer Atem. Wie dumm, dass sie nichts zu trinken mitgenommen hatten. Immerhin führte der Weg jetzt durch einen Kastanienwald, sodass sie nicht mehr der prallen Sonne ausgesetzt waren.

Eine halbe Stunde später traten sie aus dem Wald heraus. Man merkte sofort, wo die Fundstelle war, denn es liefen dort erstaunlich viele Menschen herum.

Einige von ihnen trugen weiße Overalls, deren Kapuzen sie tief in die Stirn gezogen hatten. Weiß-rote Plastikbänder umgaben ein rundes Bauwerk mit Kegeldach und hielten Unbefugte ab. Wobei weit und breit keine Unbefugten zu sehen waren. Die Stelle hätte einsamer nicht sein können.

Luca und Moira näherten sich der Hütte. Eine junge Frau kam ihnen entgegen. Ihr langes, dunkles Haar war zu einem strengen Knoten zurückgenommen. Die Frisur bildete einen Kontrast zu ihrem sanften, fast noch kindlichen Gesicht. Trotz der Wärme trug sie eine Jeans und eine langärmelige Hemdbluse. Luca stellte sie als Ispettrice Chiara Moretti vor. Die Frau lächelte schüchtern und reichte Moira die Hand.

»Schön, dass Sie uns aushelfen. Kommen Sie, ich bringe Sie zu den Zeugen.«

»Ich nehme dich nachher natürlich wieder mit zurück! Wenn ich noch nicht fertig bin, warte auf mich!«, rief Luca ihr nach. Moira hob die Hand zum Zeichen, dass sie ihn verstanden hatte.

Chiara erklärte Moira, dass sie die Aussage der Familie und Moiras wörtliche Übersetzung auf Band aufnehmen werde. Wichtig sei, dass der Sinn der Aussage und alle Details exakt ins Italienische übertragen würden.

»Die Leute werden wahrscheinlich nervös sein. Am besten ist, man plaudert erst einmal über Nebensächlichkeiten.« Moira nickte. Jetzt war sie doch ein wenig aufgeregt. Hoffentlich übersetzte sie alles korrekt. Dazu kamen die ungewohnte Situation und das Wissen, dass sich ganz in der Nähe ein Toter befand. Aber sie zwang sich, sich auf ihre Aufgabe zu konzentrieren.

Auf einer niedrigen Mauer im Schatten einer Buche saßen eine Frau und ein Mann mit zwei Jungen. Neben ihnen am Boden lagen neonfarbene Wanderrucksäcke. Die Gesichter der Erwachsenen wirkten unter der Sonnenbräune fahl, und die Frau strich immer wieder mechanisch über ihre Oberschenkel, als versuchte sie, etwas zu entfernen. Einen Arm hatte sie um den jüngeren Sohn gelegt. Der ältere Junge baumelte mit den Beinen und schlug immer wieder mit den Fersen seiner

Wanderstiefel gegen die Mauer. Sein Vater neben ihm hielt die Arme fest verschränkt, wippte aber heftig mit dem Knie.

»Gott sei Dank, endlich jemand, der mehr als ein paar Brocken Deutsch spricht.« Sein kehliger Akzent wies ihn als Deutschschweizer aus.

Er versuchte offenbar den Eindruck zu erwecken, als hätte er alles im Griff, schwitzte jedoch stark.

»Wie fühlen Sie sich?«, erkundigte sich Moira. »Das ist eine außergewöhnliche Situation für Sie, es ist verständlich, dass Sie aufgeregt sind. Machen Sie Urlaub im Tessin?« Sie hoffte, das war der richtige Einstieg.

»Was denn sonst? Wie lange müssen wir hier noch ausharren? Wir haben für heute noch andere Dinge geplant!« Für einen Schweizer war der Mann ungewöhnlich aggressiv. Moira lächelte ihn beruhigend an.

»Das verstehe ich. Sie können sicher bald gehen, aber die Polizei ist auf Ihre Hilfe angewiesen. Ohne Ihre Aussage kommen die nicht weiter. Jedes Detail kann wichtig sein.«

Dafür zu sorgen, dass er sich wichtig fühlte, war anscheinend die richtige Herangehensweise. Er richtete sich auf und schilderte in bemüht korrektem Hochdeutsch, wie er in die unterirdische Hütte hinabgestiegen sei und die Leiche entdeckt hatte. Moira wandte sich immer wieder um und übersetzte alles, während Chiara unauffällig das Diktiergerät in ihre Richtung hielt.

»Ich dachte zuerst, da liegt ein totes Schaf oder ein Wildschwein«, sagte der Familienvater am Ende. »Stockdunkel da unten, es gibt ja nicht mal ein Fenster. Was ist das eigentlich für ein komisches Häuschen?«

Moira, die den Bau nur kurz im Vorbeigehen von außen gesehen hatte, gab die Frage an Chiara weiter.

»Das ist eine *nevèra*, ein alter Eiskeller. Im 19. Jahrhundert wurde der unterirdische Teil im Winter mit Schnee gefüllt. Der hielt sich dann das ganze Jahr über, und man konnte so auch im Sommer die Milch kühl lagern.«

Moira dolmetschte.

»Darüber habe ich etwas im Reiseführer gelesen«, sagte die Frau, die bisher geschwiegen hatte. »Diese Keller gibt es ausschließlich hier in der Gegend, richtig?«

Chiara nickte. Der Mann warf seiner Frau einen ärgerlichen Blick zu. Wahrscheinlich gefiel ihm nicht, dass sie mehr darüber wusste als er.

»Das ist doch völlig unwichtig. Also, ich bin nach unten gestiegen ...« Er begann, die ganze Geschichte noch einmal von vorne zu erzählen. Moira brachte ihn zum Schweigen, indem sie sich mehrmals bei ihm bedankte und ihn dann ignorierte. Chiara bat sie, auch die Kinder zu befragen, doch die waren viel zu aufgeregt, um zusammenhängend zu reden. Sie fielen sich gegenseitig ins Wort und fuchtelten mit den Armen herum. Als Letzte sollte die Frau ihre Aussage machen, doch wie sich herausstellte, hatte sie die ganze Zeit über draußen gewartet und konnte nichts weiter zur Sache beitragen.

»Vielen Dank.« Chiara schaltete das Diktiergerät aus und steckte es in ihre Umhängetasche. Sie bat Moira, der Familie zu erklären, dass sie am nächsten Tag ins Kommissariat nach Lugano kommen müssten, um ihre Aussagen zu unterschreiben.

»Aber wir wollten morgen mit den Kindern auf den Monte Tamaro zum Sommerrodeln und in den Klettergarten«, sagte die Frau und machte ein unglückliches Gesicht.

»Es wird nicht lange dauern. Kommen Sie einfach am späten Nachmittag, wenn Sie von Ihrem Ausflug zurück sind.«

Damit war Moiras Arbeit beendet. Die Familie machte sich auf den Rückweg ins Tal. Moira sah ihnen nach und hoffte, dass die Kinder keine psychischen Folgen davontragen würden. Dann begleitete sie Chiara hinunter zur *nevèra*, einem Rundbau aus unbehauenen Steinen, der nicht viel höher war als die Eingangstür aus groben Brettern. Auf dem Weg konnte Moira auf das Dach blicken, das kunstvoll spiralförmig aus Schieferplatten aufgeschichtet war.

»Vielen Dank für Ihre Hilfe«, sagte die Polizistin. »Ich sehe nach, ob die Spurensicherung schon abgeschlossen ist. Würden Sie bitte solange hier warten?«

Moira setzte sich auf die verfallene Steintreppe, die zum Eingang hinunterführte, während Chiara im Inneren verschwand. Sie fragte sich, wie Luca es aushielt, ständig mit so furchtbaren Ereignissen wie diesem konfrontiert zu werden.

Trotzdem war all dies auch faszinierend. Leichenfunde und Kriminaltechniker kannte sie, wie die meisten Menschen, nur aus Fernsehkrimis. Sie sah den Leuten in den weißen Overalls zu, die damit beschäftigt waren, die Umgebung abzusuchen, wahrscheinlich nach Spuren und Beweismitteln. Alle Beteiligten arbeiteten mit äußerster Konzentration. Daher wurde nicht viel geredet, und die Ruhe, mit der alles ablief, stand in einem unheimlichen Gegensatz zu dem, was hier geschehen war.

Moira sah auf die Uhr ihres Telefons. Schon beinahe eins. Sie versuchte, ihren Vater anzurufen, um ihm zu sagen, dass sie zum Mittagessen nicht da sein würde. Doch er antwortete nicht. Sicher war er noch mit seinen Bienen beschäftigt und hatte das Telefon im Haus liegen lassen.

Dann vertrieb sie sich die Zeit damit, Textnachrichten an ihre Mutter und Luna zu schreiben, allerdings ohne zu erwähnen, wo sie gerade war. Nach einer ganzen Weile erschien Luca im Eingang der Eishütte und kam herüber. Bei sich trug er eine orangefarbene Tasche, die er auf den Stufen abstellte.

»Ich bin so weit fertig hier. Wie lief es mit der Zeugenbefragung?«

»Die Leute waren völlig durch den Wind, allerdings kam der Mann sich auch ganz schön wichtig vor.«

»Menschen reagieren sehr unterschiedlich, wenn sie plötzlich in so eine Sache verwickelt werden.« Luca zog seine Latexhandschuhe aus und stopfte sie in die Tasche. Dann holte er eine Flasche mit einer kleinen Flüssigkeit heraus und rieb sich damit die Hände ein.

»Desinfektionsmittel. Wenn man mit Leichen zu tun hat, muss man ein bisschen aufpassen.«

»Kannst du schon sagen, was mit dem Opfer passiert ist?«

Luca schüttelte den Kopf. »Nur, dass es sich um einen Mann handelt. Ich muss ihn obduzieren, bevor ich Genaueres sagen kann. Der Körper kann noch nicht allzu lange dort gelegen haben. Aber die Kühle hat die Verwesung wahrscheinlich verlangsamt.«

»Furchtbar. Und auch ein bisschen eklig. Ist er dort unten gestorben?«

Moira erschauerte bei dem Gedanken, wie einsam und alleine der Mann dort drin gewesen sein musste.

»Auch das wird sich hoffentlich bei der Obduktion herausstellen. Würde es dir etwas ausmachen, dir die Fundstelle kurz anzusehen? Dann kannst du abgleichen, ob die Zeugenaussagen damit übereinstimmen. Die Leiche ist abgedeckt und wird gleich weggebracht, du musst sie dir nicht ansehen.«

»Natürlich.«

Sie stand auf und duckte sich durch die niedrige Tür der *nevèra*. Im Inneren des fensterlosen Baus war es dunkel. Moira konnte einige Sekunden lang gar nichts erkennen.

46

»Stürz nicht ab«, sagte Luca hinter ihr und hielt sie am Oberarm fest.

»Heilige Scheiße!«

Moira stand auf einem winzigen Treppenabsatz ohne Geländer und blickte vier oder fünf Meter in die Tiefe. Die *nevèra* steckte wie eine Zisterne zum größten Teil in der Erde. Schmale Stufen, gerade breit genug für eine Person, führten an der gerundeten Innenwand nach unten. Auch hier gab es kein Geländer. Moira wurde ein bisschen schwummrig, aber sie wollte sich vor Luca keine Blöße geben und sagte nichts.

»Halte dich an der Wand, die Stufen sind ziemlich unregelmäßig.« Der Hinweis war überflüssig. Moira drückte sich mit dem Rücken an die Mauer und schob sich seitwärts die Stufen hinunter.

»Darf ich? Ich würde dich gerne unversehrt nach Hause zurückbringen.« Luca nahm ihre Hand und stützte sie. Es ärgerte sie ein bisschen, dass er ihr helfen musste, aber sie fühlte sich wesentlich sicherer.

Unten angekommen, ließ er sofort ihre Hand los.

»Ist das unheimlich hier. Und wie es riecht!« Moira hielt sich unwillkürlich eine Hand vor das Gesicht, um den Gestank abzuschwächen.

»Ist das etwa Verwesungsgeruch?«

»Zum Teil. Zusammen mit anderen organischen Überresten, vulgo: menschliche Exkremente und Fledermauskacke. Versuch, nicht zu viel vom Guano aufzuwirbeln, er kann gefährliche Bakterien enthalten.«

»Igitt!« Moira verzog das Gesicht und kämpfte die Übelkeit nieder. Jetzt bemerkte sie auch die vielen schwarzen Krümel, die bei jedem Schritt unter ihren Sohlen knirschten. Sie blickte nach oben, sah aber keine Fledermäuse.

Am Boden des Kellers waren mehrere Scheinwerfer aufgestellt worden, die den kreisrunden Innenraum ausleuchteten. Zwei Männer in weißen Overalls zogen gerade den Reißverschluss eines Leichensacks zu und legten diesen in einen Metallsarg, den sie mit einem Deckel verschlossen. Dann wurden Gurte um das Kopf- und das Fußende des Sarges gezurrt.

»Wir müssen ihn nach oben ziehen«, sagte Luca. »Die Treppe ist zu schmal, um ihn hochzutragen.«

Chiara, eine Taschenlampe in der Hand, gesellte sich zu ihnen. »Die Kriminaltechnik hat nicht viel Konkretes gefunden. Immerhin zwei relativ deutliche Schuhabdrücke, was bedeutet, dass noch jemand außer dem Toten hier gewesen ist. Entweder sind die Spuren von dieser zweiten Person oder von den Schuhen des Toten, was wir leider nicht nachprüfen können.«

»Der war nämlich gänzlich unbekleidet«, ergänzte Luca. »Aber wahrscheinlich ist er nicht nackt hier hereingekommen. Chiara, was hältst du von der ganzen Sache?«

Die junge Polizistin wiegte nachdenklich den Kopf und wählte ihre Worte mit Bedacht. »Man kann so früh natürlich noch keine tragfähige Hypothese aufstellen, aber momentan sehe ich nur ein mögliches Szenario: Der Mann wurde lebend hierhergebracht, am Boden angekettet und über längere Zeit festgehalten. Das lassen die Exkremente vermuten, die sich dort hinten angesammelt haben. Das muss natürlich im Labor bestätigt werden, aber ich nehme an, dass sie von ihm stammen.«

»Könnte es sein, dass er sich durch den Fledermauskot eine Krankheit geholt hat und daran gestorben ist?«, sagte Moira.

Luca nickte. »Guter Punkt, das überprüfe ich natürlich.«

»Warten wir erst einmal das Ergebnis der Obduktion ab, bevor wir uns aufs Eis wagen.«

Ein mittelgroßer, kompakter Mann trat aus den Schatten in den Lichtkreis des Scheinwerfers. Seine schlaffen Wangen und schweren Augenlider bildeten einen eigenartigen Kontrast zu seinem forschen Auftreten. Luca stellte ihn als Major Maurizio Ferrone vor. Er war der Einsatzleiter.

»Und was haben Sie hier zu suchen?« Ferrone fixierte Moira mit seinem starren Blick.

Sie hob die Hände. »Ich bin nur die Dolmetscherin.«

»Hier unten haben nur Mitglieder meiner Einsatzgruppe etwas zu suchen.« Ferrone hatte etwas von einem Krokodil, das jeden Moment zuschnappen konnte, und Moira musste den Impuls unterdrücken, einen halben Schritt zurückzuweichen.

»Ich fand wichtig, dass sie den Fundort besichtigt, um eventuelle Fehler in der Zeugenaussage verifizieren zu können«, sagte Luca. »Daher habe ich Signora Rusconi gebeten, sich umzusehen. Natürlich erst, nachdem die Spurensicherung den Fundort freigegeben hat.«

»Aha. Also gut, wenn Ihre Übersetzerin Entdeckungen gemacht hat, die meinen Leuten entgangen sind, kann sie uns ja auf die Sprünge helfen.« Der Einsatzleiter sah Moira nicht einmal an. »Ispettrice Moretti, Sie kommen mit mir. Dottore, wir hören uns morgen bezüglich der Ergebnisse der Obduktion?«

»Ich melde mich, wenn ich fertig bin.«

Ferrone stapfte die Treppe hinauf, von Chiara gefolgt. Sie drehte sich noch einmal um, hob die Schultern und zog eine entschuldigende Grimasse.

»Sympathischer Zeitgenosse«, sagte Moira.

»Ja, wir lieben ihn alle von Herzen.« Luca verdrehte die Augen. »Gehen wir, man kriegt hier unten auf Dauer Beklemmungen.«

Moira atmete auf, als sie aus dem kühlen Dunkel ins Freie trat. Das Grün der Bäume schien stärker zu leuchten. Moira schloss die Augen und hielt der Sonne ihr Gesicht entgegen.

»Man fühlt sich dadrin wie in einer Gruft. Der Tote muss sich nach Licht und Luft gesehnt haben. Ich hoffe, er hat nicht zu lange gelitten.«

»Der Menge seiner Hinterlassenschaften nach sicher mehrere Tage.«

»Grauenvoll.« Moira rieb sich die Oberarme.

»Tut mir leid, dass ich dich dem ausgesetzt habe. Ich mache es wieder gut und lade dich in Lugano auf einen Aperitif ein.«

»Klingt akzeptabel. Ich habe trotz allem Riesenhunger.«

Eine knappe Stunde später saßen Moira und Luca in der Freiluftbar vor dem Kunst- und Kulturzentrum LAC mit Blick auf den See. Vor ihnen standen zwei Gläser Aperol Spritz und ein großer Teller mit unterschiedlichen Häppchen.

»Oh, das habe ich in Deutschland wirklich vermisst: dass man zu seinem Drink auch etwas zu essen bekommt! Perfekter Ersatz fürs Mittagessen!« Moira biss in ein Miniaturbrötchen mit getrockneter Tomate und rohem Schinken. Auch Luca griff zu.

»Nach all der Lauferei haben wir uns das verdient.«

»Gehen dir die Fälle, die du untersuchst, eigentlich nach?«

»Nicht mehr. Inzwischen habe ich gelernt, das rein professionell zu betrachten. Es würde auch den Opfern nicht helfen, wenn ich die wissenschaftliche Distanz verlöre. Ich untersuche übrigens nur selten Mordopfer, so hoch ist die Gewaltkriminalität hier nicht. Deshalb bin ich auch für den gesamten Kanton zuständig. Zwar kommt es häufiger vor, dass abgeklärt werden muss, ob es sich um einen natürlichen Tod handelt oder nicht, aber meistens kann ich Fremdeinwirkung ausschließen.«

Moira lehnte sich zurück, trank einen Schluck Aperol Spritz und lächelte. »Du liebst deine Arbeit wirklich.«

»Stimmt, auch wenn ich den Weg dorthin zuerst nicht ganz freiwillig genommen habe.«

»Wolltest du nicht immer Musiker werden? Ich erinnere mich dunkel, dass du viel davon geredet hast. Und du hattest bei jedem Lagerfeuer deine Gitarre dabei.«

Luca winkte ab. »Das waren Teenagerträume. Wer will nicht Rockstar werden, wenn er sechzehn ist? In Wirklichkeit hätte das nie funktioniert: Ich hasse es, in Hotels zu wohnen, nehme keine Drogen, habe kein Interesse an Affären, und meine Gitarrenkünste sind äußerst begrenzt.« Er grinste. »Ich fürchte, du hast dich in mir getäuscht.«

»Glücklicherweise!«

»Ach, das ist ein Vorteil?«

»Absolut! Wenn man den wahren Charakter des anderen einfach ignoriert, wird man viel weniger enttäuscht.«

Luca lachte. »Interessante Theorie! Als zukünftiger Arzt hätte ich also weniger Chancen bei dir gehabt?«

»Damals auf jeden Fall!«

Luca sah sie nachdenklich an, und Moira wurde auf einmal bewusst, dass sie miteinander flirteten.

»Ich muss unbedingt noch mal meinen Vater anrufen«, sagte sie schnell. »Er hat sich noch gar nicht zurückgemeldet.«

Sie wühlte ausgiebig in ihrer Handtasche herum, obwohl sie genau wusste, in welcher Seitentasche ihr Telefon steckte.

Auch dieses Mal antwortete ihr Vater nicht.

»Es tut mir leid, aber macht es dir etwas aus, wenn wir bald wieder zurückfahren? Ich mache mir ein bisschen Sorgen.«

Sie tranken aus, zahlten, und eine halbe Stunde später hielt Luca direkt vor der Casa Rusconi.

»Danke für die interessanten Einblicke in deine Arbeit«, sagte Moira etwas steif.

»Ich hoffe, du kriegst davon keine Albträume.«

»Keine Sorge, so zart besaitet bin ich nicht.« Moira schlug die Tür des Cabrios zu. Luca ließ den Motor an und winkte zum Abschied. Sie zog den Schlüssel aus der Tasche und wandte sich der Haustür zu, da rief Luca, bevor er davonfuhr, über das Blubbern des Motors hinweg: »Meine Gitarre habe ich übrigens noch!«

Lächelnd betrat Moira den Hausflur, wo sich wie erwartet Luise auf sie stürzte und sich an ihr Bein klammerte. Da Moira flache Segeltuchschuhe ohne Socken trug, fühlte es sich an, als wäre ihr ein Kaktus auf den Fuß gefallen.

Sie sog scharf Luft durch die Zähne, beugte sich hinunter und löste die kleinen Krallen aus ihrer Haut. Luise warf sich auf den Rücken und rollte sich hin und her. Moira kraulte sie kurz zwischen den Ohren, ging aber gleich weiter in die Küche. Inzwischen war sie ernsthaft besorgt.

»*Papà?*« Sie erhielt keine Antwort. Hatte ihr Vater sich hingelegt? Sie ging nach oben und klopfte an seine Schlafzimmertür. Immer noch keine Antwort. Vorsichtig öffnete sie die Tür. Im Bett lag zwar jemand, aber das waren Marlen und Ingeborg. Die beiden Katzen hatten sich auf dem Kopfkissen zusammengerollt und ließen sich nicht weiter stören.

War Ambrogio etwa immer noch mit den Bienen beschäftigt? Moira eilte die Treppe wieder hinunter und durch die Hintertür in den Garten. Bei den Bienenstöcken schien alles in Ordnung. Erst als sie genauer hinsah, entdeckte Moira etwas Weißes im hohen Gras.

»*Papà!*«

Ihr Vater lag in seinem Imkeranzug auf dem Rücken, Arme und Beine von sich gestreckt, als wollte er einen Schneeengel machen. Unter dem dicht gewebten Schleier, der die Bienen abhalten sollte, war sein Gesicht nur undeutlich zu erkennen. Moira erstarrte innerlich. Einen Moment lang war sie sicher, dass ihr Vater nicht mehr lebte. Doch da regte sich Ambrogio und ächzte.

»Bleib ganz ruhig liegen. Was ist passiert? Hattest du noch einen Schlaganfall?«

»Ach was! Hingefallen bin ich, als ich meine Pfeife aufheben wollte. Und in diesem verdammten Anzug kann man sich ja nicht bewegen!«

»Hast du Schmerzen?« Moira hatte keine Ahnung, was sie machen sollte. Den Notarzt rufen? Aber sie hatte ihr Telefon im Haus gelassen. Ihr letzter Erste-Hilfe-Kurs lag Jahrzehnte zurück. Ob jemand sie hören würde, wenn sie um Hilfe rief? Ihr war klar, dass sie völlig konfus war, doch sie konnte keinen klaren Gedanken fassen. Sie wagte nicht, ihren Vater anzufassen, aus Angst, noch mehr Schaden anzurichten.

»*Papà*, bist du verletzt?«

»Ich weiß nicht. Mein Knöchel tut weh. Hilf mir mal, mich hinzusetzen. Du hast ja keine Ahnung, wie stinklangweilig es ist, den ganzen Nachmittag in den Himmel zu starren.«

Moira musste gegen ihren Willen lachen. Ambrogio war offensichtlich recht lebendig. Sie reichte ihrem Vater die Hand und zog ihn in eine sitzende Position.

»Nicht aufstehen. Hast du dir den Kopf gestoßen, als du gestürzt bist? Ist dir schwindlig?«

»Was weiß ich denn?«, brummte ihr Vater. »Ich glaube, ich war eine Weile ohnmächtig. Aber jetzt geht es mir wieder gut. Ich fühle mich prächtig! Ist es schon Zeit fürs Abendessen?«

3

»Doktor Cavadini hat mich gerade angerufen und mir die Ergebnisse der Obduktion mitgeteilt.« Chiara blickte aus dem Fenster ihres Büros und kaute auf ihren Lippen herum. Dann sah sie Moira an, die ihr am Schreibtisch gegenübersaß, vor sich die Zeugenaussage der Deutschschweizer. Sie rutschte möglichst unauffällig auf dem sehr unbequemen und harten Stuhl herum. Wahrscheinlich sollten damit Verdächtige bei der Vernehmung mürbe gemacht werden.

»Der unbekannte Tote hat nur oberflächliche Verletzungen, aber in seinem Magen befand sich eine Flüssigkeit, die im Labor analysiert werden muss. Das kann eine Weile dauern.«

Moira wurde ein wenig flau, als sie an den armen Menschen dachte, der in diesem dunklen Loch elend und alleine gestorben war. Auf einmal fühlte sich das winzige Büro in den Tiefen der kantonalen Polizeistation von Lugano noch enger und trister an. Da halfen auch die kleinen Plüschtiere, mit denen Chiara ihren Schreibtisch dekoriert hatte, und die Topfpflanzen auf dem Fensterbrett nicht mehr viel.

»Und was passiert jetzt als Nächstes?«

»Major Ferrone wird in Abstimmung mit der Staatsanwaltschaft eine Mordkommission zusammenstellen. Zuallererst werden wir natürlich versuchen herauszufinden, wer der Tote überhaupt war. Das wird nicht leicht, denn es gab keinerlei Hinweise auf seine Identität, nicht einmal Kleidung.«

»Welche Möglichkeiten bleiben dann noch?«

Chiara hob die Schultern. »Wir werden alle Vermisstenfälle in der gesamten Schweiz auf Übereinstimmungen hinsichtlich des Alters und Geschlechts überprüfen. Vielleicht hatte der Tote auch Tätowierungen oder andere unverwechselbare Merkmale, etwa Operationsnarben. Und dann bleibt natürlich noch das Zahnschema. Allerdings wird es kompliziert, da wir gar nicht wissen, wo wir ansetzen müssen. Der Tote könnte ja auch aus einem anderen Land stammen.«

»Was für ein Aufwand! Aber natürlich notwendig. Habt ihr denn viele Mordfälle hier im Tessin?«

»Offiziell heißt es Tötungsdelikt, es gehören ja auch solche Taten wie Totschlag dazu. So viele sind es natürlich nicht, wir haben ja keine Zustände wie in Großstädten. Aber die Zeiten ändern sich auch hier, und es gibt häufiger Konflikte, die tödlich enden. Durch die Nähe zur Grenze haben wir schon immer Probleme mit Drogenschmuggel, und auch da geht es rauer zu als noch vor zehn, zwanzig Jahren. Das haben mir zumindest die Kollegen erzählt, die schon länger dabei sind.«

»Eigentlich müsstet ihr euch darüber freuen, dass es viele interessante Fälle gibt, oder? Wenn alles ruhig ist, habt ihr ja nichts zu tun.«

Chiara lachte und legte sich dann zwei Finger auf die Lippen, als hätte sie etwas Ungehöriges getan.

»Offiziell dürfen wir so etwas nicht zugeben, aber natürlich ist es schon spannender, ein Kapitalverbrechen zu verfolgen, als Falschparker aufzuschreiben. Ich bin froh, dass ich es zur Polizia Giudiziaria geschafft habe. Bei einer Mordkommission war ich aber auch noch nie dabei. Ich hoffe, dass der Chef mich dieses Mal dazuholt.«

Es fiel Moira nicht leicht, sich die schüchterne und sanfte Chiara auf Mörderjagd vorzustellen. Aber es war natürlich ein Klischee, dass Polizeiermittler immer etwas zerzauste Männer über vierzig waren, die wirkten, als schliefen sie seit Wochen in ihren Autos, ohne jemals die Kleidung zu wechseln.

Moira stand auf und hängte sich ihre Tasche über die Schulter. »Dann drücke ich dir die Daumen und hoffe, dass ihr den Täter schnell findet. Falls ihr noch etwas von mir braucht oder ich noch einmal übersetzen soll, meldet euch einfach. Ich fand es sehr spannend, einen kleinen Einblick in eure Arbeit zu kriegen.«

Chiara bedankte sich für Moiras Mitarbeit und brachte sie bis zur Tür. Auf dem Flur musste Moira einen Moment lang überlegen, aus welcher Richtung sie gekommen war. Die Polizeistation glich einem düsteren Labyrinth. Draußen strahlte die Sonne, aber der Beton der Wände schien das Tageslicht zu absorbieren, sodass überall die Neonbeleuchtung eingeschaltet war. Moira fragte sich, ob auch das Absicht war. Man kam sich vor wie in Orwells *1984*.

Sie entschied sich, nach links zu laufen, bog um einige Ecken, stieg mehrere Treppen hinunter und wieder hinauf und hatte sich schließlich vollkommen verlaufen. Den Hinweisschildern konnte sie zwar entnehmen, in welcher Abteilung sie sich befand, aber sie entdeckte nirgendwo einen Etagenplan, der ihr den Weg zum Ausgang gewiesen hätte. Sie kam sich so dumm vor, dass es ihr zu peinlich war, an eine der Türen zu klopfen, um nach dem richtigen Weg zu fragen. Und die Leute, die ihr begegneten, hatten es anscheinend alle eilig, sodass Moira sie nicht aufhalten wollte.

Es musste doch möglich sein, alleine aus diesem Gebäude herauszufinden! Aber die Gänge besaßen nur wenige Fenster, und sie wusste inzwischen nicht einmal mehr, auf welcher Seite die Straße lag. Endlich erreichte sie eine Nische mit einem Fenster, wo eine welke Topfpalme neben einem Standaschenbecher verkümmerte. Die Aussicht ging auf ein überraschend weitläufiges Areal mit einer Ansammlung weiterer gleichförmiger Betongebäude.

Endlich kam Moira die Idee, die Navigationsapp ihres Handys zu benutzen, um sich zu orientieren. Sie zog das Telefon aus der Tasche und war gerade dabei, ihren Standort abzurufen, da sagte jemand hinter ihr: »Das ist aber ein angenehmer Zufall!«

Luca, der *Capo Area* Ferrone und eine Frau mittleren Alters waren wohl gerade aus einem der Büros auf den Gang getreten. Moira senkte kurz den Blick, als wäre sie beim Herumschnüffeln erwischt worden. Warum fühlte man sich in der Gegenwart von Polizisten automatisch schuldig, auch wenn man nichts angestellt hatte?

Sie zwang sich, Luca in die Augen zu blicken. »Ich war gerade bei Chiara im Büro und habe mich auf dem Weg nach draußen verirrt.«

Luca grinste. »Da bist du kein Einzelfall. Ich glaube, ich habe über ein Jahr gebraucht, bis ich mich überall im Gebäude auskannte. Dass es eine Kantine gibt, habe ich erst nach sechs Wochen herausgefunden.«

Der *Capo Area* lachte laut heraus, als hätte Luca eine ungeheuer witzige Bemerkung gemacht. Moira hatte den Eindruck, dass der ältere Mann aus irgendeinem Grund Lucas Anerkennung suchte, obwohl er sehr wahrscheinlich in der Hierarchie über ihm stand. Jedenfalls war es interessant, wie der sonst so arrogant wirkende Ferrone sich in eine vollkommen andere Person verwandelte, wenn er mit Luca sprach.

Dieser besann sich auf seine guten Manieren. »Darf ich vorstellen? Staatsanwältin Arianna Manzoni, Signora Moira Rusconi. Signora Rusconi ist gestern am Leichenfundort als Dolmetscherin eingesprungen.«

»Vielen Dank für Ihre Unterstützung des Ermittlungsteams.« Die Staatsanwältin reichte Moira die Hand und drückte sie fest, aber nicht übertrieben. Manzoni strahlte eine entspannte Autorität aus und wirkte gleichzeitig bodenständig. Sie war Moira sofort sympathisch.

Ferrone neben ihr trat von einem Fuß auf den anderen und berührte die Staatsanwältin leicht am Oberarm, als wolle er sie voranschieben. »Man wartet unten sicher schon auf uns.«

»Dann wird man auch noch ein wenig länger warten«, entgegnete die Staatsanwältin gelassen und trat einen Schritt zur Seite, um sich Ferrones Reichweite zu entziehen. Sie wechselte noch einige freundliche Sätze mit Moira, erkundigte sich, wie lange sie im Tessin bleiben werde und ob sie finde, dass sich vieles verändert habe. Ferrone stand mit gelangweilter Miene im Hintergrund, was deutlich zeigte, wie überflüssig er den Smalltalk fand.

Nach kurzem Geplauder verabschiedete sich die Staatsanwältin. »Ich wünsche Ihnen noch einen angenehmen Aufenthalt in unserem schönen Kanton. Da Sie in Montagnola wohnen, werden Sie sicher an den Festlichkeiten zu Ehren Hermann Hesses am Wochenende teilnehmen. Vielleicht sehen wir uns ja dort.«

»Das würde mich freuen«, sagte Moira.

»Ich begleite Signora Rusconi nach draußen«, sagte Luca.

Er und Moira entfernten sich gemeinsam.

»Danke, dass du mich begleitest«, sagte Moira. »Sonst würde ich wahrscheinlich nächste Woche noch hier umherirren. Kommst du auch zu diesem Hesse-Fest?«

»Wenn ich es schaffe, auf jeden Fall. Seit ich befördert wurde, stehe ich noch mehr im Sektionssaal oder halte Vorträge. Es klingt verrückt, aber unsere Fahrt und die Wanderung zum Fundort gestern waren für mich die entspanntesten Momente der letzten Monate.«

»Ich nehme das mal als Kompliment.«

»So war es auch gemeint. Ich kenne niemanden, mit dem ich so gerne Leichenfundorte besuche wie mit dir.«

»Haha!« Moira stieß ihm freundschaftlich den Ellbogen in die Rippen. Luca tat so, als duckte er sich vor einem Angriff. Es tat gut, die düsteren Flure mit Lachen zu füllen.

»So, hier nach links und dann die Treppe hinunter, schon sind wir dem Labyrinth des Minotaurus entkommen.«

»Ich kann mir euren *Capo Area* sehr gut schnaubend und mit den Hufen scharrend vorstellen.«

»Er ist gar nicht so übel, wenn man ihn etwas besser kennt.«

»Weil er offensichtlich viel von dir hält. Aber wenn du mich fragst, ist er ein arroganter Pinsel und hat ein Problem mit erfolgreichen Frauen. Er ist ja fast explodiert, weil Signora Manzoni sich nicht nach ihm gerichtet, sondern sich noch mit mir unterhalten hat.«

»Das stimmt allerdings, er ist ziemlich konservativ. So, wir sind wieder unter den Lebenden.« Luca hielt für Moira die Glastür auf, und sie traten ins Freie. Sie blinzelte, vom Tageslicht geblendet, dann atmete sie tief durch und wandte ihr Gesicht der Sonne entgegen.

Lucas Telefon klingelte. Er entschuldigte sich mit einer Geste, während er den Anruf annahm. »Ja, was ist denn?« Er wandte sich ein wenig ab, und Moira ging die Eingangstreppe hinunter, um ihm mehr Privatsphäre zu gewähren. Trotzdem drangen einige Satzfetzen des Gesprächs zu ihr.

»Ja, es tut mir leid ... Ich bin so gut wie unterwegs. Ich weiß. Aber es hat einfach länger gedauert ... Natürlich hast du recht, aber müssen wir darüber ausgerechnet jetzt diskutieren? Ich fahre gleich los ... okay. Ciao.«

Luca kam die Treppe hinunter. »Entschuldige, ich muss los, Ich habe vergessen, dass ich den Kleinen abholen muss.«

Er sah plötzlich müde aus, die Schatten unter seinen Augen waren Moira zuvor gar nicht aufgefallen.

»Kein Problem, wir sind hier ja auch fertig.«

Luca beugte sich vor, und sie gaben sich die üblichen drei Wangenküsse.

»Noch einmal vielen Dank, dass du als Dolmetscherin eingesprungen bist. Vielleicht sehen wir uns ja noch, bevor du wieder abreist.«

»Ein, zwei Wochen bleibe ich sicher noch.«

Sie trennten sich und gingen in verschiedene Richtungen davon. Erst an der nächsten Kreuzung fiel Moira auf, dass sie eigentlich in dieselbe Richtung gemusst hätte. Luca Cavadini brachte sie durcheinander, und das war ihr gar nicht recht.

»Ich denke gar nicht daran, mich an diesem Verehrungstrubel zu beteiligen!« Ambrogio knallte seine Espressotasse auf den Unterteller, dass es nur so schepperte und die Vögel in den umstehenden Bäumen verstummten.

»Hier wird aus einem Nobelpreisträger eine Comicfigur gemacht. Zweidimensional und so bunt, dass einem die Augen schmerzen! Die meisten Leute, die an diesen Veranstaltungen teilnehmen, haben wahrscheinlich nicht einmal etwas von ihm gelesen.«

»Kannst du das nicht etwas lockerer sehen?« Moira wedelte ein paar Bienen davon, die neugierig um den Kaffeetisch auf der Terrasse herumsummten. Sie war ein wenig gereizt von der heftigen Reaktion ihres Vaters.

»Es ist nur ein Anlass, um ein bisschen zu feiern. Und das Dorf ist eben stolz darauf, dass Hesse hier gelebt hat. Das ist doch besser, als wenn sie sich gar nicht für ihn interessierten.«

Ambrogio brummte vor sich hin, worüber Moira beinahe wieder lachen musste. Auf seine eigene Art war ihr Vater genauso temperamentvoll wie ihre Mutter. Es war nicht schwer, sich vorzustellen, dass sie häufig aneinandergeraten waren.

»Vielleicht feiert man ja in ein paar Jahrzehnten auch, dass du hundert Jahre zuvor nach Montagnola gezogen bist«, neckte sie ihren Vater. Der prustete wie ein empörtes Walross. »Das fehlte gerade noch!«

»Also, wie sieht es aus? Gehst du nun mit mir dahin? Für mich wäre es eine gute Gelegenheit, ein paar Leute kennenzulernen.« In Wirklichkeit lag ihr weniger daran, als dass ihr Vater mehr Kontakt zu den Dorfbewohnern bekam. Sie hatte den Eindruck, dass er, von wenigen Freunden abgesehen, ein allzu einsiedlerisches Leben führte.

»Von mir aus. Aber das mache ich nur dir zuliebe.«

Moira grinste zufrieden. »Das finde ich äußerst liebenswürdig von dir. Dafür kriegst du heute Abend auch hausgemachtes *saltimbocca* mit frischem Salbei aus dem Garten.«

Ambrogio zwinkerte ihr zu. »Dann habe ich ja mein Ziel erreicht. Und ich steuere eine Flasche vom besten Primitivo aus dem Keller bei.«

4

Am Samstag klang schon um zehn Uhr morgens Musik durch die Gassen des historischen Dorfkerns. Das Orchester schien hauptsächlich aus Posaunen, Trompeten und Fideln zu bestehen. Je näher Moira und ihr Vater kamen, umso schriller wurden die Töne.

»Wollen sie mit diesem Lärm etwa Hesse aus dem Grab treiben?« Ambrogio wischte sich mit einem Stofftaschentuch über die Stirn, denn er hatte es sich nicht nehmen lassen, ein langärmeliges Hemd und eine lange Hose anzuziehen, obwohl es sommerlich warm war.

Er und Moira folgten den Klängen bis zur Casa Camuzzi, dem Haus, in dem Hermann Hesse lange gewohnt hatte und wo sich das ihm gewidmete Museum befand. Moira erinnerte sich sehr vage daran, es einmal mit ihrer Vorschulklasse besucht zu haben. Genau wie damals war sie beeindruckt von der Größe und Pracht des Gebäudes, das mit seinen Simsen, Stuckverzierungen und Türmchen an ein Schloss erinnerte. Das Museum befand sich in einem turmartigen Hausteil, schlichter als der Rest des Anwesens. Die beiden Platanen vor der Eingangstreppe mit ihrem dichten, frisch grünen Laub waren mit bunten Lampions dekoriert, und an den Bistrotischen in ihrem Schatten saßen bereits einige Leute und blätterten in den ausgelegten Broschüren des Museums. Es gab einen Stand mit Getränken und einen mit hausgemachten Kuchen und weitere Buden mit allerlei Kunsthandwerk. Die Kapelle hatte sich gefangen und schmetterte ein wenig schräg, aber umso enthusiastischer.

Auf dem kleinen Platz vor der Casa Camuzzi standen die Menschen in mehreren Gruppen verteilt, einige mit Proseccogläsern in Händen, und unterhielten sich, während Kinder jeden Alters zwischen ihnen herumflitzten.

Moira genoss den friedlichen Anblick wie ein Bild aus einer vergangenen Zeit. Hier, in diesem Augenblick, an diesem Ort, war die Welt in Ordnung. Wie wäre es wohl gewesen, weiter in Montagnola aufzuwachsen? Wäre sie eine andere Person geworden? Auf jeden Fall würde ihr Leben ganz anders aussehen. Sie versuchte, nicht darüber zu spekulieren, ob Luca in diesem Leben eine wichtige Rolle gespielt hätte. Allerdings wenig erfolgreich.

Sie wischte die Grübeleien beiseite und hakte ihren Vater unter.

Gabriella winkte ihnen zu: Sie stand zusammen mit einem schlaksigen Mann an einem Stand mit bunten Filzprodukten. Hinter der Auslage bediente eine Frau mit auffälligen Rastalocken. Für ein kleines Tessiner Dorf war diese Frisur geradezu extravagant.

Moira und ihr Vater gerieten in eine Gruppe von Leuten, die Ambrogio freundlich begrüßten. Auch Frau Tobler, die Nachbarin, gehörte dazu und verwickelte Ambrogio sofort in ein Gespräch, das vor allem sie alleine bestritt, während ihr Gesprächspartner sehnsüchtig zum Stand der Kellerei Cavadini blickte, der Wein ausschenkte.

Den Ton in der Gruppe gab ein Mann Mitte fünfzig an, breitschultrig und mit Bäuchlein, vollem weißem Haar und einem geröteten Gesicht. Er gab sich etwas zu leutselig, lachte viel und klopfte Schultern. Er wurde Moira als Roberto Ponte vorgestellt, Bauunternehmer und Vorsitzender des Dorfkomitees. Es gefiel ihm sichtlich, eine wichtige Person des dörflichen Lebens darzustellen.

»Was möchten Sie trinken?«, fragte er Moira und eilte dann davon, um ihr den gewünschten Prosecco zu besorgen.

»Es gibt doch noch wahre Gentlemen«, seufzte Frau Tobler und zwinkerte Moira zu. »Und er ist alleinstehend. Sie sind doch seit Kurzem geschieden, hat mir Ihr Vater verraten.« Die alte Frau legte den Kopf schief und lächelte vielsagend.

Moira funkelte den Genannten an, der entschuldigend die Schultern hob. Sie war ihrem Vater nicht wirklich böse. Frau Tobler war das lebende Klischee einer Dorf-Klatschbase und hätte wahrscheinlich sogar einem FBI-Agenten seine Geheimnisse entlockt.

Zum Glück trat Luca zu ihnen, bevor Frau Tobler das Thema vertiefen konnte. Er war locker gekleidet, trug abgewetzte Jeans und ein schwarzes T-Shirt, ganz wie früher. Moiras Herz machte einen kleinen Sprung, wie sie überrascht feststellte. Sie begrüßte ihn herzlich, doch als sie ihm die Wange zum Kuss bot, kam er ihr seltsam zögerlich vor. Weshalb, wurde ihr gleich darauf klar, als eine Frau mit einem Kind an der Hand sich zu ihnen gesellte. Luca hob den kleineren Jungen hoch und fuhr ihm durchs Haar.

»Alessio, möchtest du Moira guten Tag sagen?« Der Junge schüttelte den Kopf und versteckte sein Gesicht an Lucas Brust. Die Umstehenden lachten und machten scherzhafte Bemerkungen über die Schüchternheit des Kleinen. Moira beteiligte sich nicht daran. »Ich wollte auch nicht gerne mit Fremden reden, als ich klein war«, flüsterte sie Alessio zu. Der Kleine wandte ihr sein Gesicht zu und nickte stumm.

Luca machte seine Frau Valentina und Moira miteinander bekannt. Sie begann sofort, Moira nach Luna und ihrer eigenen Kindheit in Montagnola auszufragen. Moira brauchte nur wenige Sätze, um zu hören, dass Valentina aus Südamerika stammte, und schaltete auf Spanisch um. Valentina war begeistert. »Was, du hast in Lima gelebt?«, rief sie. »Ich stamme aus Chile! Was hast du in Peru gemacht?«

»Ich war Dolmetscherin, Übersetzerin und Mädchen für alles bei einer deutschen NGO, die in Peru mehrere Waisenhäuser betreibt. Meine Tochter wurde dort geboren.«

»Bitte sehr, für die Damen!« Ponte kam mit dem Prosecco und lief gleich wieder los, um auch Valentina und Luca zu versorgen. Er war wirklich rührend bemüht darum, dass alle sich wohlfühlten, als sei das Dorf sein Wohnzimmer und er der Gastgeber. Moira begann, ihn sympathisch zu finden.

Die Kapelle machte eine Pause. Roberto Ponte trat vor die Menge und verkündete, die Spendenaktion für ein rumänisches Waisenhaus habe dank der Großzügigkeit der Dorfbewohner die unglaubliche Summe von zwanzigtausend Franken erbracht. Die Spender und Spenderinnen beklatschten das Ergebnis und sich selbst. Danach hielt die Vorsitzende der Hermann-Hesse-Gesellschaft eine Ansprache, in der sie die Bedeutung Hesses für Montagnola pries. Moiras Vater machte dazu grummelnde Geräusche, die nach einer kaputten Kaffeemaschine klangen, jedoch leise genug, um niemanden vor den Kopf zu stoßen.

Die Rede zog sich hin, die Leute wurden ungeduldig und begannen, sich wieder zu unterhalten, erst leise, dann immer ungehemmter, bis die Rednerin es bemerkte und zum Ende kam. Dann zog die ganze Gesellschaft in den Innenhof eines nahen Hauses, wo man Bierbänke aufgestellt hatte und in einer mobilen Küche *risotto* gekocht wurde. Moira hatte das Gefühl, Teil einer sehr weit verzweigten Familie zu sein, und gab sich ganz der beschwingten Leichtigkeit des Tages hin. Das dritte Glas Prosecco trug wohl auch ein wenig dazu bei. Flüchtig dachte sie, dass hier im Tessin ziemlich viel Alkohol getrunken wurde – aber die herrliche Umgebung und das schöne Wetter verführten einen dazu, sich dem sprichwörtlichen *dolce vita* hinzugeben.

Sie hatte sich gerade zwischen Valentina und dem Bauunternehmer niedergelassen, als Luca ihr auf die Schulter tippte. »Kann ich dich kurz sprechen?«

Sie entschuldigten sich bei den anderen, gingen durch die Hofeinfahrt zurück auf die jetzt leere Gasse und entfernten sich ein paar Schritte, bis das Stimmengewirr aus dem Hof leiser wurde.

»Was ist denn los?« Moira fühlte sich auf einmal beklommen. Luca wirkte so ernst, als hätte er eine schlechte Nachricht zu überbringen.

»Du musst das, was ich dir gleich sage, fürs Erste bitte absolut vertraulich behandeln, okay? Es ist noch nicht offiziell, und wir werden die Information noch etwas zurückhalten.« Er sah Moira eindringlich an.

»Ja klar, kein Problem.« Sein verschwörerisches Gehabe kam ihr ziemlich übertrieben vor.

»Wir haben herausgefunden, wer der Tote war. Ein Zahnarzt aus Lugano hat uns das passende Zahnschema geliefert. Er hieß Adrian Brugger, und, halt dich fest – er hat hier in Montagnola gelebt.«

»Das gibt's doch nicht! Kanntest du ihn?«

»Eigentlich kaum. Er war Kellner im Il Mulino und hat nebenbei diverse handwerkliche Jobs erledigt, aber ich habe mich nie länger mit ihm unterhalten.«

Moiras Kopf fühlte sich dumpf an. Plötzlich war der Tote nicht mehr nur irgendeine Leiche, sondern seine Geschichte war ganz nah, genau dort, wo sie sich gerade befand, in diesem idyllischen Tessiner Dorf.

»Das ist grauenhaft«, sagte sie. »Wisst ihr schon, woran er gestorben ist?«

»Ich habe etwas Druck im Labor gemacht. Sie haben herausgefunden, dass er wohl Stechapfelsamen zu sich genommen hat. Da er angekettet war, wohl eher unfreiwillig.«

»Stechapfel? Ist das nicht das Zeug, mit dem sich angeblich Hexen eingerieben haben, um zu fliegen?«

Luca nickte. »Und bei Jugendlichen ziemlich beliebt, weil die Pflanze in jedem zweiten Garten steht. Ich habe vier, fünf Fälle im Jahr, wenn Jugendliche die Samen schlucken oder die Blätter rauchen. Die sind tagelang völlig weg vom Fenster und haben oft entsetzliche Halluzinationen. Zum Glück überleben sie meistens, weil sie jung und gesund sind. Aber unser Toter war Ende dreißig, untrainiert und hatte wahrscheinlich hohen Blutdruck.«

»Was für ein schrecklicher Tod. Hatte er denn Ärger mit irgendjemandem?«

»Ich habe gestern Abend schon meinen Vater ein bisschen ausgefragt. Er sagt, Brugger sei im Dorf sogar extrem beliebt gewesen. So einer, der immer einspringt, wenn Not am Mann ist. Alle mochten ihn.«

Moira rieb sich das rechte Ohrläppchen. »Dann werden Ferrone und seine Mordkommission sicher bald hier herumschwirren, oder?«

»Ja, das wird eine Menge Unruhe ins Dorf bringen.« Luca legte die Stirn in Falten und räusperte sich. »Also, das ist eigentlich genau das, worüber ich mit dir reden wollte. Die Staatsanwältin hat vorgeschlagen, dich in die Ermittlungen einzubeziehen.«

»Wieso das denn? Ich bin doch keine Polizistin.«

»Eben. Du kannst dich im Dorf bewegen, ohne Aufsehen zu erregen. Du sprichst Deutsch, was bei den vielen Deutschen, die hier leben, sehr hilfreich sein könnte. Und du bist neu hier, weshalb es nicht weiter auffällt, wenn du Kontakt suchst.«

Moira lachte ungläubig. »Du nimmst mich doch auf den Arm!«

»Wie gesagt, die Idee kommt von der Staatsanwältin. Und ich finde sie auch gut. Ferrone war nicht gerade begeistert, aber er wird sich auch nicht gegen Manzoni stellen, dazu ist sie für seine Karriere zu wichtig.«

Moira verschränkte die Arme und lehnte sich gegen eine Mauer. »Und dich haben sie vorgeschickt, um mich zu bequatschen, damit ich Miss Marple spiele?«

Luca kratzte sich am Hinterkopf und zog eine hilflose Grimasse. »Irgendwie schon.«

»Ihr spinnt ja. Wie soll das denn funktionieren? Ich bin doch bald wieder weg. Außerdem habe ich keine Ahnung, wie man in einem Mord ermittelt.«

»Tötungsdelikt«, korrigierte Luca automatisch. »Du würdest eng mit Chiara zusammenarbeiten, und natürlich ermittelt vor allem die Mordkommission.«

»Werde ich dann zur Polizistin auf Zeit ernannt oder wie kann ich mir das vorstellen?« Moira war sich immer noch nicht ganz sicher, ob das nicht ein ausgeklügelter Scherz war.

»In einer Mordkommission arbeiten nicht nur Polizeibeamte und -beamtinnen, sondern alle möglichen Experten. Wenn nötig, auch Übersetzerinnen. Überlegst du es dir wenigstens?«

»Bis wann müsste ich mich denn entscheiden?«

Luca sah sie von unten herauf an und kratzte sich erneut am Kopf. »Bis morgen früh.«

Moira klopfte mit der Handfläche mehrmals gegen die Mauer, an der sie lehnte, und blies die Wangen auf. »Das ist auf jeden Fall das schrägste Jobangebot, das ich je bekommen habe.«

5

»Zum Abschluss bitte ich Dr. Cavadini, uns die rechtsmedizinische Autopsie des Opfers zu erörtern«, sagte Major Ferrone.

Luca stand von seinem Platz im Publikum auf, das aus den Mitgliedern der Sonderkommission *nevèra* bestand, und schloss sein Notebook an den Beamer an.

Moira wurde ein wenig flau im Magen. Sie neigte sich zu Chiara, die neben ihr saß.

»Zeigt er jetzt etwa Bilder von Bruggers Leiche?«

»Wahrscheinlich. Mach einfach die Augen zu, wenn es dir zu viel wird.«

Moira schloss die Augen.

Luca erläuterte die Auffindesituation von Bruggers Leiche. Moira hörte das Klickgeräusch, wenn das Bild wechselte, und kniff weiterhin tunlichst die Augen zu. Irgendein Mitglied der Sonderkommission würgte vernehmlich, was einige Hartgesottene zum Kichern reizte.

»Ruhe!«, grollte Ferrone wie ein strenger Lehrer, und es wurde wieder still.

Luca sprach weiter: »Kommen wir nun zur Todesursache: ein Aufguss aus Pfefferminze und psychoaktiven Tropan-Alkaloiden, die wahrscheinlich von Stechapfelsamen stammten. Sie rufen einen extremen Rauschzustand mit Halluzinationen hervor, meistens negativer Natur. Diese können im Rausch nicht von der Wirklichkeit unterschieden werden. Das heißt, der Betroffene nimmt für real, was er sieht. Bei höherer Überdosierung kommt es zu Herzrhythmusstörungen und schließlich zu einer tödlichen Atemlähmung. Daran ist auch Adrian Brugger gestorben. Der Stechapfel ist auch in unserer Region eine beliebte Zierpflanze und in vielen Gärten zu finden. Es ist also kein Problem, an die Samen heranzukommen.«

Moira wurde ein wenig übel, als sie sich vorstellte, welch furchtbares Ende Brugger genommen hatte. Kein sanftes Entschlafen, sondern ein Horrortrip in die Dunkelheit.

»Kommen wir nun zum Todeszeitpunkt«, fuhr Luca fort. »Mit den traditionellen Methoden wie dem Verwesungsgrad mit Hinblick auf die Umgebungstemperatur, Totenflecke und nekrophage Insekten kann bei längerer Liegezeit kaum ein genauer Todeszeitpunkt bestimmt werden. In diesem Fall brachte uns auch die entomologische Analyse nicht weiter, da wegen der kühlen und feuchten Umgebung kaum Madenbefall vorhanden war. Um das postmortale Intervall zu bestimmen, wurden daher verschiedene Muskelproteine untersucht, deren Zerfall stets gleich abläuft – genauere wissenschaftliche Erläuterungen erspare ich Ihnen. Dadurch konnte der Todeszeitpunkt auf den Zeitraum zwischen dem fünfundzwanzigsten und dreißigsten April festgelegt werden. Eine genauere Eingrenzung ist nicht möglich. Gibt es noch Fragen?«

»Kann ich die Augen wieder aufmachen?«, flüsterte Moira, und Chiara bejahte.

Luca klappte sein Notebook zu und zog das Verbindungskabel aus der Buchse.

Da es keine Fragen mehr gab, setzte er sich, und Ferrone trat wieder vor die versammelte Sonderkommission.

»Wir teilen uns also folgendermaßen auf: Moretti und die Dolmetscherin befragen die Leute in Montagnola. Guardi, Bianchi und Wozniak hören sich in der Gegend des Fundorts um. Der Innendienst durchleuchtet Bruggers Finanzen und was sich sonst im Internet über ihn finden lässt. Die Wohnung des Toten wurde bereits vom Erkennungsdienst nach Spuren untersucht, allerdings bisher ohne relevante Ergebnisse.«

Bereichsleiter Ferrone rückte sich den Krawattenknoten zurecht.

»Alle sind im Bilde und wissen, was sie zu tun haben, also machen wir uns an die Arbeit.«

Papier raschelte, Stuhlbeine scharrten über den Boden, und es wurde leise gemurmelt, als die Mitglieder der Mordkommission sich erhoben.

Ferrone hielt Moira auf, als sie wie die anderen hinausgehen wollte. »Signora Rusconi, mit Ihnen möchte ich noch kurz sprechen.«

»Ich warte draußen auf dich«, sagte Chiara.

Moira nickte, dann wandte sie sich dem Bereichsleiter zu. »Worum geht es?«

Ferrone verschränkte die Arme und blähte die Brust auf. Gockelgehabe. Moira verschränkte ebenfalls die Arme und lehnte sich betont lässig gegen die Wand. Sie konnte förmlich beobachten, wie Ferrones Hals dicker wurde und ihm das Blut in den Kopf stieg.

»Ich hoffe, Ihnen ist bewusst, dass Sie keine Angehörige der Ermittlungskräfte sind, auch wenn man Sie der Mordkommission zugeteilt hat. Was Sie alleine Staatsanwältin Manzoni und Dr. Cavadini zu verdanken haben. Sie besitzen keinerlei Kompetenzen, beherrschen keine Ermittlungs- und Befragungstechniken und halten sich daher aus den Nachforschungen meiner Leute heraus. Haben Sie das verstanden?«

»Mir ist durchaus klar, dass ich keine polizeilichen Befugnisse habe, Major Ferrone. Ich unterstütze Ihre Leute lediglich bei der Verständigung mit deutschsprachigen Mitbürgern. Dafür werde ich bezahlt, nicht wahr?«

»Ganz genau.« Ferrone wirkte ein wenig verdutzt, vielleicht weil er Widerspruch erwartet hatte.

Moira lächelte. »Wunderbar, dann wäre das ja geklärt.« Sie hielt ihm die Hand hin, sodass er sie drücken musste. Im Hinausgehen rief sie: »Einen schönen Tag noch!«

Chiara wartete auf dem Gang. »Was wollte er denn?«

»Mich auf meinen Platz verweisen. Ich lasse ihn gerne in dem Glauben, dass ihm das gelungen ist.«

Chiara lachte. »Herzlich willkommen in der Mordkommission! Ich freue mich, dass wir zusammenarbeiten werden.«

Sie gingen nebeneinander in Richtung Ausgang.

»Was machen wir zuerst?«

»Wir müssen seiner Freundin die Todesnachricht überbringen und dann sehen, ob sie uns etwas Nützliches erzählen kann. Wo er sich aufgehalten hat, seit wann er verschwunden war und solche Dinge.«

»Da muss ich nicht mitkommen, oder? Seine Freundin ist doch Tessinerin, da bin ich überflüssig.«

»Die Staatsanwältin möchte, dass du überall dabei bist, damit du die Zusammenhänge kennst, auch wenn du nicht dolmetschen musst.«

»Das hat Ferrone mir natürlich nicht gesagt. Ich habe das Gefühl, er hat ein Problem mit mir. Ist das was Persönliches?« Moira hielt Chiara die Schwingtür zum Parkplatz auf.

»Ja, aber zwischen ihm und Manzoni. Mit dir hat das nichts zu tun. Die beiden können sich nicht ausstehen.«

»Ach so. Das erklärt einiges. Aber wieso die Staatsanwältin mich unbedingt dabeihaben will, verstehe ich auch nicht so ganz.«

»Ich glaube, die Staatsanwältin denkt, dass die Leute im Dorf dir eher vertrauen, weil sie deinen Vater gut kennen und viele sich auch noch an dich als Kind erinnern werden. Wenn du dort mit mir auftauchst, hat das Ganze einen weniger offiziellen Charakter. Und je wohler die Leute sich fühlen, umso offener werden sie reden.« Sie erreichten Ambrogios klapprigen Jeep, den Moira sich ausgeliehen hatte.

»Fahren wir zusammen, oder musst du einen Polizeiwagen nehmen?«

»Ich fahre mit dir, wenn du mich später wieder nach Lugano zurückbringst. Ich muss noch Papierkram ausfüllen.«

Sie fuhren los. Moira war ein bisschen stolz darauf, dass sie sich ohne Routen-App zurechtfand.

»Ein bisschen mulmig ist mir schon davor, jemandem eine Todesnachricht mitzuteilen.«

Chiara verzog mitfühlend das Gesicht. »Ich finde das auch ganz furchtbar. Ehrlich gesagt, war ich bisher auch nur zweimal dabei. Ich hoffe, ich kriege das hin.«

»Wenn wir heute noch ankommen.« Moira klopfte ungeduldig auf dem Lenkrad herum, weil die Ampel vor ihnen immer nur zwei oder drei Wagen durchließ, bevor sie wieder auf Rot schaltete. »Da wird man ja wahnsinnig! Ist das immer so schlimm?«

»Mein Cousin ist Taxifahrer und sagt immer, die Verkehrsführung in Lugano wurde von einem Sadisten festgelegt. Aber es hat wohl auch etwas mit den Tausenden von Grenzgängern zu tun, die hier arbeiten. Die verursachen jeden Morgen und jeden Abend einen endlosen Stau zwischen dem Tessin und der Lombardei.«

Moira stöhnte erleichtert, als sie endlich die Ampel passieren konnten, und drückte aufs Gas, musste aber gleich wieder heftig auf die Bremse treten, weil ein goldlackierter Maserati vor ihr, ohne zu blinken, auf ihre Spur wechselte.

Sie atmete auf, als sie auf die Straße nach Montagnola abbog.

Bruggers Lebensgefährtin Susanne Neri wohnte ein bisschen außerhalb des Dorfes in einem kleinen, etwas heruntergekommenen Gehöft, das von wild wachsenden Büschen umzingelt war. Moira stellte das Auto an der Straße ab. Zur Haustür führte ein Trampelpfad, der von Stöcken gesäumt war, die man in die Erde gerammt hatte. Auf der Spitze der Stöcke steckten skurril geformte Köpfe aus Ton, die bunt bemalt waren. Die Wiese neben dem Haus war von einem hinfälligen Holzzaun umgeben, und dort graste ungefähr ein Dutzend Schafe mit schmutzverkrustetem Fell.

»Wirkt nicht sehr bürgerlich«, sagte Chiara.

»Mein Vater hat erzählt, sie sei ziemlich esoterisch veranlagt. Sie hat sich hierher zurückgezogen, weil in der Stadt angeblich zu viel Elektrosmog herrscht.«

»Wir sollten herausfinden, wie die Alteingesessenen zu ihr stehen. Ob sie Kontakte hier im Dorf hat oder eine Außenseiterin ist.«

Chiara klopfte an die Tür, und Moira schluckte. Sie hatte in Lima einige Male eine Todesnachricht überbracht, meist, wenn ein drogenabhängiger Elternteil eines Kindes, das im Heim Zuflucht gefunden hatte, an einer Überdosis gestorben war. Aber das hier war etwas völlig anderes. Sie würden gleich einer Frau sagen, dass der Mann, den sie geliebt hatte, gewaltsam getötet worden war. Dass er einen entsetzlichen Todeskampf durchgemacht hatte. Luca hatte ihnen die Wirkung von Stechapfelsamen anschaulich geschildert. »Auf so eine grausame Weise tötet man aus Hass«, hatte er bei der Besprechung gesagt. »Diese Sache war persönlich.«

Aus dem Inneren des Hauses waren Schritte zu hören, dann wurde ein Schlüssel im Schloss gedreht, und die Tür öffnete sich. Es war die Frau vom Dorffest, die Moira wegen ihrer

74

Dreadlocks aufgefallen war. Susanne Neri war ungefähr Ende dreißig. In ihre hennaroten Dreadlocks hatte sie bunte Bänder und Perlenschnüre geflochten. Die ungewöhnlich hellen Augen gaben ihr ein verträumtes Aussehen, als weilte sie geistig in anderen Sphären. Sie trug eine weite Haremshose und mehrere bunt gemusterte Oberteile in verschiedenen Längen übereinander.

Moira hatte den Eindruck, dass ihr Lächeln für einen winzigen Moment flackerte und Erleichterung wich. Wen hatte sie erwartet?

Ohne zu fragen, wer sie waren, legte Susanne die Handflächen aneinander und verneigte sich leicht. Moira fand diese Geste aufgesetzt. Ihrer Ansicht nach wurde sie vor allem von Leuten benutzt, die alles andere als ausgeglichen oder gar erleuchtet waren, um eine nicht vorhandene Sanftheit vorzugaukeln.

Susannes friedvolle Miene veränderte sich, als Chiara sich und Moira vorstellte. »Kriminalpolizei?« Ihre Hände fielen kraftlos herunter.

»Wir würden gerne kurz hereinkommen und mit Ihnen sprechen.«

Verwirrung, Überraschung und Angst zogen im Zeitraffer über Susannes Gesicht wie Wolken über eine Landschaft. Dann trat sie zurück und ließ sie ein, kleine Glöckchen klimperten am Saum ihres Oberteils. Im Flur roch es nach Patschuli und Ylang Ylang. Es war zu düster, um Einzelheiten erkennen zu können. Die Wände waren mit lilafarbenen Tüchern verhängt, und es gab etliche Spiegel verschiedener Größe, in denen Moira ihr eigenes Bild vorbeihuschen sah. Auf einer indisch anmutenden Kommode lag ein Messingtablett mit aufgefächerten Faltblättern in Lila. Moira steckte eines davon ein, ohne es zu lesen.

Durch eine halb geöffnete Tür am Ende des Flures blickte sie in eine unordentliche Küche, wo auf der Arbeitsfläche Kräutertöpfe, benutzte Tassen und leere Weinflaschen durcheinanderstanden. Susanne zog die Tür im Vorbeigehen zu und brachte ihre Gäste in ein Wohnzimmer, das eingerichtet war wie ein Beduinenzelt in einem kitschigen Hollywoodfilm. Nachgeahmte Kelims auf dem Boden, darauf bunte, bestickte Yogakissen, an den Wänden hingen indische Tücher. Das Fenster war mit einem violetten Tuch verhängt. Auf einem Teetablett auf dem Boden stand eine Laterne mit buntem Glas. Daneben glomm ein Räucherkegel vor sich hin und sandte einen Rauchfaden in die Luft.

»Worum geht es denn?« Susanne zupfte nervös an einem ihrer verfilzten Haarsträhne. Moira fiel auf, dass ihr schmales Gesicht etwas aufgedunsen wirkte.

»Wir sollten uns zuerst setzen, Signora Neri«, sagte Chiara, und sie alle drei ließen sich auf den flachen Kissen nieder. Moira setzte sich so, dass sie Susanne unauffällig von der Seite beobachten konnte. Der schwere Duft des Räucherwerks verursachte bei Moira eine leichte Übelkeit, und sie hätte gerne das Fenster aufgerissen, um etwas frische Luft hereinzulassen. Sie war froh, dass sie erst einmal nichts sagen musste, sondern Chiara die schlechte Nachricht überbrachte.

»Zuerst müssten Sie uns ein paar Fragen beantworten. Ich wüsste gerne, wann Sie Ihren Lebensgefährten Adrian Brugger zum letzten Mal gesehen haben.«

»Wieso?« Susanne sah alarmiert aus. »Ist etwas mit ihm?«

»Könnten Sie mir bitte zuerst die Frage beantworten?« Chiaras Stimme war freundlich, aber es wurde deutlich, dass sie eine Antwort erwartete.

Susanne Neri zog die Schultern hoch und rieb sich die Oberarme. »Wann habe ich ihn das letzte Mal gesehen? Das war, als er in die Deutschschweiz losgefahren ist, also als wir uns verabschiedet haben. Das war, einen Moment, ich muss kurz nachdenken – das war Montag vor dem Osterwochenende. Am Sonntagabend hatte er Schicht in der Osteria, und am Montagmorgen ist er gegen zehn weggefahren.«

Chiara tippte etwas in ihr Telefon. Auch die Polizei ging mit der Zeit, der klassische Notizblock hatte wohl ausgedient. »Und wohin in der Deutschschweiz wollte Ihr Partner?«

»Nach Zürich, Freunde besuchen. Aber ich weiß nicht, wie die heißen.«

»Hat er sich nach seinem Aufbruch noch einmal bei Ihnen gemeldet?«

Susanne nickte. »Natürlich! Auch wenn wir nicht jeden Tag in Kontakt sind, schreibt er immer mal wieder.«

»Wann haben Sie seine letzte Nachricht empfangen?«

»Am Neunzehnten.«

»Haben Sie auch telefoniert, seit er weg ist?«

»Ein paarmal. Er war ziemlich beschäftigt. Aber nicht von seinem Telefon, sondern vom Festnetz.«

»Er war also beschäftigt, obwohl er nur Freunde besuchen wollte?«

»Ja, sie haben wohl ziemlich viel unternommen. Vielleicht hatte er mit diesen Freunden auch geschäftlich zu tun, das weiß ich nicht so genau. Um solche Sachen habe ich mich nie gekümmert.«

Chiara sah von ihrem Handy auf. »Wann wollte Ihr Lebensgefährte denn zurück sein?«

»Am Karfreitag.«

»Aber er kam nicht, oder?«

Susanne schüttelte den Kopf.

»Am dreiundzwanzigsten April, dem Dienstag nach Ostern, wurde er von seiner Vermieterin als vermisst gemeldet«, sagte Chiara. »Wieso hielten Sie diesen Schritt nicht für nötig, obwohl er nicht wie geplant zurückkam?«

»Wir führen eine sehr freie Beziehung, da muss man sich nicht ständig melden. Hat er was angestellt? Er ist doch nicht verhaftet worden, oder?«

Chiara steckte ihr Handy in ihre Umhängetasche und schluckte sichtbar. Moira war froh, nicht an ihrer Stelle zu sein. »Ich muss Ihnen leider mitteilen, dass Ihr Lebensgefährte tot aufgefunden wurde. Es tut mir wirklich sehr leid.«

In Filmen brachen die Leute immer sofort zusammen, wenn ihnen der Tod eines geliebten Menschen mitgeteilt wurde. Aus eigener Erfahrung wusste Moira, dass es in Wirklichkeit nicht so war. Auch Susanne Neri zeigte erst einmal keine Regung, sondern saß mit gekreuzten Beinen auf ihrem Meditationskissen und starrte vor sich hin, als hätte man ihr ein Brett über den Kopf gezogen. Moira wusste, wie sie sich fühlte: als würde alles um sie herum in einen bodenlosen Abgrund rutschen und sie mit sich ziehen.

Susanne schüttelte den Kopf. »Das kann nicht sein.«

»Wieso nicht?«, fragte Chiara sofort.

Susanne Neri sah sie verwirrt an. »Ich kann das einfach nicht glauben.«

»Eine solche Nachricht ist nicht leicht zu verkraften. Möchten Sie medizinische oder psychologische Hilfe? Wir haben ein Team in der Nähe, das sich um Sie kümmern kann.«

»Nein, ich will niemanden.« Susanne begann, mit gekreuzten Beinen vor- und zurückzuschaukeln. »Was ist denn bloß passiert? *O dio!*« Sie atmete schwer, ihr Kopf sackte nach vorne. Sie schaukelte immer heftiger und keuchte. Wenn es so weiterginge, würde sie ohnmächtig werden.

»Sind Sie sicher, dass Sie keinen Arzt brauchen?«

Susanne reagierte nicht. Chiara warf Moira einen hilflosen

Blick zu. Die rutschte von ihrem Kissen nach vorne und ergriff Susannes Hände. »Kommen Sie, wir gehen nach draußen.«

Die Frau ließ sich hochziehen, als hätte sie keinen eigenen Willen mehr. Moira führte sie durch den Flur und trat mit ihr vors Haus. »Versuchen Sie, gleichmäßig zu atmen.«

Susanne antwortete nicht, folgte aber Moiras Anweisung. »Kommen Sie, wir gehen jetzt rüber zu den Schafen.« Wieder ließ sich die Frau an der Hand führen wie eine Schlafwandlerin. Moira stieß das Gittertor im Zaun auf und ging mit ihr zu einem der Schafe, nahm Susannes Hände und legte sie auf den Rücken des Tiers. Susannes Finger gruben sich in das dicke Fell. Das Schaf machte zwei kleine Schritte, blieb dann aber stehen und begann wieder zu grasen.

»Okay, halten Sie sich fest.«

Susannes Atem wurde etwas langsamer. Sie sackte in sich zusammen, die Hände noch immer im Fell des Schafes vergraben, und lehnte ihre Stirn an seine Flanke. Moira blieb an ihrer Seite, ohne sie zu berühren. Sie erinnerte sich, wie sie ihre Tochter Luna, die damals kaum ein Jahr alt gewesen war, stundenlang im Arm gehalten hatte, einfach weil sie etwas Warmes, Lebendiges spüren musste, um nicht wahnsinnig zu werden. Dass Javier wirklich tot war, erstochen, obwohl er seinen Geldbeutel sofort herausgegeben hatte, dass Luna keinen Vater mehr hatte, war da noch eine abstrakte Information, die zu begreifen sie erst Tage später imstande gewesen war.

Am Rand ihres Gesichtsfelds nahm Moira wahr, dass Chiara vor dem Zaun stand und ihnen zusah. Susanne Neris Schultern hoben und senkten sich, als wollte sie mit unsichtbaren Flügeln schlagen. Moira kniete sich neben sie ins Gras. Der Geruch des Schafes drang schneidend in ihre Nase.

»Sie können es aushalten, auch wenn es sich gerade nicht so anfühlt. Sie halten das aus.«

Susanne wimmerte, das Geräusch wurde durch das Schaffell gedämpft. »Er kann nicht tot sein!«

»Es dauert, bis man es begreift. Geben Sie sich Zeit.«

Susanne löste eine Hand aus dem Schaffell und tastete in die Luft. Moira nahm die Hand und gab keinen Ton von sich, als Susanne sie dermaßen fest drückte, als sei sie eine Schwangere in den Presswehen. Sie blieben lange Zeit so sitzen, bis der Schatten des Stalls sie erreichte und es kühler wurde.

Endlich sah Susanne auf, fiel auf die Fersen zurück und ließ ihre Hände schlaff in ihren Schoß fallen. Sie sah darauf hinunter, als wüsste sie nicht, wozu sie da waren und zu wem sie gehörten.

»Wie wäre es, wenn wir reingingen und Sie zur Entspannung ein Glas Wein trinken?«, sagte Moira behutsam.

In der Küche füllte Moira zwei Gläser aus einer bereits geöffneten Flasche, die auf der Anrichte stand, während Susanne sich an den Tisch setzte. Sie entriss Moira das Glas und leerte es in wenigen Schlucken zu zwei Dritteln. Danach sah sie Moira an und schien sie zum ersten Mal seit der Todesnachricht wieder bewusst wahrzunehmen.

»Ich würde gerne wissen, was passiert ist.« Susanne rieb sich die Stirn. »Er kann doch gar nicht tot sein, er war doch …« Susanne schüttelte den Kopf, als wollte sie eine Fliege verscheuchen. »Er war doch gerade noch lebendig! Moment, ich hole mein Telefon. Das habe ich immer in einer Metalldose wegen den Strahlen.«

Sie stand auf und holte aus einem Fach der Anrichte eine Kaffeedose aus Aluminium. Das Handy darin war in mehrere Schichten Aluminiumfolie gewickelt. Moira und Chiara warfen sich stumm einen Blick zu. Susanne tippte ihre PIN ein und reichte das Handy an Chiara weiter.

»Das sind seine Nachrichten. O Gott, ich glaube, mir wird

übel!« Sie stürzte auf den Flur, und Moira hörte, wie eine Tür gegen die Wand flog, gefolgt von Würgegeräuschen.

»Ich glaube, ich hole besser das Notfallteam dazu, die können ihr etwas zur Beruhigung verabreichen.« Chiara machte den notwendigen Anruf und wandte sich dann wieder Susannes Handy zu. Susanne kam zurück in die Küche, zittrig und blass im Gesicht.

»Geht es einigermaßen?«, fragte Moira. Susanne nickte und atmete tief durch.

»Frau Neri, ich speichere den Chatverlauf und schicke ihn an mein Diensthandy. Wir müssen die Nachrichten analysieren.«

Susanne nickte, aber Moira war sich gar nicht sicher, ob sie verstand, was Chiara gesagt hatte. Sie kauerte sich mit angezogenen Beinen auf ihren Stuhl, umklammerte ihre Knie und wirkte geistig abwesend.

Nach einer Weile klingelte es. Moira ging, um den beiden Sanitätern die Tür zu öffnen. Sie zeigte ihnen, wo die Küche war, und wartete auf dem Flur auf Chiara, die sich wenige Minuten später zu ihr gesellte.

»Sie war einverstanden, ein Beruhigungsmittel zu nehmen. Ich habe eine Freundin von ihr angerufen, die gleich kommt. Bis dahin bleiben die Sanitäter bei ihr.«

Als Moira und Chiara etwas später zum Auto gingen, sagte die junge Polizistin: »Es war toll, wie du mit der Frau umgegangen bist. Ich glaube, ich bin nicht besonders einfühlsam.«

»Das war ich in deinem Alter auch nicht. Kann ich mir die Nachrichten von Susannes Handy mal ansehen?«

Chiara entsperrte das Telefon und reichte es Moira.

Adrian Brugger war als *mio tesoro* gespeichert, mein Schatz. Sein Profilbild zeigte einen auf etwas grobe Art gut aussehenden Mann mit millimeterkurzen dunklen Haaren.

»Die letzte Nachricht ist vom neunzehnten April. Da war Brugger laut Luca, äh, Dr. Cavadini, noch am Leben. Dass es danach keine Nachrichten mehr gibt, passt zum Todeszeitpunkt«, stellte Moira fest.

Sie scrollte sich weiter nach oben. »Wann ist er noch mal nach Zürich aufgebrochen?«

»Am fünfzehnten April. Am neunzehnten wollte er eigentlich zurück sein, laut Frau Neri. Das war Karfreitag. Und am Dienstag nach Ostern hat ihn Frau Tobler als vermisst gemeldet.«

»Ich finde immer noch seltsam, dass Susanne Neri das nicht getan hat. Ostern stand vor der Tür, da geht man doch nicht spontan auf Sauftour oder einen Kurztrip.«

Moira zog die Augenbrauen zusammen. »Das ist ja seltsam – hier, die Nachricht vom Fünfzehnten: *Sono bene arrivato. È stato tanta traffico sulla autostrada. Mi vado a letto adesso. Tanti bacio.* Als hätte er plötzlich sein Italienisch verlernt. Die Nachrichten davor und danach sind alle grammatikalisch korrekt.«

Chiara hob eine Schulter. »Vielleicht war er betrunken oder sehr müde.«

Moira sah sie skeptisch an. »Meinst du? Für mich sieht das aus, als hätte das jemand anderer geschrieben. Jemand, der nicht besonders gut Italienisch spricht.«

»Vielleicht hast du recht. Dann gibt es eigentlich nur eine Schlussfolgerung: Wenn wir diesen Jemand finden, haben wir Bruggers Mörder gefunden.«

6

Als kleines Mädchen war Moira einmal in einem Laden gewesen, der auf mehreren Stockwerken ausschließlich Weihnachtsdekoration verkaufte. Wo man auch hinblickte, überall türmten sich glänzende Schätze, gab es neue Kuriositäten zu entdecken. Es war aufregend, aber einfach zu viel.

Ganz ähnlich fühlte sie sich jetzt, als sie zusammen mit Chiara von Agnes Tobler durch die Räume ihres Hauses geführt wurde. Agnes stützte sich auf einen Gehstock und kam nur langsam voran, daher blieb ausreichend Zeit, sich umzusehen.

Kerzenleuchter aus Kristall standen auf golden lackierten Konsoltischen neben ausgestopften Eulen und Mardern, silberne Gabeln und Messer steckten bündelweise in Zinnkrügen, die sich gemeinsam mit geschliffenen Weingläsern und Muranovasen auf Regalborden drängten, und an den Wänden hing ein Sammelsurium aus antiken landwirtschaftlichen Werkzeugen, Jagdtrophäen und Ölbildern in schweren goldenen Rahmen.

Moira verstand nicht viel von Antiquitäten, aber sogar sie bemerkte, dass die Stücke kein Ramsch waren, sondern von bester Qualität und zum Teil wahrscheinlich sehr wertvoll. Trotz der Unmengen verschiedenster Möbelstücke in unterschiedlichen Stilen war alles sorgfältig und geschmackvoll arrangiert. Verschlungen gemusterte Orientteppiche bedeckten den Steinboden und verschluckten den Klang ihrer Schritte, während sie der alten Dame folgten. Chiara drehte sich kurz zu Moira um und riss ihre Augen auf, um ihre Verblüffung auszudrücken. Moira ging es ähnlich. Von außen wirkte das Haus marode. An der Fassade löste sich der Putz, und von den Fensterläden blätterte der dunkelgrüne Anstrich in großen Flocken ab.

Sie stiegen eine Treppe aus dunklem Schiefer hinauf und kamen in einen breiten Flur, dessen Wände mit Gemälden und Antiquitäten förmlich übersät waren. Im Vorbeigehen sah Moira alte Kuhglocken, Ölbilder mit Tessiner Landschaften, zwei silberverzierte Duellpistolen, sogar ein uraltes Ochsenjoch.

Agnes Tobler führte sie in ein ebenso überladenes, aber gemütliches Wohnzimmer. Bücherregale zogen sich an den Wänden entlang, gefüllt mit alten Folianten. In einem Erker stand, von asiatisch wirkenden Beistelltischchen flankiert, ein mit Brokat bezogenes Sofa vor einem großen dreigeteilten Fenster, das in den Garten hinausführte.

Agnes wies auf einen runden Nussbaumtisch in der Mitte des Zimmers. »Bitte nehmen Sie doch Platz, ich bringe Ihnen etwas zu trinken«. Ihr deutscher Akzent kam Moira noch stärker vor als sonst. Wahrscheinlich war sie aufgeregt.

Chiara lehnte dankend ab. »Wir würden uns lieber die Wohnung Ihres Untermieters ansehen.«

»Meine Güte, natürlich.« Agnes presste sich eine Hand auf die Brust. »Ich bin nur vollkommen durcheinander. Erst diese entsetzliche Nachricht und dann all diese Polizisten in Plastikanzügen, die stundenlang hier ein und aus gegangen sind. Es ist alles so unwirklich. Ich habe das alles noch gar nicht richtig begriffen.«

Chiara nickte verständnisvoll. »Es ist leider nicht vermeidbar, dass bei ungeklärten Todesfällen die Wohnung auf Spuren überprüft wird. Es könnte ein Kampf stattgefunden haben, oder es könnte jemand zu Besuch gewesen sein, der etwas mit dem Tod Ihres Untermieters zu tun hat.«

Agnes schüttelte heftig den Kopf, und ihr metallisch rotes Haar bauschte sich. »Das hätte ich doch gehört. Mein Schlafzimmer liegt ja genau neben seiner Wohnung.« Sie bemerkte Chiaras verwunderten Blick und fügte hinzu: »Natürlich gibt es zwischen den Wohnungen keine Verbindung. Wir teilen uns nur die Treppe, aber meine Räume sind separat abschließbar, so wie in einem Mietshaus. Jeder braucht sein eigenes Reich, sage ich immer.«

Agnes sprach Italienisch, streute aber immer wieder deutsche Wörter ein. Chiara sah Moira fragend an. Die übertrug das Kauderwelsch der alten Dame in verständliches Italienisch. Sie wunderte sich ein bisschen, dass Agnes nicht flüssiger Italienisch sprach. Das Haus wirkte, als lebte sie seit Jahrzehnten hier. Und hatte sie nicht erwähnt, dass ihr Vater mit Hesse befreundet gewesen war? Also musste sie in Montagnola aufgewachsen sein.

»Ich frage mich nur, was Sie hier noch suchen, wo doch Ihre Kollegen schon alles durchstöbert haben.«

»Wir möchten uns einfach noch ein bisschen genauer umsehen«, sagte Chiara vage. »Wissen Sie, man kriegt ein Gefühl für einen Menschen, wenn man sich ansieht, wie er gelebt hat.«

Agnes schwieg einen Moment, als dächte sie darüber nach, und nickte dann. »Da haben Sie recht, allerdings werden Sie nicht viel Persönliches finden.«

»Was wissen Sie denn über Ihren Untermieter?«, sagte Chiara sachlich.

Moira erwartete fast, dass sie jetzt Notizblock und Stift hervorziehen würde wie eine Polizistin in einem Samstagabendkrimi, aber ihre neue Kollegin tat nichts dergleichen. Wahrscheinlich gehörte das zu den Dingen, die es nur in Filmen gab und die mit wirklicher Polizeiarbeit nichts zu tun hatten.

Agnes schloss ein Moment die Augen, und ihr Gesicht wirkte auf einmal eingefallen und übermüdet. Sie streckte den Arm aus und suchte Halt an einer Stuhllehne. Der Arm, der den Gehstock hielt, zitterte.

»Vielleicht sollten wir uns doch setzen«, sagte Moira. »Ist Ihnen schwindlig, Signora Agnes? Brauchen Sie ein Glas Wasser oder eine Pause?«

Die alte Frau fuhr sich kurz mit der Zungenspitze über die Lippen und schüttelte den Kopf, dann öffnete sie die Augen wieder, und es wirkte, als kostete es sie viel Kraft.

»Es geht schon wieder. Wissen Sie, Adrian war mehr für mich als nur mein Untermieter. Auf gewisse Weise war er fast wie ein Sohn für mich, oder sagen wir besser, wie ein …«, sie suchte nach dem passenden Wort, sagte dann auf Deutsch: »Wie mein Nöwöh.« Als ihr auffiel, dass Moira mit dem Begriff nichts anfangen konnte, ergänzte sie: »Mein Neffe. Entschuldigung, wenn mein Gemüt so bewegt ist, kehre ich automatisch in die Sprache meiner Kindheit zurück.«

»Sind Sie gar nicht hier im Dorf aufgewachsen?«, fragte Moira.

»Doch, aber es wurde bei uns zu Hause immer Deutsch gesprochen. Mit fünfzehn Jahren ging ich nach Bern zu meiner Tante und kehrte erst zurück, als mein Vater pflegebedürftig wurde. Ein bisschen wie Sie, meine Liebe, nicht wahr?« Sie legte den Kopf schräg und blinzelte mehrmals wie ein kleiner Vogel.

»Ein bisschen.« Moira wies nicht darauf hin, dass ihr Vater weit davon entfernt war, pflegebedürftig zu sein, und sie nicht vorhatte, für längere Zeit bei ihm zu wohnen.

»Mit wem außer den Leuten aus dem Dorf hatte Brugger Umgang?«, fragte Chiara.

Agnes hob die Hände. »Ich habe Adrian nicht nachspioniert. Aber er wurde einige Male von einem Mann in einem hellgrünen Sportwagen abgeholt. So ein eckiges, flaches Ding. Mit Mailänder Nummernschild, da bin ich sicher. Beim letzten Mal haben sie sich laut gestritten. Nur ein paar Tage, bevor er nach Zürich gefahren ist.«

»Wie sah dieser Mann aus?«, sagte Chiara.

»Klein, schmal, glattrasiert. So genau habe ich ihn mir nicht angesehen.«

Chiara nickte. »Das ist trotzdem ein wichtiger Hinweis. Und jetzt würden wir uns gerne die Wohnung ansehen.«

»Ich muss erst den Ersatzschlüssel suchen, ich habe ihn schon wieder weggepackt, nachdem Ihre Kollegen fertig waren.« Agnes wandte sich ab, lehnte ihren Stock gegen die Wand und kramte in der obersten Schublade der Anrichte, wobei sie leise vor sich hin redete. »Wo habe ich den nur wieder hingeräumt. Ich bin so vergesslich in letzter Zeit, einfach fürchterlich. Alles verschwindet. Ah, da ist er ja, wusste ich es doch!« Sie drehte sich um und präsentierte einen großen, altmodischen Schlüssel.

Die Treppe in den zweiten Stock war schmaler und nicht aus Stein, sondern aus Holz. Oben gab es statt eines langen Flures nur einen Absatz, von dem aus zwei Türen abgingen.

»War Ihnen nicht unangenehm, dass Signor Brugger denselben Eingang und dieselbe Treppe benutzte wie Sie?«, fragte Chiara.

»Ganz am Anfang ein wenig, ich war ja nicht daran gewöhnt, aber Adrian hat sich sofort überall im Haus so nützlich gemacht, ich wusste bald gar nicht mehr, wie ich ohne ihn zurechtkommen sollte. So ein hilfsbereiter junger Mann. Und handwerklich so begabt! Charmant war er auch, und nicht zu knapp!« Agnes blickte versonnen auf den Treppenpfosten. »Susanne hatte Glück, dass er sich für sie entschieden hat. Sie war nicht die Einzige, die hinter ihm her war.« Agnes wandte sich der Tür zu, sperrte auf und trat zur Seite. »Bitte sehr. Es ist alles so, wie er es bei seiner Abreise hinterlassen hat.« Sie setzte in missbilligendem Ton hinzu: »Abgesehen von dem Schmutz, für den Ihre Kollegen verantwortlich sind.«

»Wohin ist er denn abgereist?« Chiara trat über die Schwelle und sah sich im Zimmer um.

»Nach Zürich wollte er, wegen irgendeiner geschäftlichen Sache. Ich weiß aber nichts Genaues. In seine Geschäfte habe ich mich nie eingemischt.«

Agnes verfiel wieder in die seltsame Mischung aus Italienisch und Schweizerdeutsch, sodass Moira erneut übersetzen musste. Sie war sogar froh darüber, weil das zumindest ihre Anwesenheit hier rechtfertigte. Sie hatte das Gefühl, Einblick in Dinge zu kriegen, die man normalerweise nicht mit Fremden teilte und die sie nichts angingen. Wahrscheinlich war das zwangsläufig so, wenn man herausfinden wollte, weshalb und von wem ein Mensch getötet worden war, aber sie fühlte sich dennoch wie jemand, der unerlaubt in fremden Angelegenheiten herumschnüffelte.

Chiara wandte sich an Agnes:

»Sie müssen nicht hier warten. Wir sehen uns ein wenig um und kommen dann wieder nach unten.«

»Ach, das macht mir nichts. Vielleicht kann ich Ihnen ja noch nützlich sein.« Agnes reckte den Hals, offensichtlich begierig, jeden Schritt der Untersuchung zu verfolgen.

Moira lächelte die ältere Frau an. »Ich hätte jetzt doch sehr gerne einen Kaffee, wenn es Ihnen nichts ausmacht.«

Wenn sie nicht unhöflich sein wollte, blieb Agnes keine andere Wahl, als der Bitte nachzukommen.

»Sehr gerne, *carissima*.« Agnes lächelte etwas gezwungen und begab sich sichtlich widerstrebend nach unten.

»Danke. Ich hasse es, beobachtet zu werden, wenn ich mich irgendwo umsehe. Dann kann ich mich nicht konzentrieren. Jedes Detail kann wichtig sein. Schaust du auch ein bisschen mit, bitte?«

»Wenn du meinst. Ich weiß ja gar nicht, worauf man als Polizistin achten muss.«

»Gerade deshalb fallen dir vielleicht Dinge auf, auf die ich nicht achte. Es kann jedenfalls nicht schaden.«

Moira trat in die Mitte des Raumes, um sich einen Überblick zu verschaffen. Offensichtlich war es das Wohnzimmer. Die Möbel waren nicht so edel und wertvoll wie im Rest des Hauses, sondern stammten wohl aus einem günstigen Möbelhaus. Ein Sofa, ein Couchtisch, eine TV-Bank mit einem Flachbildfernseher darauf. In dem Fach darunter stand eine Playstation, der Controller dazu lag auf dem Sofa. Auf dem Boden lagen einige Computerzeitschriften und Krimi-Taschenbücher in deutscher Sprache verstreut.

»So richtig wohnlich ist es hier nicht«, sagte Moira. »Irgendwie unpersönlich.«

»Typisch für alleinlebende Männer. Ich war schon in einigen solcher Wohnungen. Meistens wegen Suizid«, erwiderte Chiara trocken. »In diesem Fall allerdings nicht.«

Sie sahen sich die anderen Räume an. Vom Wohnzimmer ging es direkt in ein kleines Schlafzimmer. Die Einrichtung bestand aus einem ungemachten Bett, dessen Bettzeug wirkte, als wäre es lange nicht gewechselt worden, einem Klappstuhl, der als Nachttisch diente, und einem einfachen Kleiderschrank.

Chiara öffnete die Türen, an denen ein blaues Pulver klebte, wahrscheinlich eine Hinterlassenschaft der Spurensicherung.

»Viele Kleidungsstücke hat er nicht gehabt.« Chiara fuhr

mit den Händen zwischen die T-Shirt-Stapel und schob die Hemden und Jacken auf der Kleiderstange zur Seite, um sich das Innere des Schrankes anzusehen. Moira trat neben sie. »Aber sieh dir mal die Labels an: alles Markenware.«

»Stimmt. Wenn das keine Fälschungen sind, hatte er für einen Gelegenheitsarbeiter einen ziemlich teuren Geschmack.«

»Allerdings keinen besonders guten. Wirkt alles ziemlich protzig auf mich mit diesen Aufdrucken, die cool sein sollen, und den aufgesetzten Nieten.«

»Vom Stil her würde ich auch eher auf einen Angeber tippen, aber Signora Tobler hat uns ja erzählt, wie hilfsbereit und freundlich er war.« Chiara schloss den Schrank wieder, stemmte die Hände in die Hüften und sah sich um. »Ich frage mich, wo sein Computer ist. Zumindest ein Tablet muss er gehabt haben. Erinnerst du mich daran, Signora Tobler danach zu fragen?«

»Vielleicht hatte er es bei sich, als er weggefahren ist. Ich nehme meinen Laptop wirklich überallhin mit, und Brugger wollte ja laut Susanne einige Zeit in Zürich bleiben.«

»Falls er überhaupt dort angekommen ist«, ergänzte Chiara. »Wahrscheinlich hat der Täter es irgendwo im Wald oder in einem Gewässer entsorgt.«

In der Küche fanden sich ebenfalls keine persönlichen Gegenstände. Auf einem kleinen Tisch stand ein benutztes Glas mit einem Rest Cola darin.

Sie gingen weiter ins Badezimmer. Im Spiegelschrank über dem Waschbecken fanden sich eine mit Zahnpasta verkrustete Zahnbürste, eine Tube Elmex und eine Packung Einwegrasierer, dazu mehrere Medikamentenpackungen.

»Das nehmen wir mit.« Chiara zog mehrere Plastikbeutel mit Ziplockverschluss aus ihrer Umhängetasche und streifte sich Einweghandschuhe über. »Einiges davon scheint mir verschreibungspflichtig zu sein.«

Sie kehrten in den Hauptraum zurück.

»Das war wirklich unergiebig.« Chiara kaute auf ihrer Unterlippe herum und sah unglücklich aus. »Ferrone wird mich runtermachen, wenn ich ohne Resultate im Kommissariat auftauche.«

»Der Mann kennt sich aus mit Mitarbeiterführung«, bemerkte Moira. »Aber lass uns einfach noch einmal gründlicher schauen. Vielleicht ist irgendwo etwas versteckt.«

Sie machten sich daran, die Wohnung ein zweites Mal zu durchsuchen. Chiara nahm das Wohnzimmer und Moira das Schlafzimmer. Sie räumte den Schrank komplett aus und warf die Kleidungsstücke aufs Bett, nicht ohne die Hosen daraufhin abzutasten, ob sich etwas in den Taschen verbarg. Dann ging sie ein Fach nach dem anderen durch und fuhr sogar mit den Handflächen die Unterseite der Regalböden ab. Um an die oberen Fächer heranzukommen, kletterte sie auf den Klappstuhl. An einer Stelle des obersten Regalbodens ertasteten ihre Fingerkuppen ganz hinten eine Stelle mit Kleberesten. Hatte Adrian Brugger tatsächlich etwas versteckt und es dann wieder entfernt? Vielleicht war es auch nur ein Aufkleber gewesen. Moira versuchte, die Reste mit dem Daumennagel abzuschaben, bekam aber nur klebrige Krümel heraus, die keine Rückschlüsse zuließen.

Enttäuscht stieg sie von dem wackeligen Stuhl hinunter und begann, den Schrank wieder einzuräumen. Sie griff sich mit beiden Händen einen ganzen Schwung von identischen schwarzen Sockenpaaren, die sorgfältig ineinandergestülpt waren, um sie wieder in die Schublade zu stopfen, da kam ihr ein Gedanke. Sie ließ die Socken wieder aufs Bett fallen und setzte sich daneben. Dann begann sie ein Sockenpaar nach dem anderen auseinanderzuziehen. Beim fünften Paar fiel ein kleiner, rechteckiger schwarzer Gegenstand auf die Bettdecke.

»Na also«, sagte sie leise und griff nach dem Ding. Dann zog sie ihre Finger wieder zurück. Mögliche Beweisstücke sollte man besser nicht anfassen, das wusste schließlich jeder, der schon einmal einen Fernsehkrimi gesehen hatte.

Sie rief nach Chiara, und als die Polizistin in der Tür erschien, zeigte Moira auf den Gegenstand.

»Ich glaube, Ferrone wird zufrieden sein.«

»Großartig!« Chiara reckte eine Faust. Moira musste lachen, weil die grobe Geste so gar nicht zu der zarten Erscheinung ihrer neuen Kollegin passte.

Was Moira da aus der Socke geschüttelt hatte, war ein USB-Stick mit Klebespuren auf einer Seite. Moira zeigte Chiara die Stelle im Schrank.

»Adrian Brugger hat es also für nötig gehalten, ein sicheres Versteck für den Stick zu finden. Das hätte er nicht getan, wenn darauf nichts Wichtiges gespeichert wäre.« Chiara zog sich einen frischen Latexhandschuh an und tütete den Stick vorsichtig ein. »Ich hoffe, unsere IT-Spezialistin entdeckt darauf etwas, das uns weiterbringt.«

Sie gingen nach unten ins Esszimmer, um sich zu verabschieden. Agnes Tobler saß reglos am Tisch, vor sich ein Likörglas mit einer honigfarbenen Flüssigkeit. Sie wirkte wie eine Schaufensterpuppe, ein weiteres Stück in diesem Kuriositätenkabinett voller seltsamer Exponate.

Als sie die beiden Frauen bemerkte, kam wieder Leben in sie. »Haben Sie etwas Interessantes entdeckt?«

»Nein, nichts Bestimmtes«, antwortete Chiara. »Trotzdem vielen Dank, dass wir uns umsehen durften.«

Agnes' Lächeln wirkte bemüht. »Ich hoffe, Sie finden bald heraus, wer das getan hat. Ich weiß gar nicht, was ich ganz alleine in diesem Riesenhaus soll. Es wird wieder sehr still werden um mich.« Sie verfiel automatisch ins Deutsche.

Von plötzlichem Mitgefühl erfüllt, sagte Moira: »Kommen Sie doch einfach rüber in die Casa Rusconi, wenn Ihnen hier die Decke auf den Kopf fällt.«

Das Gesicht der alten Dame leuchtete auf. »Das ist furchtbar nett von Ihnen, meine Liebe, und ich nehme das Angebot gerne an. Grüßen Sie Ihren Herrn *papà* ganz herzlich von mir.«

Moira kamen Bedenken, ob ihr Vater über einen Besuch seiner Nachbarin erfreut sein würde, doch jetzt war es zu spät, die Einladung zurückzuziehen. Sie tröstete sich damit, dass es eine gute Tat war, die alte Dame aus ihrer Einsamkeit zu erlösen.

»Bleiben Sie doch auf einen Brandy.« Agnes blickte sie hoffnungsvoll an.

Moira und Chiara lehnten ab und verabschiedeten sich.

»Seien Sie nicht böse, wenn ich Sie nicht nach unten begleite – meine Hüfte macht wieder mal Schwierigkeiten. Man wird alt.«

»Natürlich, ruhen Sie sich aus.«

»Ziehen Sie einfach die Tür zu, ich schließe später ab!«, rief ihnen Agnes hinterher. Auf dem Weg nach draußen übersetzte Moira sinngemäß das kurze Gespräch.

»Arme Frau. Ich würde vor Angst sterben, wenn ich alleine in diesem Museum schlafen müsste.« Chiara schüttelte sich.

Es war ein eigenartiges Gefühl, aus dem düsteren Haus wieder in den sonnigen Tag zu treten. Als käme man aus einer anderen Welt, dachte Moira.

Schräg gegenüber am Straßenrand parkte Lucas roter Sportwagen neben dem Eingang zur Casa Rusconi. Wahrscheinlich hatte sein Vater ihn beauftragt, Ambrogios Weinkeller aufzufüllen. Vielleicht hatte er ja Zeit auf einen Kaffee, um über den Fall zu sprechen.

»Fahren wir?«

Moira sah verwirrt hoch, dann fiel ihr ein, dass sie Chiara zurück zum Kommissariat bringen musste. Sicher würde Luca schon fort sein, wenn sie zurückkam. Moira spürte eine leichte Enttäuschung. Suchte sie etwa nach einem Vorwand, um ihn sehen zu können?

Im Kommissariat lernte Moira die Computerspezialistin Serena Taller kennen. Die Frau Ende dreißig mit ihrem lila gefärbten Stufenschnitt und der grasgrünen Brille war ihr schon bei der Teambesprechung aufgefallen. Ihr Büro lag im Untergeschoss der Polizeistation in einem geräumigen, aber fensterlosen Raum. An den Wänden entlang standen Tische und darauf unterschiedliche Rechnermodelle. Das Ganze erinnerte an eine Ausstellung über die Entwicklung des PCs.

Serena begrüßte Moira mit festem Händedruck, blieb jedoch auf ihrem ergonomischen Hocker sitzen.

»Sie haben ja eine richtige Computer-Höhle, wie im Film«, sagte Moira.

»Ja, das ist meine Bat-Cave.« Serena lachte. »Ich möchte mal wissen, warum man uns ITler grundsätzlich in den Keller verbannt. Anscheinend glaubt man, wir bräuchten kein Tageslicht. Ich nehme inzwischen Vitamin D, damit mir nicht die Haare ausfallen.«

»Wahrscheinlich haben die Leute, die über die Büroverteilung entscheiden, zu viele Superheldenfilme gesehen«, erwiderte Moira. Serena hob anerkennend den Daumen.

»Das wird es sein. Das Gute ist, dass ich Rookie hierher mitbringen kann.« Serena deutete unter den Tisch, und Moira bemerkte erst jetzt den schwarzen Labrador, der entspannt zu Serenas Füßen auf einer karierten Decke lag.

»Bringt ihr nächstes Mal gekochtes Hühnchen mit, und sie wird euch für ewig lieben.«

»Das machen wir. Jetzt haben wir allerdings dir etwas mitgebracht.« Chiara reichte ihr die Tüte mit dem USB-Stick.

»Kannst du gleich versuchen, ob du ihn auslesen kannst?«

»Na klar.« Serena zog sich einen Einweghandschuh an und holte den Stick mit den Fingerspitzen aus der Tüte. Sie steckte ihn in die USB-Buchse ihres Rechners und wählte ihn auf dem Bildschirm an. Es erschien eine Eingabemaske für ein Passwort.

»Wäre ja auch zu schön gewesen«, murmelte Serena. Sie drehte sich auf ihrem Hocker zu Chiara und Moira herum. »Der Stick ist mit *MegaCrypt* verschlüsselt. Das richtige Passwort herauszufinden ist so gut wie unmöglich, weil das Programm unsichtbar noch Zigtausende Zufallszahlen zum Passwort hinzufügt. Alle Kombinationen zu testen würde bis zur nächsten Jahrtausendwende dauern. Das Gute: Die meisten Leute notieren sich das Passwort irgendwo. Schaut mal bei den Sachen des Typs, ob sich da etwas findet. Vielleicht auf seinem Handy, in einem Notizbuch oder auf der Festplatte seines Rechners. Da könnte auch eine Wiederherstellungsdatei liegen, mit der wir das Passwort zurücksetzen können. Das könnte alles sein, von einem Video oder einem MP3 bis hin zu einer einfachen Word-Datei.«

»Wir haben leider weder sein Telefon noch seinen Rechner«, sagte Chiara. »Aber ich lasse seine Sachen durchsehen, vielleicht finden wir ja etwas.«

»Alles klar.« Serena schob ihre Brille auf die Nasenspitze und sah über den Rand hinweg. »Bis dahin könnte ich noch etwas anderes versuchen. Die meisten Leute benutzen Passwörter, die aus ihrem persönlichen Umfeld stammen. Wenn ich zumindest einen Teil des Passworts kenne, kann ich einen sogenannten Mask-Angriff versuchen. Machst du mir eine Liste mit allen Wörtern, die infrage kämen? Name der Freundin, der

Katze, des Heimatorts, seines letzten Urlaubsortes, seiner Lieblingsbiersorte und so weiter.«

»Seine Lebensgefährtin heißt Susanne«, sagte Moira. »Ansonsten wissen wir noch nicht besonders viel über ihn, aber ich kann mal mit seiner Vermieterin reden. Sie ist die Nachbarin meines Vaters und wollte sowieso zum Kaffee vorbeikommen.«

Chiaras Miene hellte sich auf. »Das finde ich eine sehr gute Idee. Dir wird sie sicher mehr erzählen, weil sie dich nicht als Polizistin betrachtet.«

»Alles klar, schickt mir einfach eine Nachricht, wann immer ihr auf etwas Brauchbares gestoßen seid.« Serena reichte Moira eine Visitenkarte. »Chiara, du sollst mal bei Ravi vorbeischauen, er hat irgendwas herausgefunden.«

»Das mache ich sofort. Danke, Serena.«

Sie nahmen den Aufzug und fuhren nach oben. In dem gelblich-grünen Licht wirkte Chiaras Gesicht kränklich und hager.

»Wenn wir nur Bruggers Laptop finden würden.« Sie seufzte. »Vielleicht liegt er in seinem Auto. Wenn wir das fänden, würde sich vielleicht alles klären.«

»Oder sein Mörder hat den Laptop«, sagte Moira. »Vielleicht hofft er, die gesuchten Informationen auf der Festplatte zu finden, weil er von dem USB-Stick gar nichts weiß.«

Der Aufzug hielt, und sie stiegen aus. Vor ihnen lag ein langer Gang, der genauso aussah wie alle anderen Gänge im Gebäude. Chiara deutete nach links.

»Hören wir mal, was Ravi herausgefunden hat. Aber vergiss nicht, den Mund wieder zu schließen, wenn du ihn begrüßt hast.«

»Warum das denn?«

Chiara antwortete nicht, sondern grinste nur geheimnisvoll.

Sie betraten ein Büro, das mit mehreren Schreibtischen vollgestellt war. Zwei davon waren unbesetzt, am dritten saß mit dem Rücken zu ihnen ein Mann an einem Computer. Unter seinem schwarzen T-Shirt zeichneten sich breite Schultern ab, und seine muskulösen Arme waren leicht gebräunt. Sein langes braunes Haar trug er zu einem unordentlichen Knoten hochgesteckt. Als er sie hereinkommen hörte, drehte er sich um.

Moira hatte noch nie einen derart schönen Menschen gesehen. Sein Gesicht hatte die perfekten Proportionen einer antiken Statue, dennoch wirkte er nicht unnahbar, sondern hatte einen freundlichen, offenen Gesichtsausdruck. Als er Chiara erblickte, strahlten seine Augen.

Chiara stellte Moira und Ravi einander vor. Sein Lächeln war entwaffnend. Er erkundigte sich danach, wie es Moira in Lugano gefalle und was sie schon alles gesehen habe. Er gehörte zu den wenigen Menschen, die die Gabe besitzen, ihrem Gegenüber das Gefühl zu vermitteln, es sei in diesem Moment das Allerwichtigste für ihn.

»Serena meinte, du hättest etwas Neues?« Chiara lehnte sich an einen der unbesetzten Schreibtische.

»Ich habe die Telefonanbieter abgefragt und herausgefunden, wo unser Toter seinen Mobilfunkvertrag hatte. Jetzt habe ich die Verbindungsdaten angefordert, es wird allerdings ein paar Tage dauern, bis wir sie kriegen.«

»Gut«, sagte Chiara. »Wir interessieren uns besonders dafür, ob er in dem Zeitrahmen nach seinem Verschwinden in Zürich unterwegs war. Dort wollte er angeblich etwas Geschäftliches erledigen. Aber warum wolltest du mich extra deswegen sprechen?«

»Na ja, ich brauchte einen Grund.« Ravi grinste unsicher. Er fuhr sich mit der Hand in die Haare und zupfte an seinem Dutt herum.

Chiara verschränkte die Arme und neigte den Kopf zur Seite. »Grund wofür?«

»Um dich zu fragen, ob du Lust hättest, am Wochenende mit mir segeln zu gehen.«

Chiara zog eine bedauernde Miene. »Das ist wirklich nett von dir, aber ich gehe nicht mit Kollegen aus.«

Es gelang dem jungen Polizisten nicht ganz, seine Enttäuschung zu verbergen. Er hob bedauernd die Schultern. »Total schade, aber ich muss mich wohl damit abfinden. Sorry, wenn ich dich genervt habe.«

»Alles bestens. Wir gehen dann mal wieder. Kommst du, Moira?«

Moira wartete, bis sich die Tür hinter ihnen geschlossen hatte und sie alleine auf dem Flur waren.

»Also, bei so einem unfassbar schönen Mann, der noch dazu wahnsinnig nett ist, würde es mir wirklich schwerfallen, meinen Prinzipien treu zu bleiben. Allerdings war ich nie so streng mit mir selbst. Ich habe meinen Kollegen sogar geheiratet.« Sie lächelte, als sie an Javier und an ihre erste Verabredung am Strand dachte.

Chiara seufzte. »Es ist nicht so, als würde mir das leichtfallen. Aber an Prinzipien sollte man sich halten, sonst sind es ja keine. Außerdem ist Ravi viel zu schön. Schon meine Mutter hat immer gesagt: So einen Mann hast du nie alleine.«

»Wenn er nur dich will, schon. Und das scheint mir bei ihm der Fall zu sein. Man trifft nicht so oft jemanden, der einen auf Händen tragen möchte. Wenn das Leben mich etwas gelehrt hat, dann, dass man das Glück greifen sollte, wenn man es vor sich hat.«

»Vielleicht hast du recht. Ich muss darüber nachdenken. Aber zuerst muss ich meinen Bericht schreiben, auf den Ferrone wahrscheinlich schon wartet.«

»Wobei leichter Dampf aus seinen Ohren steigt wie bei einem Wasserkocher.«

Chiara lachte. »Ganz genau!«

Sie verabschiedeten sich, und Moira fuhr wieder zurück nach Montagnola.

Sie freute sich, dass Lucas Wagen noch immer vor dem Haus parkte, stellte den unansehnlichen Jeep ihres Vaters daneben und ging hinein. Die Tür war wieder einmal unverschlossen.

Niemand antwortete auf ihr Rufen, und sie fand die Küche leer vor, bis auf Ingeborg, die mitten auf dem Tisch eingerollt döste. Moira kraulte die Katze ein wenig am Hals, dann ging sie durch die Hintertür in den Garten. Ganz unten am Ende des Grundstücks sah sie zwei weiß gekleidete, verschleierte Gestalten bei den Bienenkästen hin und her laufen. Es wirkte wie ein skurriler Tanz. Je näher Moira kam, desto lauter wurde das Summen der Bienen und umso mehr Insekten umschwirrten sie. Um nicht gestochen zu werden, hielt sie sich in einiger Entfernung und winkte den beiden Männern zu.

Moira hatte als Kind Angst vor Bienen und Wespen gehabt, seit sie von einer Biene in die Wange gestochen worden war, und bis heute hatte sie diese Furcht nicht völlig verloren. Ambrogio hatte stets vergeblich versucht, sie fürs Imkern zu begeistern. Das Einzige, was sie immer gern gemacht hatte, war, die Honigrahmen zu schleudern und zuzusehen, wie die goldene, dickflüssige Masse aus dem Hahn in den Honigeimer lief.

Die schlankere der beiden vermummten Gestalten näherte sich ihr, wobei sie behutsam mit den Händen einzelne Bienen von dem weißen Anzug streifte. Bei Moira angekommen, schlug Luca den Schutzschleier zurück. Er strahlte wie ein kleiner Junge über das ganze Gesicht.

»Wir sind bei der ersten Honigernte des Jahres«, verkündete er. »Und es ist einfach großartig!«

»Ich wusste gar nicht, dass du auch imkerst.«

»Ich nehme Unterricht bei deinem Vater. Nächstes Jahr will ich mir dann selbst einige Bienenvölker zulegen. Machst du mit? Ich habe gesehen, dass in der *cantina* noch eine Montur liegt.«

Moira zögerte. Auch wenn sie sich sagte, dass sie jetzt erwachsen und der Stich damals nicht schlimm gewesen war, stieg die alte Angst wieder in ihr hoch. Doch sie wollte vor Luca nicht als zimperlich dastehen.

»Na gut, ich helfe euch. Ohne mich kommt ihr doch sowieso nicht zurecht.«

Luca grinste. »Natürlich nicht, also beeil dich.«

Moira stapfte in die *cantina*, einen gewölbeartigen Raum zu ebener Erde, wo allerlei Gartengeräte und die Honigschleuder aufbewahrt wurden. Sie schlüpfte in den lose sitzenden Overall und drückte sich den Hut auf den Kopf, dann nahm sie die Handschuhe und gesellte sich zu ihrem Vater und Luca bei den Bienenkästen.

Die Männer hatten von einem der Bienenstöcke, die aus jeweils drei übereinanderliegenden Teilen bestanden, den Deckel und die beiden oberen Kästen abgenommen.

»Wie schön, dass du deine Angst vor Bienen inzwischen überwunden hast«, begrüßte sie Ambrogio. Dann erzählte er Luca ausführlich die Geschichte von Moiras Bienenstich und schilderte lebhaft, wie ihr angeschwollenes Gesicht ausgesehen hatte. Er blies seine linke Wange auf, kniff das Auge darüber zu und gab unartikulierte Laute von sich.

»Amüsiert euch nur«, sagte sie. »Das hat scheißwehgetan, und ich konnte tagelang nur noch mit einem Auge sehen.«

»Entschuldige, *tesoro*. Du hast recht, das ist kein Anlass für

Scherze, auch wenn es Jahrzehnte her ist.« Ambrogio gluckste in sich hinein. »Sieh mal, wir betäuben die Damen mit etwas Rauch, dann sind sie ganz friedlich.«

Ambrogio schwenkte über dem Bienenstock eine Art Kaffeekanne aus Metall, aus deren Tülle kleine Rauchwölkchen quollen. Dann zog er nacheinander die Holzrahmen heraus, die wie Ordner in einem Hängeregister in den Kasten eingelegt waren, schüttelte die Insekten ab, die darauf herumwimmelten, und kontrollierte die Waben. Danach steckte er jeden Rahmen wieder zurück. Einen, den er Drohnenrahmen nannte, stellte er beiseite. »Den entsorgen wir, sonst wird es zu voll im Stock, und die Bienen fangen an zu schwärmen. Das wollen wir aber nicht, die sollen schön zu Hause bleiben.«

Als Nächstes setzte Luca die beiden anderen Kästen wieder auf. »Der Honigraum ganz oben ist schon voll, da stecken sicher an die fünfzehn Kilogramm drin.« Er zog einen der Rahmen heraus, dessen Waben zum Teil weißlich verkrustet waren. Andere standen offen, und Moira sah darin den Honig glänzen. Nur noch zwei oder drei Bienen krabbelten auf den Waben herum. Luca wischte sie vorsichtig in den Stock und setzte die Waben in eine leere Kiste um, die am Boden bereitstand.

»Willst du die nächsten Rahmen machen?« Er sah Moira aufmunternd an. Sie atmete einmal tief durch, dann zog sie behutsam mit beiden Händen den Rahmen heraus und stieß ihn leicht an der Holzkante auf, um die letzten Insekten abzuschütteln. Die vielen Bienen, die um sie herumschwirrten und deren Summen in ihren Ohren dröhnte, machten sie nervös. Etwas in ihr befürchtete, der gesamte Schwarm könnte jeden Moment ausbrechen und über sie herfallen wie in einem Zeichentrickfilm. Aber das war natürlich albern. Sie zwang sich, ruhig zu bleiben, und hängte den Honigrahmen in die frische Kiste. Abwechselnd kümmerten sie und Luca sich um die restlichen Stöcke, während Ambrogio ihnen zusah und nur gelegentlich einen kurzen Hinweis gab, wie sie vorgehen sollten.

Mit der Zeit vergaß Moira das unangenehme Gefühl und konnte sogar in die wimmelnden Bruträume blicken, ohne zu schaudern. Es machte Spaß, so selbstverständlich Seite an Seite mit Luca zu arbeiten. Bald ging ihr das Kontrollieren und Wechseln der Rahmen leichter von der Hand. Dennoch war sie erleichtert, als die Arbeit getan war und sie den letzten Metalldeckel wieder auf den Stock setzten. Erst jetzt merkte sie, dass sie vollkommen verschwitzt war.

»Ich brauche unbedingt ein Bier.« Sie nahm den Imkerhut ab und wischte sich mit dem Unterarm über die Stirn.

»Macht das, ich schleudere inzwischen den Honig«, sagte Ambrogio. Luca schleppte die Waben in die *cantina*, sodass Ambrogio die Rahmen in die Honigschleuder einsetzen konnte. Moira nahm zwei Bierflaschen aus dem Kasten, der im hinteren Teil der *cantina* stand, wo es auch im Hochsommer kühl blieb. Dann setzen sie und Luca sich draußen auf die Gartenbank neben der Tür und stießen an.

»Gute Arbeit«, sagte sie, als hätten sie den ganzen Nachmittag Baumstämme geschleppt.

Luca lachte. »Sehr gute Arbeit!«

Sie tranken, und Moira lehnte sich mit dem Rücken gegen die Mauer.

»Wie läuft es mit den Ermittlungen?«, fragte Luca.

»Das weißt du wahrscheinlich besser als ich. Ich bin nur die Übersetzerin.«

»Und ich bin nur der Rechtsmediziner. Meinen Bericht habe ich abgegeben. Solange sich keine weiteren Fragen auftun, ist mein Job erledigt.«

Moira erzählte ihm, was sie und Chiara herausgefunden hatten.

»Dieser USB-Stick enthält bestimmt die Lösung, weshalb Brugger umgebracht wurde«, sagte Luca.

»Kanntest du ihn?«

»Nur vom Sehen, aber viele im Dorf mochten ihn. Er trug wohl gerne etwas dick auf, wenn es darum ging, wie erfolgreich er war und was für gute Geschäfte er machte, aber er war wahnsinnig hilfsbereit und immer zur Stelle, wenn es etwas zu tun gab. Bei der letzten Weinlese hat er auch meinen Eltern geholfen.«

»Bei der Weinlese wäre ich auch gerne mal dabei.«

»Dann musst du einfach lange genug hierbleiben.« Luca sah sie von der Seite an, und ihr wurde ein bisschen flau.

»Mal sehen«, sagte sie schnell. »Irgendwann komme ich vielleicht in den Herbstferien mit meiner Tochter runter.« Sie nahm einen großen Schluck von ihrem Bier, weil ihr plötzlich nichts mehr einfiel, was sie hätte sagen können.

Nach einer Weile fragte sie: »Wie lange nach seinem Tod lag Brugger eigentlich in der *nevèra?*«

»Schwer einzuschätzen. Da unten ist es um diese Jahreszeit kühler als außen, allerdings auch feucht, was die Zersetzung wiederum beschleunigt. Bist du sicher, dass du das hören willst?«

»Bin ich.«

»Na gut. Der Fundort beeinflusst auch den Insektenbefall. Ich bin kein Entomologe, aber allgemein kann man sagen, dass die Leiche von Adrian Brugger zumindest äußerlich langsamer verwest ist als im Freien. Innerlich sah das etwas anders aus, da waren schon etliche Käfer und andere Insekten am Werk. Wenn man alle Faktoren in Betracht zieht, würde ich schätzen, dass er ein bis zwei Wochen nach seinem Tod gefunden wurde.«

»Und vorher war er schon einige Zeit da unten, hattest du gesagt, richtig?«

»Ja, der Menge an menschlichen Exkrementen nach zu urteilen etwa zehn Tage, vielleicht zwei Wochen. Wahrscheinlich hatte er nicht viel zu verdauen.«

Es war seltsam, sich über solch düstere Themen zu unterhalten, während sie an diesem warmen Frühsommernachmittag in einem blühenden Garten saßen, wo Bienen summten und die Katzen sich in den Sonnenflecken im Gras ausgestreckt hatten. Moira fröstelte, als sie daran dachte, wie verzweifelt und hoffnungslos Bruggers Tod gewesen sein musste. Obwohl er durch den Stechapfeltrank wahrscheinlich am Ende wenig von seiner Umgebung mitbekommen hatte. Sie hatte im Internet recherchiert und war auf etliche Berichte über die Wirkung von Stechapfelsamen gestoßen. Nachdem sie diese gelesen hatte, hatte Moira sich gefragt, wieso irgendjemand dieses Zeug freiwillig zu sich nehmen konnte. Grauenhafte Halluzinationen, unerträglicher Durst – es klang wie etwas, das man seinem schlimmsten Feind nicht wünschen würde. Und doch hatte jemand Adrian Brugger genug gehasst, um ihm das anzutun.

»Das ist doch total schräg«, sagte Moira. »Warum sperrt man jemanden erst ein, um ihn dann zu töten?«

»Um ihn leiden zu lassen?« Luca lehnte seinen Hinterkopf an die Wand und starrte in den Himmel. Intensives Blau, an dem vereinzelte Wattewölkchen hingen.

»Und das Risiko in Kauf nehmen, dass er entdeckt werden könnte, bevor man ihn umbringen kann? Irgendwas daran ergibt keinen Sinn.«

»Ihr werdet es herausfinden. Du und Chiara und die Mordkommission.«

Moira nahm einen Schluck von ihrem Bier. Es war warm

geworden. Sie stellte die Flasche auf den Boden neben die Bank.

»Allerdings, werden wir.«

»Wollt ihr dabei sein, wenn der Honig abläuft, oder weiter nutzlos herumsitzen?« Ambrogio reckte seinen Kopf aus der Tür der *cantina*.

Moira sprang auf. »Ich will den Hahn aufdrehen!«

»Ich habe viel härter gearbeitet!«

Nebeneinander spurteten Moira und Luca hinüber, drängten sich gemeinsam durch die Tür und stolperten lachend in die *cantina*. Ambrogio schüttelte in gespielter Missbilligung den Kopf. »Kein Benehmen, die Jugend von heute.«

»Also gut, du darfst aufdrehen.« Luca nickte in Richtung der Schleuder. Moira trat an den Zapfhahn. »Komm, wir machen es zusammen.«

Luca stellte sich neben sie und legte seine Hand über ihre. Sie drehten den Hahn auf. Honig quoll in einem dicken Schwall heraus und ergoss sich in den darunterstehenden Eimer. Alle drei sahen andächtig zu, wie sich die goldene Masse darin sammelte. Erst als das Gefäß fast voll war, wurde der Strom spärlicher. Sie warteten, bis auch der letzte Tropfen abgelaufen war, bevor sie den Hahn zudrehten und den Eimer mit einem Deckel verschlossen.

»Ist ein gutes Gefühl, eine Arbeit beendet zu haben«, sagte Luca. Moira hielt ihm die Handfläche zum High Five hin, und er schlug ein.

»Dafür haben wir uns ein gutes Abendessen verdient«, sagte Ambrogio. »Wie wäre es: Wir werfen die alte Grillstelle hinter dem Gästehaus an. Holzkohle liegt im Schuppen, und ich habe wunderbare marinierte *ossobuchi* für auf den Rost.«

»O Gott, ja, ich habe solchen Hunger.« Erst jetzt fiel Moira auf, dass sie seit dem Frühstück nichts gegessen hatte.

»Aber Luca, du musst bestimmt nach Hause zu deiner Familie.«

Er hob die Schultern. »Alessio schläft heute bei meinen Eltern, und Valentina trifft sich mit einer Freundin zum Abendessen. Ich bin frei wie ein Vogel.«

»Na dann, du Vogel, hol mal die Holzkohle«, sagte Ambrogio.

Eine halbe Stunde später saßen sie an dem runden Granittisch unter der Pergola hinter dem Gästehaus. Ambrogio wendete die *ossobuchi*, die auf dem Grill brutzelten und deren Duft ihnen den Mund wässrig machte. Moira hatte schnell einen Tomatensalat zubereitet, dazu gab es Brot und einen tiefroten Cavadini-Merlot.

»Die besten Dinge im Leben kosten so gut wie nichts«, sagte Ambrogio weise, als er das Fleisch servierte.

Sie aßen mit Genuss, während die Sonne hinter den Bergen versank und der Himmel ein dunkles Rauchblau annahm, auf dem die Sterne lagen wie auf Samt. Ringsum zirpten die Zikaden, und Moira merkte, wie sehr sie dieses Geräusch vermisst hatte.

Irgendwann stimmte Ambrogio ein italienisches Räuberlied an. Luca fiel ein, und nach der zweiten Strophe konnte Moira zumindest den Refrain mitsingen.

»Oh nein!«, rief sie, als Luca danach »Wonderwall« anstimmte. Das hatte er früher immer auf der Gitarre gespielt. Natürlich sang sie mit, genau wie damals. Ambrogio beobachtete sie mit einem Lächeln und entkorkte eine zweite Flasche Wein.

Einige Stunden später betrat Moira leicht schwankend das Gästehaus und kletterte etwas unbeholfen die Leiter zur Galerie hinauf. Dort hatte sich jemand neben ihrem Kopfkissen

zusammengerollt: Elfriede, die scheue Schildpattkatze. Moira
lächelte in sich hinein, kroch ins Bett und kraulte die Katze
unter dem Kinn. Mit Elfriedes Schnurren im Ohr schlief sie
ein.

7

Moira nahm das zerknitterte Faltblatt, das sie von ihrem Besuch bei Susanne Neri mitgebracht hatte, vom Tisch des Gästehauses. Die Hintergrundfarbe war ein dunkles Violett, das wahrscheinlich geheimnisvoll und esoterisch wirken sollte. Alchemistische Symbole, die wie von innen erleuchtet aussahen, flogen über das Papier. In einer runenartigen Schrift stand auf der Vorderseite auf Italienisch: »Entdecke die Hexe in dir! Lebe deine Weiblichkeit und innere Kraft!« Darunter, noch größer: »Hexenseminar mit Susanne Neri«.

Im Innenteil wurde das Kursprogramm erläutert. Es sollte geräuchert werden, die Teilnehmerinnen würden ihre Weiblichkeit feiern, dann eine Hexensalbe anrühren, sich damit einreiben und schließlich den Kontakt zu ihrer Hexenpower herstellen, um diese Urkraft der Natur für sich zu nutzen. Moira, die nicht das kleinste bisschen esoterisch veranlagt war, schüttelte sich. Gab es tatsächlich Leute, die solche Kurse buchten? Zumal das Ganze 400 Franken pro Person kosten sollte. Für sechs Stunden.

Moira warf das Faltblatt zurück auf den Tisch. Sie hatte Hunger und hoffte, dass ihr Vater frische Hörnchen geholt hatte. Sie war schon zur Tür hinaus, als ihr etwas einfiel. Sie blieb mitten im Garten stehen, zog ihr Handy aus der Jeanstasche und suchte nach »Hexensalbe«.

»Ha!«

Hexensalbe, auch Flugsalbe genannt, bestand angeblich aus

folgenden Zutaten: Früchte und Wurzel der Tollkirsche, Bilsenkraut, Alraune, Schwarzer Mohn, Johimbe und Wurzel und Blüten der Datura (Stechapfel).

Weitere Suchergebnisse nannten ähnliche Zusammensetzungen. Nachdenklich ging Moira hinüber ins Haupthaus. Ihr Vater schlief anscheinend noch, daher fütterte sie die Katzen und frühstückte alleine. Um elf war ein Treffen der Sonderkommission angesetzt, also blieb ihr ausreichend Zeit, einen Besuch zu machen.

Susanne Neri sah übermüdet und verquollen aus. Sie winkte Moira mit einer matten Geste herein. »Haben Sie noch Fragen an mich?«

»Nein, ich bin privat hier. Und zwar wollte ich Sie fragen, ob Sie auch Kissen filzen. Ich würde meinem Vater gerne Betten für seine Katzen schenken. Ich verstehe natürlich, falls Sie jetzt eine Zeit lang Ihre Ruhe haben möchten. Es ist nicht einfach, das alles zu verarbeiten. Dann gehe ich einfach wieder.«

»Nein, ich bin froh über jede Ablenkung, sonst drehen sich meine Gedanken nur die ganze Zeit im Kreis. Kommen Sie rein.«

Moira folgte Susanne in ihr Atelier, das sich in einem kleinen Wintergarten befand, den man nachträglich an die Rückseite des Hauses angebaut hatte. Alles wirkte ein wenig schäbig und vernachlässigt, strahlte aber auf eine schlampige Art Gemütlichkeit aus. Auf einem Arbeitstisch lagen Filznadeln, eine große Schneiderschere, Wolle in verschiedenen Farben und bereits fertige Eierwärmer aus Filz, die aussahen wie Zipfelmützen für Mäuse. An einem alten Garderobenständer aus Holz, wie man ihn oft in Kaffeehäusern sieht, hingen bunte Filztaschen und Capes, wie die, die Moira auf dem Fest gesehen hatte. In einer Ecke standen mehrere Topfpflanzen, die hier offenbar bestens gediehen: Ein Bananenbaum in einem riesigen Topf war so hoch gewachsen, dass sich seine Blätter gegen das Glasdach drückten. Die Sonne schien durch sie hindurch und warf grüne Schatten auf den Terrazzoboden.

Moira wies auf einen riesigen Strauß dunkelroter Rosen, mindestens fünfundzwanzig Stück, der in einem Blecheimer am Boden stand.

»Wow, die sind wunderschön. Wo haben Sie die denn gekauft?«

Susanne machte eine wegwerfende Handbewegung. »Die hat mir jemand geschenkt. Ich mag gar keine Rosen. Wenn Sie wollen, nehmen Sie sie mit.«

Moira schüttelte den Kopf. »Nein, ich habe kein Händchen für Blumen. Bei mir geht alles ein.«

»Wie Sie möchten.« Susanne zuckte die Achseln.

»Sie haben es wirklich schön hier«, sagte Moira. »Es muss herrlich sein, hier den ganzen Tag zu arbeiten.«

»Manchmal halte ich hier auch meine Seminare ab. Wenn es dunkel ist, fühlt man sich im Einklang mit dem Universum.«

Susanne wurde etwas lebhafter und zeigte Moira verschiedene Filzproben, die sie mit Naturfarben gefärbt hatte.

»Die meisten Farbpigmente bestelle ich im Internet, manchmal färbe ich aber auch mit Tee, Kaffee oder Gemüsesäften. Allerdings klappt das nicht immer. Ich musste neulich lauter Decken zurücknehmen, weil der Rote-Beete-Saft nicht in der Wolle gehalten hat. Das Fixiermittel hat irgendwie nicht funktioniert.«

Moira verzog das Gesicht. »Das ist ja blöd gelaufen, tut mir leid.«

»So, was hatten Sie sich denn für die Katzen vorgestellt?«

»Es wäre schön, wenn jede Katze ihre eigene Farbe kriegen würde, die zur jeweiligen Fellfarbe passt.« Moira zeigte Susanne auf ihrem Telefon Fotos von Ambrogios Katzen, und sie wählten gemeinsam die Farben aus. Dann fragte Moira beiläufig: »Ich möchte nicht pietätlos sein, aber weil Sie davon gesprochen haben: Ich habe letztes Mal einen Ihrer Flyer mitgenommen und gelesen, dass Sie demnächst ein Seminar anbieten. Wird das stattfinden wie geplant?«

»Wenn es Interessenten gibt, auf jeden Fall. Ich brauche das Geld.«

»Ich hoffe, Sie sind durch den Tod Ihres Partners nicht in finanzielle Schwierigkeiten geraten«, sagte Moira. »Hat er Sie unterstützt?«

Susanne Neri schüttelte den Kopf. »Wir hatten immer getrennte Kassen. Aber Sie sehen ja, dass ich nicht gerade im Luxus lebe.«

»Falls der nächste Workshop stattfindet, wäre ich sehr gerne dabei. Ich bin relativ frisch von meinem zweiten Mann getrennt, da kann ich ein bisschen Empowerment gut gebrauchen.«

»Genau, wir Frauen haben so viel innere Stärke, wenn wir es nur zulassen!« Susanne kam in Fahrt. »Du musst unbedingt dein Selbstwertgefühl wieder aufbauen. Da ist mein Seminar wirklich genau das Richtige für dich. Ich darf doch Du sagen? Ich duze meine Kundinnen eigentlich immer. Sie mich natürlich auch.«

»Sehr gerne, Susanne. Ich bin Moira.«

»Gut, dann gebe ich dir noch vor dem Wochenende Bescheid, ob der Kurs nächste Woche stattfindet.«

»Ich kann es kaum abwarten. Dann werde ich hoffentlich endlich all die negativen Gedanken an meinen Ex hinter mir lassen. Du hattest wohl mit Adrian mehr Glück als die meisten von uns.«

Kurz flackerte ein merkwürdiger Ausdruck über Susannes Gesicht, den Moira nicht richtig deuten konnte. Dann lächelte sie traurig und sagte: »Er war natürlich nicht perfekt, aber er hat sich immer sehr gut um mich gekümmert. Das ist mehr, als ich von den Männern vor ihm behaupten kann.«

Ihre Lebhaftigkeit versiegte, und sie sank in sich zusammen. »Ich kann einfach immer noch nicht glauben, dass er wirklich tot ist. Wer hätte ihn denn umbringen sollen? Er ist immer so nett zu allen gewesen!«

»Hast du ein paar Fotos von ihm? Ich habe gestern nur ganz klein sein Profilbild gesehen.«

Susanne schniefte. »Moment, ich hole mein Telefon aus der Abschirmbox.«

Sie verließ den Wintergarten, dann hörte man sie in der Küche herumkramen. Moira fühlte sich nicht sehr wohl dabei, die arme Frau so hinterhältig auszuhorchen, aber sie musste jede Chance nutzen, Informationen abseits der offiziellen Befragungen zu sammeln. Dafür war sie von Staatsanwältin Manzoni engagiert worden. Außerdem gefiel ihr gar nicht, dass möglicherweise ein Mörder unter den Dorfbewohnern war. Was, wenn er noch jemanden töten wollte?

Susanne kam mit dem Handy zurück und hielt es Moira hin.

»Das ist er.« Sie klang stolz, als wäre Adrian Brugger ein besonders gelungenes Kunstwerk.

Das Bild zeigte Brugger vor Susannes Haus stehend. Er hatte die Arme verschränkt und drückte mit den Fingern verstohlen gegen seinen Oberarm, um den Bizeps größer wirken zu lassen. Er hatte ein jungenhaftes, schelmisches Lachen, und Moira konnte sich gut vorstellen, dass er charmant gewesen war. Man sah ihm an, dass er viel Sport trieb, und ohne die leichte Aufgedunsenheit, unter der seine sportliche Erscheinung verschwamm, hätte man ihn für einen Fußballer halten können.

Moira bemühte sich, ein Kompliment zu finden, da Susanne offensichtlich auf eines wartete. »Ein sehr nettes Lachen«, sagte sie.

»Ja, er konnte jeden mit seinem Lachen anstecken!« Susanne drückte das Telefon an ihre Brust und schluchzte auf.

Moira beschloss, das Gespräch wieder auf eine sachlichere Ebene zu lenken, bevor erneut ein Schaf zur Trauerbewältigung herhalten musste.

»Ich habe das Gerücht gehört, er wäre mit einem Italiener gesehen worden, der mit einem teuren Sportwagen unterwegs war. Möglicherweise ein Maserati oder ein ähnliches Modell. Kennst du diesen Italiener vielleicht?«

Susanne sah ehrlich verwirrt aus. »Keine Ahnung. Also, er hatte wohl Bekannte, die in Mailand wohnen. Von denen hat er mir mal erzählt. Aber er hatte keine Geschäftspartner aus Italien, soweit ich weiß.«

Susanne richtete sich auf, ihre Augen waren auf einmal wach. Sie wischte sich mit den Fingern die Tränen aus den Augenwinkeln. »Hey, jetzt erinnere ich mich wieder! Adrian hat da mal was erzählt, von irgendeinem Typen aus Mailand, der ihm was abkaufen wollte. Was, weiß ich nicht mehr. Vielleicht war der das!«

»Das könnte eine Spur sein. Weißt du denn, wie der Mann heißt?«

Susanne schüttelte den Kopf und zuckte die Schultern. »Ich kann mich nicht erinnern. Aber ich glaube, Adrian hat auch irgendetwas von einem Sportwagen erwähnt, weil er den so toll fand.«

»Was für eine Art Geschäfte hat Adrian eigentlich betrieben?«

»Er hat mit allem Möglichen gehandelt, im Internet. Autoaufkleber, Handyhalterungen und solche Sachen. Manchmal auch mit irgendwelchem alten Kram, den er auf dem Flohmarkt gekauft hatte. Die Waren sind noch hinten in meinem Schuppen. Den hat er als Lager benutzt. Ist das wichtig für die Ermittlungen?«

»Das weiß ich nicht, ich bin ja keine Polizistin. Es hat mich nur interessiert. Also komme ich nächste Woche vorbei, um die Kissen abzuholen? Und du sagst mir noch einmal Bescheid wegen dem Seminar?«

Sie gab Susanne ihre Telefonnummer. Dann verabschiedeten sie sich. Moira lief zurück zur Casa Rusconi und dachte nach. Susanne schien wirklich um ihren Lebensgefährten zu trauern. Moira konnte sich nur schwer vorstellen, dass sie jemandem einen giftigen Tee servieren würde. Außerdem war sie viel zu schwach, um einen erwachsenen Mann gegen seinen Willen irgendwo anzuketten. Natürlich hätte sie ihn auf irgendeine Weise austricksen können. Aber Susannes Trauer war echt – so viel Menschenkenntnis traute Moira sich zu.

Auf dem Heimweg kam Moira am Hesse-Museum vorbei und wurde auf eine Gruppe von vier oder fünf Leuten aufmerksam. Sie standen vor einem Plakat, das an der Mauer neben dem Haupteingang klebte, redeten alle gleichzeitig und rangen die Hände. Moira erkannte die derzeitige Leiterin des Museums, die Dame aus dem Museumsshop und zwei ältere Männer, die sie nicht kannte.

Sie näherte sich und konnte jetzt verstehen, was gesprochen wurde.

»Eine Unverschämtheit!«

»Vandalismus! Purer Vandalismus!«

»Viel schlimmer: Verunglimpfung!«

»Ist alles in Ordnung?« Moira ging an die Gruppe heran.

»Keineswegs! Man hat Hesses Andenken geschändet!«

»Finden Sie nicht auch, dass das eine Frechheit ist?«

Die Leute traten ein wenig auseinander, sodass Moira das Plakat betrachten konnte. Es handelte sich um die schwarzweiße Kopie einer Collage aus zusammengeklebten Fotoausschnitten und ungeschickter Zeichnung. Zu sehen war ein Tisch, auf dem sich Kopien desselben Kopfes stapelten, und zwar desjenigen Hermann Hesses. Der Dichter runzelte die Stirn – ob missbilligend oder überrascht, war schwer zu sagen. Daneben prangte auf einem Schild: »Ausverkauf!« Hinter dem Tisch mit den Köpfen stand ein Strichmännchen, das eine Schirmmütze mit der Aufschrift »Dorfverein Montagnola« trug. Moira schloss kurz die Augen und atmete tief ein. Sie würde ein Gespräch mit ihrem Vater führen müssen.

Dann öffnete sie die Augen wieder und drehte sich zu den erbosten Dorfbewohnern um. »Wirklich unerhört«, sagte sie und hoffte, dass sie ausreichend empört wirkte. »Haben Sie eine Vermutung, wer das getan hat?«

»Woher denn?« Die Direktorin verschränkte die Arme und zuckte mit der Nase, um ihre Brille zurechtzuschieben. »Dieser Vandale hat seine feige Tat im Schutz der Dunkelheit begangen!«

»Sie sind doch bei der Polizei«, sagte einer der beiden Männer, »unternehmen Sie etwas!«

»Ich bin keine Polizistin, ich dolmetsche nur. Aber ich denke, das hier lässt sich auch ohne Polizei lösen, und zwar buchstäblich.«

Sie wandte sich wieder dem Plakat zu und zog an der rechten oberen Ecke. Das Papier löste sich leicht von der verputzten Mauer, es blieben nur einige gelbliche Klebstoffreste zurück. »Das ist wahrscheinlich Mehlkleister, lässt sich mit etwas warmem Wasser ganz leicht entfernen.« Moira zerknüllte das Papier und steckte das Corpus Delicti in ihre Umhängetasche. »Das war es auch schon.«

Die Gesichter der anderen wirkten unzufrieden, daher schob sie hinterher: »Ich sage meiner Kollegin von der Polizei Bescheid, sie sollen mal eine Streife vorbeischicken. Einen schönen Tag noch!« Sie schob sich zwischen den Leuten hindurch und schlug die Gasse zur Casa Rusconi ein. Zum Glück entdeckte sie unterwegs keine weiteren agitatorischen Kunstwerke.

Die Haustür war unverschlossen. Moira trat ein und machte sich auf Luises Angriff gefasst, doch der blieb dieses Mal aus. Sie kniete sich auf die Fliesen und spähte unter den Garderobenschrank, doch darunter befanden sich nur einige Staubmäuse und ein Weinkorken. Ein wenig enttäuscht, stand sie wieder auf. Sie hatte sich darauf gefreut, von der kleinen rot getigerten Katze auf deren ganz eigene Art begrüßt zu werden, und jetzt war sie sogar ein wenig besorgt. Was sich als überflüssig herausstellte, als sie das Wohnzimmer betrat, denn dort schlief ihr Vater auf dem Sofa und, an seine Brust gekuschelt, die kleine Luise.

Moira brachte es nicht übers Herz, die beiden zu wecken. Sie schlich in die Küche, zerriss das Plakat in kleine Schnipsel und stopfte sie in den Papiermüll.

Moira blätterte in den staubigen Fotoalben, die sie im Regal entdeckt hatte, während ihr Vater noch immer auf dem Sofa schlief und sein leises Schnarchen sich mit Luises Schnurren mischte.

Sie konnte sich nicht daran erinnern, dass ihre Mutter so viel fotografiert hatte, aber sie musste den Großteil der Bilder gemacht haben, denn auf den meisten waren Moira und ihr Vater zu sehen – Ambrogio wesentlich schlanker, mit kürzerem Haarschnitt und ohne Bart. Moira sah sich selbst älter werden, Seite für Seite. Die Orte änderten sich kaum – im Sommer ein Strand, im Winter verschneite Berge, dazwischen Haus und Garten, doch Moira wurde Stück für Stück größer, bis sie acht Jahre alt war. Danach kamen nur noch Bilder, die Moira alleine zeigten. Ihr Vater hatte sie wohl in den Sommerferien aufgenommen. Moira betrachtete das Mädchen, das sie gewesen war, und versuchte, sich in ihr wiederzufinden. Sie beneidete sich um das Leuchten, das sie damals umgeben hatte und dessen sie sich nicht bewusst gewesen war. Jetzt erkannte sie es als die Gewissheit, dass das Leben nur das Beste für sie bereithalten würde, eine unerschütterliche Zuversicht.

Sie begann gerade, ein wenig rührselig zu werden, als ihr Vater wie ein Walross prustete und sich auf einen Unterarm stützte. »Was machst du, *tesoro*?«

»Ich sehe mir nur die alten Fotos an.«

Ambrogio setzte sich ächzend auf. Luise maunzte ungehalten, sprang auf den Boden und huschte hinaus.

»Du liebe Zeit, deprimiert dich das nicht? Mich macht es jedes Mal völlig fertig, wenn mir klar wird, dass all das für immer vergangen ist. Das verkrafte ich höchstens einmal im Jahr.« Ambrogio gähnte und strich sich durch den Bart. »Müsste mal wieder getrimmt werden, oder?«

»Unbedingt, sonst halten dich die Kinder für den Weihnachtsmann.«

»Gibt Schlimmeres.«

»Der Weihnachtsmann klebt auch keine Plakate an fremde Hauswände, glaube ich.«

Ambrogio kniff die Augen zusammen. »Nicht, dass ich wüsste. Warum?« Offenbar war das eine rhetorische Frage, denn er sprach weiter. »Übrigens habe ich einige Antiquare in der Gegend angerufen und nach Hesse-Briefen gefragt: Es wurden in den letzten Monaten keine angeboten. Wenn du mich fragst, hat Agnes die Briefe wirklich verschlampt – sie wird seit einiger Zeit immer vergesslicher.«

Moira klappte das Fotoalbum zu und schob es wieder an seinen Platz im Regal.

»Wenn ich Briefe gestohlen hätte, würde ich sie auch nicht in derselben Gegend anbieten, aus der sie stammen. Man bietet ja einen geklauten van Gogh auch nicht bei Sotheby's an. Hast du mal im Internet recherchiert?«

Ihr Vater verdrehte die Augen. »Ich bin einundsiebzig, was glaubst du denn? Ich bin froh, wenn ich es schaffe, ein Rezept für Lasagne zu recherchieren.«

»Punkt für dich.« Moira stand auf. »Ich hole mein Notebook aus der Küche, dann stöbern wir gemeinsam.«

»Rutsch mal.« Moira ließ sich neben ihrem Vater auf das Sofa fallen und legte die Füße auf den Couchtisch. Sie schob das Notebook auf ihrem Schoß zurecht und rief eine Suchmaschine auf.

»Hier tippe ich jetzt ein, wonach ich suche: ›Hermann Hesse Briefe antiquarisch‹, zum Beispiel, und jetzt müssen wir die Antworten durchsuchen.«

Sie klickte das erste Resultat an und überflog die Website, merkte aber schnell, dass es nicht das war, was sie suchte. Moira schloss die Seite wieder und arbeitete die Ergebnisliste ab.

»Das ist wirklich furchtbar langweilig«, beschwerte sich ihr Vater nach einer Weile. »Ich habe ja nichts zu tun, außer Däumchen zu drehen.«

»Man braucht Geduld, um im Internet das zu finden, wonach man sucht. Schau mal, hier ist ein Antiquariat in Zürich, das sich auf Hesse-Memorabilien spezialisiert zu haben scheint.«

Ambrogio neigte sich zu ihr, um besser sehen zu können.

»Interessant, diese Fotos habe ich noch nie gesehen, die sind wirklich etwas Besonderes. Schau dir das an: Der neben Hesse, das ist doch tatsächlich Agnes' Vater. Im Hintergrund sind die Denti della Vecchia, da haben sie wohl gemeinsam eine Wanderung unternommen, den Rucksäcken nach zu schließen. Mir war gar nicht klar, dass die beiden so gut befreundet waren.«

»Siehst du, wenn man sich Zeit nimmt, entdeckt man alles Mögliche. Es gibt auch Briefe, sehen wir uns die mal an.«

Moira klickte sich durch den Menüpunkt Briefe, fand aber keine, die von Hesse an Agnes' Vater gerichtet waren.

»Such du mal weiter, ich koche uns inzwischen einen Kaffee.« Ambrogio erhob sich und ließ Moira alleine zurück. Sie klickte weiter. Nach ein paar Minuten sprang Herta zu ihr aufs Sofa und rollte sich neben ihr zusammen. Moira kraulte die Katze mit einer Hand unter dem Kinn, während sie neue Suchbegriffe eingab, in der Hoffnung, dadurch bessere Ergebnisse zu erhalten.

Ihr Vater kam mit dem Kaffee zurück, und sie stürzte den Espresso in zwei Schlucken hinunter. »Es gibt so unfassbar viele Hesse-Andenken, das ist fast so unüberschaubar wie Jesus-Reliquien.«

Ihr Vater hatte sich gegenüber in einem Sessel niedergelassen und stopfte sich eine Pfeife. »Aus den angeblichen Splittern vom heiligen Kreuz könnte man wahrscheinlich mindestens fünfzig von den Dingern zusammensetzen. Von allem, womit sich Geld verdienen lässt, gibt es jede Menge Fälschungen.«

»Vielleicht suchen wir zu spezifisch.« Moira raufte sich die Haare. Ihr Rücken fing an zu schmerzen, daher nahm sie die Füße vom Tisch und setzte sich gerade hin.

»Es müsste so eine Art Gemischtwarenladen geben, wo man alles Mögliche finden könnte«, sagte ihr Vater und hielt ein brennendes Streichholz in den Pfeifenkopf, während er paffte, sodass Rauchwolken über seinem Kopf aufstiegen, als wären es seine Gedanken.

»Du hast völlig recht. Und so etwas gibt es tatsächlich!« Mit neuem Elan tippte Moira etwas in die Adresszeile des Browsers.

»Und wie heißt das?«

»eBay natürlich!«

Moira gab die entsprechenden Begriffe in die Suchmaske ein und drückte auf Enter. Es kamen nur zwei Ergebnisse. Das erste waren keine Originalbriefe, sondern ein Faksimile-Band. Das zweite war genau das, was sie suchten.

»Ich hab es!«

»Das gibt es ja nicht! Lass mal sehen.« Ambrogio stand auf und setzte sich auf die nicht von Herta belegte Seite, wobei er sich, Moira und das Notebook in Pfeifenrauch hüllte.

Sie hustete und wedelte mit der Hand, bis sie wieder den Bildschirm erkennen konnte.

»Originalbriefe von Hermann Hesse an seinen Freund und zeitweiligen Anwalt Michael Tobler«, las sie vor. »Das müssen sie sein.«

»Scheint so, als hätte die gute Signora Tobler doch kein Alzheimer.«

»Scheint so, als hätte ihr Untermieter sie tatsächlich beklaut. Also, die Auktion wurde vor fünf Wochen beendet.«

»Und was fangen wir jetzt damit an?« Ambrogio entließ kleine blaugraue Wölkchen in Richtung Zimmerdecke. Herta hob den Kopf und starrte den Gebilden hinterher.

»Egal, ob sie verkauft wurden oder nicht, irgendwo müssen die Briefe noch sein. Ich könnte mit Chiara noch einmal

Bruggers Wohnung durchsuchen, wir könnten etwas übersehen haben.«

»Und woher weißt du, dass der Kerl, der die Briefe verkaufen wollte, wirklich Adrian war? Er könnte auch einen Abnehmer gehabt haben, und der versucht jetzt, sie weiterzuveräußern.«

»Stimmt«, gab Moira zu. Sie ärgerte sich ein wenig, dass sie nicht selbst daran gedacht hatte.

»Schauen wir mal nach dem Benutzernamen ... Brad Pitone32. Im Ernst? Brad Pitone? Verstehst du, *papà?* Wie Brad Pitt, nur Python statt Pitt.«

»Ich hab es schon verstanden. Ich mag alt sein, aber völlig von gestern bin ich nicht.«

»Entschuldige. Ich komme nur gerade nicht darüber hinweg, wie peinlich dieser Nutzername ist.«

»Ich finde ihn offen gestanden recht witzig.« Ambrogio gluckste in sich hinein, und die Pfeifenwölkchen stiegen im Takt dazu auf.

Dieses Mal verdrehte Moira die Augen. »Na gut, mal sehen, was unser Brad Pitone noch so im Internet getrieben hat. Oh, das ist ja sehr interessant!«

»Was denn?« Ambrogio wandte seine Aufmerksamkeit dem Bildschirm zu. »Das passt ja durchaus zu seinem Benutzernamen.«

Moira stellte den Ton ab, wodurch das, was auf dem Monitor geschah, noch absurder wirkte.

»Ist das Brugger?«

Ihr Vater kniff die Augen zusammen und näherte sein Gesicht dem Monitor. Moira gab ihm mit der Schulter einen Schubs. »*Papà!* So nah musst du auch wieder nicht rangehen!«

»Was denn? Ich habe meine Lesebrille nicht auf. Wenn hier einer rangeht, dann der Kerl da.«

»Und, ist er es oder nicht?«

»Schwer zu sagen, ohne sein Gesicht zu sehen. Diese Frisur haben ja viele junge Männer heutzutage. Vom Alter her könnte es hinkommen, von der Statur auch. Nicht, dass ich den Verblichenen je unbekleidet gesehen hätte ... erfreulicherweise, möchte ich hinzufügen. Die junge Dame kenne ich ebenfalls nicht, aber von ihr sieht man ja auch nicht mehr als von ihm. Nun ja, etwas mehr schon, aber nicht das, woran ich sie identifizieren könnte. Diese pinkfarbene Perücke ist zudem ausgesucht vulgär.«

Moira seufzte. »Danke für deine umfassende Einschätzung, lieber *papà*.« Sie hielt das Video an und sah sich die Umgebung, in der es gedreht worden war, genauer an. Konnte das in Bruggers Wohnung aufgenommen worden sein? Man erkannte nicht viel außer dem schmiedeeisernen Kopfteil des Bettes und einem mit einer braunen Jalousie verhängten Fenster. Nein, das war auf keinen Fall in Agnes' Haus. Das Bett dort war aus Holz, und die Fenster hatten weiße Leinenvorhänge.

»Nehmen wir an, dieser Typ ist tatsächlich Adrian Brugger«, sagte sie. »Dann würde das bedeuten, dass Susanne nicht die einzige Frau in seinem Leben war. Und ich wette, sie hatte davon keine Ahnung. Wenn ich herausfinden könnte, wer die Frau mit der pinkfarbenen Perücke ist, kämen wir vielleicht weiter.«

»Aber du weißt nicht, ob er es tatsächlich ist oder nicht. Ich an deiner Stelle würde diesen Film jetzt nicht jedem beliebigen Dorfbewohner unter die Nase halten, in der Hoffnung, dass jemand ihn oder die Frau erkennt. Eine Dorfgemeinschaft ist ein äußerst filigranes und empfindliches Gebilde, das schnell zusammenbrechen kann, wenn etwas aus dem Gleichgewicht gerät.«

»Wenn es dazu beiträgt, Adrian Bruggers Mörder zu finden,

können wir darauf wahrscheinlich keine Rücksicht nehmen.«
Moira speicherte einen Screenshot des Videos und klappte ihr
Notebook zu. »Aber ich spreche mich natürlich mit meiner
Kollegin von der Polizei ab, bevor ich etwas unternehme.«

»Das halte ich für eine gute Idee.« Ambrogio drückte sie
kurz an sich. »Und sei auch sonst vorsichtig, in Ordnung? Immerhin läuft der Mörder frei herum. Er wird nicht sehr glücklich darüber sein, dass du ihm auf der Spur bist.«

»*Papà*, es ist lieb, dass du dir Sorgen machst, aber ich bin
erwachsen, okay?«

Ambrogio brummte: »Das ist ja das Schlimme.«

Moira war froh, dass ihr Telefon klingelte. So viel Fürsorge,
wie ihr Vater ihr angedeihen ließ, war sie nicht gewohnt, und
sie war sich noch nicht im Klaren darüber, ob ihr das gefiel.

»Oh, das ist Luna!« Sie bedeutete ihrem Vater, dazubleiben,
und nahm den Videocall an. Lunas Kopf mit dem wild frisierten platinblonden Undercut erschien auf dem Handy-Bildschirm.

»Hallo Strubbelchen, alles in Ordnung?«

»Alles super!« Luna grinste und winkte, aber Moira hörte
an ihrer Stimme, dass etwas nicht stimmte.

»Wie läuft es mit Oma? Ich hab eure neuen Instagram-Fotos gesehen. Die blaue Haarfarbe steht euch beiden hervorragend. Hat die sich schon wieder rausgewaschen?«

»Das war nur ein Filter, Mama.« Moiras Tochter verdrehte
genervt die Augen. »Als würde Oma sich die Haare blau färben.«

»Zutrauen würde ich es ihr. Und sonst? In der Schule alles
gut?«

»Blöd wie immer. Ich hab eine Vier in Erdkunde kassiert.
Sag mal, wann kommst du eigentlich wieder nach Hause?«

»Das kann ich noch nicht genau sagen. Ich bin hier in eine

Sache reingeraten … Also, ich habe so eine Art Auftrag angenommen, für den ich vor Ort bleiben muss. Und ich weiß nicht, wie lange das dauert. Ein, zwei Wochen bestimmt. Gefällt es dir nicht mehr bei Oma?«

Luna druckste herum. »Doch, schon … Oma ist klasse, und wir verstehen uns mega. Aber irgendwie fehlt mir jemand, der mir sagt, ich soll mein Zimmer aufräumen und dass ich mal einen Apfel essen soll. Ich mag echt gerne Pizza und so, aber es wäre okay, mal wieder was Richtiges zu essen.«

»Armes Kind, du bist ja völlig vernachlässigt. Ich kann dich ein bisschen durchs Telefon anmeckern, wenn du willst.«

Luna kicherte. »Mama, ich mein's aber ernst!«

»Wenn ich wieder da bin, mache ich Salat, bis er dir zu den Ohren rauskommt. Und ich zwinge dich, jeden Tag einen Apfel zu essen und dein Zimmer makellos sauber zu halten. Aber ich muss noch ein bisschen hierbleiben. Opa braucht mich auch.«

Moira kniff die Augen zusammen und hoffte, die Notlüge würde ihr vergeben.

»Möchtest du ihn mal sprechen?« Sie hielt das Telefon so, dass zumindest eine Hälfte von Ambrogio für Luna sichtbar wurde.

»Ciao *tesoro*, komm doch deine Mutter und mich besuchen, das Haus ist groß genug.«

»Wenn ich die Schule schwänzen darf, mache ich das, *nonno!*«

»Selbstverständlich! Ich schreibe dir eine Entschuldigung.« Ambrogio lachte dröhnend, sodass Herta aufschrak. Moira hieb ihrem Vater einen Ellbogen in die Seite. »Bring sie nicht auf solche Ideen! Cornelia ist imstande und macht das wirklich.«

»Ich hätte nichts dagegen, deine Mutter zu sehen. Wir haben uns immer gut verstanden.« Ambrogio wandte sich wieder an Luna: »Es ist ja nicht mehr lange bis zu den Sommerferien. Bis dahin kannst du dein Italienisch auffrischen, abgemacht?«

»Alles klar, *nonno!* Ich muss los, treffe mich noch mit Julian im Café.« Luna winkte, und dann war nur noch ihr Profilbild zu sehen.

»Wer ist dieser Julian?«, fragte Ambrogio.

Moira hob die Schultern. »Das wüsste ich auch gerne.«

8

»Du meinst also, dieser Sexstreifen bringt uns nicht weiter?«
Moira blickte durch die Windschutzscheibe, über die Regen-
bäche rannen. Die gleichmäßige Bewegung der Scheibenwi-
scher machte sie schläfrig.

Chiara, die am Steuer saß, antwortete: »Ich kann Serena
mal darauf ansetzen, aber wenn der Betreiber der Website
nicht in der EU sitzt, kommen wir an die IP-Adressen der Nut-
zer nicht heran. Und selbst wenn, wüssten wir immer noch
nicht, wer die Frau ist.«

»Ganz so nett, wie es schien, war Brugger jedenfalls nicht.
Sexvideos von sich und einer Frau, die eindeutig nicht seine
Freundin war, online zu stellen und auch noch Geld dafür zu
verlangen ist nicht wirklich sympathisch, oder?«

»Es könnte auch einfach ein Nebenverdienst gewesen sein,
und Susanne wusste davon. Du würdest nicht glauben, was
Leute alles im Verborgenen tun. Ich gebe Serena Bescheid,
aber die Spur, der wir jetzt nachgehen, scheint mir vielverspre-
chender.«

Die Inspektorin hatte Moira in Montagnola abgeholt, und
jetzt waren sie auf der A2 in Richtung Norden unterwegs.
Die Berge zu beiden Seiten der Autobahn wichen zurück und
schufen Raum für eine eintönige Ebene, auf der sich Einfami-
lienhäuser, Wellblechschuppen und Gewerbebetriebe schein-
bar willkürlich verteilten, als hätte jemand sie aus einem Sack
über die Landschaft geschüttelt.

Moira lehnte sich im Sitz zurück. »Wo fahren wir noch gleich hin?«

»Bellinzona.« Chiara starrte konzentriert durch die Frontscheibe, weil sie einen Lastwagen mit Anhänger überholte. Sie schaffte es gerade noch rechtzeitig vor der Ausfahrt nach Bellinzona und zog den Wagen dicht vor der Nase des Lastzugs nach rechts. Moiras Herz stockte, und der LKW-Fahrer ließ seine Hupe aufheulen. Chiara zuckte nicht einmal.

Moiras Herz entschied sich, seine Tätigkeit wiederaufzunehmen. Zumindest war sie jetzt wach. Sie verkniff sich einen Kommentar zur Fahrweise ihrer Kollegin. »Bellinzona ist mir klar. Aber was wollen wir da?«

»Ravi hat Adrians Konto überprüft und entdeckt, dass ein Architekturbüro in Bellinzona ihm kurz vor seinem Tod eine ziemlich hohe Summe überwiesen hat. Dem statten wir jetzt einen Besuch ab.«

»Um herauszufinden, wofür er das Geld erhalten hat?«

»Genau. Wahrscheinlich kommt dabei nichts heraus. Er wird irgendwelche Arbeiten für die erledigt haben. Vielleicht war es auch eine Provision. Obwohl zehntausend Franken eine auffällig runde Summe sind und seltsam ist, dass seine Freundin nichts von diesem Geld wusste. Das hat sie zumindest behauptet, als ich mit ihr telefoniert habe.«

»Ich war übrigens gestern bei ihr. Ganz privat, um Kissen für die Katzen zu bestellen.« Moira erzählte Chiara von ihrem Gespräch und dem Seminar.

»Hexensalbe?« Chiara warf ihr einen Seitenblick zu. »Das ist doch eine Masche, um gutgläubigen Leuten das Geld abzuknöpfen. Aber wenn sie tatsächlich Stechapfel oder etwas ähnlich verwendet, macht sie das wirklich verdächtig. Jetzt hören wir erst einmal, was uns diese Architektin erzählt. Wir haben auch noch eine andere Spur, der die Kollegen gerade nachgehen: Der Schuhabdruck aus der *nevèra* ist von einem Gummistiefel einer Edelmarke, Größe 43/44. Es gibt im gesamten Tessin nur einen Laden, wo Barboni-Stiefel verkauft werden, und zwar bei Foxtown, diesem riesigen Outlet-Store in der Nähe von Mendrisio. Wenn wir durch die Kassenbons den Käufer finden, ist der Fall wahrscheinlich gelöst.«

Moira sah aus dem Fenster. Linker Hand kam Bellinzona näher, dessen Häuser sich um einen steil aufragenden Felsen scharten, auf dem eine weitläufige Burganlage thronte: das Castelgrande. Moira erinnerte sich, dass sie es als Mädchen mit ihrem Vater besucht hatte. Rechter Hand erhob sich auf einem Hügel wie ein Vorposten eine weitere Burg, das Castello di Montebello. Sie genoss kurz den Anblick und nahm den Gesprächsfaden wieder auf.

»Der Schuhgröße nach muss der Täter also ein Mann gewesen sein. Oder wir achten darauf, ob die Architektin ungewöhnlich große Füße hat.«

»Das sollten wir tatsächlich. Architekten sind häufig auf Baustellen unterwegs, da braucht man Gummistiefel. Und Maurer tragen selten Edelmarken.«

»Eigentlich war das als Scherz gemeint«, sagte Moira.

»Man sollte nie etwas ausschließen, bevor nicht das Gegenteil bewiesen ist«, entgegnete Chiara.

»Ich habe noch nie etwas von einem Adrian Brugger gehört.« Anita Albasini wandte den Blick vom Bildschirm ab und drehte sich wieder zu Chiara und Moira, wobei sich kein Haar ihres perfekt geschnittenen Bobs verschob. »Auch in meiner Kontaktliste finde ich den Namen nicht.«

Chiara blieb beharrlich. »Und doch hat Ihr Unternehmen dem Mann zehntausend Franken überwiesen. Wäre es möglich, dass jemand das ohne Ihr Wissen getan hat?«

Die Architektin schlug die Beine übereinander, lehnte sich in ihrem ledergepolsterten Sessel zurück und schien nachzudenken. In dem Panoramafenster hinter ihr erhob sich das Castelgrande über die Dächer der Innenstadt – es wirkte auf Moira wie ein gerahmtes Gemälde.

»Das kann ich mir nicht vorstellen«, antwortete Anita Albasini schließlich. »Ich vertraue all meinen Angestellten zu hundert Prozent. Aber ich lasse natürlich in der Buchhaltung nachprüfen, ob das Geld bei uns fehlt.«

»Tun Sie das doch bitte sofort«, sagte Chiara höflich, aber kühl. »Außerdem möchten wir mit allen Personen sprechen, die Zugriff auf Ihre Geschäftskonten haben.«

Die Architektin seufzte. »Na gut.« Sie griff zum Telefon, wählte und sprach so schnell hinein, dass Moira nur einzelne Satzfetzen verstand. Dann legte sie auf und faltete die Hände auf ihren Oberschenkeln. Sie wirkte völlig gelassen, ihr dunkelrot geschminkter Mund war entspannt. Moira konnte sich nicht vorstellen, dass sie in den Tod von Adrian Brugger verwickelt war, aber vielleicht war die Frau einfach extrem abgebrüht. Herzlichkeit war jedenfalls nicht die erste Eigenschaft, die einem in den Sinn kam, wenn man sie kennenlernte.

Ein unangenehmes Schweigen machte sich breit. Moira betrachtete Chiara, die reglos wie eine Eidechse dasaß und Albasinis Blick standhielt. Moira selbst musste dem Drang widerstehen, sich zu räuspern oder irgendeine Bemerkung zur Einrichtung zu machen, um die Stille zu brechen. Sie war erleichtert, als sich die Glastür öffnete und eine Frau eintrat, die von ihrer Chefin als »Rosanna Bordini aus der Buchhaltung« vorgestellt wurde. Rosanna aus der Buchhaltung war so sorgfältig geschminkt wie ein Model und schleuderte ständig ihre langen blondierten Haare hin und her wie ein Pferd, das mit dem Schweif Fliegen verjagte. Ihre Stirn war straff wie die einer Zwanzigjährigen. Erst auf den zweiten Blick fielen Moira die Augenfältchen auf, die verrieten, dass sie Mitte oder Ende dreißig sein musste.

Chiara und Moira drehten sich auf ihren Stühlen herum, um sie beim Sprechen beobachten zu können. Als Chiara sagte, sie kämen von der Polizei, trat ein abwehrender Ausdruck in Rosannas Augen. Nach außen gab sie sich ruhig und zuckte mit den Schultern wie ein gleichgültiger Teenager.

»Keine Ahnung, was das für Geld sein soll. Klar kann ich mal nachsehen, woher es ist. Kann ich mich kurz einloggen?«

Albasini rollte mit ihrem Sessel rückwärts, und Rosanna schlängelte sich hinter den Schreibtisch. Nach vorne gebeugt tippte sie auf der Tastatur herum.

»Da ist es. War eine Bareinzahlung auf unser Konto. Wurde in der Hauptpost in Lugano gemacht.« Sie richtete sich auf.

»Können Sie sehen, von wem?« Chiaras Tonfall war betont geduldig.

Rosanna legte den Kopf schief. »Nein, da steht nichts.«

»Und wer hat das Geld dann weiter überwiesen?«

Die Buchhalterin blinzelte mehrmals und warf wieder ihre Haare von einer Seite auf die andere. Sie tippte erneut etwas ein. »Das war zwei Tage später. An einen Adrian Brugger. Keine Ahnung, wer die Überweisung gemacht hat. Ich war es sicher nicht, und auf das Konto haben nur die Chefin und ich Zugriff. Vielleicht hat sich jemand heimlich an den Rechner geschlichen, als ich Kaffee holen war. Eigentlich logge ich mich dann immer aus, aber schon möglich, dass ich es mal vergessen habe. Sorry, Chefin, da hab ich wohl echt nicht aufgepasst. Aber es ist ja kein Schaden entstanden.«

»Etwas seltsam ist das aber schon, findest du nicht?« Die Architektin wirkte verärgert. Sie rollte ihren Stuhl wieder vor den Rechner, sodass Rosanna beiseitetreten musste.

»Würden Sie uns die Kontobewegungen bitte ausdrucken?«
Chiaras Tonfall machte klar, dass es sich nicht wirklich um
eine Bitte handelte. Rosanna musste sich halb über ihre Chefin
beugen, um an die Tastatur heranzukommen. Gleich darauf
fing der Drucker neben dem Rechner an zu rattern. Rosanna
reichte Chiara die beiden Blätter.

»Brauchen Sie mich noch?«

»Das war alles, danke für Ihre Hilfe«, sagte Chiara.

»Gerne geschehen.« Mit einem letzten Haarewerfen verließ
die Buchhalterin das Büro.

»Ich kann mir das überhaupt nicht erklären.«

»Wir werden zwei Kollegen vorbeischicken, die mit Ihren
Angestellten sprechen«, sagte Chiara und stand auf. Moira tat
es ihr nach.

Chiara machte zwei Schritte zur Tür und drehte sich dann
um. »Wie lange arbeitet Signora Bordini eigentlich schon für
Sie?«

»Ungefähr zwei Jahre. Zweieinhalb.«

»Wo hat sie vorher gearbeitet?«

»Das weiß ich nicht mehr genau, aber ich habe ihre Bewer-
bung von damals noch im Rechner gespeichert. Soll ich nachsehen?«

»Ja bitte.«

Chiara und Moira warteten, bis die Architektin sie wieder
ansah.

»Vorher war sie bei einer Baufirma beschäftigt. R. Ponte SA
in Montagnola.«

Moira horchte auf. Roberto Ponte, das war doch der etwas selbstgefällige Bauunternehmer, den sie beim Hermann-
Hesse-Fest kennengelernt hatte.

Chiara räusperte sich. »Würden Sie Rosanna bitte noch einmal hereinrufen?«

Rosannas scheinbare Gelassenheit brach schnell zusammen. Sie gab zu, dass Roberto Ponte die zehntausend Franken eingezahlt hatte, die sie wiederum auf Adrian Bruggers Konto überwiesen hatte. Doch sie blieb standhaft dabei, keine Ahnung zu haben, wofür das Geld geflossen war.

»Weshalb haben Sie damals aufgehört, für Ponte zu arbeiten?«, wollte Chiara wissen.

Rosanna verzog den Mund. »Weil seine Frau dahinterkam, dass wir was miteinander hatten. Das ist aber vorbei. Ich wollte ihm nur einen Gefallen tun, aus alter Freundschaft. Ehrlich.«

Die Fassung verlor die Buchhalterin erst, als Chiara ihr eröffnete: »Ich muss Sie leider vorläufig festnehmen, aufgrund von Gefahr im Verzug. Es tut mir leid, aber wir müssen verhindern, dass Sie Ihren ehemaligen Arbeitgeber anrufen und ihn warnen.«

Die Frau begann zu schimpfen und Chiara zu beleidigen, doch die Inspektorin ließ sich nicht provozieren. »Nehmen Sie es nicht persönlich. Morgen oder übermorgen sind Sie wieder auf freiem Fuß – zumindest vorerst. Wenn Sie in ein Verbrechen verwickelt sind, wird das natürlich weitere Folgen für Sie haben. Und es geht hier nicht um Ladendiebstahl, sondern um eine Mordermittlung. Also seien Sie bitte kooperativ.«

Rosannas Selbstsicherheit entwich wie Luft aus einem Ballon. Sie sank in einen Besucherstuhl und rührte sich nicht mehr, während Chiara über ihr Smartphone einen Einsatzwagen bestellte. Danach zog sie sich auf den Flur zurück und telefonierte noch zwei weitere Male. Moira blieb mit den beiden anderen Frauen alleine und fühlte sich unbehaglich. Schließlich grinste sie verlegen und sagte: »Schöne Aussicht haben Sie hier.«

»Das war großartig! Dieser Columbo-Trick zum Schluss – filmreif!«, sagte Moira, während sie zusahen, wie Rosanna aus der Buchhaltung von einem Beamten in Uniform auf die Rückbank des Polizeifahrzeugs gesetzt wurde.

»Das war eine ganz normale Befragung, nichts Besonderes.« Chiaras Ton blieb wie immer sachlich, aber ihr rechter Mundwinkel hob sich.

»Wozu war eigentlich ich dabei?«, fragte Moira. »Es gab ja nichts zu übersetzen.«

»Zur moralischen Unterstützung.« Chiara hielt ihre rechte Hand waagerecht hoch: Sie bebte sichtbar. »Sonst hätte ich das nicht gekonnt. Ich habe noch nie zuvor jemanden alleinverantwortlich verhaftet.«

Moira nahm Chiaras Hand und hielt sie einige Augenblicke fest. »Du hast das wirklich hervorragend gemacht, äußerst professionell.«

Chiara seufzte erleichtert. »Ich bin froh, dass ich es hinter mir habe. Fahren wir?«

»Glaubst du ihr, dass sie nicht weiß, wofür das Geld war?«, fragte Moira, während sie wieder nach Süden fuhren und die Berge dichter zusammenrückten.

»Ich fand sie überzeugend – genau weiß man das natürlich nie. Aber es spielt auch keine große Rolle. Ponte wird uns eine Erklärung liefern müssen. Es muss etwas Illegales dahinterstecken, sonst hätte er die Herkunft des Geldes nicht verschleiert.«

»Was passiert als Nächstes?«

»Ich treffe mich mit Ferrone und Staatsanwältin Manzoni. Für einen Haftbefehl für Ponte wird es nicht reichen, aber eine Durchsuchung sollte möglich sein. Das dauert sicher bis morgen. Ich muss dich bitten, niemandem etwas zu sagen, auch deinem Vater nicht.«

»Natürlich. Ich habe schließlich einen offiziellen Eid geschworen, alles, was ich erfahre, für mich zu behalten. Ganz sicher gebe ich Ferrone keinen Anlass, sich über mich zu beschweren.«

»Entschuldige, ich weiß, dass man dir vertrauen kann. Ich wollte nur sichergehen. Wenn Ponte Zeit bekommt, eventuelle Beweismittel zu vernichten, war alles umsonst.«

Chiara fuhr in Montagnola vorbei und setzte Moira am Dorfplatz ab.

Es tröpfelte nur noch, aber am Himmel drängten sich tief hängende Wolken. Moira stand eine Minute lang verloren herum und versuchte, sich zu sammeln. Dass es so schnell eine Verhaftung geben würde, hatte sie nicht erwartet. Was würde jetzt passieren? Und bedeutete das alles, dass Roberto Ponte etwas mit Bruggers Tod zu tun hatte?

Sie schrak zusammen, als ein Pritschenwagen mit der Aufschrift »Ponte Costruzioni SA« an ihr vorbeifuhr, am Steuer der Firmeninhaber selbst. Er erkannte Moira und winkte lächelnd. Sie erwiderte den Gruß automatisch, senkte aber die Hand sofort wieder.

Ponte fuhr glücklicherweise weiter. Moira sah auf ihr Telefon. Halb zwei. Das erklärte, weshalb sie sich schwach fühlte: Sie brauchte etwas zu essen. Und einen Grappa zum Aperitif.

Ein paar Minuten später trat sie in die Gaststube des Il Mulino, hinein in den melodischen Lärm eines Restaurants zur Mittagszeit, den Vielklang aus Reden, Tellerscheppern, Lachen, dem Brummen der Kaffeemaschine und dem Zischen des Milchaufschäumers. Gabriella kam aus der Küche, in jeder Hand drei Teller, scherzte im Vorübergehen mit den Gästen, wies ihre Hilfe, ein Mädchen um die sechzehn, mit einem Nicken auf einen nicht abgeräumten Tisch hin und schob mit dem Fuß eine im Weg liegende Tasche beiseite.

Moira wartete, bis Gabriella die Hände frei hatte und zu ihr herüberkam. Die Wirtin wischte sich die Finger an ihrer knöchellangen Schürze ab und gab ihr die üblichen drei Wangenküsse.

»Wie schön, dich zu sehen, *carissima!* Hier, setz dich ans Fenster, auf der Bank ist es am gemütlichsten. Willst du essen? Du musst essen, ich habe ganz frischen Zander aus dem See. Dazu kriegst du ein Glas Weißwein.«

Moira setzte sich und stimmte allem zu. Es war wunderbar, so umsorgt zu werden.

»Könnte ich auch noch einen Grappa haben?«

»Bringt Valerie dir sofort!« Gabriella flitzte wieder davon.

Moira lehnte sich an die Wand und sah aus dem Fenster. Die dicht gedrängten Häuser wirkten bei diesem Wetter trist und vernachlässigt, und ihr kam die Frage in den Sinn, was sie hier eigentlich wollte. Ihrem Vater ging es gut. Er hatte genug Menschen um sich, die sich um ihn kümmerten. Warum blieb sie hier, obwohl in Frankfurt Luna und ihre Mutter warteten? Lief sie davon, oder war sie auf der Suche und wonach?

Und weshalb bildete sie sich ein, Polizistin spielen zu können? Was sich wie eine nette Abwechslung angelassen hatte, wuchs ihr allmählich über den Kopf. Bislang hatte sie nicht darüber nachgedacht, aber sie und Chiara brachten sich möglicherweise in Gefahr, wenn sie Leuten zu nahe kamen, die sogar bereit waren zu töten. Welche Folgen das haben konnte, hatte sie mit Javier erlebt, und sie hatte kein Bedürfnis, dem Bösen oder wie man es nennen wollte, abermals zu nahe zu kommen.

Doch was würde Luca von ihr denken, wenn sie jetzt kniff? Und konnte sie Chiara im Stich lassen? Sie steckte schon viel zu tief in der Geschichte drin, um einen Rückzieher zu machen. Außerdem wollte sie weitermachen. Javiers Mörder hatte man nie gefunden – aber derjenige, der Adrian Bruggers Leben ausgelöscht hatte, konnte gefasst werden, das spürte sie. Und sie wollte dazu beitragen.

»Ist der Weißwein für Sie?« Die jugendliche Aushilfe trat an ihren Tisch.

Moira nickte. »Und der Grappa auch. Valerie, richtig? Du bist auch nicht von hier, das höre ich doch.«

Das Mädchen zuckte die Schultern. Ihr langes sandfarbenes Haar hing wie ein halb zugezogener Vorhang vor ihrem Gesicht, sodass man außer einer Stupsnase nicht viel von ihr sah.

»Wir sind aus Zürich. Meine Eltern haben vor ein paar Jahren beschlossen, dass sie unbedingt ein Haus im Tessin wollen. Und jetzt sitze ich hier fest.«

»Ich kann mir vorstellen, dass es für jemanden in deinem Alter hier ziemlich langweilig ist.«

»Ich und meine Squad sind meistens in Lugano unterwegs, da geht schon was.« Valerie wurde etwas lebhafter und schob sich die Haare auf einer Seite zurück. Ein silberner Ohrring in Form einer Blättergirlande wurde sichtbar.

»Abends ausgehen kann man aber vergessen. Der letzte Bus fährt um halb neun, und meine Eltern wollen mich meistens nicht abholen.«

Moira sah das Mädchen genauer an. Valeries Gesicht wirkte verquollen, und ihre Augen waren gerötet. Entweder hatte sie geweint, oder sie litt unter einer starken Pollenallergie.

»Geht es dir gut?«

Valerie nickte hastig und ließ die Haare wieder vors Gesicht fallen, aber Moira bemerkte trotzdem, dass dem Mädchen Tränen in die Augen stiegen. Sie reichte Valerie eine Papierserviette.

»Übrigens hast du sehr schöne Ohrringe. Egal, was dich gerade runterzieht, es kommt wieder in Ordnung, okay?«

»Das sagen Erwachsene immer. Aber es kommt gar nichts in Ordnung. Ich muss jetzt weiterarbeiten.« Valerie wandte sich ab.

Moira sah ihr betroffen hinterher. Nach dem üblichen Liebeskummer klang das nicht. Sie hätte Valerie gerne geholfen, doch das stand wahrscheinlich nicht in ihrer Macht. Was immer es war, es würde sich schon wieder einrenken.

Sie nippte an ihrem Grappa, der weich und mild über die Zunge rollte. Entschlossen kippte sie den Rest des Glases hinterher und spürte wenige Augenblicke später, wie sich die Leichtigkeit des Alkohols in ihrem Kopf ausbreitete.

Zu Hause trank sie tagsüber nie, aber hier gehörten Wein und Grappa so sehr zum Alltag, dass es ihr ganz normal vorkam. Außerdem kam da auch schon ihr Zanderfilet, zusammen mit kleinen Kartoffeln und gebratenem Fenchel an einer Safransoße. Es roch so gut, dass es ihr schwerfiel, nicht darüber herzufallen. Aber das wäre Gabriellas Kochkünsten gegenüber ungerecht gewesen, und daher genoss Moira bewusst jeden köstlichen Bissen.

Während sie aß, leerte sich das Lokal. Die meisten Leute mussten wohl wieder zurück zur Arbeit. Es wurde ruhiger, und schließlich saßen nur noch drei alte Männer vor ihren Weingläsern an einem Tisch weit hinten im Raum. Valerie wischte die Theke ab, Gabriella ließ für sich und Moira zwei *caffè* aus der Maschine und setzte sich zu ihr. Sie stöhnte lang gezogen.

»Mein Rücken bringt mich noch um! Ich muss mir unbedingt ein neues Rezept besorgen. Ohne meine Schmerztabletten halte ich den ganzen Tag auf den Beinen kaum noch durch.«

»Tut mir leid«, sagte Moira. »Hast du es schon mal mit Gymnastik versucht?«

Gabriella winkte ab. »Mit allem, was man sich vorstellen kann. Aber lassen wir das. Wie hat es dir geschmeckt?«

»Köstlich! Wo hast du nur so zu kochen gelernt?« Moira fand es beinahe schade, den Geschmack der Safransoße mit dem Kaffee zu überlagern.

Gabriella zuckte mit den Schultern. »Learning by doing, ein paar Kurse bei guten Köchinnen und Köchen, frische Zutaten.«

»Also bist du keine gelernte Köchin? Was hast du früher gemacht?«

»So dies und das. Bin viel gereist. In den Neunzigern habe ich Schmuck aus Indien mitgebracht und auf Flohmärkten verkauft.« In Gabriellas Lächeln verbarg sich Wehmut. »Aber irgendwann muss man sesshaft werden, und das hier war eine gute Gelegenheit. Ich bin glücklich, aber manchmal vermisse ich mein Nomadenleben.«

»Ich habe auch manchmal Sehnsucht nach Fremdsein«, sagte Moira. »Alles ist irgendwie intensiver, bunter, lauter – das Leben hat dann mehr Details. Ein bisschen geht es mir gerade so.«

»Nur holt der Alltag einen irgendwann ein, ganz egal, wo man ist.« Gabriella winkte Valerie, die die letzten Gläser polierte. »Danke, *cara*, du kannst nach Hause gehen, den Nachmittag schaffe ich alleine.«

Valerie hob die Hand zum Zeichen, dass sie verstanden hatte. Sie hängte das Handtuch auf und verschwand nach hinten.

»Hat deine Aushilfe Kummer?«, fragte Moira leise.

Gabriella neigte sich zu ihr und sagte mit ebenfalls gesenkter Stimme: »Sie soll ab Herbst auf ein Internat. Ich glaube, sie denkt, ihre Eltern wollen sie loswerden, aber das stimmt natürlich nicht. Sehr nette Leute, die sich hier vor ein paar Jahren ein Anwesen renoviert haben. Arbeiten nur beide furchtbar viel. Wie geht es denn deiner Tochter? Sie vermisst dich bestimmt.«

»Ein bisschen, wie es scheint. Aber es geht ihr gut. Wir haben gestern telefoniert.« Es überraschte Moira, dass sie einen Druck unter den Augen spürte und ihr die Brust eng wurde, als sie von Luna sprach. Sie wollte anfügen: »Sie fehlt mir auch.« Aber dann würde sie wahrscheinlich ihre Tränen nicht mehr zurückhalten können. Sie mochte es nicht, vor anderen Leuten zu weinen.

Valerie kam zurück, eine modische Umhängetasche über der Schulter, und verabschiedete sich im Hinausgehen. Einer der älteren Männer am Tresen gaffte ihr hinterher, sah aber schnell weg, als er Moiras Blick bemerkte.

»Ich würde mich freuen, wenn du noch ein bisschen hierbleiben würdest«, sagte Gabriella. »Es gibt hier nicht allzu viele Leute, mit denen man sich etwas tiefgründiger unterhalten kann.«

»Wirklich? Woran liegt das?«

Gabriellas Finger spielten unruhig mit der Espressotasse. »In einem Dorf sitzt man dicht aufeinander. Vielleicht kennen wir uns alle zu gut, um offen miteinander zu sein. Aber an uns Tessiner kommt man sowieso schwer heran.« Sie lächelte. »Man könnte ja herausfinden, dass wir nicht perfekt sind. Die makellose Fassade ist das Wichtigste.«

»Wie gut kanntest du eigentlich Adrian Brugger?«

Gabriella zuckte die Achseln. »Er hat hier ab und zu am Wochenende ausgeholfen, aber ich kannte ihn nicht besonders gut. Er war auch in seiner Freizeit oft hier. Er war ziemlich beliebt. So einer, der sofort im Mittelpunkt steht, wenn er irgendwo reinkommt. Er hat viele Geschichten erzählt und die Leute damit zum Lachen gebracht. Für mich klang das meistens übertrieben – er hat wahrscheinlich seine Erlebnisse ausgeschmückt, damit sie interessanter klingen. Aber er war kein Großmaul. Und immer sehr hilfsbereit. Wenn jemand umzog oder es ein Fest gab, hat er immer mitgeholfen. Ich habe nie erfahren, wovon er hauptsächlich lebte. Irgendwelche Geschäfte im Internet. Er war ein bisschen so etwas wie der bunte Hund im Dorf. Die Frauen haben ihn angehimmelt, und er hat das sichtlich genossen.«

»Glaubst du, er war Susanne untreu?«

Gabriella fegte die Brotkrümel auf dem Tisch zusammen. »Kann ich mir nicht vorstellen. So eine Frau betrügt man doch nicht.«

Moira zuckte zusammen, als ihr Telefon viel zu laut einen Signalton abspielte.

Wo bist du? Dringend. Chiara

»Ich muss kurz telefonieren«, entschuldigte sie sich und stand auf.

»Und ich muss wieder in die Küche, die Abendkarte vorbereiten.«

Moira trat nach draußen. Die Bänke waren zu feucht, um sich hinzusetzen, also stellte sie sich unter das Vordach und rief Chiara an.

»Was ist denn los?«

Die Polizistin klang atemlos. »Es gibt ein Riesenproblem: Ich habe den Durchsuchungsbeschluss nicht bekommen. Der Richter ist der Ansicht, die bloße Aussage der Buchhalterin, dass das Geld von Ponte stammt, reiche nicht aus, um sein Büro zu durchsuchen. Außerdem sei es nicht verboten, jemandem Geld zu überweisen.«

»Und was machen wir jetzt?«, fragte Moira.

»Ich weiß nicht. Ich bin mir sicher, dieser Ponte hat etwas mit der Sache zu tun. Und ich will wissen, wofür das Geld war. Aber wenn ich ihn befrage, wird er mir sowieso nicht die Wahrheit erzählen. Das würde ihn nur warnen, und er würde sämtliche Beweise verschwinden lassen.« Chiara klang frustriert.

»Außerdem wird die Buchhalterin innerhalb der nächsten Stunde wieder freigelassen. Ich kann froh sein, wenn sie mich nicht anzeigt. Aber natürlich wird sie als Erstes Ponte Bescheid geben.«

»Uns bleibt also nur wenig Zeit.« Moira biss sich auf die Lippen. »Ich hab da eine Idee, aber keine Ahnung, ob sie funktioniert. Ich melde mich wieder bei dir.«

»Aber ich kann so schlecht lügen!«, jammerte Ambrogio.

»Du musst ja nicht lügen, du sollst nur die Sekretärin ablenken.«

Moira saß ihrem Vater am Küchentisch gegenüber, Luise als schnurrendes, pelziges Paket auf ihrem Schoß.

»Du kannst doch sicher irgendeinen Vorwand finden, unter dem du etwas Dringendes mit ihr besprechen musst.«

Ambrogio drehte sich eine Strähne seines Bartes um den Zeigefinger.

»Nun ja, seine Sekretärin ist auch im Dorfverein. Rein theoretisch ginge das wahrscheinlich. Aber ich fühle mich gar nicht wohl dabei, jemanden aus dem Dorf so hinters Licht zu führen.« Er blickte Moira vorwurfsvoll an.

Sie hob die Augenbrauen. »Ach ja? Wie wäre es dann, wenn du ihnen von dem Kerl erzählst, der nachts überall Plakate anklebt und damit gegen den Dorfverein stänkert?«

»Willst du mich etwa erpressen? Meine eigene Tochter, ich bin entsetzt!«

Ganz im Widerspruch zu seinen Worten schmunzelte Ambrogio in sich hinein.

»Na gut, ich mache es. Wenn Ponte wirklich Dreck am Stecken hat, hat er es nicht anders verdient. Sein aufgeblasenes Getue geht mir sowieso die ganze Zeit schon auf die Nerven.«

Jetzt wurde Moiras Vater ernst. Er fasste über den Tisch und nahm ihre Hand. »Versteh mich nicht falsch, ich will mich nicht in deine Angelegenheiten einmischen. Aber es kommt mir vor, als wolltest du diesen Fall alleine aufklären. Warum verbeißt du dich so sehr in diese Sache?«

»Ich weiß nicht.« Moira knabberte an ihrer Unterlippe und blickte aus dem Fenster in den Garten, wo sich Herta und Marlen im hohen Gras balgten.

»Wenn ich dazu beitragen kann, dass ein Mörder gefasst wird, will ich das auch tun.« Sie sah ihrem Vater in die Augen. »Bei Javier damals hat die Polizei so gut wie nichts getan, um rauszukriegen, wer ihn umgebracht hat. Die haben nur mit den Schultern gezuckt und gesagt, das seien irgendwelche Typen aus den Slums gewesen, die würde man sowieso nicht erwischen.« Sie musste kurz innehalten und sich räuspern. »Das Arschloch, das mir Javier weggenommen hat, musste nie dafür bezahlen. Das ist so beschissen ungerecht. Ich weiß, was Susanne gerade durchmacht. Sie hat ein Recht darauf, zu erfahren, wer das getan hat und weshalb. Und wenn ich dazu beitragen kann, mache ich das auch.«

»Das verstehe ich.« Ambrogio tätschelte Moiras Hand. »Dann lass uns den Kerl schnappen!«

Moira setzte Luise auf den Boden, und sie standen auf.

»Hier, nimm das mit.« Sie drückte ihrem Vater ein Glas Honig in die Hand.

»Sehr passend, wenn man jemandem Honig ums Maul schmieren soll«, sagte er trocken.

Kurz darauf standen sie vor Pontes Büro, das sich im Erdgeschoss seines Wohnhauses befand. Sie verbargen sich hinter einem ausladenden Oleander und spähten durchs Fenster.

»Ponte scheint nicht da zu sein. Er sitzt normalerweise der Sekretärin gegenüber«, flüsterte Ambrogio.

»Perfekt.« Moira sah auf die Uhr ihres Telefons: Ihnen blieb nur noch eine halbe Stunde, bis Rosanna Bordini freigelassen wurde.

»Und was soll ich erzählen?« Ambrogio sah Moira ratlos an.

»Du könntest so tun, als wolltest du dich wieder mit Ponte vertragen und sie um Rat bitten. Wichtig ist nur, dass sie das Büro verlässt. Lade sie auf einen Kaffee ins Il Mulino ein oder auf einen Spaziergang, weil sich da besser reden lässt. Du kriegst das schon irgendwie hin.«

Ambrogio seufzte tief. »Ich mache das nur aus Dankbarkeit, weil du dich um deinen alten Vater kümmerst.«

Sie wartete hinter dem Gebüsch und sah, wie ihr Vater das Büro betrat. Er geriet kurz außer Sicht und erschien dann im Rechteck des Fensters. Zum Glück war wegen des schlechten Wetters das elektrische Licht eingeschaltet. Moira konnte das Geschehen beobachten wie auf einer Bühne. Nur der Ton fehlte.

Ihr Vater und die Sekretärin sprachen miteinander. Er überreichte ihr das Glas mit Honig, und es folgte ein weiterer Wortwechsel. Dann erhob sich die Sekretärin und nahm ihre Jacke, die über der Stuhllehne hing. Dazu musste sie sich kurz von Ambrogio abwenden. Er nutzte den Moment, ging zum Fenster und legte den Hebel um.

Moira atmete auf. Die erste Hürde war genommen. Sie wartete, bis die beiden das Büro verlassen hatten und um die nächste Ecke verschwunden waren. Noch dreiundzwanzig Minuten, wenn Chiara recht hatte. Möglicherweise hatte sie auch länger Zeit, aber sie würde es lieber nicht darauf ankommen lassen.

Moira verließ ihre Deckung und schlenderte unauffällig zum Haus. Vor dem Fenster blieb sie stehen, versicherte sich, dass niemand in der Nähe war, und drückte es auf. Sie konnte nur hoffen, dass keiner der Nachbarn aus dem Fenster blickte. Das Gebäude befand sich zum Glück in einem Neubaugebiet am Dorfrand, wo die Häuser große Gärten hatten und die Bebauung nicht so dicht war wie im Dorfkern.

Ziemlich ungelenk kletterte sie auf die Fensterbank und rutschte ins Innere des Büros, wobei sie sich das Schienbein an der Kante des Fensterrahmens stieß. Sie stöhnte leise, achtete aber ansonsten nicht weiter auf den Schmerz. Dafür hatte sie keine Zeit.

Mit einem Blick scannte Moira den Raum. An der hinteren Wand stand ein Regal mit Aktenordnern. Sie ging hinüber und sah sich die beschrifteten Rücken der Ordner näher an. Einnahmen, Ausgaben, Quittungen – alles ordentlich mit der jeweiligen Jahreszahl. Sie hatte gehofft, dass Ponte seine Buchhaltung noch nicht digitalisiert hatte.

Moira zog den Ordner »Kontoauszüge 2019« aus dem Regal knallte ihn auf den Schreibtisch. Ohne sich die Seiten näher anzusehen, fotografierte sie alle Auszüge des letzten halben Jahres. Sie konnte nur hoffen, dass etwas Aufschlussreiches dabei war. Dann stellte sie den Ordner wieder zurück.

Noch zehn Minuten.

Für weitere Ordner blieb keine Zeit. Moira glaubte auch nicht, dass sie darin etwas Interessantes finden würde.

Die Angst, Ponte oder die Sekretärin könnten auftauchen, saß ihr im Nacken, dennoch ging sie an seinen Schreibtisch und zog die Schubladen auf. Sie wusste nicht, wonach sie suchte, aber wenn er krumme Sachen machte, fanden sich die Beweise dafür wahrscheinlich nicht in den offiziellen Unterlagen.

In der obersten Schublade lagen nur Stifte und andere Büro-Utensilien. In der zweiten waren Pornohefte unter einer Fachzeitschrift versteckt. In der dritten Schublade stapelten sich mehrere Sammelmappen. Moira nahm sie heraus und sah sie durch. Sie waren nachlässig von Hand und mit Bleistift beschriftet, manche auch gar nicht. Eine enthielt Visitenkarten und handgeschriebene Zettel mit Adressen, eine andere Zeitungsartikel über Montagnola und den Dorfverein. Schließlich kam sie zu einer Mappe, auf deren Vorderseite »Spenden« gekritzelt war. Moira ging mit fliegenden Fingern den Inhalt durch.

Zuoberst lag ein Flyer des Dorfvereins, der um Spenden für ein Waisenhaus in Rumänien bat. Anscheinend befand es sich in der Partnergemeinde von Montagnola. Dann gab es einen ganzen Stapel handschriftliche Quittungen, offensichtlich für die Spenden der Dorfbewohner. Moira wusste nicht, was sie machen sollte. Es blieb keine Zeit, alle zu fotografieren. Sie konnte ihr Glück kaum fassen: Hinten in der Mappe lag ein Blatt, das die Spenden vollständig auflistete. Sie fotografierte es, stopfte alles wieder in die Mappe zurück und knallte die Schublade zu. Bevor sie ging, ließ sie den Blick noch einmal schweifen. Möglicherweise hatte sie etwas übersehen. Ein Foto auf dem Schreibtisch zeigte Ponte vor einem Fußballtor, die Arme um zwei kleine Jungen gelegt, die ihm ähnlich sahen, wahrscheinlich seine Söhne. Dann bemerkte Moira, dass Ponte auf dem Foto Gummistiefel trug. Am oberen Rand der Stiefel konnte sie einen Teil des eingeprägten Markennamens lesen: Barb … Barboni, vervollständigte sie im Geiste.

Mit zitternden Händen hielt sie ihr Telefon hoch und fotografierte das Bild ab. Sie nahm sich die Zeit, zu kontrollieren, ob die Stiefel und der Markenname nicht von Reflexionen verdeckt wurden. Dann sah sie zu, dass sie wieder hinauskam.

Sie zog das Fenster von außen so weit sie konnte zu und spazierte davon. Am liebsten wäre sie gerannt. Sie fühlte sich auf einmal furchtbar. Was sie gerade getan hatte, war mindestens Hausfriedensbruch, wenn nicht sogar Einbruch. Sie war niemand, der es mit Regeln genau nahm, aber sie hatte noch nie bewusst eine Straftat begangen. Sollte es allerdings am Ende dazu beitragen, einen Mord aufzuklären, konnte sie mit ihrem schlechten Gewissen leben.

Sie schickte eine Nachricht an ihren Vater, dass sie in Sicherheit war und in der Casa Rusconi auf ihn warten würde.

Ambrogio kam zehn Minuten nach ihr nach Hause, rot im Gesicht und verschwitzt.

»Verlange so etwas nie wieder von mir. Das verträgt sich nicht mit meinem Stolz. Ich bin dermaßen zu Kreuze gekrochen beziehungsweise habe so getan. Elsa, die Sekretärin, war so gerührt, dass sie Tränen in den Augen hatte. Ich fühle mich wie ein Schuft.«

»Da geht es dir genauso wie mir. Unsere Familie besitzt anscheinend keine ausgeprägte kriminelle Energie. Hoffentlich hat es sich wenigstens gelohnt.«

»Dann lass uns deine Ausbeute mal ansehen.« Ambrogio nahm sich ein Glas Leitungswasser und setzte sich neben sie. Moira schickte die Fotos von ihrem Handy an ihren Laptop und speicherte sie dort auf der Festplatte. Dann sah sie sich gemeinsam mit ihrem Vater die Bilder an.

»Als Bauunternehmer trägt man natürlich häufig Gummistiefel«, sagte sie. »Aber dass er ausgerechnet Stiefel dieser Marke hat … wäre ein großer Zufall, oder?«

Ambrogio wiegte den Kopf und rieb sich das Kinn. »Die Marke ist hier gar nicht so selten, es wäre schon denkbar, dass er zufällig dasselbe Modell trägt wie derjenige, der Adrian Brugger getötet hat.«

»Okay, dann sehen wir uns an, was ich noch gefunden habe. Wir suchen nach einer auffällig runden Summe von zehntausend Franken, möglicherweise aufgeteilt in zwei Tranchen.«

Es war mühsam, die Auszüge Zeile für Zeile durchzugehen. Das Geschäftskonto wies beinahe täglich Bewegungen auf. Kleinere und größere Aufträge auf der Haben-Seite, auf der Soll-Seite Ausgaben für Werkzeug, Bürobedarf, Material, Löhne – meist krumme Beträge. Bei jeder Position war der Verwendungszweck aufgelistet.

»Es könnte doch sein, dass er so schlau war und etwas mehr oder weniger Geld abgehoben hat«, sagte Ambrogio.

Moira schüttelte den Kopf. »Er hat sicher nicht damit gerechnet, dass sich jemand die Auszüge ansehen würde. Warum hätte er so vorsichtig sein sollen? Aber hier ist noch diese Spendenliste, die ich in seinem Schreibtisch gefunden habe. Ich weiß nicht, ob uns das weiterbringt. Ich fand es zumindest seltsam, dass die Spenden nicht bei den anderen Unterlagen standen.«

»Das war unsere Aktion für das Waisenhaus.« Ambrogio schnaufte. »Die war ursprünglich meine Idee, aber als ich mich dann mit Ponte wegen des Hesse-Trubels gestritten und den Verein verlassen habe, hat er das übernommen und die Lorbeeren dafür kassiert.«

»In der Mappe waren lauter handschriftliche Quittungen. Heißt das, die Spenden bestanden aus Bargeld?« Moira starrte die Liste auf dem Bildschirm an, als könnte sie ihr dadurch die eine, wichtige Information entlocken.

»Das weiß ich nicht genau. Einige Leute haben vielleicht

auch auf das Konto des Vereins überwiesen. Ein eigenes Spendenkonto gab es dafür jedenfalls nicht.«

»Da ist ja eine ganze Menge zusammengekommen, fast fünfunddreißigtausend Franken.« Moira stutzte. In ihrem Magen kribbelte es, immer ein Anzeichen dafür, dass sie auf der richtigen Spur war.

»Du weißt bestimmt noch, wie viel die Spendenaktion eingebracht hat, oder? Ponte hat das in seiner Rede auf dem Fest erwähnt.«

»Glaubst du, ich würde zuhören, was dieser Popanz von sich gibt?«

»Ich glaube, er hat gesagt, die Aktion habe zwanzigtausend Franken eingebracht. Auf diesem Blatt hier stehen aber fünfunddreißig.« Sie sah ihren Vater eindringlich an. »Was mag mit den restlichen fünfzehntausend passiert sein?«

Ambrogio hustete und klopfte sich mit der flachen Hand auf die Brust. Als er wieder ruhig atmen konnte, sagte er: »Ich glaube, ich habe da eine Ahnung.«

Moira leitete die Fotos von der Liste an Chiara weiter und rief sie gleich danach an. Sie erklärte, was es damit auf sich hatte und dass sie vermutete, Ponte habe 15 000 Franken von den Spenden für sich abgezweigt.

»Woher hast du diese Liste?«, fragte Chiara.

»Das willst du nicht wissen.« Wieder wallte das schlechte Gewissen in Moira auf.

»Wenn du recht hast, ist das Unterschlagung. Dafür können wir Ponte belangen, wenn wir weitere Indizien finden. Aber wir können nicht beweisen, dass Adrian Brugger daran beteiligt war.«

»Irgendeine Gegenleistung wird er erbracht haben. Mit der Liste kannst du Ponte doch sicher unter Druck setzen.«

Chiara seufzte. »Wahrscheinlich kann ich deine Liste nicht in einer offiziellen Ermittlung verwenden. Dann müsste ich nämlich erklären, auf welchem Weg sie beschafft wurde.«

»Mist. Daran habe ich nicht gedacht.«

»Ich könnte mich höchstens darauf berufen, dass sie zur Aufklärung einer schweren Straftat beiträgt.« Chiara schwieg kurz, dann sagte sie: »Auf jeden Fall weiß ich jetzt, wonach wir suchen müssen. Wenn Gefahr im Verzug besteht, kann die Staatsanwaltschaft eine Durchsuchung anordnen. Dann brauche ich den Richter nicht. Ich rede mit Signora Manzoni.«

9

»Haben Sie schon gehört? Roberto Ponte ist verhaftet worden!«

Bevor Moira etwas erwidern konnte, drängte sich Agnes Tobler, auf ihren Gehstock gestützt, an ihr vorbei ins Haus.

»Unglaublich, wer hätte ihm so etwas zugetraut! Huch!«

Luise hatte sich in Agnes' orthopädischen Schuh verkrallt. Ihr Aufschrei ging in ein verlegenes Lachen über. »Jedes Mal erschreckt mich das freche Ding. Hier, ich habe etwas zum Kaffee mitgebracht.«

Sie überreichte Moira eine Zellophantüte mit einer goldfarbenen Stoffschleife. Sie enthielt etwas, das wie weiße, beige und rosafarbene Kiesel aussah.

»*Confetti!* Die habe ich ewig nicht gegessen.«

Moira bat Agnes in die Küche und setzte einen Kaffee auf. Sie öffnete den Beutel und steckte sich eine der mit steinhartem Zuckerguss überzogenen Mandeln in den Mund. Sie schmeckten nicht mehr ganz so gut wie früher, aber die Erinnerung daran, wie sie sich immer gefreut hatte, wenn ihr Vater ihr eine Tüte der Nascherei geschenkt hatte, glich das aus.

»Die habe ich geliebt, als ich klein war.«

»Ja, ja, wer nicht? Aber erzählen Sie, wie ist die Polizei auf Roberto Ponte gekommen? Sie kriegen doch aus erster Hand mit, was bei den Ermittlungen passiert.«

»Ich verstehe, dass Sie gerne wissen möchten, was sich hinter den Kulissen abspielt. Aber Sie dürfen nicht vergessen, dass ich nur als Übersetzerin engagiert bin. Mit den Ermittlungen an sich habe ich gar nichts zu tun.«

»Das weiß ich, aber Sie sind ja überall dabei. Außerdem geht es ja um meinen Untermieter, der ermordet wurde. Was hatten die beiden miteinander zu schaffen? Hat Ponte schon gestanden?«

»Das weiß ich wirklich nicht. Vielleicht war er es gar nicht. Nehmen Sie Milch und Zucker?«

»Zucker, auch wenn ich nicht sollte. Zwei Löffel bitte.«

Agnes schlürfte den Kaffee mit gespitzten Lippen. »Die Polizei wird schon einen Grund gehabt haben, um ihn festzunehmen.«

»Irgendeine Verbindung hat es wahrscheinlich gegeben«, gab Moira zu. »Aber ich denke, es müssen erst noch weitere Ermittlungen angestellt werden, bevor die Polizei etwas öffentlich machen kann. Man will ja auch niemanden beschuldigen, der möglicherweise gar nichts getan hat.«

»Sie werden die Beweise schon noch finden. Nach außen hat Ponte immer freundlich getan, aber wer weiß schon, wie es im Inneren eines Menschen aussieht. Einfach grässlich, sich das vorzustellen! Ich dachte ja, das wäre dieser Italiener mit dem Sportwagen gewesen. Darauf, dass es einer von hier aus dem Dorf ist, wäre ich nie gekommen. Da lebt man jahrzehntelang ganz in der Nähe von so einem Menschen und ahnt nicht, wozu er fähig ist!«

Moira gab es auf, Agnes noch einmal darauf hinzuweisen, dass Roberto Ponte bisher nur ein Verdächtiger war. Die alte Dame war verständlicherweise froh, dass ein möglicher Täter gefunden war.

»Ja schau, wen haben wir denn da?«, sagte Agnes.

Elfriede, die Schildpattkatze, huschte am Küchenschrank entlang zu ihrem Napf. In dem befanden sich allerdings nur ein paar eingetrocknete Reste. Elfriede blickte vorwurfsvoll zu Moira auf und miaute.

»Na, so was, normalerweise traut sie sich gar nicht hier rein, wenn jemand anderes in der Küche ist.« Moira wusch Elfriedes Napf aus und holte eine Dose Katzenfutter aus dem Schrank. Elfriede strich inzwischen unruhig durch den Raum.

»Na, kommst du mal zur Tante Agnes auf den Schoß?«, hörte Moira die Nachbarin hinter ihrem Rücken sagen, gefolgt von einem Fauchen und einem Schrei.

»Böse Katze!«

Etwas plumpste zu Boden. Als Moira sich umdrehte, sah sie gerade noch Elfriedes Schwanz im Türspalt verschwinden.

»So ein Biest!« Agnes lutschte an ihrem Handrücken. »Ich wollte sie doch nur hochheben!«

»Elfriede gehört zu den Katzen, die das nicht so gerne mögen. Zeigen Sie mal.« Moira begutachtete die drei langen, parallelen Kratzer auf Agnes' Handrücken, aus denen winzige Blutperlen austraten. Bei sich dachte sie, dass Elfriede völlig recht hatte, sich zu wehren, wenn sie nicht hochgehoben werden wollte. Sie war verärgert, dass die alte Dame die scheue Katze durch ihr unsensibles Verhalten vertrieben hatte.

Sie ließ sich jedoch nichts anmerken, sondern holte Desinfektionsspray und Kosmetiktücher aus dem Badezimmer.

»Wie das aussieht!«, beschwerte sich Agnes. »Und das dauert wieder Wochen, bis es verheilt ist. Bei uns alten Leuten geht das nicht mehr so schnell. Aber ich bin ja selbst schuld, ich habe das arme Tier erschreckt.«

»Versuchen Sie es nächstes Mal mit einem Stückchen gekochtem Lachs«, sagte Moira. »Dem kann Elfriede nicht widerstehen.«

Agnes lachte. »Das werde ich mir merken. Und jetzt lasse ich Sie in Ruhe. Sie haben sicher Besseres zu tun, als sich mit mir alter Schachtel zu unterhalten. Ihr Vater ist außer Haus unterwegs?« Sie spähte um sich, als könnte Ambrogio sich irgendwo in der Küche vor ihr verstecken.

»Leider ist er gerade unterwegs und wird auch so schnell nicht wieder da sein.« Moira versuchte, bedauernd zu klingen.

Agnes lächelte etwas gezwungen. »Ich komme ihn ein andermal besuchen. Zum Glück habe ich es ja nicht weit. Und Sie geben mir Bescheid, wenn Sie etwas Neues über Ponte hören, versprochen?«

Sicher, damit es fünf Minuten später das gesamte Dorf weiß, dachte Moira. Laut sagte sie: »Selbstverständlich.«

Sie begleitete die Nachbarin nach draußen und beobachtete, wie sie auf ihren Stock gestützt hinüber zu ihrem Haus ging. Dann schloss sie die Tür und ging ins Arbeitszimmer. Ambrogio saß in dem lederbezogenen Ohrensessel neben dem Kamin und las in einem Roman von Christa Wolf.

»Ist sie weg?«, fragte er hoffnungsvoll.

»Die Luft ist rein.«

Ambrogio atmete auf und legte das Buch umgedreht auf die Sessellehne. »Sie meint es ja nur gut, ich weiß, aber ich habe bei jedem ihrer Besuche Angst, dass sie den Pfarrer mitbringt und ich plötzlich verheiratet bin, bevor mir überhaupt klar wird, was vor sich geht.«

»Jetzt übertreibst du aber!« Moira lachte.

»Ich kenne die Frau seit Jahrzehnten – wenn die sich etwas vornimmt, bringt sie es auch zu Ende, glaub mir.«

»Vielleicht täte dir eine Ehefrau ganz gut«, neckte Moira ihn. »Sonst wirst du noch zum einsamen Sonderling.«

»Genau darauf arbeite ich hin«, erwiderte Ambrogio würdevoll. »Und ich lasse nicht zu, dass meine Bemühungen vereitelt werden.«

Major Ferrone wirkte griesgrämig. Seine Finger trommelten unruhig auf der Aktenmappe herum, die vor ihm lag. Man konnte beinahe denken, er missbilligte den schnellen Ermittlungserfolg seiner Inspektorin, während die anderen Mitglieder der Sonderkommission Chiara umringten, ihr gratulierten und auf die Schulter klopften. Chiara versuchte, die Glückwünsche so gut wie möglich abzuwehren.

»Ponte ist noch lange nicht überführt. Erst einmal muss das Material gesichtet werden, das wir bei der Durchsuchung seines Büros beschlagnahmt haben.«

Niemand achtete auf Moira, die sich am Rand des Geschehens auf einem Stuhl niedergelassen hatte und alles aus der Distanz beobachtete. Sie gönnte Chiara die Lorbeeren von Herzen.

»Setzen Sie sich!« Ferrone donnerte wie ein Lehrer, der seine ungezogene Klasse zur Ordnung rief. Stühle schnarrten, vereinzelt war unverständliches Murren zu hören, doch nach kurzer Zeit saßen die Anwesenden und richteten ihre Blicke auf den *Capo Area*.

Der wiederholte zunächst, was ohnehin bereits alle wussten.

»Im Fall Adrian Brugger konnten wir einen Tatverdächtigen festnehmen. Es gibt mehrere Indizien, derentwegen er als Täter infrage kommt. Roberto Ponte hat das Opfer nachweislich gekannt, und beide gemeinsam scheinen in eine Unterschlagung von Spendengeldern verwickelt zu sein. Außerdem wurden in Pontes Haus Gummistiefel von jener Marke sichergestellt, die auch die Spuren am Tatort verursacht haben. Die Stiefel befinden sich im Labor und werden baldmöglichst analysiert. Der Tatverdächtige bestreitet alle Vorwürfe und schweigt sich aus, was die Unterschlagung angeht. Er wird weiterhin vernommen.« Ferrone machte eine effektvolle Pause und ließ den Blick über die Gesichter der SoKo-Mitglieder schweifen. Er neigte sich nach vorne und legte seine Arme auf den Tisch, als umarmte er ein imaginäres Kissen.

»Auch wenn es einige Indizien dafür gibt, dass Signor Ponte in die Tötung von Adrian Brugger verwickelt sein könnte, werden wir weiter in alle Richtungen ermitteln. Lassen Sie sich nicht den kritischen Blick durch Voreingenommenheit verschleiern. Haben mich alle verstanden?« Wieder sah er eindringlich jeden Einzelnen an. Sogar Moira fühlte sich verpflichtet, zustimmend zu nicken. Zum ersten Mal kam ihr der Gedanke, dass Ferrone möglicherweise *Capo Area* war, weil er ein guter Polizist war. Nur weil sie ihn unsympathisch fand, musste er kein schlechter Ermittler sein.

»Caporale Bianchi, fangen wir mit Ihren Erkenntnissen an«, sagte Ferrone.

Ein junger Polizist mit schütterem Haar erhob sich, die Hände militärisch an die Hosennaht gelegt, das Gesicht vor Aufregung gerötet.

»Caporale Guardi und ich haben mit mehreren Kollegen die Anwohner befragt, die dem Fundort der Leiche am nächsten wohnen. Bisher etwa dreihundert Haushalte. Die Befragungen haben keine weiteren Hinweise geliefert, die zur Aufklärung beitragen könnten. Es sind jedoch noch mehrere Hundert weitere Haushalte zu befragen. Die Kollegen und ich werden dafür noch zehn Tage bis zwei Wochen benötigen.«

Ferrone nickte, und Caporale Bianchi setzte sich mit erleichtertem Gesichtsausdruck.

»Ich hätte etwas Neues zu berichten.« Ravi stand auf und ging nach vorne, wo ihn jeder sehen und hören konnte. »Wir hatten vom Mobilfunkanbieter des Getöteten dessen Handydaten angefordert und haben sie gestern Nachmittag endlich erhalten. In der Woche nach seiner angeblichen Abreise in die Deutschschweiz befand sich sein Telefon tatsächlich im Stadtgebiet Zürich. Es wurde in den darauffolgenden vier Tagen mehrere Male in der Innenstadt benutzt, um Nachrichten an seine Lebensgefährtin und seine Vermieterin zu schicken.«

Die Tür wurde aufgerissen, und Luca stürzte ins Zimmer. Als er sah, dass die Besprechung bereits im Gang war, hob er entschuldigend die Hände und suchte sich still einen freien Platz zwei Reihen schräg vor Moira. Das Haar an seinen Schläfen war leicht verschwitzt. Er drehte sich um und blickte suchend umher. Moira fühlte sich ertappt, wandte schnell den Blick ab und tat so, als konzentriere sie sich schon die ganze Zeit auf Ravi.

»Es gab keine Nachrichten oder Telefonate zu anderen Nummern«, sagte der soeben. »Am vierten Tag wurde das Telefon in der Nacht ausgeschaltet und war seitdem bei keinem Funkmast mehr eingeloggt. Und das war's auch schon von meiner Seite.«

Er drehte sich zu Ferrone, der sich Notizen machte.

»Danke für Ihren Bericht, wir werden im Anschluss noch in kleiner Runde darüber sprechen.«

Ravi schlenderte zu seinem Platz zurück.

»Gibt es weitere Erkenntnisse?« Ferrone sah in die Runde. Niemand antwortete.

»Wie steht es mit der Entschlüsselung des USB-Speichers?«

Serenas lila Haare leuchteten in der ersten Reihe. Sie musste nicht aufstehen, um von jedem im Raum gehört zu werden.

»Ich bin dran. Das Entschlüsselungsprogramm läuft, aber mehrere Millionen Möglichkeiten durchzuspielen braucht seine Zeit. Wir müssen noch ein paar Tage Geduld haben, aber dann wissen wir, was unser Toter auf dem Stick gespeichert hat.«

»Hoffen wir, dass uns das weiterbringt. Ispettrice Moretti, Sie und ich werden den Tatverdächtigen noch einmal vernehmen. Die anderen fahren mit ihren jeweiligen Aufgaben fort.«

»Entschuldigung!« Moira hob die Hand und wartete, bis Ferrone sie anblickte, sichtlich ungehalten über die Unterbrechung.

Moira verwünschte kurz, dass sie aufgezeigt hatte, aber der Punkt war möglicherweise wichtig. Ob Ferrone sie mochte oder nicht, spielte keine Rolle.

»Was ist mit dem Italiener in dem grünen Sportwagen? Sowohl die Vermieterin als auch die Lebensgefährtin von Adrian Brugger haben darauf hingewiesen.«

Ferrones Stimme triefte vor Sarkasmus. »Unsere Aushilfsübersetzerin möchte anscheinend die Ermittlungen übernehmen, aber da ich unwesentlich mehr Erfahrung habe als Sie, kann ich Ihnen versichern, dass ich keine Hinweise außer Acht lasse. Caporale Bianchi, Sie setzen sich mit der Verkehrspolizei in Verbindung und kontaktieren auch die Kollegen in Mailand. Gut möglich, dass der Wagen wegen einer Geschwindigkeitsübertretung aufgefallen ist. Und jetzt an die Arbeit!«

Ferrone würdigte Moira keines Blickes mehr. Ihr Gesicht glühte vor Wut. Es kam selten vor, dass sie jemanden nicht ausstehen konnte, aber Major Ferrone gehörte diesem ausgewählten Kreis an.

»Mach dir nichts draus«, flüsterte Chiara ihr zu, während um sie herum alle aufstanden. »Er ist einfach so, nimm es nicht persönlich. Gut, dass du ihn daran erinnert hast.«

Moira zog eine Grimasse. »Dabei bin ich doch nur die Aushilfsübersetzerin.«

Chiara lachte und strich ihr über den Oberarm. »Für mich bist du eine vollwertige Kollegin. Du hast einen frischen Blick, der uns Profis manchmal fehlt. Und deine eigenwilligen Beschaffungsmethoden für Beweismaterial sind auch äußerst nützlich.«

Moira legte den Finger auf ihre Lippen und kontrollierte mit zwei schnellen Seitenblicken, ob jemand sie belauscht hatte.

»Keine Sorge«, sagte Chiara. »Ich muss zur Vernehmung. Keine Ahnung, wie lange das dauern wird, aber ich melde mich.«

»Viel Erfolg!«

Die SoKo-Mitglieder verließen nach und nach den Raum. Ferrone war zu Moiras Erleichterung schon gegangen.

»Ich entschuldige mich«, sagte Luca hinter ihr.

»Wofür?« Moira drehte sich um.

»Für das unmögliche Benehmen unseres *Capo Area*. Ich könnte sogar verstehen, wenn du den Job hinwerfen würdest. Auch wenn ich das nicht hoffe. Wir sind nämlich auf dich angewiesen, auch wenn Ferrone das nicht wahrhaben will.«

»Das ist nett von dir. Mach dir keine Gedanken. Ich kann es verkraften. Aber wenn er eines Tages erwürgt aufgefunden wird, verrate mich nicht!«

Luca lachte. »Niemals! Komm, ich spendiere dir einen schnellen *caffè* in der Bar gegenüber. Danach muss ich ins Krankenhaus, um einen Fall von häuslicher Gewalt zu dokumentieren.«

Sie kamen allerdings nicht weit. Vor dem Hauptausgang ertönte eine volle weibliche Stimme hinter ihnen: »Signora Rusconi, einen Moment bitte!«

Moira und Luca drehten sich um und sahen Staatsanwältin Manzoni auf sich zukommen.

»Wo wollen Sie denn hin?« Die Staatsanwältin atmete schwer.

Moira und Luca sahen sich kurz an, dann wieder die Staatsanwältin. »Nach Hause«, meinte Moira, und Luca sagte gleichzeitig: »Ich brauche Hilfe bei einem deutschen Text.«

»Was auch immer.« Manzoni wandte sich an Moira. »Aber weshalb sind Sie nicht bei Pontes Vernehmung?«

»Ich?« Moira legte eine Hand an ihr Brustbein. Sie war verwirrt.

»Sie sollen doch daran teilnehmen, das hat Ferrone Ihnen doch sicher ausgerichtet.« Die dichten Augenbrauen der Staatsanwältin kräuselten sich bedrohlich.

»Oh, da muss ich etwas falsch verstanden haben. Wo muss ich hin?«

»Ich bringe Sie hin. Beeilung!«

Moira winkte kurz in Lucas Richtung und schloss sich Manzoni an, die schnellen Schrittes vor ihr herlief. Ihr war vollkommen klar, dass Ferrone nicht vergessen hatte, ihr Bescheid zu geben. Er hatte sie gegen die ausdrückliche Anordnung der Staatsanwältin ausgeschlossen. Aber noch mehr als über Ferrone ärgerte sie sich darüber, dass ihr der gemeinsame *caffè* mit Luca entging.

Die Vernehmung fand nicht in einem fensterlosen Raum statt, wie Moira ihn aus dem Fernsehen kannte, sondern in einem ganz normalen Büro. Es gab auch keinen Einwegspiegel oder Kameras, zumindest keine, die auf Anhieb zu entdecken waren.

Roberto Ponte saß breitbeinig auf einem gepolsterten Stuhl und hatte die Unterarme auf seine Oberschenkel gestützt.

»Na endlich, ich warte schon eine halbe Ewigkeit. Könnte mir jemand sagen, weshalb ich hier bin?«

»Selbstverständlich, dazu kommen wir gleich.« Staatsanwältin Manzoni stellte ihre Aktentasche auf dem Schreibtisch ab, hielt Ponte die Hand hin und stellte sich vor. Der Bauunternehmer machte ein überraschtes Gesicht, stand aber auf und schlug ein.

»Vielen Dank, dass Sie sich zur Verfügung halten und unsere Fragen beantworten wollen«, sagte Manzoni freundlich, während sie eine Aktenmappe aus ihrer Tasche zog. »Das hier ist Major Ferrone, Leiter der Sonderkommission, und dies ist Inspektorin Moretti. Signora Rusconi fungiert als unsere Dolmetscherin, außerdem unterstützt sie die Ermittlungen. Daher wäre es uns lieb, wenn Sie mit ihrer Anwesenheit einverstanden wären.«

»Ich habe nichts dagegen.« Ponte nickte Moira zu und setzte sich wieder.

Auch die anderen verteilten sich im Raum. Die Staatsanwältin zog sich einen Stuhl heran und setzte sich Ponte direkt gegenüber. Ferrone platzierte sich hinter dem Schreibtisch, und Chiara setzte sich seitlich von Ponte an ein Fenster, sodass er sie nicht sehen konnte, ohne sich zur Seite zu drehen. Auf ein Zeichen Chiaras setzte sich Moira neben sie. Sie fand das alles ungeheuer spannend. Die Atmosphäre war ganz anders, als sie erwartet hatte, viel freundlicher und gelöster.

Die Staatsanwältin schlug die Beine übereinander und neigte sich ein wenig nach vorne.

»Signor Ponte, ich würde Sie gern bezüglich des Tötungsdelikts zum Nachteil von Adrian Brugger einvernehmen. Gegenwärtig sind Sie kein Beschuldigter, wir vermuten jedoch, dass Sie uns mit wichtigen Informationen weiterhelfen können. Selbstverständlich sind Sie nicht gezwungen, unsere Fragen zu beantworten, und Sie können jederzeit einen Rechtsbeistand hinzuziehen, wenn Sie das wünschen.«

Ponte zuckte die Schultern. »Ich habe damit nichts zu tun, da brauche ich auch keinen Anwalt. Von mir aus fragen Sie ruhig, aber ich glaube nicht, dass ich Ihnen weiterhelfen kann.«

»Herzlichen Dank. Major Ferrone wird das Protokoll anfertigen. Sie werden die Möglichkeit bekommen, es sich in Ruhe durchzulesen, bevor Sie es mit Ihrer Unterschrift bestätigen. Möchten Sie einen Kaffee oder ein Wasser, bevor wir beginnen?«

Ponte verneinte. »Bringen wir es hinter uns, ich hab noch anderes zu tun.«

»Erzählen Sie uns einfach, woher Sie Adrian Brugger kannten und welches Verhältnis Sie zu ihm hatten.«

»Im Dorf kennt man sich eben. Früher oder später begegnet man jedem im Il Mulino oder auf der Straße. Brugger ist vor ein paar Jahren in Montagnola aufgetaucht. Irgendwann habe ich mal jemanden gebraucht, der mir auf einer Baustelle aushilft, da habe ich Adrian gefragt, und seitdem hat er ab und zu für mich gearbeitet. Klar, man trinkt auch mal einen zusammen, aber wir waren nicht befreundet oder so was.«

»Hat er denn häufig für Sie gearbeitet? Oder wurde er ungewöhnlich gut bezahlt?«

Ponte machte ein ablehnendes Gesicht. »Nein, so wie ich jeden anderen auch bezahlt hätte. Wie kommen Sie denn darauf?«

Manzoni blätterte in der Aktenmappe, die sie auf dem Schoß hielt, und runzelte die Stirn.

»Das ist merkwürdig. Bei der Überprüfung von Bruggers Konto fiel uns eine relativ hohe Summe auf, und nach unseren Recherchen stammt dieses Geld von Ihnen.«

»Was für Geld? Ich habe ihm nur das überwiesen, was er bei mir verdient hat.«

»Es handelt sich um genau zehntausend Franken. Dafür muss man ziemlich lange arbeiten, nicht wahr?«

Ponte rutschte auf seinem Stuhl herum und schob ihn ein Stück zurück. Die Stuhlbeine scharrten mit einem hässlichen Geräusch über den Fliesenboden.

»Da hatte sich wahrscheinlich einiges angesammelt, und meine Sekretärin hat ihm das Geld komplett überwiesen. Um solche Details kümmere ich mich nicht.«

Die Staatsanwältin hob die Augenbrauen. »Ich habe ganz vergessen zu erwähnen, dass dieses Geld nicht von Ihrer Firma überwiesen wurde, sondern als Bareinzahlung getätigt wurde, und zwar nicht von Ihrer derzeitigen, sondern von Ihrer ehemaligen Sekretärin. Könnten Sie mir vielleicht schildern, wie es dazu kam?«

Pontes Gesicht war für einige Sekunden wie versteinert, dann warf er den Kopf zurück.

»Ach so, das Geld meinen Sie! Das war Adrians Provision für den Grundstücksverkauf. Er hat vermittelt, als seine Freundin ihre Schafweide an mich verkauft hat. Dafür war ich ihm sehr dankbar, und natürlich hat er dafür auch etwas bekommen. Er hatte mich gebeten, ihm das Geld möglichst schnell zu überweisen.« Ponte hob beide Hände. »Ich glaube, er brauchte es dringend für irgendeine Investition. Oder er musste neue Ware für seinen Internethandel einkaufen. So genau weiß ich das nicht, und es geht mich auch nichts an.«

Ferrone nahm die Finger von der Tastatur und beugte sich über den Tisch.

»Haben Sie von Herrn Brugger eine Quittung über den Betrag erhalten? Oder hat er Ihnen eine Rechnung gestellt?«

Ponte verdrehte die Augen nach oben und hob die Schultern.

»Sie wissen doch, wie das ist. Der Kauf lief nicht über die Firma, weil ich das Grundstück privat gekauft habe. Und ich wollte ihm einen Gefallen tun.«

Ferrone ließ sich auf dem Stuhl zurücksinken. »Also gibt es keinen Beleg über die Transaktion. Ich nehme das mit ins Protokoll auf.«

Ponte lachte nervös. »Ich hoffe, ich kriege deswegen keine Probleme mit der Steuerbehörde.«

»Machen Sie sich darüber mal keine Sorgen«, sagte Manzoni.

»Der Kauf an sich lief aber ganz nach Vorschrift, da kann ich Ihnen gerne alle Papiere vorlegen«, sagte Ponte.

»Daran habe ich keinen Zweifel. Aber erzählen Sie doch ein bisschen über dieses Grundstück. Das gehörte also der Lebensgefährtin des Getöteten?«

Ponte entspannte sich sichtlich. Er lehnte sich zurück und streckte die Beine aus, sodass seine Füße beinahe unter den Stuhl der Staatsanwältin ragten. Die blickte auf seine Schuhe, als wären sie irgendein ekelhaftes Getier, und rutschte dann ein Stück dichter an ihn heran, sodass Ponte seine Beine wieder einziehen musste.

Manzoni lächelte ihn freundlich an, und Moira musste ihr Grinsen unterdrücken. Die Staatsanwältin war eine clevere Gegnerin, auch wenn sie auf den ersten Blick nicht danach aussah.

»Da gibt es nichts groß zu erzählen. Das Grundstück war als Bauland ausgewiesen, aber sie hat es nur als Schafweide genutzt. Zuerst wollte sie gar nicht verkaufen, aber Adrian konnte sie schließlich überzeugen, dass sie mit dem Geld mehr anfangen kann. Ich habe das Grundstück für meinen Sohn und seine Frau gekauft und will ihnen da ein Häuschen hinstellen. Ende der Geschichte.«

»Herzlichen Dank, dass Sie unsere Informationen ergänzt haben. Das ist sehr hilfreich.« Die Staatsanwältin blätterte wieder in ihren Papieren.

»Wunderbar, dann hätte ich eigentlich nur noch eine Frage. Und zwar haben wir in Ihrem Haus ein paar Gummistiefel der Marke Barboni sichergestellt, Größe 43. Gehören die Ihnen?«

Roberto Ponte wirkte geradezu überrumpelt und brauchte einen Moment, um zu antworten.

»Ja, die gehören mir. Warum ist das wichtig?«

Die Staatsanwältin zuckte kurz mit den Achseln, als wäre das eine Nebensächlichkeit. »Nur der Vollständigkeit halber. Wissen Sie noch, wann und wo Sie diese Stiefel gekauft haben?«

Der Bauunternehmer setzte gerade zu einer Antwort an, als sich die Tür öffnete und eine uniformierte Polizistin hereinkam. Sie zögerte einen Moment, ob sie sich an Ferrone oder die Staatsanwältin wenden sollte, ging dann zum Schreibtisch und flüsterte dem *Capo Area* etwas ins Ohr. Moira beobachtete sein Gesicht, aber er verzog keine Miene. Als die Polizistin fertig war, nickte er knapp.

»Danke für die Information. Bleiben Sie solange hier.« Dann sagte er in den Raum hinein: »Würden mich bitte alle außer Signor Ponte nach draußen begleiten?«

Mit verwunderten Gesichtern standen die Angesprochenen auf und schlossen sich dem *Capo Area* an.

»Was ist denn los?« Moira blickte Chiara fragend an, während sie den Raum verließen, doch die Inspektorin zuckte mit den Schultern.

Sie folgten Ferrone durch die labyrinthischen Gänge des Polizeireviers und nahmen die Treppe hinunter in den Keller.

Moira ahnte, dass Serena etwas herausgefunden hatte. Und tatsächlich wartete die Computerexpertin bereits auf sie. Als sich alle in ihrem Büro versammelt hatten, war es voll. Moira musste zwischen Ferrone und Manzonis Bienenkorbfrisur hindurchspähen, um zumindest einen Teil von Serenas blauem Haarschopf und ihrer Brille zu sehen. Ferrone roch unangenehm nach einem altmodischen Rasierwasser. Moira drehte den Kopf etwas, sodass ihr Manzonis wesentlich angenehmeres Parfum in die Nase stieg. Sie war keine Parfumexpertin, doch der Duft von »Jardins d'Orange« war unverkennbar.

»Mein guter alter Rechner hier hat es tatsächlich geschafft«, sagte Serena und klopfte zur Bekräftigung seitlich auf den Bildschirm, der auf ihrem Schreibtisch stand. »Er – beziehungsweise mein Entschlüsselungsprogramm – konnte den USB-Stick tatsächlich knacken. Ehrlich gesagt hätte ich das nicht erwartet.«

»Ja und, was befindet sich darauf?«, drängte Ferrone.

»Ich würde sagen, das sehen Sie sich am besten selbst an.« Serena drückte eine Taste, und auf dem Monitor wurde ein Film abgespielt. Soweit Moira erkennen konnte, war ein schlecht beleuchteter Innenraum zu sehen. Die Perspektive legte nahe, dass mit einem Smartphone gefilmt worden war, das auf einem Tisch lag. In Großaufnahme waren mehrere Gläser und Flaschen zu sehen und dazwischen, auf der anderen Seite des Tisches, die Gestalt eines Mannes. Wegen der schlechten Lichtverhältnisse war er nur schwer zu erkennen. Der Autofokus der Kamera wechselte zwischen nah und fern, sodass er mal schärfer, mal verschwommener erschien. Auffällig war der weiße Haarschopf, der Moira ahnen ließ, um wen es sich handelte.

»... zufrieden mit unserem Geschäft«, sagte eine Stimme, die vom Alkohol verwaschen klang, aber eindeutig Ponte gehörte. »Davon profitieren doch alle Beteiligten.«

»Aber klar, ein Spitzengeschäft«, sagte ein zweiter Mann, der offensichtlich direkt neben dem Telefon saß, denn seine Stimme war um einiges lauter als die des anderen. »Du bist ein richtig ausgefuchster Geschäftsmann, Roberto.«

Der Angesprochene lachte dröhnend wie über einen guten Witz.

»Wenn du wüsstest, was ich noch alles auf Lager habe!«

Zwei Schnapsgläser wurden ins Bild gerückt und mit klarer Flüssigkeit gefüllt. Eine Hand schob eines der Gläser hinüber zu Ponte, das andere wurde von zwei Fingern angehoben und verschwand aus dem Blickfeld. Man hörte es klicken, dann sagten beide Männer »Salute!«.

Ponte stürzte seinen Schnaps hinunter und knallte das Glas auf den Tisch.

»Ach, du gibst nur an, weil du besoffen bist!«, sagte sein anonymer Saufkumpan.

Der Autofokus wechselte. Auf einmal war das Gesicht von Roberto Ponte klar zu erkennen. Er lehnte sich nach vorne und stützte sich mit den Armen schwer auf die Tischplatte. Mit der freien Hand drohte er scherzhaft seinem unsichtbaren Gegenüber. Seine Augen verengten sich.

»Ich werde dir jetzt mal was erzählen«, nuschelte Ponte. »Ich gebe nämlich überhaupt nicht an. Vielleicht hältst du dich für clever, aber ich bin dir meilenweit voraus, mein Guter.«

»Na, jetzt bin ich aber gespannt, großer Mann.«

Es wurde noch einmal eingeschenkt und getrunken.

»Gut, dann hör zu und lerne.« Ponte lachte, als hätte er jemandem einen gelungenen Streich gespielt. »Du hast ja mitgekriegt, dass wir diese Spendenaktion laufen hatten. Für das Waisenhaus in Rumänien. Und weil das hier im Dorf alles gute Leute sind, die nicht schlecht verdienen, wurde reichlich gespendet. Ich sag dir, da ist eine Menge Kohle zusammengekommen, an die fünfunddreißigtausend Franken. In Rumänien kannst du für das Geld ein Schloss kaufen. Also, was denke ich mir? Dass das Waisenhaus sich auch über zwanzigtausend Franken freut. Das reicht ihnen locker, um ihre Bruchbude zu renovieren.« Der Bauunternehmer ließ sich in seinem Stuhl zurückfallen und verschränkte die Arme.

»Und was mache ich mit den anderen fünfzehntausend? Für die finde ich schon eine Verwendung.«

»Das glaube ich auch«, sagte der zweite Mann. »Und ich kann dir sogar sagen, welche.«

»Ach ja? Bist du seit Neuestem Hellseher? Dann rück mal raus damit.«

»Noch nicht jetzt, aber das erzähle ich dir noch früh genug. Jetzt lass uns erst noch einen trinken, einen Kater gibt es morgen sowieso.«

Damit endete die Aufnahme, und der Monitor wurde wieder dunkel.

Serena drehte sich wieder zu den anderen Anwesenden um.

»Und? Zufrieden, Major Ferrone?«

Der *Capo Area* ging nicht auf die Frage ein. »Machen Sie mir eine Kopie davon. Ich bin gespannt, was unser Tatverdächtiger dazu sagt.«

10

Es war schon dunkel, als Moira an Susannes Häuschen ankam. Teelichter säumten den Weg zur Haustür. Die Schafe standen still auf ihrer Wiese und drehten die Köpfe zu ihnen.

In dem kleinen, vergitterten Fenster neben der Tür flackerten Kerzen, und Moira hatte das seltsame Gefühl, sich zu einem verbotenen Treffen zu begeben. Hinter der Tür hörte sie Frauenstimmen und Gelächter.

Sie betätigte den Klingelzug, worauf es im Inneren des Hauses kurz still wurde. Dann setzten die Gespräche wieder ein, und die Tür öffnete sich. Susanne trug ein langes schwarzes Kleid mit weiten Ärmeln und hatte sich einen tiefroten Schal um den Kopf gebunden. Um ihren Hals hingen mehrere Ketten unterschiedlicher Länge mit esoterischen Symbolen als Anhängern. Sie sah beeindruckend aus, wie die Hohepriesterin einer untergegangenen Religion. Wahrscheinlich war genau das auch ihre Absicht.

Susanne bereitete die Arme aus.

»Wie schön, dass du es geschafft hast!«

»Du siehst einfach toll aus! Wenn ich das gewusst hätte, hätte ich mich auch ein bisschen schicker gemacht.« Moira sah an sich herunter auf ihre Jogginghosen mit den ausgeleierten Bündchen.

»Auf das Äußere kommt es doch nicht an. Hauptsache, du bist hier, um mit uns heute Nacht gemeinsam unsere Weiblichkeit zu feiern.«

»Darauf bin ich schon sehr gespannt«, sagte Moira, die mit jeder Art von Esoterik rein gar nichts anfangen konnte. Sie folgte Susanne ins Haus. Auch hier brannten auf jeder verfügbaren Fläche Teelichter und Kerzen. Im Wintergarten stand schon eine kleine Gruppe von Frauen zusammen. Sie hielten Sektgläser und redeten alle gleichzeitig. Es wirkte eher wie eine Cocktailparty als wie ein Hexenseminar.

Moira grüßte in die Runde. So viele Teilnehmerinnen hatte sie nicht erwartet.

Sie brauchte einige Momente, um einzelne Gesichter herauszulösen. Sie war erleichtert, Gabriella zu entdecken. Auch Lucas Frau Valentina war da, mit der sich Moira beim Dorffest so gut verstanden hatte. Doch jetzt fühlte sie sich ihr gegenüber ein wenig gehemmt. Sie sagte sich, dass sie und Luca nichts getan hatten, wofür sie ein schlechtes Gewissen haben müssten, aber das änderte nicht viel.

Valentina dagegen kam sofort mit einem strahlenden Lächeln im Gesicht auf sie zu. Sie umarmte Moira und begann, auf Spanisch auf sie einzureden.

»Wie schön, dass du auch da bist! Gabriella hat uns allen Bescheid gesagt, damit wir die Arme finanziell ein wenig unterstützen können.« Sie warf einen Seitenblick auf Susanne. »Aber ich wäre auch so gekommen. Nur wir Frauen, ohne Männer, das ist so entspannend. Wir werden feiern, was für wunderbare Geschöpfe wir sind!«

»Hast du schon einmal bei so etwas mitgemacht?«, fragte Moira.

Valentina schüttelte den Kopf. »Ich habe keine Ahnung, was uns erwartet, aber das macht es ja gerade so aufregend!« Sie warf den Kopf in den Nacken und lachte kehlig.

Moira nickte, obwohl sie sich da nicht so sicher war.

Valentinas Fröhlichkeit kam ihr ein wenig übertrieben und

aufgesetzt vor, und Moira fragte sich, weshalb sie sich so verhielt. Vielleicht täuschte sie sich aber auch, und es lag einfach an Valentinas Temperament.

»*Buona sera*, Signore!« Gabriella drängelte sich zwischen den anderen hindurch und trat zu ihnen. Sie drückte Moira ein Glas Prosecco in die Hand.

»Hier, damit du in die richtige Stimmung kommst«, sagte sie trocken. »Bitte unterhaltet euch schnell mit mir, bevor Beatrice von der Toilette zurückkommt. Sie hat mich die ganze Zeit mit etwas zu detailreichen Berichten ihrer vier Geburten in Angst und Schrecken versetzt.«

Valentina lachte. »Oh ja, das verstehe ich sehr gut! Vor allem für jemanden, der keine Kinder hat, kann das sehr gruselig klingen.«

Moira entging nicht, dass ein Schatten über Gabriellas Gesicht zog. Doch dann lachte sie mit. »Das gehört tatsächlich zu den Dingen, die mir erspart geblieben sind.«

Ein tiefer Gong ertönte, und auf einen Schlag brachen alle Gespräche ab. Susanne stand in der Tür und bat ihre Gäste in den Meditationsraum. Das war das Zimmer, in dem Moira und Chiara ihr vor wenigen Tagen die Nachricht von Adrians Tod überbracht hatten. Während alle sich einen Platz suchten und sich auf den Meditationskissen niederließen, beobachtete Moira Susanne. Sie hantierte mit einer Räucherschale, häufte darin verschiedene Kräuter, sah sich um und nahm dann ein Einwegfeuerzeug in grellem Rot mit Werbeaufdruck, das farblich überhaupt nicht zu den beruhigenden Tönen des Raumes passte. Moira fand, für eine Frau, die vor wenigen Tagen ihren Lebensgefährten verloren hatte, hielt sie sich bemerkenswert gut. Sie selbst hatte es nach Javiers Tod wochenlang kaum geschafft, morgens aufzustehen, etwas zu kochen oder ein Gespräch zu führen. Wäre Luna nicht gewesen, hätte sie sich nicht überwinden können, all die Dinge zu tun, die Lebende nun einmal tun mussten.

»Man würde nicht glauben, dass sie trauert, nicht wahr«, wisperte ihr Valentina auf Spanisch ins Ohr. Es war Moira unangenehm, ohne dass sie genau hätte sagen können, weshalb. Vielleicht weil es so nah an ihre eigenen Gedanken herankam.

»Wenn sie das Geld braucht, wird sie versuchen, professionell zu bleiben und uns einen schönen Abend zu bereiten«, gab sie zurück. »Das finde ich bewundernswert.«

Valentina machte große Augen. »Natürlich, ich habe nichts anderes gemeint«, beteuerte sie. Dann hob sie die Hand und sagte laut: »Entschuldigung, es sind keine Sitzkissen mehr übrig!«

Susanne sah auf. »Oh, tut mir leid. Es sind viel mehr Leute gekommen, als ich dachte. Aber im Wandschrank im Flur müssten noch Kissen sein. Würde es euch etwas ausmachen, sie euch selbst zu holen?«

Valentina ließ einen genervten Seufzer hören, und Moira sagte schnell: »Ich bringe dir eins mit.«

Sie trat auf den Flur und schaltete das Licht ein. Hinter ihr erklang aus dem Seminarraum sphärische Musik. Sie öffnete den Wandschrank, entdeckte sofort die bunten Meditationskissen und nahm zwei heraus. Sie wollte die Tür wieder schließen, aber aus dem untersten Fach waren mehrere Schuhe herausgefallen. Moira ging in die Hocke und stopfte sie wieder hinein. Dabei fiel ihr Blick auf ein Paar hellblaue Turnschuhe – mit neongelben Schnürsenkeln.

Moiras Überraschung verwandelte sich in ein Triumphgefühl.

Zum Glück hatte sie ihr Smartphone in der Bauchtasche ihres Kapuzenshirts. Sie zog es heraus und machte schnell mehrere Fotos der Schuhe. Dann steckte sie das Telefon wieder ein, ohne die Bilder anzusehen, schloss den Schrank und kehrte mit den Kissen zurück in den Seminarraum.

Valentina lächelte sie komplizenhaft an und nahm das Kissen entgegen. Moira setzte sich zwischen die anderen und schloss die Augen. Susanne trug eine Art Hymne auf die weibliche Kraft vor, warf Kräuter in die Räucherschale und bat dann alle, in eine Art Gesang einzustimmen, dessen Worte lauteten: »Ich bin offen und lasse meine Yoni-Energie frei fließen.«

Moira fing einen Blick von Gabriella auf und hätte beinahe angefangen zu lachen. Dann schämte sie sich ihrer Überheblichkeit. Wenn die Frauen sich dadurch mehr bei sich fühlten, selbstbewusster wurden oder wagten, ihre Sinnlichkeit auszuleben, funktionierte Susannes Ritual.

Moira konzentrierte sich auf das, was um sie herum passierte. Über die Schuhe würde sie später mit Chiara sprechen.

Der erste Teil des Abends endete, und alle begaben sich wieder hinüber in den Wintergarten. Susanne hatte Filzstücke und Wollknäuel weggeräumt, sodass der große Holztisch zum Salbenrühren benutzt werden konnte. Eine marokkanische Lampe über dem Tisch spendete genug Licht, um zu sehen, was man tat. Die Frauen setzten sich. Vor jedem Platz befand sich ein Tiegel aus Keramik, darin gläserne Rührstäbchen. In der Mitte des Tisches standen etliche Flaschen aus blauem und braunem Glas, deren Etiketten von Hand beschriftet waren, sowie drei elektrische Kochplatten. Von irgendwoher erklang wieder sphärische Musik.

Alle Blicke wandten sich neugierig Susanne zu, die ans Kopfende des Tisches trat.

»Bildet bitte drei Gruppen. Jede Gruppe bekommt eine Kochplatte, um die Salbe zu rühren. Ich erkläre euch dann, in welcher Reihenfolge ihr die ätherischen Öle und die anderen Zutaten zusammenrühren müsst, damit die Salbe wirksam ist.«

»Ich hätte nichts dagegen, davonzufliegen«, sagte Beatrice, die Cafébesitzerin, und alle lachten.

Moira tat sich mit Gabriele und Valentina zusammen. Sie zogen sich eine der Kochplatten heran und stellten sie auf das Kochfeld. Zuerst wurden Wollwachs von Susannes Schafen und Bienenwachspellets bei niedriger Temperatur geschmolzen. Dann kam jeweils eine genau abgezählte Menge von Tropfen der ätherischen Öle dazu. Ein intensiver, frischer Kräutergeruch verbreitete sich im Raum. Moira kannte nicht alle italienischen Bezeichnungen, doch zum Rezept gehörten unter anderem Minze, Rosmarin, Thymian und Salbei. Stechapfel war nicht dabei.

Gabriella murmelte: »Genau dasselbe rühre ich auch in meine Tomatensoße. Bis auf die Minze.«

»Vielleicht kann man nach einer Portion davon auch fliegen«, flüsterte Moira zurück. »Man müsste es einfach mal ausprobieren.«

»Oh, ihr seid wirklich böse«, sagte Valentina, die so sehr versuchte, ihr Lachen zu unterdrücken, dass sie Grübchen bekam. »Schaut euch die anderen an, die machen sich nicht lustig.«

Tatsächlich waren die übrigen beiden Gruppen konzentriert bei der Sache. Moira fragte sich, was die überwiegend bieder wirkenden Frauen dazu getrieben hatte, an Susannes Hexenseminar teilzunehmen. Gab es in ihnen eine verborgene Seite, die sie in ihrem Alltag nicht ausleben konnten? Es fiel ihr schwer, sich vorzustellen, welche ungelebten Sehnsüchte diese Frauen in sich trugen. Vielleicht waren sie auch vollkommen zufrieden mit ihrem Dasein und nur hier, um Susanne zu unterstützen.

»Übernimm du mal, mir tun schon die Finger weh.« Valentina hielt ihr den Rührstab hin.

Es kamen noch einige andere Kräuteröle dazu, und als die

Mischung fertig war, fühlte sich Moira schon halb betäubt von dem intensiven Duft, der aus dem Topf stieg. Sie füllten die Salbe in den Tiegel und bekamen von Susanne die Anweisung, sie erst zu benutzen, wenn sie abgekühlt war.

»Für heute Abend habe ich schon Salbe vorbereitet.« Sie händigte jeder Teilnehmerin ein winziges Schraubglas aus. Dann dimmte sie das Licht, sodass nur noch Kerzen den Wintergarten erhellten. Nun öffnete sie die Doppeltür des Wintergartens. Das frühsommerliche Konzert der Zikaden und Grillen mischte sich mit der esoterischen Musik.

»Befreit euch jetzt von eurer Kleidung, bestreicht eure Haut mit der Salbe und begebt euch in die Natur. Spürt eure Weiblichkeit in jeder Faser eurer göttlichen Körper!« Susanne breitete die Arme aus und legte den Kopf in den Nacken. »Gebt euch der Natur und eurer Verbindung mit ihr hin!«

Moira, Valentina und Gabriella sahen sich zweifelnd an. Zu Moiras Überraschung begannen die ersten Frauen, sich auszuziehen. Die meisten trugen erstaunlich elegante Slips aus roter oder schwarzer Spitze und dazu passende Büstenhalter. Moira dachte peinlich berührt an die ausgewaschene Baumwollunterhose und das ausgeleierte Bustier, das sie trug – wenigstens beides in Schwarz.

Die ersten Minuten standen die Frauen noch mit gebeugten Schultern und verlegen lachend herum, doch dann veränderte sich allmählich ihre Haltung. Sie richteten sich auf, hoben das Kinn. Einige begannen, sich Arme und Schenkel mit der Salbe einzureiben. Hängende und straffe Bäuche, Orangenhaut in unterschiedlichen Ausprägungen, schlaffe und pralle Brüste, all dessen schienen sich die Frauen nicht mehr bewusst zu sein, als hätten sie mit der Kleidung auch ihre Unsicherheiten abgelegt. Ohne ihre Kleider wirkten sie natürlicher, freier und lebendiger.

»Was soll's, haben wir Spaß!« Valentina knöpfte ihre Bluse auf.

»Na dann …« Moira zog sich kurz entschlossen das Kapuzensweatshirt über den Kopf.

»Gabriella, komm, mach mit!«, sagte Valentina. Sie stand in Unterwäsche da und machte sich keine Mühe, die Schwangerschaftsstreifen an ihren Hüften und auf ihrem Bauch zu verbergen. Sie sahen aus wie die Landkarte eines Flussdeltas.

Gabriella schüttelte den Kopf und verschränkte die Arme. »Ich sehe lieber zu, wie ihr Spaß habt.«

Zwei Frauen um die fünfzig liefen kichernd an ihnen vorbei nach draußen und verschwanden in der Dunkelheit. Ihnen folgte Susanne, blass und ätherisch wie eine Flussnymphe. Sie trug nur noch ihren Schmuck. Ihre hennaroten Dreadlocks bewegten sich im Rhythmus ihrer Schritte wie die Mähne eines Pferdes.

Valentina war schon dabei, sich einzureiben. Moira öffnete ihr Salbenglas und schnupperte daran, dann trug sie ein wenig davon auf ihre Oberarme auf. Nach einigen Sekunden begann ihre Haut angenehm zu prickeln, wahrscheinlich eine Wirkung der Minze.

»Gabriella, das fühlt sich wirklich gut an.«

Aber die Wirtin war nicht dazu zu bewegen, sich ihnen anzuschließen.

»Wenn da draußen jemand zuschaut, lacht der sich doch kaputt. Das erspare ich mir.«

»Schade. Moira, komm!« Valentina griff nach Moiras Hand und rannte mit ihr in den Garten hinaus, wo gerade ein Feuer aufflammte. Gabriella hatte wahrscheinlich recht: Von außen betrachtet musste die Szene lächerlich wirken. Im Schein der Flammen sprangen Frauen in Unterwäsche herum, die johlten, klatschten, lachten und sich gebärdeten wie waschechte

Hexen. Aber es war ihr völlig egal, was irgendjemand davon halten mochte. Sie hörte auf zu denken und trat in den Kreis.

»Ich kann nicht mehr«, sagte Moira zwei Stunden später und zog sich ihren Jogginganzug wieder an.

»Ich auch nicht. Aber war es nicht fantastisch?« Valentina steckte ihre Haare zu einem unordentlichen Knoten zusammen. »Zum Glück holt mich Luca ab. Nach Hause zu laufen würde ich jetzt nicht mehr schaffen.«

»Und wir haben es ja nicht weit.« Moira sah zu Gabriella, die zu höflich gewesen war, vorzeitig zu gehen.

Susanne trat zu ihnen. »Hat es euch gefallen?«

»Ich hätte das nicht erwartet, wenn ich offen sein darf, aber es war ein super Abend«, sagte Moira. »Danke, dass du das möglich gemacht hast. Es ist gerade sicher nicht leicht für dich.«

Susanne drückte kurz ihre Hand. »Etwas zu tun lenkt mich ab. Ich bin euch dankbar. Vergesst eure Salbentiegel nicht!«

Sie waren die Letzten, die sich verabschiedeten. Luca war noch nicht da, weshalb Gabriella und Moira mit Valentina warteten. Gerade als Luca mit seinem Sportwagen vor dem Zaun hielt, klingelte Moiras Telefon.

Die Nummer war ihr unbekannt.

»Moira, sind Sie es? Manzoni hier, die Staatsanwältin. Können Sie schnell nach Hause kommen? Ihrem Vater geht es nicht gut. Ich bin hier bei ihm, der Krankenwagen ist unterwegs.«

»Was ist mit ihm?«, sagte Moira, aber Manzoni hatte schon aufgelegt.

Moira starrte auf ihr Telefon. Sie nahm wahr, dass Luca vor ihnen gehalten hatte und etwas sagte, konnte aber nicht reagieren.

»Was ist denn? Alles in Ordnung?«, fragte Valentina.

»Irgendwas mit meinem Vater. Ich muss sofort nach Hause.«

»Ich fahre dich«, sagte Luca.

»Aber ihr habt doch gar keinen Platz mehr frei.«

»Ich gehe zu Fuß«, sagte Valentina. »So weit ist es auch nicht.«

»Steig ein!« Luca beugte sich über den Beifahrersitz und öffnete die Tür.

»Danke dir!« Moira sprang in den Wagen. Luca fuhr an, noch bevor sie die Tür geschlossen hatte.

»*Papà! Papà!*« Moira rannte durch die Diele in die Küche und wäre beinahe über Herta gefallen. Die Katze machte einen Satz und fauchte erschrocken.

»Wir sind hier oben!«, kam die Stimme der Staatsanwältin aus dem ersten Stock. Moira eilte die Treppe hinauf, gefolgt von Luca, und stürzte ins Schlafzimmer. Dort bot sich ihr eine ungewöhnliche Pietà-Szenerie: Ambrogio lag unbekleidet auf dem Bett, nur notdürftig von einem Laken bedeckt. Neben ihm kauerte die Staatsanwältin, in Ambrogios Bademantel gehüllt, dessen Ärmel viel zu lang für sie waren, und hielt seinen Kopf auf ihrem Schoß.

»Was ist passiert?« Moira kniete sich aufs Bett und nahm die Hand ihres Vaters.

Die Staatsanwältin raufte sich die Haare.

»Ich weiß auch nicht. Wir haben gerade, also, wir waren gerade dabei … Da hat er so seltsam das Gesicht verzogen und ist zur Seite gekippt.«

»Sie wissen aber schon, dass er vor Kurzem einen Schlaganfall hatte?« Moira funkelte die Staatsanwältin an.

»Ja, aber er meinte, er fühle sich fit wie mit Anfang 50. Und ich bin ja nicht sein Kindermädchen.« Arianna Manzoni schob die überlangen Ärmel des Bademantels zurück.

Ambrogio drückte Moiras Hand und versuchte, etwas zu sagen. Aber es kamen nur unartikulierte Laute aus seinem Mund. Moira war froh, dass er noch lebte und bei Bewusstsein war. Dass er nicht sprechen konnte, machte ihr allerdings Angst.

»Ich gehe nach unten und lasse die Sanitäter rein, wenn sie kommen«, sagte Luca.

»Scheiße, was macht man, wenn jemand einen Schlaganfall hat?« Moira sah die Staatsanwältin fragend über Ambrogios gerundeten Bauch hinweg an.

Manzoni hob ratlos die Schultern. »Ich habe keinen blassen Schimmer. Ihm einen kalten Waschlappen auf die Stirn legen?«

Weitere Überlegungen wurden ihnen erspart, denn auf der Treppe war das Getrampel mehrerer Leute zu hören. Zwei Männer und eine Frau in orangefarbenen Anzügen, beladen mit Taschen und Gerätschaften, polterten ins Zimmer.

»Gehen Sie bitte beide aus dem Weg«, sagte die Frau, während sie und die Männer schon damit beschäftigt waren, ihre Sachen auszupacken. Moira konnte gerade noch ausweichen, bevor einer der Sanitäter ihren Platz einnahm. Die Staatsanwältin war nicht schnell genug und wurde recht unsanft zur Seite geschoben.

Manzoni und Moira versuchten, möglichst wenig im Weg zu stehen, während Ambrogio untersucht wurde. Die Bewegungen der drei Sanitäter waren genau aufeinander abgestimmt, ein einstudiertes und viele Male aufgeführtes Ballett. Dabei zuzusehen war zwar beruhigend, weil Ambrogio jetzt professionelle Hilfe bekam, andererseits befürchtete Moira, ihr Vater könnte jeden Moment sterben. Ihr wurde zum ersten Mal bewusst, welch großer Verlust das für sie wäre.

Dass sie am ganzen Körper zitterte, merkte sie erst, als Arianna Manzoni ihre Hand nahm.

»Ich habe auch Angst um ihn«, sagte sie. »Ich habe Ihren Vater sehr gerne.«

»Dann sollten Sie vielleicht nicht versuchen, ihn durch Ihre Verführungskünste ins Jenseits zu befördern«, erwiderte Moira.

Manzoni presste die Lippen zusammen und ließ ihre Hand los.

Die Sanitäter sprachen inzwischen mit ihrem Vater. Sie fragten ihn nach seinem Namen, welcher Monat war und baten ihn, verschiedene Wörter zu wiederholen, erhielten aber nur Gestammel als Antwort. Dann klappten sie eine Trage auf. Die Ärztin trat auf Moira und die Staatsanwältin zu.

»Sind Sie die Tochter und die Ehefrau? Er scheint einen leichten Schlaganfall erlitten zu haben. Wir nehmen ihn vorsichtshalber mit ins Krankenhaus. Sie müssen sich aber nicht allzu sehr sorgen. Trotzdem werden wir ihn über Nacht dabehalten und überwachen.«

Moira verzichtete darauf, den Irrtum über die Beziehungsverhältnisse aufzuklären.

»Er hatte schon vor ungefähr zwei Monaten einen Schlaganfall, aber er schien sich gut erholt zu haben.«

»Wir tun alles für ihn, was wir können. Aber welche Auswirkungen dieser zweite Schlaganfall haben wird, können wir jetzt natürlich noch nicht sagen. Rufen Sie bitte morgen im Ospedale Civico an. Wir bräuchten dann bitte noch die Versicherungskarte.«

»Natürlich, es muss ja alles seine Ordnung haben«, murmelte Moira. »*Papà*, wo ist deine Krankenkassenkarte?«, fragte sie Ambrogio, den die Sanitäter auf die Trage gehievt hatten und gerade an ihr vorbeirollten.

»Obersch Schreischulla«, sagte er und hob matt die Hand wie ein betrunkener Popstar, der seinen Fans zuwinkt.

Moira versuchte zu lächeln. Immerhin konnte er sich verständlich machen. Sie streifte mit der Hand kurz die Schulter ihres Vaters, bevor er hinausgerollt wurde. Sie folgte den Sanitätern und sah zu, wie sie die Trage geschickt die Treppe hinunterbugsierten, sodass Ambrogio nicht in Gefahr geriet, herunterzurutschen. Dann ging sie ebenfalls nach unten, schlüpfte ins Büro und holte die Krankenkassenkarte aus dem Schreibtisch. Im Korridor traf sie auf Luca.

»Du willst sicher mit ins Krankenhaus. Ich fahre dich natürlich.«

»Ich bin so durcheinander, daran habe ich noch gar nicht gedacht. Danke, das wäre toll. Ich glaube nicht, dass ich gerade fahrtüchtig bin.«

Gemeinsam sahen sie zu, wie Ambrogio in den Rettungswagen verladen wurde.

Luca legte ihr den Arm um die Schultern.

»Das wird schon wieder, mach dir nicht zu viele Sorgen.«

»Ich versuche es, aber es klappt nicht besonders gut.«

»Wir fahren ihm sofort nach.«

Moira nickte.

»Ich muss schnell noch die Katzen füttern, dann können wir los.«

»Ich sage inzwischen Valentina Bescheid.«

Im Haus traf Moira auf die Staatsanwältin, deren Anwesenheit sie vollkommen vergessen hatte. Arianna Manzoni hatte den Bademantel gegen Rock und Bluse getauscht, sah aber immer noch reichlich derangiert aus, da ihre Haare zu einem wilden Knäuel verheddert waren.

»Kann ich mit ins Krankenhaus kommen?« Sie sah Moira ängstlich an. »Es tut mir schrecklich leid. Das ist alles meine

Schuld. Sie haben ja recht: Wir hätten daran denken sollen, dass wir keine zwanzig mehr sind.«

Moira stellte die Futternäpfe in einer Reihe auf die Arbeitsplatte und begann, sie mit Nassfutter zu füllen. Innerhalb weniger Sekunden trafen die Katzen nacheinander in der Küche ein.

»Natürlich können Sie mitkommen. Und machen Sie sich bitte keine Vorwürfe. Tut mir leid wegen vorhin. Wenn jemand Schuld hat, dann mein unvernünftiger Vater, der genau wusste, dass er sich noch schonen soll.«

Moira klatschte einen Batzen Futter in Ingeborgs Napf und stellte dann die vier Schalen auf den Boden, wo sie sofort von den Katzen umlagert wurden.

»Ich bringe schnell Elfriedes Futter rüber in die Hütte«, sagte Moira. »Sie ist ein bisschen eigen.«

Sie lief durch den dunklen Garten, stellte den Futternapf auf die Sitzbank vor dem Häuschen, damit die Igel nicht herankamen, und eilte zurück. Sie dachte gerade noch daran, den Schlüssel und ihre Tasche mitzunehmen.

Auf der Straße wartete schon Luca im Sportwagen mit laufendem Motor. Erst jetzt fiel Moira wieder ein, dass der Wagen nur zwei Plätze hatte.

Sie drehte sich zur Staatsanwältin herum.

»Sind Sie mit dem Auto hier?«

Manzoni schüttelte den Kopf.

»Ich bin mit Ihrem Vater hergekommen. Er wollte mich später zurück in die Stadt bringen.«

»Egal, das geht schon irgendwie.«

Tatsächlich gelang es ihnen, sich zu dritt auf die Vordersitze des Sportwagens zu quetschen.

»Keine Sorge, wenn uns die Polizei anhält, regle ich das schon«, sagte die Staatsanwältin.

Luca trat aufs Gas, und sie brausten durch die milde Frühlingsnacht. Eine Viertelstunde später stürmten sie in die Eingangshalle des städtischen Krankenhauses, das an ein Hotelfoyer aus den Siebzigerjahren erinnerte. Sie hielten kurz am Empfang, um sich nach der richtigen Station zu erkundigen, und nahmen dann einen der acht Aufzüge nach oben.

Die Stroke Unit lag im neunten Stock. Sie mussten sich anmelden und wurden von einer Krankenpflegerin in einen Wartebereich geführt.

»Es kommt so bald wie möglich jemand zu Ihnen«, versprach die Frau und ließ sie alleine.

Moira war zu unruhig, um sich zu setzen, und trat an das breite Fenster, das einen spektakulären Ausblick auf die Stadt bot. Die Lichter von Lugano lagen unter ihr ausgebreitet wie verstreute Diamanten, verdoppelt durch die stille Wasserfläche des Sees. Ein riesiger Dreiviertelmond stand hoch über dem Monte Bré und legte seinen Schein über die Hügelkämme, die sich wie dunkle, erstarrte Wellen aus dem See erhoben. Noch nie war die Schönheit dieses Ortes so tief in Moira eingedrungen.

Nach Javiers Tod war es ihr ähnlich gegangen. Mehrere Tage lang hatte sie in vielen Situationen eine schmerzhafte Intensität empfunden. Farben waren greller gewesen, Geräusche lauter. Sie hatte ihre Umwelt so scharf umrissen gesehen, als hätte alles plötzlich eine höhere Auflösung. Die Dinge hatten sich mit Bedeutung aufgeladen, schienen eine Botschaft von Vergänglichkeit und der Kostbarkeit des Lebens in sich zu tragen.

Bitte stirb nicht, dachte Moira.

Als könnte magisches Denken etwas bewirken, wandte sie sich in ihrer Vorstellung an eine höhere Instanz, an die sie nicht einmal wirklich glaubte. Bitte lass meinen Vater weiterleben, ich brauche ihn noch.

»Alles in Ordnung?« Luca berührte sanft ihre Schulter.

Moira drehte sich zu ihm um. »Ich komme schon zurecht. Du kannst ruhig nach Hause fahren, Valentina wartet sicher schon auf dich.«

Luca zog die Augenbrauen zusammen.

»Du denkst doch nicht, dass ich dich jetzt alleine lasse? Ich bleibe hier bei dir. Wenn nötig, auch die ganze Nacht.«

Es war ruhig auf der Station. Nur gelegentlich drangen gedämpfte, undefinierbare Geräusche oder Schritte bis zu ihnen herein. An diesem eigenartigen Nicht-Ort schien die Zeit stehen geblieben zu sein. Moira hatte keine Ahnung, wie lange sie warteten. Irgendwann stand Luca auf, um einen Kaffeeautomaten zu suchen.

Die Staatsanwältin hatte die meiste Zeit geschwiegen und ins Leere gestarrt. Moira setzte sich neben sie.

»Wollen Sie nicht nach Hause gehen? Es ist schon spät. Ich kann mich um meinen Vater kümmern.«

Arianna Manzoni drehte langsam den Kopf. Die sonst so energische Staatsanwältin war vollkommen in sich zusammengesunken.

»Ich könnte sowieso nicht schlafen, da bleibe ich lieber hier. Wann kommt denn endlich jemand, um uns zu informieren?«

»Wie lange kennen Sie und mein Vater sich denn schon?«

»Tatsächlich schon seit der Mittelschule. Ich war zwei Klassen tiefer. Ein paar Jahre später wurden wir ein Paar. Aber als wir dann beide zum Studieren in unterschiedliche Städte zogen, er nach Zürich, ich nach Genf, ging es auseinander.«

Sie lächelte wehmütig und erzählte weiter:

»Wir gingen getrennte Wege. Jeder von uns lebte sein eigenes Leben. Wir heirateten beide, und obwohl wir später wieder ins Tessin zurückkehrten, hatten wir jahrzehntelang keinen

Kontakt mehr. Bis wir uns vor ein paar Jahren zufällig bei der offiziellen Eröffnung des LAC wiederbegegneten. Mein Mann war einige Monate vorher an Krebs gestorben, und Ihr Vater gab mir den Halt, den ich damals brauchte. Dank ihm habe ich wieder zu lachen gelernt.«

Sie hob die Schultern. »Wir sind wohl kein Paar im traditionellen Sinn, aber wir haben auch nie versucht, das zu definieren. Wir sehen uns zwei- bis dreimal die Woche, genießen die gemeinsame Zeit, und ansonsten hat jeder seinen Freiraum – eine Sache, die ich sehr an Ihrem Vater schätze.« Manzoni sah Moira unsicher an. »Ich hoffe, das stört Sie nicht.«

»Um Himmels willen, warum sollte es? Im Gegenteil: Ich bin froh, dass mein Vater nicht so alleine ist, wie ich dachte.«

Moira kam ein Gedanke, und sie sprach ihn sofort aus.

»Könnte es sein, dass ich meinen neuen Job bei der Polizei meinem Vater zu verdanken habe?«

Die Staatsanwältin wirkte ertappt.

»Nun ja, er dachte, es wäre weniger langweilig für Sie, wenn Sie etwas zu tun hätten.«

»Und er wollte mich aus dem Weg haben, damit ich ihm nicht ständig auf der Pelle hocke, stimmt's?«

»Vielleicht ein bisschen«, gab die Staatsanwältin zu.

Moira lachte. »Der alte Fuchs! Ganz schön gerissen!«

Sie blickte auf, weil sich Schritte näherten. Es war Luca, der vorsichtig drei Pappbecher mit Kaffee vor sich hertrug.

»Ich musste das halbe Krankenhaus absuchen, bevor ich einen Automaten gefunden habe.« Er stellte die Becher auf einen Beistelltisch und holte aus seiner Jeanstasche mehrere Portionspäckchen Milch und Zucker sowie Holzspatel zum Umrühren.

Der Kaffee war nicht mehr wirklich heiß, tat Moira aber trotzdem gut. Den Becher in der Hand zu halten und davon zu nippen gab ihr etwas zu tun, und das war besser, als vollkommen untätig herumzusitzen.

Es war bereits zwei Uhr morgens, als endlich ein junger Arzt erschien. Trotz der Uhrzeit wirkte er so frisch, als wäre er soeben nach einem erholsamen Schlaf aufgestanden.

»Sind Sie die Angehörigen von Signor Rusconi?«

Moira stand auf. »Ich bin die Tochter. Wie geht es ihm?«

Der Arzt blickte kurz auf sein Klemmbrett. »Wir haben eine neurologische Untersuchung, ein EKG und ein CT des Kopfes gemacht. Ihr Vater hatte Glück, auch diesmal war es wieder nur ein leichter ischämischer Schlaganfall. Er leidet unter geringen Sprachstörungen und verschwommenem Sehen, hat aber ansonsten keine Symptome. Wir haben ihm zusätzliche Medikamente gegeben, um die Blutgerinnung zu hemmen. Nimmt er denn seine Tabletten regelmäßig ein?«

Moira zuckte mit den Schultern. »Ich kontrolliere ihn nicht. Schließlich ist er erwachsen.«

Der Arzt nickte sachlich, notierte sich etwas und blickte wieder auf.

»Wir werden ihn auf jeden Fall bis übermorgen hierbehalten, um zu beobachten, ob und wann die Symptome abklingen. Dann sehen wir weiter.«

»Kann ich zu ihm?«

Der Arzt nickte. »Aber nur kurz.«

»Ich warte hier auf dich«, sagte Luca.

Auch Arianna Manzoni war aufgestanden. »Darf ich auch mit?«

»Sind Sie ebenfalls eine Angehörige?«, fragte der Arzt.

Sie schüttelte den Kopf. »Nicht direkt. Ich bin seine Partnerin, aber wir sind nicht verheiratet.«

»Dann kann ich es leider nicht gestatten. Es ist auch besser, wenn er jetzt seine Ruhe hat.«

Der Arzt führte Moira zu einem Krankenzimmer und öffnete ihr die Tür.

»Aber wirklich nur fünf Minuten. Ich schicke dann eine Pflegerin vorbei.«

Moira nickte und betrat den Raum. Ihr Vater lag in einem Krankenbett mit strahlend weißer Bettwäsche. Er war durch mehrere Kabel mit Geräten verbunden, die auf Rollen neben dem Bett standen. Ein Herzmonitor piepste in beruhigend gleichmäßigen Abständen.

Ambrogio hatte sie wohl gehört, denn er öffnete die Augen.

Moira legte einen Finger an die Lippen. »Nicht reden. Ich wollte dir nur sagen, dass du dir keine Sorgen machen musst. Ich kümmere mich zu Hause um alles.«

Ambrogio öffnete den Mund. »Bidi en.« Er schloss mit einem frustrierten Gesichtsausdruck die Augen, öffnete sie wieder und setzte erneut an: »Dibidden.« Seine Lippen verkrampften sich, so sehr bemühte er sich, die richtigen Laute zu formen.

»Die Bienen? Das kann Luca machen, er kennt sich ja aus. Wahrscheinlich bist du sowieso in ein paar Tagen wieder zu Hause. Ruh dich einfach aus, okay?«

Sie beugte sich hinunter und gab ihrem Vater einen Kuss auf die Stirn.

»Du musst wieder gesund werden. Was soll ich denn ohne dich machen? Und Luna soll ihren Opa endlich richtig kennenlernen. Sie wird die besten Sommerferien ihres Lebens bei dir verbringen, so wie ich früher.«

Ambrogio nickte und versuchte ein schiefes Lächeln.

Die Tür öffnete sich, und ein Krankenpfleger im blauen Kittel steckte den Kopf durch den Spalt. »Sie müssen jetzt leider gehen«, sagte er leise.

Moira nickte, strich ihrem Vater über die Wange und verließ das Zimmer.

»Ich fahre dich nach Hause, damit du ein bisschen Schlaf bekommst.« Luca nahm sie bei den Schultern und sah sie forschend an. »Du siehst aus, als würdest du gleich umkippen.«

Moira schüttelte den Kopf. »Ich bleibe hier, falls irgendwas mit ihm ist.«

»Der Arzt hat doch gesagt, wir müssen uns keine großen Sorgen machen. Wenn du willst, fahre ich dich morgen früh wieder hierher, aber du musst dich unbedingt ausruhen.«

Moira hatte keine Energie mehr, um zu widersprechen. Luca legte ihr einen Arm um die Schultern und brachte sie zum Aufzug. Arianna Manzoni schloss sich ihnen an.

Im Aufzug und auf dem Weg durch die Eingangshalle sprachen sie nicht. Vor der Tür standen sie einen Moment zusammen und sahen sich schweigend an. In der Einfahrt wartete bereits das Taxi, das Manzoni gerufen hatte. Als der Fahrer sie bemerkte, ließ er den Motor an.

Die Staatsanwältin hatte dunkle Ringe unter den Augen, und alles in ihrem Gesicht schien abwärts gesackt zu sein.

»Ich nehme mir morgen frei und bin den ganzen Tag hier, falls Ambrogio mich braucht«, versprach sie und stieg dann in das Taxi. Moira blieb mit Luca alleine zurück, hinter sich das Neonlicht, das den Eingang beleuchtete, vor sich die Dunkelheit. Die Luft war mild, und die ersten Vögel begannen zaghaft zu zwitschern.

Sie sahen sich stumm an. Dann machte er einen Schritt auf sie zu und zog sie an sich. Moira legte den Kopf gegen seine Brust, schob ihre Arme um seine Taille und schloss die Augen. Sie hörte sein Herz schlagen. Er hielt sie fest. Seine Wange lag an ihrem Haar, und sie spürte seinen Atem an ihrem Ohr.

Sie musste ganz kurz eingeschlafen sein, denn sie taumelte, und Luca spannte seine Arme an, um sie zu halten.

»Entschuldige«, murmelte sie.

»Ich bringe dich heim.« Arm in Arm gingen sie zum Auto, das einsam auf dem Parkdeck stand. Unter ihnen breiteten sich die Dächer von Lugano aus. Dahinter erstreckte sich der See, noch dunkel, während sich hinter dem Monte Bré der Himmel allmählich rosa färbte.

Luca hielt vor der Casa Rusconi und schaltete den Motor aus. Sie saßen einige Momente schweigend nebeneinander, dann sagte Moira: »Danke, dass du heute Nacht für mich da warst.«

»Ist doch selbstverständlich. Kommst du klar?«

»Bestimmt. Ich bin völlig kaputt, aber ich glaube nicht, dass ich schlafen kann. Ich mache mir einfach einen starken Kaffee.«

»Bekomme ich auch einen?« Er sah sie von der Seite an.

»Musst du nicht nach Hause?«

Luca runzelte die Stirn und zuckte mit den Achseln. »Eigentlich schon, aber ich will dich nicht alleine lassen. Valentina versteht das schon.«

»Okay.«

Er stieg aus und kam um den Wagen herum.

Moira öffnete die Beifahrertür, bevor er es tat, und kletterte aus dem tief liegenden Auto. Sie fühlte sich vor Erschöpfung ganz leicht. Sie holte ihren Schlüssel heraus, aber ihre Hand zitterte so stark, dass sie auch nach mehreren Versuchen das Schloss nicht traf. Luca nahm ihr die Aufgabe ab.

Wie üblich sauste Luise unter dem Schrank hervor. Luca pflückte sie von seinem Turnschuh und setzte sie behutsam in seine Armbeuge. Das schien der kleinen Katze zu gefallen, denn sie schmiegte sich an seine Brust und begann zu schnurren.

In der Küche sagte Luca: »Setz dich, ich kümmere mich um den Kaffee.«

Moira schüttelte den Kopf. »Ich muss etwas tun, sonst drehe ich durch. Du kannst Luise kraulen. Unter dem Kinn mag sie es besonders gern.«

»Verantwortungsvolle Aufgabe, aber ich gebe mein Bestes.«

Moira füllte zuerst Wasser in den unteren Teil der Espressokanne, gab dann Kaffeepulver in das Sieb, strich es ab und schraubte das Oberteil darauf. Die vertrauten Handgriffe beruhigten sie. Sie stellte die Kanne auf den Gasherd und blieb davor stehen. Sobald das Wasser nach oben gedrückt wurde, schaltete sie den Herd aus, wartete, bis nur noch Spritzer aus der Düse kamen, und schenkte den Kaffee sofort in zwei Tassen, damit er nicht zu lange kochte und bitter wurde.

»Danke.« Luca nippte an seiner Tasse, wobei er seinen anderen Arm dicht an den Körper presste, damit Luise nicht herunterfiel. Die Katze war auf seinem Unterarm eingeschlafen, als läge sie auf einem Ast. Der Anblick ließ Moira lächeln.

Sie schüttete Zucker in ihre Tasse, rührte um und trank ebenfalls einen Schluck von ihrem Kaffee. Fast kochend heiß und süß, belebte er sie beinahe sofort.

»Wenn ich wieder in Frankfurt bin, muss ich mir unbedingt auch eine Espressokanne kaufen«, sagte sie. »Ich hatte ganz vergessen, wie gut der Kaffee damit schmeckt.«

Luca sah auf. »Ich kann mir gar nicht vorstellen, dass du wieder weggehst. Irgendwie gehörst du hier schon so dazu.«

»Mir gefällt es hier auch wirklich sehr, aber mein Leben ist in Deutschland. Dort habe ich meine Mutter, und Luna geht noch zur Schule. Ich habe schon so oft neu angefangen, mir etwas aufzubauen, erst in Hamburg, dann in Lima, dann in Frankfurt – man muss doch auch mal wo ankommen und bleiben, oder?«

Luca lachte in sich hinein. »Du redest mit einem Menschen, der seit seiner Geburt im selben Dorf lebt, von meiner Studienzeit in Mailand abgesehen. Ich bin nie irgendwo angekommen, weil ich immer schon da war.«

»Und kannst du dir vorstellen, von hier wegzugehen? Nach Chile zum Beispiel?«

Luca zuckte mit den Schultern. »Ich bin mit Valentina ein paarmal dort gewesen, um ihre Familie zu besuchen. Wir sind auch herumgereist. Das war toll – aber nein, dauerhaft dort zu leben kann ich mir nicht vorstellen. Auch wenn sie das gerne hätte.«

Er senkte den Blick, als hätte er zu viel über sich verraten, und kraulte mit dem kleinen Finger Luises Kinn.

»Gefällt es ihr nicht im Tessin?«

»Sie tut sich schwer.« Luca seufzte. »Du weißt ja, wie die Leute hier sind. Es dauert, bis man mit ihnen warm wird. Valentina betrachtet jeden Menschen, den sie mag, sofort als Familienmitglied – damit können die meisten Tessiner nicht viel anfangen und gehen auf Abstand.«

»Ich kann verstehen, dass das schwer für sie ist«, sagte Moira.

Luca fuhr sich durchs Haar und rieb sich den Nacken. »Ich auch, aber ich kann daran nichts ändern, auch wenn ich es gerne würde.«

Moira wusste nicht, was sie sagen sollte. Sie mochte Luca, vielleicht sogar mehr, als gut für sie war. Doch sie wollte ihn nicht dazu bringen, schlecht über seine Frau zu sprechen.

Da fielen ihr die Schuhe wieder ein.

»Ich muss dir was zeigen, was ich in Susanne Neris Wandschrank gefunden habe.«

Sie rief das Foto auf ihrem Handy auf und reichte Luca das Telefon über den Tisch. Er betrachtete das Bild, dann sah er Moira verständnislos an.

Sie klappte ihr Notebook auf, suchte den Link mit dem Sexvideo und drehte das Gerät so, dass sie beide den Bildschirm sehen konnten.

»Und jetzt schau dir das an.« Sie drückte auf Abspielen.

Lucas Augenbrauen hoben sich. »Aha, und wer ist das?«

»Weiß ich nicht. Genauer: wusste ich nicht. Sieh dir mal seine Schuhe an, wenn sie ins Bild kommen.«

Einige Sekunden später wechselte der Kamerawinkel, und die blauen Turnschuhe mit den neongelben Senkeln kamen ins Bild.

»Das sind die gleichen Schuhe wie auf deinem Foto«, stellte Luca fest. »Und was ...« Seine Augen wurden groß. »*Cazzo*, der Kerl im Video ist Adrian?«

»Sieht ganz so aus. Und die Frau ist garantiert nicht Susanne. Die hat einen ganz anderen Körper.«

Luca kniff die Augen zusammen. »Ein bisschen ungünstig, dass man sie nur von hinten sieht.«

»Ab und zu dreht sie den Kopf ein bisschen, aber man kann sie nie richtig erkennen.«

Luca lehnte sich zurück, und Luise nutzte die Gelegenheit, sich an seinen Bauch zu schmiegen. Ihr Schnurren wurde noch lauter, und sie blitzte Moira kurz aus ihren jadegrünen Augen an, als wollte sie sagen: Pech gehabt!

»Ich kann mir nicht vorstellen, dass das jemand aus dem Dorf ist. Die Frau muss aus Mailand oder der Deutschschweiz sein.«

»Leider sagt sie in dem Video nichts außer Ah! und Oh!«, bemerkte Moira trocken. »Und um das ganze Video zu sehen, muss man ein Konto anlegen und ein Abo abschließen.«

»Adrian hatte also was mit einer anderen Frau«, sagte Luca. »Aber das hat sicher nichts mit seinem Tod zu tun.«

»Vielleicht doch.« Moira beugte sich vor. »Was, wenn Susanne das Video auch gesehen hat?«

Luca schüttelte den Kopf. »Selbst wenn, hätte sie nie die Kraft gehabt, Adrian in der *nevèra* anzuketten.«

»Nicht gegen seinen Willen«, sagte Moira.

»Oh«, sagte Luca. »*Porco cane.* Du meinst, sie hat ihn vielleicht da hineingelockt und so getan, als wäre es ein erotisches Spiel?«

»Ist nur eine Idee. Ich glaube auch nicht, dass Susanne es war, dazu trauert sie zu sehr, aber man muss alle Möglichkeiten in Betracht ziehen, oder?«

Luca nickte anerkennend. »So warst du früher auch schon. Du hast dir nie von Gefühlen den Verstand vernebeln lassen. Ich wusste, dass du die richtige Person für den Job bist.«

»Erzähl das Ferrone. Er hasst mich.« Moira stand auf, nahm die Kaffeetassen und stellte sie in die Spüle. »Hast du auch solchen Hunger? Ich brauche irgendwas Handfestes.«

»Habt ihr Eier und Schinken? Dann mache ich uns eine *frittata*. Ich bin nämlich der weltbeste Omelettmeister.« Luca setzte Luise vorsichtig auf den Boden. Die streckte sich durch, gähnte und stolzierte mit erhobenem Schwanz hinaus.

Luca öffnete den Kühlschrank und nahm die Eier heraus.

»Ferrone ist ein Arsch, aber er merkt, wenn jemand gute Arbeit leistet.«

Moira winkte ab. »Wenn er mir zu sehr auf die Nerven geht, höre ich einfach auf.«

»Das fände ich sehr schade. Wie viele Eier?«

»Drei. Irgendwie will ich diesen Fall schon zu Ende bringen. Einfach weil ich wissen will, wer das getan hat. Ich habe im Internet nachgelesen, was eine Überdosis Stechapfelsamen mit einem macht. Der blanke Horror, so was würde man seinem ärgsten Feind nicht wünschen.«

Luca schlug die Eier auf und verrührte sie mit einem Schneebesen, dann zerrupfte er mit den Fingern ein paar Scheiben gekochten Schinken und schnitt eine Fenchelknolle hinein.

Moira lehnte neben ihm an der Spüle, während er arbeitete, und sah aus dem Fenster in den Garten. Die ersten Sonnenstrahlen brachten die Tautropfen zum Glitzern. Eine Amsel hüpfte auf der Wiese herum und pickte nach irgendetwas zwischen den Halmen.

Lucas Telefon klingelte, und Moira zuckte zusammen. Die Angst um ihren Vater machte sie schreckhaft.

»Ciao, alles in Ordnung bei euch?« Luca drehte die Gasflamme ab, mit der anderen Hand hielt er sich das Telefon ans Ohr.

»Ich bin bei Ambrogio zu Hause. Er ist im Krankenhaus. Ja, Moira ist auch hier.« Er hörte eine halbe Minute lang zu. Moira schob ihn sanft beiseite, nahm die Pfanne, teilte die *frittata* und ließ die Stücke auf zwei Teller gleiten.

»Das ist doch nicht dein Ernst«, sagte Luca ärgerlich. »Hör auf mit dieser fixen Idee, das geht mir allmählich wirklich auf die Nerven. Ich helfe einer alten Freundin, die Probleme hat, das ist alles.« Er rieb sich über die Stirn, sah Moira entschuldigend an und ging auf den Flur. Durch die halb offene Türe hörte sie ihn reden, konnte aber nicht mehr verstehen, was gesagt wurde.

Moira holte sich ein Brötchen vom Vortag aus dem Brotkasten, setzte sich und begann zu essen.

Luca kam zurück und knallte sein Telefon auf die Tischplatte. Sein Ärger schien sich nicht gelegt zu haben.

Er schnitt ein Stück von seiner *frittata* ab und schob sie in den Mund.

»Scheiße, kalt geworden«, sagte er. »Ich hasse kalte Eier.«

Moira hatte ihre *frittata* bereits bis auf den letzten Krümel aufgegessen.

»Darf ich?« Ohne seine Antwort abzuwarten, zog sie seinen Teller zu sich.

»Ich möchte nicht der Grund sein, weshalb du und Valentina euch streitet«, sagte sie. »Fahr vielleicht lieber nach Hause.«

Luca zog die Mundwinkel nach unten. »Wegen irgendwas streiten wir sowieso ständig. Aber ich lasse dich mit meinen Problemen in Ruhe, du hast Wichtigeres im Kopf. Und ich bleibe natürlich so lange hier, wie du mich brauchst.«

Moira wischte die letzten Eierreste mit einem Stück Brötchen auf. Sie fühlte sich kräftiger, aber noch müder als zuvor.

»Ich muss unbedingt ein paar Stunden schlafen«, sagte sie. »Du kannst wirklich nach Hause fahren, ich komme schon klar. Wenn das Krankenhaus anruft, fahre ich selbst runter.«

Luca sah sie skeptisch an. »Bist du sicher?«

Moira nickte, auch wenn sie schon jetzt die Leere des großen Hauses um sich spürte.

Sie schlief unruhig und wachte erst am späten Vormittag wieder auf. Das Krankenhaus hatte nicht angerufen. Sofort kroch erneut Angst in ihr hoch. Sie überlegte, ob sie einfach hinfahren sollte, entschied sich dann aber dagegen. Ihr war lieber, hier in der vertrauten Umgebung zu warten.

Sie machte sich einen Tee und ging damit ins Wohnzimmer. Es war der ordentlichste Raum im Haus, woran man merkte, dass es kaum benutzt wurde. Moira setzte sich im Schneidersitz auf das abgewetzte Sofa, und keine Minute später lag Herta auf ihrem Schoß und Luise neben ihr. Die Nähe der pelzigen, warmen Körper tat ihr gut. Sie fühlte sich dadurch weniger alleine.

Um sich abzulenken, klappte sie ihr Notebook auf und schrieb alles auf, was sie bisher über Adrian Bruggers Tötung herausgefunden hatten.

Auf der letzten Seite notierte sie:

Verdächtig:
1. Ponte
2. Susanne (???)
3. Italiener m. Sportwagen
4. Frau aus dem Video (???)

Sie starrte die Liste an. Außer Ponte lediglich zwei Unbekannte und eine Person, die man sich kaum als Mörderin vorstellen konnte. Die Frau aus dem Video war wahrscheinlich eine Zufallsbekanntschaft, also schied sie auch aus. »Das hier war persönlich«, hatte Luca gesagt.

Vielleicht hatte Ponte ja inzwischen gestanden. Sie versuchte, Chiara auf dem Handy zu erreichen, doch die antwortete nicht.

Moira blätterte in ihren Notizen herum. Irgendetwas ließ sie nicht in Ruhe. Eine Kleinigkeit, die wie eine Fliege unablässig um ihren Kopf summte, die sie aber nicht zu fassen bekam. Sie kraulte Herta, die sich auf den Rücken gedreht hatte und alle Pfoten in die Luft reckte. Dann versuchte sie, an die Sache zu denken, ohne an sie zu denken. Diese Technik hatte sie aus einem Blogartikel und benutzte sie, wenn sie ihre Schlüssel oder ihre Lesebrille verlegt hatte. Wenn sie ihre Gedanken ziellos schweifen ließ, kam ihr oft ein Einfall, der sie auf die richtige Spur brachte.

Offenbar funktionierte es auch diesmal.

Es hatte mit dem Video zu tun.

Da war ein Aufblitzen, eine Drehung des Kopfes.

»Ach du Scheiße!«

Herta erschrak, glitt in einer einzigen fließenden Bewegung von ihrem Schoß und huschte aus dem Zimmer. Moira nahm ihr Telefon und rief Chiara an. Dieses Mal ging die Inspektorin ran.

»Ciao, ich wollte dich nach dem Mittagessen zurückrufen. Wie war dein Hexenseminar?«

»Ich habe herausgefunden, wer die Frau aus Bruggers Sexvideo ist.«

»Was? Wer ist es? Wir sollten unbedingt mit ihr reden.«

»Sie trägt im Film dieselben Ohrringe, die ich neulich an ihr gesehen habe. Ein Mädchen hier aus dem Dorf. Sie heißt Valerie und ist erst sechzehn.«

11

Ferrone entschied, dass Valerie Eger von Chiara und Moira als Dolmetscherin zu Hause befragt werden sollte.

»Er meint, wenn wir das Mädchen auf die Station bestellen, wird sie zu eingeschüchtert sein, um zu reden. Außerdem brächten die Eltern garantiert einen Anwalt mit. Ich denke, er hat recht. Zu Hause, wenn nur die Eltern dabei sind, hat es einen weniger offiziellen Charakter«, sagte Chiara am Telefon. »Bist du heute Nachmittag verfügbar?«

»Ich glaube schon. Ich fahre jetzt ins Krankenhaus, meinen Vater besuchen. Er hatte gestern Abend wieder einen Schlaganfall, zum Glück nur einen leichten.«

»Bist du sicher? Die Dolmetscherin, für die du eingesprungen bist, ist wieder gesund – ich kann auch sie anfragen.«

»Aber es hieß doch, ich soll den Fall komplett begleiten. Ich will unbedingt dabei sein.«

Chiara seufzte. »In Ordnung. Ich bin froh, wenn du weitermachst. Aber Familie geht vor, ja? Du musst nur rechtzeitig Bescheid geben.«

»Versprochen.«

»Wir treffen uns um achtzehn Uhr vor dem Haus. Dann wird das Mädchen aus der Schule zurück sein, und wahrscheinlich sind auch ihre Eltern zu Hause«, sagte Chiara.

Nach dem Gespräch setzte Moira sich ins Auto und fuhr zum Krankenhaus. Je näher sie ihm kam, desto ängstlicher wurde sie. Aus der Klinik hatte sie nach wie vor niemand angerufen. Auch ihr Versuch, telefonisch Auskunft zu erhalten, war erfolglos geblieben. Sie hatte sich eingeredet, das sei ein gutes Zeichen, aber jetzt war sie nicht mehr so sicher.

Mit trockenem Mund und klopfendem Herzen fuhr sie im Aufzug in den neunten Stock zur Stroke Unit. In dem Büro, in dem man sich anmelden musste, saßen zwei Pfleger, tranken Kaffee und lachten gerade über irgendetwas. Moira hatte das Gefühl, zu stören, auch wenn der größere der beiden Männer bereitwillig aufstand und im Computer nachsah, ob sie ihren Vater besuchen konnte.

»Ich sehe hier nicht, wie es ihm geht, aber Sie können rein«, sagte er. Moira bedankte sich, als er den Türöffner drückte.

Mit einem mulmigen Gefühl im Magen blieb sie vor der Zimmertür ihres Vaters stehen. Was, wenn er nicht bei Bewusstsein war? Oder sich sein Zustand verschlimmert hatte? Zaghaft drückte sie die Klinke hinunter und öffnete die Tür.

Ambrogio thronte aufgerichtet und von Kissen gestützt im Bett. Auf der Bettkante saß eine zierliche Frau mit einem blonden Pagenschnitt. Ihrem weißen Kittel nach zu schließen gehörte sie zum Klinikpersonal. Die beiden lachten gerade herzlich. Moira war unendlich erleichtert, ihren Vater so zu sehen.

»Moira, *tesoro!*«, tief ihr Vater und winkte sie heran. »Du musst unbedingt Dottoressa Nunez Cardoso kennenlernen. Sie hat mir das Leben gerettet.« Seine Aussprache war leicht schleifend und verwaschen. Es klang, als hätte er ein bisschen zu viel getrunken.

Moira trat ans Bett und umarmte ihren Vater.

»Du kannst ja schon wieder richtig gut sprechen.«

Die Ärztin hob mahnend einen Finger. »Da gibt es noch einiges zu tun. Ihr Vater hat mir versprochen, regelmäßig seine logopädischen Übungen zu machen, die er während der Rehabilitation lernen wird.«

»Musst du in eine Rehaklinik?«, sagte Moira erschrocken.

»Die kann er ambulant machen, wenn er möchte.« Die Ärztin stand auf. »Gut, wir haben ja fürs Erste alles besprochen. Morgen Vormittag nach der Visite dürfen Sie nach Hause, wenn alles in Ordnung ist.« Sie schüttelte Ambrogio die Hand und wandte sich an Moira: »Ihr Vater hatte wirklich Glück. Normalerweise verläuft der zweite Schlaganfall schlimmer als der erste, bei ihm war es umgekehrt. Aber er muss besser auf sich achten, sich gesund ernähren und mehr bewegen.«

»Ich werde ihn daran erinnern«, sagte Moira.

Die Ärztin verließ das Krankenzimmer, und Moira nahm ihren Platz auf der Bettkante ein.

»Warum tut jeder so, als wäre es meine Aufgabe, dafür zu sorgen, dass du gesünder lebst? Ich bin schließlich nicht dein Vormund.«

Ambrogio tätschelte ihre Hand. »Das bist du nicht, mein Schatz, und wenn ich mich zugrunde richten will, dann mache ich das mit Glanz und Gloria. Aber ich habe Besserung gelobt. Eine Zeit lang will ich schon noch auf dieser Erde weilen.«

»Das würde mich freuen. Und falls nicht, erzähle ich einfach Arianna Manzoni, wie du gerade mit dieser gut aussehenden Ärztin geflirtet hast.« Moira grinste.

»Arianna ist mein Ein und Alles, das würde ich nie aufs Spiel setzen! So eine fantastische Frau trifft man nur einmal im Leben.«

»Und was ist mit Mama?«

»Ich habe deine Mutter sehr geliebt, aber sie wollte ständig jemand anderen aus mir machen. Im Grunde genommen hat sie sich von Anfang an einen anderen Mann als mich gewünscht. Vielleicht liegt es auch am Alter, da nimmt man den anderen eher so, wie er ist.«

Moira schlug die Hände vor den Mund.

»Ich habe vollkommen vergessen, Mama Bescheid zu sagen!«

»Und das wirst du auch schön lassen, mein Liebes. Ich will nicht, dass sie sich schon wieder Sorgen um mich macht. Und ich bin ja auch wieder fast hergestellt. Ist zu Hause alles in Ordnung? Wie geht es den Katzen? Ich vermisse die kleinen Biester.«

»Ich verteile gleichmäßige Streicheleinheiten an alle fünf, aber ich glaube, sie vermissen dich auch. Alle außer Elfriede haben in deinem Bett geschlafen, und heute Morgen haben sie kaum etwas gefressen. Wenn du sterben würdest, würden sie wahrscheinlich vor Kummer eingehen.«

Ambrogio seufzte. »Das kann natürlich so nicht weitergehen. Ich verspreche auch, mich so zu verhalten, dass ich in den nächsten Jahren kein Krankenhaus mehr von innen sehe.«

»Das wollte ich hören«, sagte Moira. »Ich muss leider los, Chiara und ich müssen jemanden befragen. Und heute Abend bin ich bei Lucas Eltern zum Essen eingeladen.«

»Dann grüß Silvana und Vittorio von mir.«

»Mache ich. Das hast du dir übrigens fein ausgedacht, mich durch den Dolmetscherjob beschäftigt zu halten, damit du sturmfreie Bude hast.«

Ambrogio wand sich. »Ich war mir nicht sicher, wie du es aufnehmen würdest, dass ich eine Freundin habe.«

Moira verdrehte die Augen. »*Papà*, bitte, ich bin doch kein Kind mehr! Ich freu mich für dich, wenn du ein erfülltes Liebesleben führst.«

»Das ist gut, ich bin froh, wenn ich das nicht mehr vor dir verheimlichen muss und Arianna zu uns einladen kann.«

Moira sah ihn erstaunt an. »Zu uns? Das ist dein Haus.«

Ambrogio strich seine Bettdecke glatt. »Nun ja, es ist groß

genug, für dich und mich, und notfalls passt auch noch ein Teenager hinein.«

Moira wusste nicht, was sie antworten sollte. Daher sagte sie: »Das ist sehr lieb von dir. Wir reden demnächst mal darüber, in Ordnung? Jetzt muss ich aber wirklich los. Ich hole dich natürlich morgen Vormittag ab. Du kannst mich ja einfach anrufen.«

Sie drückte ihren Vater und gab ihm einen Kuss auf die Wange.

Draußen auf dem Flur lehnte sie sich gegen die Wand und schloss die Augen. Erst jetzt wurde ihr klar, wie groß ihre Angst und Sorge um ihren Vater gewesen waren.

Ihr war nun viel leichter ums Herz. Sie fühlte sich beinahe beschwingt, als sie wieder in Montagnola ankam, den Jeep abstellte und direkt zum Haus der Egers lief, das nicht weit entfernt von der Casa Rusconi lag.

Der Begriff Haus traf es nicht ganz, wie ihr klar wurde, als sie vor dem reich verzierten schmiedeeisernen Tor zum Anwesen der Egers stand. Dahinter erstreckte sich ein parkähnlicher Garten, und in einiger Entfernung sah man zwischen hohen Bäumen eine herrschaftliche Villa hervorlugen.

Moira überlegte noch, ob sie klingeln sollte, da hörte sie hinter sich ein Auto in die Einfahrt rollen. Es war Chiara. Sie ließ das Fenster auf der Fahrerseite herunter.

»Steig ein, ich nehme dich mit!«

Anscheinend hatte man sie bemerkt, denn das Tor öffnete sich automatisch. Sie fuhren im Schritttempo über den mit Kies bestreuten Weg bis zum Haus.

Chiara parkte auf dem Vorplatz neben einem SUV, und sie stiegen aus.

»Der Familie geht es offensichtlich finanziell ganz gut«, stellte Moira fest.

»Der Mann besitzt mehrere Werbeagenturen in der Deutschschweiz«, sagte Chiara. »Und die Frau unterrichtet Deutsch am Gymnasium in Lugano.«

Die Villa stammte aus dem 19. Jahrhundert und war im klassischen italienischen Stil erbaut, mit einer Loggia, die den Eingangsbereich schützte, und einem dreistöckigen Turm an der rechten Flanke. Am Fuß der Eingangstreppe und an der Hauswand entlang reihten sich Dutzende von großen Terrakottakübeln mit Zitronenbäumchen, Buchsbaumbüschen und anderen Pflanzen. Davor stand ein großer Drahtkorb mit abgeschnittenen Zweigen darin, daneben lagen ein paar schmutzige Gartenhandschuhe, eine verschmierte Schaufel und eine Gartenkralle. Moira und Chiara stiegen die Treppe hinauf und entdeckten in der Loggia ein Hundebett, ein paar leere Weinflaschen, ein Dreirad und buntes Plastikspielzeug.

Chiara klingelte. Im Inneren des Hauses begann ein Hund zu bellen. Das Kläffen wurde lauter und hysterischer, bis es direkt hinter der Tür ankam.

Sie traten beide instinktiv einen Schritt zurück.

»Kannst du bitte vorgehen?«, fragte Chiara.

»Damit der Hund mich zuerst anfällt?«

Moira bemerkte, dass die Polizistin anfing zu schwitzen.

»Hast du Angst vor Hunden?«

Chiara nickte nur und sah sie hilfesuchend an.

»Okay, kein Problem.«

Moira nahm Chiaras Platz an der Tür ein, gerade in dem Moment, als diese geöffnet wurde. Eine rostrote Hundeschnauze drängte sich durch den Türspalt.

»Würden Sie bitte den Hund festhalten?«, sagte Moira laut zu der noch unsichtbaren Person hinter der Tür.

»Artus! Ruhe jetzt!«, befahl eine weibliche Stimme. Die Tür schwang auf.

»Er ist nicht gefährlich, nur aufgeregt«, meinte die Frau, die gebückt den Irish Setter am Halsband festhielt. Sie musste ihren Hals recken, um Moira von unten herauf anzusehen, und für einen Moment wirkte sie wie eine buckelige Hexe. Der Eindruck verschwand, sobald sie sich aufrichtete.

»Entschuldigung, aber könnten Sie den Hund irgendwo einsperren? Meine Kollegin hat etwas Angst.«

»Natürlich, einen Moment.« Die Frau zog den Hund ins Haus hinein, und Moira hörte eine Tür schlagen. Dann kam die Frau zurück. Sie trug die Art schwarzer, formloser Kleidung, die trotzdem elegant aussah und viel Geld kostete. Sie hatte auffallend große, graue Augen und wirkte gleichzeitig fragil und zäh.

»Was kann ich für Sie tun?«, fragte sie auf Italienisch mit einem harten deutschen Akzent. Sie lächelte, aber nicht allzu freundlich.

Chiara trat neben Moira, stellte sie vor und fragte nach Valerie.

Frau Egers Miene wurde kühler. »Sie wollen also meine Tochter vernehmen? Und weshalb genau?«

»Es geht um den Tod von Adrian Brugger. Wir haben die begründete Annahme, dass Ihre Tochter ihn kannte und vielleicht über Informationen verfügt, die uns bei den Ermittlungen helfen können.« Chiara wirkte beinahe einschüchternd, obwohl sie einen halben Kopf kleiner war als Frau Eger.

»Moment, das war zu schnell für mich.« Frau Eger sah Moira an. Sie übersetzte Chiaras Worte ins Deutsche. Die Antwort kam wieder auf Italienisch.

»Ja, sicher kannte sie ihn. Er hat immer unseren Garten gemacht. Aber die beiden hatten privat nichts miteinander zu tun.«

»Ich denke, wir besprechen das besser im Haus. Dürfen

wir?« Chiara setzte einen Fuß über die Schwelle. Frau Eger wich notgedrungen zurück.

»Meinetwegen, aber Sie verschwenden Ihre Zeit.«

Frau Eger führte sie in ein überraschend modernes Wohnzimmer. Es gab viel Messing, dazu Beige und Hellbraun als Grundfarben für Möbel und Teppich, während Dekorationsobjekte und Kunst wie Vasen und Bilder in intensiven Rottönen farbige Akzente setzten. Die Wand zur Gartenseite bestand zu zwei Dritteln aus modernen Schiebetüren, die auf eine Holzterrasse mit Pool führten. Dahinter lag eine Rasenfläche, die in der Mitte von einer Allee aus mächtigen Kastanien geteilt wurde.

Das Zimmer hätte gewirkt wie aus einer Wohnzeitschrift, hätte nicht auch hier eine gewisse Unordnung geherrscht. Neben dem Fernseher im Breitwandformat lag ein umgekippter Stapel von DVDs oder Videospielen, unter dem Couchtisch war Hundespielzeug verstreut, und auf dem cremefarbenen Ledersofa hatte jemand eine zusammengeknüllte Decke und zwei Controller für eine Spielkonsole zurückgelassen. Auf dem Couchtisch standen eine halbvolle Flasche Sherry und ein Likörglas neben einem Handy.

»Haben wir Sie beim *aperò* gestört?«, fragte Chiara, wahrscheinlich, um das Gespräch aufzulockern. Doch Frau Eger ging nicht darauf ein. Sie blickte Moira an. »Kann ich auf Deutsch antworten? Mein Italienisch reicht für den Alltag, aber ich will sicher sein, dass richtig ankommt, was ich sage. Nicht, dass ich hinterher Probleme kriege, weil ich aus Versehen das falsche Wort benutzt habe.«

»Ich übersetze exakt, was Sie sagen«, versprach Moira. »Sie müssen nur zwischendurch kurze Pausen machen.«

»In Ordnung. Dann erklären Sie mir jetzt bitte, was meine Tochter mit Adrian zu tun hatte. Wir haben natürlich davon gehört, dass er tot ist, aber er war einfach nur jemand, der gelegentlich unseren Rasen gemäht hat.«

Moira übersetzte.

»Das machen wir gleich. Ist Valerie zu Hause?«, fragte Chiara.

»Sie haben meine Frage nicht beantwortet.« Frau Eger verschränkte die Arme. Ihre Kieferknochen traten hervor.

»Es liegt nichts gegen Ihre Tochter vor«, sagte Chiara ruhig. »Wir haben Informationen, nach welchen Valerie mit dem Toten befreundet war oder zumindest häufiger Zeit mit ihm verbracht hat.«

Valeries Mutter schüttelte den Kopf. »Meine Tochter war nicht mit Adrian befreundet. Das hätte ich mitbekommen.«

Chiara legte den Kopf schräg. »Wissen Sie wirklich immer, mit wem sie ihre Zeit verbringt? Eltern wüssten gerne alles über ihre Kinder, aber aus meiner Berufserfahrung heraus weiß ich, dass dem meistens nicht so ist. Gut möglich, dass Herr Brugger im Gespräch mit Valerie etwas gesagt hat, das uns bei den Ermittlungen weiterbringt. Sie könnte auch etwas beobachtet haben. Angeblich wurde Herr Brugger mit einem Mann gesehen, der einen grünen Sportwagen fährt.«

»Das ist ja verrückt.« Frau Eger ging zu einem Sideboard, klappte die Tür auf und holte eine Schachtel Zigaretten und ein Metallfeuerzeug heraus. Sie schüttelte eine heraus und zündete sie an. Nach dem ersten Zug verzog sie das Gesicht. »Ich habe vor acht Jahren aufgehört.«

Chiara beobachtete sie gelassen. »Weshalb regt Sie der Gedanke so sehr auf, dass Ihre Tochter möglicherweise mit Adrian Brugger befreundet war?«

Valeries Mutter nahm noch einen Zug, wobei sie mit der freien Hand ihren Unterarm umklammerte, damit man ihr Zittern nicht bemerkte.

»Finden Sie es nicht beunruhigend, wenn eine Sechzehn-jährige und ein erwachsener Mann befreundet sind? Ich schon. Sogar sehr beunruhigend.«

»Wie gesagt ist das bisher nur eine Vermutung. Und genau deswegen wollen wir mit Ihrer Tochter sprechen.« Chiara behielt ihren sachlichen Ton bei, und Moira versuchte, ihn beim Dolmetschen wiederzugeben. »Es handelt sich hier nicht um eine offizielle Vernehmung, aber natürlich können Sie Ihren Anwalt hinzuziehen, wenn Sie möchten. Dann laden wir Valerie in den kommenden Tagen vor und befragen sie auf der Polizeistation in Lugano. Oder ich und meine Kollegin reden jetzt ganz locker und informell mit ihr. Sie können es sich aussuchen.«

»Ich muss meinen Mann anrufen«, sagte Frau Eger. »Er ist auf dem Weg von Zürich hierher. Ich kann das nicht ohne ihn entscheiden.«

»Selbstverständlich«, sagte Chiara höflich. »Wir warten gerne.«

Frau Eger ging hinaus. Chiara wandte sich Moira zu.

»War ich gut?« Sie zog eine verzweifelte Grimasse. Von der souveränen Polizistin war nichts mehr zu sehen. Moira musste lachen.

»Du warst ultracool«, sagte Moira. »Ich wusste gar nicht, dass du diese Nummer beherrschst.«

»Ich komme mir dabei immer vor wie eine ganz schlechte Schauspielerin in einer billigen Krimiserie«, sagte Chiara. »O Gott, ich bin völlig nass geschwitzt.«

»Man merkt dir überhaupt nichts an. Ich würde dir den Oscar für die beste Darstellung einer taffen Polizistin verleihen.«

»Danke, du bist lieb!« Chiara faltete die Hände und deutete eine Verneigung an.

Schritte näherten sich. Sie richtete sich schnell wieder auf.

Als Frau Eger den Raum betrat, war Chiara wieder ganz in ihrer Rolle.

Moira musste sich ein Lachen verbeißen und drehte sich zur Terrassentür, um sich nicht zu verraten. Nur deswegen sah sie, wie Valerie auf dem Rasen landete. Offenbar hatte sie sich aus einem Fenster im ersten Stock heruntergelassen. Der Aufprall war so hart, dass sie sich nicht auf den Beinen halten konnte, doch sie rappelte sich sofort auf und rannte los.

»Scheiße!« Moira stürzte zur Glasfront, legte den Türhebel um und schob die Tür so weit auf, dass sie sich hindurchzwängen konnte. Es schien eine Ewigkeit zu dauern. Valerie hatte inzwischen schon die Kastanien erreicht. Moira sprintete über die Terrasse, ignorierte die Treppe, landete mit einem Satz auf dem Rasen und überquerte ihn so schnell, wie sie noch nie gerannt war. Die regelmäßigen Läufe am Mainufer entlang zahlten sich aus, auch wenn sie merkte, dass sie etwas an Kondition verloren hatte.

Hinter ihr rief jemand etwas, aber sie achtete nicht darauf, sondern behielt Valerie im Blick. Sie verschwendete keinen Atem darauf, nach ihr zu rufen. Das Mädchen wurde etwas langsamer, wahrscheinlich ging ihr die Luft aus. Dann stolperte sie und flog mit einem Aufschrei nach vorne. Bevor sie wieder aufstehen konnte, war Moira bei ihr.

»Alles in Ordnung?«

»Geht schon«, sagte Valerie missmutig und setzte sich auf. Die Vorderseite ihres weißen T-Shirts war mit Erde und Grasflecken bedeckt.

Moira ging neben ihr in die Knie und fasste vorsichtshalber ihren Oberarm, für den Fall, dass sie erneut flüchten wollte.

»Was sollte das denn?«

»Ich will nicht mit Ihnen reden.« Valeries Gesicht war gerötet, und sie atmete schwer.

»Wegzulaufen bringt doch nichts. Wo wolltest du denn hin?«

Valerie zuckte mit den Schultern. »Weg halt.«

»Du kannst vielleicht mithelfen, den Mörder von Adrian zu fassen, willst du das nicht?«

Valerie schüttelte stumm den Kopf.

»Verstehe. Weil dann deine Eltern alles über dich und Adrian erfahren. Über die Filme.«

Es war ein Schuss ins Blaue, aber er traf. Valeries Augen wurden groß.

»Das ist so wahnsinnig peinlich.« Sie hatte jetzt Tränen in den Augen, bemühte sich aber, nicht zu weinen.

»Du kannst nichts dafür, was er mit dir gemacht hat. Er hat dich ausgenutzt.«

»Hat er nicht!« Valerie zog mit einem Ruck ihren Arm aus Moiras Griff, machte aber keinen Versuch, zu entkommen.

»Wir haben uns nämlich geliebt«, sagte sie trotzig.

»Ach je.« Moira wischte sich mit dem Handrücken den Schweiß von der Stirn.

»Valerie, alles in Ordnung?« Frau Eger flatterte in ihrem Designergewand auf sie zu wie eine große Krähe, gefolgt von Chiara.

Moira sagte schnell: »Wenn du reden willst, komm morgen um drei zur Piazza Riforma in Lugano, da warte ich auf dich. Ich verspreche, dass ich ohne deine Zustimmung nichts an die Polizei weitergebe.«

Valerie konnte nicht mehr antworten, denn Frau Eger hatte sie erreicht und kauerte sich neben sie. »Schatz, hast du dir wehgetan?«

»Nein, alles okay«, sagte Valerie in genervtem Tonfall. »Ich bin über die bescheuerte Wurzel gestolpert.« Sie stand auf und streifte ihre Handflächen aneinander ab.

»Warum bist du denn nur weggerannt?«, fragte ihre Mutter.

»Weil du es mir gesagt hast«, erwiderte das Mädchen.

Frau Eger lachte künstlich. »Was redest du denn da?« Sie wandte sich an Chiara. »Das denkt sie sich natürlich aus.«

Aber ihr rot angelaufenes Gesicht ließ das Gegenteil vermuten.

Chiara ging nicht weiter darauf ein. »Können wir jetzt ...« Sie brach ab, denn Moira blinzelte ihr zu und schüttelte beinahe unmerklich den Kopf.

»Vielleicht kommen wir besser ein andermal, um mit Ihrer Tochter zu reden«, sagte Chiara. »So wichtig ist es nun auch nicht. Wir finden den Ausgang.« Sie drehte sich um und lief über den Rasen zurück zum Haus. Moira folgte ihr und beschleunigte ihre Schritte, bis sie die Inspektorin eingeholt hatte.

»Danke, gut reagiert. Ich erzähle dir gleich alles.«

Sie gingen nicht durchs Haus, sondern nahmen den Kiesweg, der um die Villa herum nach vorne führte. Als sie dort zwischen zwei Rosmarinbüschen herauskamen, trafen sie auf einen Mann, der gerade dabei war, die Stufen zur Loggia hinaufzusteigen. Er starrte sie überrascht an.

»Kann ich Ihnen helfen?«

»Danke, das hat Ihre Frau bereits getan.« Chiara ging auf ihren Wagen zu, doch der Mann kam die Treppe herunter, versperrte ihr den Weg und sah sie durch seine eckige, schwarz gerahmte Brille ungehalten an.

»Sind Sie von den Zeugen Jehovas?«

Chiara lächelte ihn von unten herauf an. »So ähnlich. Kantonspolizei Lugano, Ispettrice Moretti, und das ist Signora Rusconi, unsere Dolmetscherin. Sie sind Herr Eger, nehme ich an? Wir befragen die Anwohner wegen eines Tötungsdelikts. Der Geschädigte, Adrian Brugger, hat gelegentlich für Sie gearbeitet, daher stehen auch Sie auf unserer Liste. Reine Routine«, zwitscherte Chiara.

Herr Eger leckte sich über die Lippen und strich sich die Haare hinter die Ohren. Seine Nasenflügel blähten sich. Mit seinem länglichen, knochigen Gesicht erinnerte er Moira an ein nervöses Pferd.

»Äh, ja, wir haben davon gehört«, sagte er und schob nach einer kurzen Pause ein »Furchtbar« hinterher. Dann sah er zur Eingangstür und räusperte sich. »Ich müsste dann … Meine Frau wartet sicher schon auf mich.«

Chiara ignorierte das, behielt aber ihren Plauderton bei. »Fällt Ihnen denn jemand ein, der etwas gegen Herrn Brugger gehabt haben könnte?«

Herr Eger befeuchtete wieder seine Lippen. »Nein, keine Ahnung. Aber ich kannte ihn auch nicht gut. Er kam meist unter der Woche, da bin ich bei der Arbeit in Zürich. Wenn meine Frau Ihnen nicht weiterhelfen konnte, kann ich es erst recht nicht.«

»Aha.« Chiara zog ihr Notizbuch aus der hinteren Hosentasche und kritzelte etwas hinein. Moira stand neben ihr und sah, dass Chiara entweder eine völlig unleserliche Handschrift hatte oder es nur Gekrakel war.

»War das alles?« Herr Eger scharrte nervös im Kies – die Spitzen seiner Halbschuhe waren schon ganz weiß.

»Vorerst schon. Vielen Dank, dass Sie sich Zeit für uns genommen haben!« Chiara lächelte und tippte an den Schirm einer unsichtbaren Mütze. »Einen schönen Abend!«

»Sicher.« Herr Eger rückte seine Brille zurecht, stieg die Treppe hinauf und verschwand eilig im Haus, ohne sich noch einmal umzudrehen.

»Ich habe so ein Gefühl, dass ihm seine Frau nicht erzählen wird, dass wir mit Valerie sprechen wollten«, sagte Chiara, als sie im Auto saßen und zusahen, wie sich das automatische Tor öffnete. Dann rollten sie auf die Straße. Es war ein wenig, als kehrte man aus einer anderen Welt zurück.

»Ich fahre dich nach Hause«, sagte Chiara. »Dann musst du nicht den Berg hochlaufen.«

»Danke. Valeries Vater hat sich ziemlich merkwürdig verhalten, findest du nicht?«, sagte Moira.

Chiara zuckte die Achseln. »Ein bisschen schon. Aber die meisten Leute werden nervös, wenn sie mit der Polizei zu tun haben. Jetzt erzähl mir lieber, was du mit dem Mädchen besprochen hast.«

Sie hörte Moira zu und nickte dann. »Sehr gut! Hoffentlich kommt sie. Ich glaube nicht wirklich, dass sie zur Aufklärung beitragen kann, aber es ist immer gut, sich ein möglichst umfangreiches Bild vom Leben des Opfers zu machen.«

Moira schnaubte. »Fragt sich nur, wer hier das Opfer ist. Dieser Typ hat Pornos mit einer Sechzehnjährigen gedreht! So langsam glaube ich, er hat sein Schicksal verdient.«

»Wie sympathisch das Opfer war, spielt für uns keine Rolle«, sagte Chiara. »Jemand hat ein Verbrechen begangen und muss dafür bestraft werden.«

»Klar, aber ein gewisses Verständnis für diese Person kriege ich allmählich schon. Falls es Ponte war, muss er natürlich ins Gefängnis, aber ich schicke ihm in Valeries Namen einen Blumenstrauß.«

Chiara lachte. »Einem Mann, der rumänische Waisenkinder um Spendengelder gebracht hat.«

»Die Welt ist schlecht und verdorben«, sagte Moira im düsteren Tonfall einer Wahrsagerin.

Sie hielten vor der Casa Rusconi.

»Meine Güte, das hatte ich ganz vergessen, dir zu erzählen«, sagte Chiara. »Ponte war es nicht.«

»Was?« Moira schrie beinahe, so überrascht war sie.

»Wir haben sein Alibi überprüft. Rate mal, wo er im Tatzeitraum war? In Rumänien, um diesem Waisenhaus die Spenden zu überreichen. Er war eine ganze Woche lang weg und scheidet als möglicher Täter aus. Wegen der Unterschlagung kriegt er natürlich eine Anzeige, aber da kommt er mit einer Geldstrafe davon.«

Moira lehnte sich im Beifahrersitz zurück und starrte an die Decke.

»Jetzt stehen wir wieder ganz am Anfang, oder?«

»Nicht völlig. Wir wissen inzwischen, dass Brugger seine Freundin betrogen hat. Eifersucht ist ein starkes Motiv. Wir sehen uns Susanne Neri darum etwas genauer an. Gut, dass du schon eine Beziehung zu ihr aufgebaut hast. Ich bespreche mit Ferrone und Manzoni, wie wir vorgehen, und sage dir dann Bescheid.«

»Okay.« Moira behielt für sich, dass die Staatsanwältin jetzt sozusagen ihre Stiefmutter war.

»Oh nein, ausgerechnet die!« Moira hätte sich am liebsten in den Fußraum geduckt, denn gerade trat Agnes Tobler aus ihrem Haus. Aber sie hatte Moira schon entdeckt und näherte sich dem Auto.

Moira winkte notgedrungen zurück und stöhnte.

»Die alte Klatschtante wird sich auf mich stürzen, sobald ich aussteige.«

»Viel Vergnügen«, sagte Chiara. »Vielleicht findest du noch etwas Interessantes über unseren Toten heraus.«

»Ich kann es kaum erwarten.« Moira verdrehte die Augen.

Sie verabschiedeten sich, und Moira stieg aus. Sobald Chiara losgefahren war, kam Agnes über die Straße zu ihr.

»Du meine Zeit, wie geht es unserem lieben Ambrogio? Ich habe tief und fest geschlafen und gar nichts mitbekommen.« Sie legte beide Handflächen an ihre Wangen und sah Moira mit großen Augen an.

Moira seufzte innerlich. Wahrscheinlich wusste bereits das ganze Dorf Bescheid.

»Und das so kurz nach dem ersten Schlaganfall, einfach furchtbar!«

»Es geht ihm gut. Er kommt bald nach Hause«, sagte sie.

Agnes' Miene hellte sich auf.

»Wo liegt er denn? Im Civico? Dann besuche ich ihn gleich morgen!«

»Er darf keinen Besuch empfangen«, erwiderte Moira schnell. »Das regt ihn zu sehr auf.«

Die Nachbarin ließ die Schultern hängen. »Oh, wie bedauerlich!«

»Außerdem ist er ja bald wieder da.«

»Dann werde ich ihm eine Engadiner Nusstorte backen. Die schmeckt ihm immer so gut.«

Moira wusste, dass ihr Vater gegen Walnüsse allergisch war, und fragte sich, was er wohl mit all den Torten machte, die Agnes ihm buk.

»Eine sehr gute Idee! Ich wünsche Ihnen noch einen schönen Abend.« Sie wandte sich der Haustür zu und hatte die Hand mit dem Schlüssel bereits ausgestreckt, als Agnes' Stimme sie aufhielt.

»Ach, nur eine Bitte noch. Könnten Sie mir kurz im Garten helfen?«

Moira hätte am liebsten Nein gesagt. Es war weit über die Essenszeit der Katzen hinaus, und wahrscheinlich warteten sie schon hinter der Tür, aber natürlich konnte sie die alte Dame nicht einfach stehen lassen.

»Sicher, Frau Tobler.«

Sie folgte der Nachbarin über die Straße und wartete, während diese umständlich das Tor der Einfahrt entriegelte.

»Ich habe hier nämlich noch einen ganzen Haufen Äste liegen, die werden morgen von der Gemeinde abgeholt, aber sie müssen vor der Einfahrt liegen«, erklärte Agnes in einem jammernden Singsang.

Sie führte Moira über den sorgfältig gemähten Rasen, vorbei an Beeten mit bunten Blumen und einem pinkfarben blühenden Gebüsch, in den hinteren Teil des Gartens. Hier wuchsen dichte Büsche und mehrere Bäume, die einen Sichtschutz zu den Nachbargrundstücken bildeten. Vor einem hüfthohen Haufen aus trockenen Ästen blieb Agnes stehen.

»Die hat noch Adrian geschnitten, kurz bevor er … Er hat sich immer so gut um den Garten gekümmert.«

Moiras Mitgefühl war verflogen, als sie den Stapel gesehen hatte. Sie nahm sich vor, zukünftig weniger Wert auf gute nachbarliche Beziehungen zu legen.

»Hätten Sie ein Paar Gartenhandschuhe für mich?« Sie versuchte, nicht allzu widerwillig zu klingen.

»Ich habe an alles gedacht«, sagte Agnes spitzbübisch und hielt ihr ein Paar brettharte Handschuhe hin. Moira fuhr mit den Fingern hinein. Sie fühlten sich unangenehm rau an, außerdem waren sie zu groß. Höchstwahrscheinlich hatten sie Adrian Brugger gehört. Der Gedanke, die Handschuhe eines Toten zu tragen, war auf unbestimmte Art beunruhigend. Obwohl er ja noch nicht tot gewesen war, als er sie zum letzten Mal angehabt hatte.

Moira griff um ein Bündel Äste und zerrte daran, weil sich die Zweige ineinander verhakt hatten. Vertrocknete Blätter lösten sich und rieselten ins Gras. Moira schleppte das Holz bis zum Tor. Agnes folgte ihr auf dem Fuß.

»Bitte nichts fallen lassen, sonst wird der Rasen ruiniert!«

Moira antwortete nicht, sondern warf die Äste hinter das Tor und machte sich auf den Rückweg. Sie musste fünf- oder sechsmal gehen, bis der Stapel abgetragen war. Zum Schluss sammelte sie noch einige kleine Zweige und stachelige, kastanienähnliche Samenkapseln auf und warf sie in die Mülltonne.

»Das war's.« Sie gab Agnes die Handschuhe zurück und wischte sich mit dem Handrücken den Schweiß von der Stirn.

»Nur eine Sache noch!« Agnes machte ein bittendes Gesicht. »Da steht noch eine Leiter an der Buche im Garten – Adrian hat auch dort die Äste gestutzt. Leider bin ich zu schwach, um sie zurück an ihren Platz zu stellen.«

»Kein Problem.« Moira ließ sich ihre Ungeduld nicht anmerken, ging zurück in den Garten und sah jetzt auch die Leiter. Sie war mindestens vier Meter hoch, eine richtige Heuleiter – alt, aber wahrscheinlich noch handgefertigt und unverwüstlich.

Sie war unglaublich schwer, und Moira musste sie Stück für Stück an den Platz neben der Scheune ruckeln, den Agnes Tobler ihr zeigte.

»So, erledigt. Kann ich noch etwas für Sie tun?«

»Nein, nein. Es ist sehr nett, dass Sie mir geholfen haben! Warten Sie einen Moment!« Agnes huschte ins Haus. Erst da fiel Moira auf, dass sie ihren Gehstock nicht mehr benutzte. Sie war auch überraschend schnell wieder zurück und drückte Moira eine verstaubte Weinflasche in die Hand.

»Der ist noch von meinem Vater, genießen Sie ihn!«

Die Dankbarkeit der älteren Frau ließ Moiras Groll verfliegen. Es war schließlich selbstverständlich, sich gegenseitig zu helfen. Sie war es nur nicht mehr gewohnt, so engen Kontakt zu ihren Nachbarn zu haben. In Frankfurt beschränkte sich der Kontakt darauf, sich gegenseitig das Schild für die Treppenhausreinigung an den Türknauf zu hängen.

Dankend nahm sie die Flasche entgegen, auch wenn sie ein wenig nach Moder roch und das Etikett an einer Ecke schimmelte. Agnes meinte es nur gut.

»Kommt denn die Polizei mit der Suche nach dem Mörder voran? Ich schlafe furchtbar schlecht, solange dieser Mensch nicht gefasst ist.« Agnes verschränkte die Fäuste vor der Brust, als wollte sie sich schützen.

»Dazu darf ich leider nichts Näheres sagen, Frau Tobler. Aber es geht voran.«

»Da bin ich wirklich sehr froh! Und nun lasse ich Sie aber gehen. Grüßen Sie Ihren Vater ganz herzlich von mir!«

»Na endlich findest du mal den Weg zu uns! Ich dränge Luca schon die ganze Woche, er soll dich mitbringen!« Silvana Cavadini umarmte Moira und verpasste ihr die drei obligatorischen Luftküsse.

»Ich wäre schon früher gekommen, aber Luca hat dafür gesorgt, dass ich ständig beschäftigt bin.«

Sie standen in dem breiten Flur, der sich quer durch das alte Tessinerhaus der Cavadinis zog und aussah wie der Ausstellungsraum eines Antiquitätenhandels, der sich auf Gerätschaften aus dem Weinbau spezialisiert hatte. An einer Wand hing eine Sammlung alter Korkenzieher und Rebscheren, an der anderen die gerahmten Zertifikate, die die Cantina Cavadini für ihre besten Weine erhalten hatte. Neben der Garderobe stand eine alte Traubenpresse, in deren Bottich Regenschirme, Schals und Handschuhe aufbewahrt wurden.

Es sah noch genauso aus wie früher. Eine Zeit lang hatte Moira sich hier wie zu Hause gefühlt, und jetzt war dieses Gefühl ganz unvermutet wieder da.

Luca hatte sie anscheinend gehört, denn er kam aus der Küche auf den Flur, eine Winzerschürze um die Hüften und ein Muschelmesser in der rechten Hand.

»Es ist nicht so, dass ich dich gezwungen hätte!«

»Als hätte mir dein Hundeblick eine große Wahl gelassen!«, gab Moira zurück und begrüßte Luca ebenfalls mit Wangenküssen.

»Hi, schön, dass du es geschafft hast! Meine Mutter war kurz davor, mich zu enterben, weil ich dich nicht sofort zu ihr gebracht habe.«

»Dann bin ich ja erleichtert, dass ich das gerade noch verhindern konnte.« Moira drückte ihm Agnes' Rotwein in die Hand.

»Keine Ahnung, ob er gut ist, habe ich geschenkt gekriegt.«

»Ich entkorke ihn mal, dann probieren wir ihn zum Essen.«

In der Küche bekam Moira ein Glas tiefroten Merlot Marke Cavadini und sah zu, wie Luca weiter Muscheln knackte, während seine Mutter das *risotto* umrührte und immer wieder ein wenig Brühe nachgoss. Es duftete nach gedünsteten Zwiebeln und Meer.

Silvana stieß mit Moira an. »Sag mal, stimmt es, dass Roberto Ponte verhaftet wurde, weil er diesen Burschen aus der Deutschschweiz getötet hat? Luca behauptet, er weiß nichts darüber, aber im Laden haben sie erzählt, dass er von einem Polizeiwagen abgeholt wurde und nicht mehr nach Hause gekommen ist.«

»Hier scheißt kein Hund, ohne dass es im Laden bekakelt wird«, warf Luca ein, was ihm einen scherzhaften Klaps seiner Mutter einbrachte. »Also wirklich!«

Moira zog eine entschuldigende Grimasse. »Ich glaube, ich darf nicht darüber reden.«

Silvana winkte ab. »Ja, ja, dachte ich mir. Ich bin nur furchtbar neugierig, hier ist ja sonst nie was los.«

Luca drehte sich um und tat empört. »Also wirklich! Immerhin ist ein Mensch gestorben. Und ein Mörder läuft frei herum.«

»Das macht es ja so aufregend«, erwiderte seine Mutter ungerührt. »Es könnte praktisch jeder aus dem Dorf gewesen sein!« Sie schauderte übertrieben.

»Themawechsel, *mamma!*«

Moira lachte. »Es duftet köstlich, ich habe ewig kein *risotto alle vongole* gegessen. Mein Exmann ist allergisch gegen Meeresfrüchte. Luca, wo stecken deine Frau und euer unfassbar hübsches Kind?«

Silvana verschluckte sich an ihrem Wein, hustete und sagte: »Themawechsel.« Dann neigte sie sich zu Moira und flüsterte: »Sie haben sich gestritten.«

»Ich kann euch hören«, sagte Luca, ohne sich umzudrehen.

»Tut mir leid, das ist nicht schön«, sagte Moira. »Aber das kommt vor.«

»Ein bisschen zu oft, wenn du mich fragst«, murmelte Silvana in den Risottotopf.

Luca legte das Muschelmesser beiseite.

»*Mamma*, jetzt ist nicht der richtige Moment, um das zu diskutieren.«

»Erzähl mal, was bei dir im Job in den letzten Tagen los war«, sagte Moira, um das Thema zu wechseln.

»Das sind aber keine erfreulichen Geschichten, bist du sicher, dass du die hören willst?« Luca nahm sein Messer wieder in die Hand.

»Ich nicht! Ich gehe deinen Vater aus der *cantina* holen!« Silvana schlüpfte durch die Tür.

»Seltsam, sonst kann sie nicht genug von meinen Schauergeschichten kriegen.«

Moira dachte, dass Lucas Mutter wohl gewisse Absichten damit verknüpfte, sie beide alleine zu lassen, behielt das aber für sich.

»Mich interessiert es. Wenn ich schon mal einen echten Rechtsmediziner ausquetschen kann, muss ich die Chance auch nutzen. Normalerweise gibt es euch ja nur im Fernsehen.«

»Mal überlegen. Ein Bauarbeiter, dem ein Kübel mit Zement an den Kopf geknallt ist und anhand dessen Verletzungen ich nachweisen konnte, dass er seinen Helm nicht wie vorgeschrieben befestigt hatte. Ein alter Mann, der sich die Hüfte gebrochen hat, weil sein Rollator zusammengeklappt ist, und dessen Familie jetzt den Hersteller verklagt. Ein Mädchen, dem von einem anderen beinahe ein Auge ausgeschlagen wurde, weil sie in denselben Jungen verliebt sind. Ein paar Fälle von häuslicher Gewalt, die leider auch hier immer häufiger vorkommt.«

»Oder die zumindest öfter gemeldet wird als früher«, sagte Moira.

Luca warf ihr einen Seitenblick zu, was ihn beinahe seine Fingerkuppe kostete. »Mist!« Er riss einen Bogen Küchenpapier von der Rolle über der Arbeitsplatte und drückte seinen Daumen hinein.

»Ich übernehme das.« Moira griff sich das Messer und begann, Muscheln aufzuhebeln. Wie lange hatte sie das nicht mehr getan! Ihr fielen die Abende ein, an denen sie und Javier *ceviche* aus fangfrischen Muscheln und Limetten zubereitet und dazu meistens zu viele *pisco sours* getrunken hatten.

»Je älter man wird, umso häufiger erinnert einen etwas an schöne Dinge, die für immer vorbei sind«, sagte sie, ohne nachzudenken. »Das ist doch irgendwie traurig.«

»Ein bisschen. Aber was ist ein Leben, wenn nicht eine

Sammlung von guten Erinnerungen. Wer keine hat, ist viel bedauernswerter.«

»Da hast du auch wieder recht.« Trotzdem war ihr Herz schwer geworden wie ein Schwamm, der sich mit Trauer vollgesogen hatte. Sie hatte dieses Gefühl nicht mehr häufig, aber wenn es sie überfiel, dann aus dem Hinterhalt, ohne sich anzukündigen.

Doch es rückte in den Hintergrund, als sie wenig später alle um den Esstisch saßen und vor ihr ein Teller mit dampfendem *risotto* stand.

»Dann probieren wir mal den Bordeaux, den Moira uns mitgebracht hat.« Luca stand auf und holte die Flasche von der Anrichte. »Chateau Gloria 1996«, las er vom Etikett ab.

»Wie bitte?« Vittorio schnappte nach Luft. »Bring mir die Flasche, Junge, aber vorsichtig!«

Er nahm Luca die Flasche behutsam ab und begutachtete das Etikett. »Woher stammt der?«

»Aus dem Weinkeller von Agnes Tobler, genauer gesagt ihres Vaters«, antwortete Moira. »Ist damit etwas nicht in Ordnung? Ich habe mir gleich gedacht, das schimmelige Etikett ist kein gutes Zeichen.«

Vittorio hustete. »Ganz im Gegenteil. Die Flasche ist im Handel an die 500 Franken wert.«

Silvana schlug die Hände vor den Mund. »Ach du liebe Zeit!«

Vittorio grinste. »Der alte Tobler mochte einen guten Tropfen. Luca, normalerweise hätte ich dir verboten, den zu öffnen, aber jetzt ist es schon zu spät. Also genießen wir ihn.«

»Das finde ich auch«, sagte Moira. »Ich habe dafür immerhin eine halbe Stunde Äste geschleppt.«

Der Wein schmeckte ausgezeichnet, aber Moira kannte sich nicht gut genug aus, um ihn wirklich zu würdigen. Vittorio dagegen schwärmte bei jedem Schluck von der Dichte und Eleganz des Weins.

Das Gespräch mäanderte mal hierhin, mal dorthin. Von Mord wurde nicht gesprochen, stattdessen viel von Lucas und Moiras Kindheit. Nach dem Essen schleppte Silvana mehrere Fotoalben an, und sie betrachteten gemeinsam die alten Familienbilder.

»Wie wir angezogen waren!«, rief Silvana. »Wie in den Fünfzigern, obwohl es Ende der Siebziger war.«

»Das liegt an den Alpen, die halten den Fortschritt ab«, bemerkte Luca trocken.

Sein Vater drohte ihm scherzhaft mit erhobener Hand. »Es ist auch nicht alles schlecht, was Tradition hat.«

»Ja, aber wir liegen einfach in vielem zurück. Nicht mal technisch, aber im Kopf.« Luca tippte sich an die Stirn. »Wir bräuchten mehr Offenheit im Denken. Aber stattdessen klammern wir uns an überkommene Vorstellungen.«

Moira gefiel es, wie Luca argumentierte. Sie hatte immer an ihm gemocht, dass er seine Ansichten so leidenschaftlich vertrat, und es war schön zu sehen, dass er diese Eigenschaft nicht verloren hatte. Unwillkürlich verglich sie ihn mit Martin und dessen resignierter Abgeklärtheit. »So ist das eben«, war vermutlich der Satz, den sie von ihm am häufigsten gehört hatte.

»Ist es immer noch so, dass die Männer zum Mittagessen nach Hause kommen und dann erwarten, dass das Essen auf dem Tisch steht?«, fragte sie.

Luca nickte. »Und die Kinder auch. Alessio isst momentan noch im Kindergarten, aber wenn er in die Schule geht, gibt es keine Mittagsbetreuung mehr.«

Lucas Mutter legte eine Hand auf die seine. »*Amore*, ich habe dir ja schon gesagt, dass ich ihn gerne nehme.«

»Zum Glück. Aber was machen die Leute, die keine Groß-
eltern haben, die sich kümmern können?« Luca fuhr sich aufgeregt durchs Haar. »Falls ihr das mal nicht mehr könnt, muss
entweder ich oder Valentina aufhören zu arbeiten. Es geht
doch nicht, dass der Kanton sich darauf verlässt, dass die Familien das schon regeln werden!«

Vittorio schenkte Wein nach. »Ich finde es richtig, dass die
Familie mittags zusammen am Tisch sitzt.«

»Natürlich, du hast davon ja auch jahrzehntelang profi-
tiert!« Silvana warf die Hände in die Luft.

»Und, warst du denn unzufrieden?« Lucas Vater sah sie herausfordernd an.

Sie schob das Kinn vor. »Manchmal schon. Aber ich kannte
es ja nicht anders. Die Welt dreht sich weiter, mein Schatz, und
was für uns funktioniert hat, muss für die junge Generation
nicht auch gut sein.«

»Ja, ihr habt schon recht. Aber streiten wir nicht herum
und reden über andere Dinge.«

»Zum Beispiel über den Nachtisch. Ich habe eine *crostata
alle mele* gemacht.« Silvana stand auf.

»Ich helfe dir mit den Tellern«, sagte Moira und folgte ihr
in die Küche.

Silvana wies auf die benutzten Teller und die schmutzigen
Töpfe. »Das lassen wir nachher die Männer aufräumen.«

Sie holte die *crostata* aus dem Ofen und reichte sie Moira.
»Ist noch warm, pass auf.«

Moira schnupperte an der Torte und fühlte sich in ihre
frühe Kindheit zurückversetzt. Jetzt erinnerte sie sich daran,
dass ihr Vater immer sonntags Apfelkuchen gebacken hatte,
den sie dann noch warm in der Küche gegessen hatten. Für
einen kurzen Augenblick spürte sie wieder die Geborgenheit,
mit ihren Eltern am Tisch zu sitzen und zu wissen, dass alles in

Ordnung war. Doch sie konnte es nicht festhalten, beim nächsten Wimpernschlag verflog es.

»Alles in Ordnung?« Silvana blickte sie forschend an.

»Ich habe mich nur an etwas erinnert, alles gut.«

Silvana holte Teller aus dem Geschirrschrank. »Ich freue mich, dass du und Luca euch so gut versteht«, sagte sie. »Ihr wart schon immer so ein schönes Paar.«

»Vor fünfundzwanzig Jahren! Damals waren wir ganz andere Menschen.«

Silvana zuckte mit den Schultern. »Daran glaube ich nicht. Im Kern bleibt man immer derselbe Mensch.« Sie senkte die Stimme. »Valentina ist eine wunderbare Person, aber die beiden passen überhaupt nicht zusammen. Das habe ich von Anfang an gesagt. Solange man noch verliebt ist, merkt man das nicht, aber jetzt, nach ein paar Jahren, werden die Unterschiede sichtbar.«

»Ich hoffe, die beiden finden einen Weg«, sagte Moira. »Schon wegen des Kleinen.«

»Es ist nicht immer das Beste für ein Kind, dass die Eltern zusammenbleiben«, sagte Silvana.

Während Sie die *crostata* vernichteten, wandte sich das Tischgespräch dem Dorfklatsch zu. Daria vom Museum hatte Krach mit ihrer alten Mutter, die um keinen Preis ins Altersheim wollte. Der Sohn des Bäckers hatte einen neuen Freund, der viel älter war als er. Don Emilio, der Pfarrer, plante einen Disco-Gottesdienst für Jugendliche.

Moira hörte erst richtig zu, als Lucas Mutter Gabriella erwähnte.

»Meine Freundin Laura, die bei der Post arbeitet, hat mir im Vertrauen erzählt, dass Gabriella einiges an Schulden angehäuft hat. Sie hat versucht, einen Kredit aufzunehmen, ihn aber nicht bekommen, weil der Umsatz der Osteria nicht hoch genug ist. Das ist natürlich alles streng vertraulich! Ich verlasse mich darauf, dass ihr niemandem etwas weitererzählt!«

Alle schüttelten die Köpfe als Zeichen, dass sie schweigen würden.

»Laura hat mir auch verraten, was hinter diesen Schulden steckt. Gabriella hat nämlich die Küche der Osteria neu einrichten lassen, mit einem modernen Herd, Abzugssystem und solchen Sachen. Und dann konnte sie die Rechnung nicht bezahlen, und zwar weil Adrian Brugger eigentlich als stiller Teilhaber bei ihr einsteigen wollte. Aber das Geld hat sie nie bekommen, und jetzt ist er ja tot, also wird da wahrscheinlich auch nichts mehr draus.«

»Du solltest solche Sachen wirklich nicht weitererzählen, *amore*«, brummte Vittorio, aber seine Frau winkte ab.

»Hier weiß doch sowieso jeder alles von jedem!«

»Bist du nicht auf die Idee gekommen, dass das die Polizei interessieren könnte?«, sagte Luca tadelnd.

»Ich weiß es doch erst seit heute, und du bist ja so etwas wie die Polizei, oder? Also beschwere dich nicht.«

»Du musst aber auch eine offizielle Aussage machen, wenn du etwas weißt. Am besten rufst du morgen Chiara an.«

»Ich wüsste nicht, was das mit dem Mord zu tun haben sollte, aber wenn du meinst, dass das wichtig ist …«

»Wenn Adrian Brugger Schulden bei Gabriella hatte, wäre das durchaus ein Mordmotiv«, sagte Luca.

Silvana rang die Hände. »Was für ein Unsinn! Als würde unsere Gabriella jemanden umbringen! Auf die Art kriegt sie ihr Geld jedenfalls nicht.«

»Da hast du auch wieder recht«, sagte Luca. »Trotzdem solltest du es der Polizei erzählen. Jede Kleinigkeit kann wichtig sein. Vielleicht ist es ein Puzzleteilchen, das in einem anderen Zusammenhang wichtig wird.«

»Ich sage Chiara Bescheid, dann meldet sie sich bei dir«, sagte Moira.

»Das ist sehr nett von dir, *cara*.«

Moira warf einen Blick auf die Wanduhr. Es war halb zwölf.

»Ich mache mich dann mal auf den Heimweg.«

Luca stand auf. »Ich bringe dich natürlich.«

Die Abschiedszeremonie mit vielen Wangenküssen und gegenseitigen Versicherungen, wie schön es gewesen sei, sich einmal wiederzusehen, und Bekräftigungen, diesen Abend bald zu wiederholen, dauerte noch weitere zwanzig Minuten. Dann standen Moira und Luca vor der Haustür. Nach all dem Lachen und Reden kam ihr die Stille beinahe greifbar vor. Die Nacht roch nach Sommer, und es schwirrten ein paar Glühwürmchen wie betrunken durch die Dunkelheit.

»Soll ich dich mit dem Auto bringen?«, fragte Luca.

»Wenn es dir nichts ausmacht, würde ich lieber laufen.«

Bis zum Dorfkern war es ein Fußmarsch von etwa zwanzig Minuten, der sie durch Weinberge und Wald führte. Der Weg war schlecht beleuchtet. Moira konzentrierte sich darauf, nicht zu stolpern.

»Sorry, ich bin immer noch nachtblind.«

»Darf ich?« Luca hakte sie unter. »Nicht, dass du dir ein Bein brichst.«

»Das käme gerade jetzt besonders ungelegen«, stimmte sie zu.

Sie schwiegen eine Zeit lang. Moira genoss das Gefühl, neben jemandem zu gehen, der ihr so vertraut war, dass sie nicht reden musste. Nur ihre Schritte waren zu hören, und sie passten automatisch ihre Bewegungen einander an. Luca summte unbewusst eine Melodie vor sich hin. Moira lächelte. Das hatte er auch früher oft getan, wenn er sich wohlfühlte. Es war kein bestimmtes Lied, sondern einfach Töne, die sich spontan aneinanderreihten. Früher hatte er Klangfolgen, die ihm besonders gefielen, auf seiner Gitarre nachgespielt, und manchmal war ein Lied daraus entstanden.

»Es war wirklich schön, deine Eltern wiederzusehen. Ich fühle mich bei euch immer noch wie zu Hause.«

»Dachtest du, du gehörst nicht mehr dazu?«

»Das ist so lange her, und ich war auch nicht gerade gut darin, den Kontakt zu halten. Trotzdem ist es jetzt so, als wäre ich nie weg gewesen. Das fühlt sich seltsam an, so als hätte eine Doppelgängerin von mir die ganzen Jahre über hier weitergelebt.«

»Das wäre mir aufgefallen«, sagte Luca, und sie lachten beide. Dann fuhr er in ernstem Ton fort: »Dann hätte ich dich nämlich nicht vermisst. Mir war nicht klar, dass ich das getan habe, aber seit du wieder da bist, merke ich, dass du mir die ganzen Jahre über gefehlt hast.«

Moiras Mutter hatte einmal zu ihr gesagt, es gebe seltene Momente, in denen das Schicksal einem erlaube, jede beliebige Richtung einzuschlagen, und das seien die, aus denen sich das Leben forme. Solch ein Moment war jetzt. Moira geriet in Panik. In Sekundenbruchteilen breiteten sich die Alternativen und ihre möglichen Konsequenzen vor ihr aus.

In munterem Ton antwortete sie: »Ich habe auch nicht damit gerechnet, wie gut es mir hier gefällt. Nächstes Mal bringe ich auch meine Tochter mit.«

Luca lachte leise. »Sie wird begeistert sein, ihre Ferien in einem winzigen Dorf im Nirgendwo zu verbringen.«

»Sie wird so tun, als würde sie es hassen, aber es wird ihr gefallen, da bin ich ziemlich sicher.«

Sie erreichten den Dorfkern, wo die Straßenlaternen enger standen. Moira löste sich von Luca.

»Ab hier schaffe ich es alleine. Danke für die Begleitung.«

Luca lächelte schief. »Gerne. Schlaf gut!«

Ihre Wangen streiften sich kurz, als sie sich verabschiedeten, dann flüchtete Moira. Sie zwang sich, sich nicht noch einmal umzudrehen, als sie davonging, aber es fiel ihr schwer.

In der Casa Rusconi war es dunkel und still. Die Katzen waren nirgendwo zu sehen. Moira holte sich eine Flasche *gazzosa* aus dem Kühlschrank und leuchtete sich den Weg durch den Garten mit ihrer Taschenlampen-App zum Gästehäuschen. Elfriedes Futternapf stand unberührt auf der Sitzbank. Leicht beunruhigt rief sie einige Male Elfriedes Namen und schnalzte mit der Zunge, aber die Katze blieb verschwunden.

12

»Mach dir keine Sorgen um Elfriede«, sagte Ambrogio, als Moira ihn am folgenden Morgen anrief. »Die alte Streunerin bleibt oft ein, zwei Nächte weg. Wahrscheinlich futtert sie sich woanders durch.«

»Dann bin ich beruhigt«, sagte Moira, obwohl es nicht stimmte.

»Die gute Nachricht ist, dass sie mich morgen hier rauslassen, wenn mein CT in Ordnung ist«, fuhr Ambrogio fort. »Der Bypass, mit dem ich mir jetzt das Zimmer teilen muss, sieht sich pausenlos italienische Quizshows an, und wenn ich das noch länger aushalten muss, überlebt nur einer von uns.«

»Ich freue mich, wenn du wieder da bist. Die Katzen sind auch schon ganz trübsinnig.«

Ambrogio gluckste. »Jaja, wer's glaubt! Die sind froh, dass niemand ihnen den Platz im Bett streitig macht! Und dir macht es wirklich nichts aus, noch ein bisschen hierzubleiben und dich um mich zu kümmern?«

»Natürlich nicht! Luna und Mama kommen gut ohne mich zurecht. Ich soll dich übrigens von ihnen grüßen. Und auch von Silvana und Vittorio.«

»Das freut mich.« Ambrogio seufzte kummervoll. »Vittorio muss ich demnächst wohl beibringen, dass ich in Zukunft nicht mehr so oft Grappa mit ihm trinken kann. Altwerden ist ein langsamer Abschied von den Freuden des Lebens.«

Moira lachte. »Ich bin sicher, es gibt noch genug erfreuliche Dinge, die dir weiter offenstehen.«

»Wenigstens ist Literatur nicht schlecht fürs Herz. Was machst du heute noch Schönes? Ich hoffe, du amüsierst dich.«

»Ich fahre gleich nach Lugano, ein bisschen shoppen.«

Ambrogio verriet ihr, wo sie samstags am leichtesten einen Parkplatz finden würde, dann beendeten sie das Telefonat.

Tatsächlich herrschte in Lugano ein Betrieb, als wäre bereits Hochsaison. Moira hatte etwas abseits des Zentrums geparkt und lief durch den Stadtpark am See entlang. Auf den Wegen drängten sich Familien mit Kindern und Hunden, Pärchen jeden Alters saßen auf dem Bohlenweg am Ufer und genossen den Blick auf den See bis hinunter nach Melide. In Ufernähe kreuzten die kleinen Boote der Segelschule und leuchtend rote Tretboote, die durch die Linienschiffe in Richtung Gandria und Riva San Vitale zum Schaukeln gebracht wurden. Die Wellen schlugen klatschend an den Kieselstrand, wo Jugendliche ihre Handtücher ausgebreitet hatten. Einige Jungen und Mädchen sprangen von den horizontal gewachsenen Ästen eines Baumes, die bis übers Wasser reichten, andere saßen zusammen und beschallten den Park aus ihren Bluetooth-Lautsprechern. Hunde jagten bellend hinter den Schwänen her, und ein Kind weinte, weil es vom Steg gefallen war.

Moira gefiel diese Ferienstimmung, bis ihr auffiel, dass etwas fehlte. Die Rasenflächen waren makellos, nirgendwo lagen leere Flaschen oder Verpackungen herum. Auch waren weit und breit keine Obdachlosen oder Drogenabhängigen zu sehen – zumindest fielen sie in der Menge nicht auf. Verglichen mit Frankfurter Verhältnissen waren die Menschen geradezu elegant gekleidet. Kaum jemand hob sich durch seinen Kleidungsstil oder andere Merkmale vom Durchschnitt ab. Es gab keine Punks, kaum Menschen mit anderen Hautfarben als weiß. Je länger Moira die Leute beobachtete, umso austauschbarer erschienen sie ihr. Das alles verlieh der Szenerie etwas Unwirkliches, allzu Perfektes, das beunruhigend wirkte. Moira war beinahe erleichtert, als sie an einem Gebüsch vorbeikam, dem ein scharfer Urinhauch entströmte.

Am Ausgang des Parks reihte sie sich in die Schlange vor der Eisbude ein und holte sich einen Becher mit ihren Lieblingssorten Mango und Joghurt. An der Seepromenade entlangzuschlendern und dabei Eis zu essen versetzte sie für kurze Zeit in ihre Kindheit zurück. Ihr wurde bewusst, dass dies immer der Ort sein würde, mit dem sie am tiefsten verbunden war, und wenn er ihr noch so spießig und langweilig vorkam. Ein ähnliches Gefühl von Zuhausesein hatte sie nur in Lima empfunden. Genau dieses Gefühl hatte sie in den Frankfurter Jahren vermisst.

Sie setzte sich an den großen Springbrunnen auf der Piazza Manzoni und sah den kleinen Kindern zu, die um das flache, runde Becken herumrannten, wie sie selbst es als kleines Mädchen getan hatte. Ein leichter Wind wehte einen erfrischenden Sprühnebel über die Sitzbänke, genau wie früher.

Moira musste über sich selbst lächeln, weil sie so nostalgisch wurde. Eigentlich war sie kein Mensch, der in der Vergangenheit lebte. Vielleicht lag es am Älterwerden. Sie war beinahe erleichtert, als ihr Handyalarm sie an ihre Verabredung mit Valerie erinnerte. Sie stand auf und ging die wenigen Schritte hinüber zur Piazza Riforma, die mit der Piazza Manzoni zusammenlief und im Grunde eine einzige Freifläche bildete, die sich zum See hin öffnete.

An den anderen drei Seiten des Platzes standen historische Häuser mit Geschäften, Cafés und Restaurants zu ebener Erde. Deren Tische und Stühle reichten bis weit in den Platz hinein und waren beinahe alle besetzt. Dazwischen liefen Kellner in weißen Hemden Slalom. Die Piazza war voller Menschen, die entweder irgendwohin unterwegs waren oder sich so wie Moira hier verabredet hatten. Auch hier war alles ungewohnt sauber. Immerhin liefen ein paar Tauben herum.

Moira ging ein wenig hin und her und hielt nach Valerie Ausschau. Sie war nicht sicher, ob das Mädchen wirklich auftauchen würde. Doch nach ungefähr zehn Minuten kam Valerie aus einer der Seitenstraßen. Sie trug einen cremefarbenen Overall aus Seide, eine Markensonnenbrille im Haar und über der Schulter eine sehr teure Handtasche, die mit dem Logo des Designers verziert war. Moira winkte und lächelte ihr entgegen, doch Valerie verzog keine Miene und begrüßte sie nicht einmal.

»So, da bin ich. Was wollen Sie wissen?«

»Ich würde sagen, wir setzen uns irgendwohin und trinken etwas, während wir reden«, sagte Moira. Valerie nickte knapp. Mit ihrem Make-up und den hohen Absätzen wirkte sie älter als am Tag zuvor. In der Ecke des Platzes gab es ein kleines Café, vor dem nur vier oder fünf Tische standen. Einer davon war frei, und sie setzten sich in den Schatten.

Sie bestellten beide eine *gazzosa*, dann kramte Valerie eine E-Zigarette aus ihrer Handtasche und begann zu paffen.

»Also dann, fragen Sie mich, was Sie wissen wollen. Aber meine Eltern dürfen davon nichts erfahren. Die würden mich killen.« Trotz ihrer selbstsicheren Haltung spürte Moira, dass das Mädchen Angst hatte.

»Das kann ich dir nicht zu hundert Prozent versprechen, aber ich tue, was ich kann, okay?«

Valerie zog die Mundwinkel herunter und blies eine Dampfwolke an Moiras Gesicht vorbei.

»Ich habe ja keine Wahl, so wie es aussieht. Wenn ich nicht mit Ihnen rede, muss ich offiziell bei der Polizei aussagen, oder?«

Moira nickte. »Du und Adrian wart also ein Paar? Für wie lange?«

»Viereinhalb Monate. Ich weiß, Sie denken, er war viel zu alt für mich. Aber das Alter ist doch egal, wenn man sich gut versteht. Er hat mir Geschenke gemacht, ist mit mir nach Mailand zum Shopping gefahren, wir waren auch in teuren Restaurants und so. Ich kann mit gleichaltrigen Jungs nichts anfangen, die haben doch keine Ahnung, was eine Frau möchte.«

Ihre Getränke kamen. Sie schwiegen, bis die Bedienung sich vom Tisch entfernt hatte.

»Er hat dir also Kleider und andere Sachen gekauft, dich ausgeführt und dafür gesorgt, dass du dich erwachsen fühlst.« Moira nahm einen Schluck von ihrer *gazzosa*. »Aber er hat auch etwas dafür verlangt, oder?«

Valerie warf mit einer routinierten Kopfbewegung ihre langen Haare über die Schulter zurück. »Nichts, was ich nicht sowieso getan hätte.« Sie sah Moira herausfordernd an.

»Aber hast du gewusst, dass er euch filmt und das Ganze ins Internet stellt?« Moira versuchte, nicht allzu schockiert zu klingen.

»Natürlich wusste ich das.« Valerie zog die Sonnenbrille aus ihrem Haar und setzte sie auf. »Er war in finanziellen Schwierigkeiten, da habe ich ihm ausgeholfen. Ist doch nichts dabei, man erkennt mich ja nicht mal.« Sie zuckte mit einer Schulter.

»Ich glaube nicht, dass du so abgebrüht bist, wie du tust«, sagte Moira.

»Denken Sie, was Sie wollen. Ich bin sechzehn. Nichts von dem, was Adrian und ich getan haben, war illegal.«

Moira beugte sich vor. »Dich zu filmen und den Film hochzuladen schon. Aber dafür kann man ihn ja nicht mehr belangen. Weißt du, was Grooming ist?«

»Meine Mutter bringt unseren Hund immer zum Grooming«, sagte Valerie. »Was hat das mit mir und Adrian zu tun?«

»Nicht diese Art von Grooming. So nennt man es, wenn erwachsene Männer sehr junge Frauen in sich verliebt machen, um sie dann sexuell auszubeuten.«

Valerie schnaubte verächtlich. »So ein Quatsch. Adrian und ich waren zusammen, ein richtiges Paar. Er hat mich ernst genommen, im Gegensatz zu meinen spießigen Eltern, die immer noch denken, ich bin ein Kind.«

»Das glaubst du jetzt. Ich verstehe das. Irgendwann wirst du begreifen, was da wirklich abgelaufen ist. Ich hoffe sehr für dich, dass diese Beziehung keine langfristigen Folgen für deine Psyche hat.«

Valerie blickte zur Seite und nahm mehrere Züge aus ihrer E-Zigarette, bevor sie antwortete: »Ganz ehrlich, kümmern Sie sich um Ihren eigenen Mist. Wollten Sie nicht wissen, ob ich weiß, wer etwas gegen Adrian hatte?«

Moira konnte kaum fassen, wie gefühllos sich Valerie gab. Sie hoffte, dass es nur eine Fassade war, mit der das Mädchen sich schützen wollte. Es fiel ihr schwer, sich vorzustellen, dass ihre eigene Tochter nur ein Jahr jünger war. Im Vergleich mit Valerie kam Luna ihr kindlich und unschuldig vor. Soweit Moira wusste, hatte sie noch nicht mal einen Freund gehabt. Aber jetzt kamen ihr Zweifel, ob sie ihre Tochter so gut kannte, wie sie glaubte. Valerie hatte auch eben gemeint, ihre Eltern hielten sie für ein kleines Mädchen.

»Was ist jetzt? Haben Sie noch Fragen, oder kann ich gehen?« Valerie leerte ihr Glas und kaute auf dem Eiswürfel herum.

»Hast du denn Adrians Freunde kennengelernt? Geschäftspartner, möglicherweise aus Mailand? War da ein Mann dabei, der einen Sportwagen fährt?«

»Wir waren immer nur zu zweit, er hat mich nie jemandem vorgestellt. Wir haben auch niemand anderen gebraucht.«

»Und was ist mit seiner Lebensgefährtin Susanne? Hat er über sie geredet?«

Valerie nickte. »Ja, aber nichts Gutes. Sie sei völlig verstrahlt, auf dem Eso-Trip. Er hat das erst so nach und nach mitgekriegt, als er schon mit ihr zusammen war. Und dann konnte er sich nicht trennen, weil sie gedroht hat, sich umzubringen, wenn er sie verlässt. Das hat er natürlich nicht übers Herz gebracht.«

Moira zweifelte, dass Adrians Herzensgüte der Grund dafür gewesen war, aber das wollte sie Valerie nicht sagen.

»Und deine Eltern haben wirklich die ganze Zeit nichts davon mitbekommen?«

Valerie warf den Kopf zurück und lachte schallend. »O Gott, nein! Die kriegen überhaupt nichts von mir mit. Interessiert sie auch nicht. Meine Mutter liebt nur den Hund und ihre Sherryflasche. Mein Vater ist nur am Wochenende da, und dann geht er meistens Golf spielen. Ich bin ein typisches Produkt von Wohlstandsverwahrlosung.« Sie öffnete dramatisch die Arme, als wollte sie sich auf einer Bühne präsentieren.

Moira schüttelte den Kopf. »Ich bin mir sicher, deine Eltern haben dich lieb, auch wenn euer Verhältnis zurzeit nicht so gut ist. Das kann sich auch wieder ändern.«

»Ich hoffe nicht. Solange sie ein schlechtes Gewissen haben, lassen sie mich wenigstens machen, was ich will. Sie könnten mir ein bisschen mehr Geld rüberwachsen lassen, dann müsste ich nicht in dieser bescheuerten Osteria arbeiten. Aber das gehört wohl irgendwie zu ihrem beschissenen Erziehungskonzept. Mich auf eine sauteure Privatschule schicken, aber darauf bestehen, dass ich einen Nebenjob mache.« Sie klopfte sich mit dem Handballen auf die Stirn. »Facepalm, echt.«

Moira sah das Mädchen mitfühlend an.

»Ich hoffe, die Dinge werden besser, wenn du älter wirst. Meistens ist das so. Versuch einfach, bis dahin einigermaßen unbeschädigt zu bleiben.«

»Toller Ratschlag, herzlichen Dank.« Valerie versuchte, ironisch zu klingen, aber ihre Stimme zitterte. Unter ihrer Sonnenbrille rann eine Träne hervor. Sie wischte sie mit einer wütenden Handbewegung ab.

»Danke, dass du mit mir gesprochen hast«, sagte Moira. »Die Getränke gehen auf mich. Und falls du mal jemanden zum Reden brauchst, kannst du gerne zu mir kommen.«

»Na klar, garantiert.« Valerie stand auf. »Und, muss ich noch zur Polizei, oder reicht das hier?«

»Keine Sorge, ich glaube nicht, dass du offiziell befragt werden musst.«

»Okay.« Valerie steckte die E-Zigarette in ein Außenfach ihrer Tasche. »Ciao.«

»Ciao, Valerie.«

Moira sah dem Mädchen nach, das auf ihren hohen Absätzen davonstöckelte. Valerie tat ihr leid, so gefangen in dem Bild, das sie nach außen zeigen wollte.

Sie zahlte und ging zum See hinunter. Dort setzte sie sich auf eine der rot lackierten Bänke und rief Luna an.

»Hallo, Strubbelchen, alles in Ordnung bei euch?«

»Wieso rufst du denn tagsüber an? Ich hab ganz wenig Zeit, Mama. Nelly und ich gehen nachher zusammen ins Day Spa.«

»Schön, dass ihr es euch gut gehen lasst. Aber wie steht es in der Schule?«

Luna stöhnte. »Langweilig, wie immer. Ich hab in Physik eine Vier, auch wie immer. Ich kapiere den Quatsch einfach nicht. Aber in Chemie habe ich eine Zwei, das gleicht die Vier wieder aus.«

»Achte ein bisschen darauf, dass du neben all euren Freizeitvergnügungen nicht vergisst zu lernen, okay?«

»Weißt du denn inzwischen, wann du wieder nach Hause kommst?«

»Opa geht's gerade nicht so gut, deshalb muss ich noch ein bisschen hierbleiben. Aber ich komme zurück, sobald ich kann. Ich vermisse dich.«

»Ich dich auch. Und mein Zimmer zu Hause. Und, dass wir zusammen Pfannkuchen backen und uns dann beim Essen zusammen blöde Realityshows anschauen. Du musst sowieso bald zurückkommen, weil Nelly über Pfingsten eine Flusskreuzfahrt machen will. Sie hat gesagt, sie lädt mich auch ein, wenn ich mitwill, aber da sind ja nur alte Leute. Ich kann natürlich auch in den Pfingstferien alleine zu Hause bleiben.«

»Das hast du dir wohl so gedacht.« Moira lachte. »Damit warten wir noch ein, zwei Jahre. Oma hätte mir aber ruhig Bescheid sagen können, dann hätte ich ein bisschen besser geplant. Wir reden noch darüber.«

Im Hintergrund hörte Moira die Stimme ihrer Mutter, die etwas Unverständliches rief.

»Pfannkuchen und Realityshows machen wir auf jeden Fall als Erstes, wenn ich zurück bin. So, und jetzt lasse ich dich mit Oma losziehen. Pass gut auf dich auf, okay?«

»Was soll mir schon passieren? Ich muss los, tschüss!«

Moira beendete das Gespräch und schob das Telefon in ihre Tasche.

Jetzt, nach dem Telefonat, vermisste sie ihre Tochter noch mehr als zuvor. Aber abgesehen von Luna zog nichts sie nach Frankfurt zurück. Ihr Leben dort erschien ihr jetzt trostlos und eintönig. Durch die Trennung von Martin hatte sich ihr Freundeskreis auf wenige Freundinnen verkleinert, und auch das waren eher Zweckfreundschaften. Die Menschen, die ihr wichtig waren, lebten inzwischen über den ganzen Erdball verstreut: Ihre beste Freundin aus Kindertagen wohnte seit fünfzehn Jahren in Singapur, eine andere in London. Und natürlich hatte sie viele Freunde in Lima zurückgelassen. Damals hatte sie unbedingt weggewollt, fort von den Erinnerungen an Javier, doch dadurch hatte sie den Ort verloren, an dem sie sich zu Hause gefühlt hatte.

Das Gefühl, angekommen zu sein, war ihr so fern geworden, dass sie es nicht einmal mehr vermisst hatte. Doch seit dem Moment, in dem sie in Lugano aus dem Zug gestiegen war, spürte sie es wieder. Hier konnte sie nicht nur existieren, sondern leben. Und einer der Gründe dafür war Luca, auch das musste sie sich eingestehen. Nicht, dass sie sich Hoffnungen machte – er war verheiratet, und sie würde nicht versuchen, das zu ändern –, doch sie konnte sich nur schwer vorstellen, ihn gar nicht mehr zu sehen.

Ihr kam eine Idee. Sie holte das Handy wieder hervor und suchte im Internet nach den Ferienterminen. Die Pfingstferien begannen in weniger als zwei Wochen.

Kurz entschlossen schickte sie eine Nachricht an Luna: *Was hältst du von Pfingstferien in Montagnola? Opa und die fünf Katzen freuen sich, und Pfannkuchen können wir auch hier backen.*

Sie starrte mehrere Minuten auf den Bildschirm, bis die beiden Häkchen neben der Nachricht blau wurden. Dann kam Lunas Antwort. Sie bestand aus einer ganzen Reihe von Emojis, darunter ein Gesicht mit Sternen statt Augen, etliche Herzchen, lachende Katzengesichter und Konfetti. Moira grinste und schickte ein Emoji mit Herzchenaugen zurück. *Super, melde mich morgen. Dann buche ich dir einen Flug.*

Es war Abend. Von Elfriede fehlte weiter jede Spur. Moira stand auf der kleinen Terrasse vor dem Gästehäuschen und rief nach ihr. Dann suchte sie die Sträucher rund um das Häuschen herum ab. Nichts.

Moira dehnte ihre Suche auf den ganzen Garten aus. Es war schon beinahe dunkel, und sie leuchtete mit der stärksten Taschenlampe, die sie in der *cantina* gefunden hatte, in jedes Gebüsch hinein. Dann durchsuchte sie die *cantina* selbst und schließlich das Haupthaus. Vielleicht hatte Elfriede sich hinter einem Schrank eingeklemmt oder war in eine Kiste geschlüpft. In jedem Raum lauschte Moira minutenlang, ob sie irgendein Geräusch hörte, aber es blieb still. Sie spähte unter und hinter alle Möbel, bei denen das möglich war, verschob Kommoden und öffnete Truhen, die mit bestickter Leinenwäsche und mürben Kleidern gefüllt waren. Die anderen Katzen folgten ihr neugierig von Zimmer zu Zimmer und beobachteten sie bei ihrer Suche.

»Wisst ihr nicht, wo eure Freundin steckt?«, sagte Moira anklagend. »Los, sagt ihr mal Bescheid, dass sie nach Hause kommen soll.«

Doch auch hier war Elfriede nirgendwo zu finden. Moira machte sich jetzt ernsthafte Sorgen. Sie kannte die Geschichten von Katzen, die in Garagen eingesperrt worden waren und sich beim Versuch, zu entkommen, in gekippten Fenstern eingeklemmt hatten – oder in Kellern feststeckten und durch den Nahrungsmangel nach wenigen Tagen an akuter Leberverfettung elend eingingen.

Diese Vorstellung war so furchtbar, dass Moira sich den Tränen nahe fühlte. Sie beendete die fruchtlose Suche, ging in die Küche und gab den übrigen vier Katzen ihr Abendessen. Dann holte sie eine angebrochene Flasche Merlot aus dem Küchenschrank, setzte sich an den Tisch und schenkte sich ein

Glas davon ein. Sie verspürte ein diffuses Hungergefühl, aber keine Energie, sich etwas zu essen zu machen. Im Brotkorb lag noch ein vertrocknetes Croissant vom Vortag. Sie aß es auf, ohne es recht zu merken.

»Was mache ich denn jetzt?«, fragte sie Luise, die vor dem Herd saß und sich putzte. Wie erwartet antwortete die Katze nicht. Moira stand auf. Inzwischen war es draußen vollkommen dunkel, dennoch zog sie sich ihre Turnschuhe an, nahm die Taschenlampe und ging auf die Straße.

Der Dorfkern lag wie ausgestorben im Licht der Laternen. Immer wieder Elfriedes Namen rufend, leuchtete Moira die Straßenränder zu beiden Seiten ab. Sie schritt über den Platz vor der Casa Camuzzi und schlüpfte durch den Durchgang am hinteren Ende. Sie kam auf dem schmalen Pfad heraus, der am Rande des Dorfes entlangführte und zu einer Seite hin steil abfiel. Etwas weiter unten am Hang standen Häuser, doch von hier oben war kaum etwas von ihnen zu sehen. Tief unten im Tal zog sich, von Lichtern gesäumt, die Autobahn von Lugano aus in Richtung Süden.

Der Gesang der Zikaden hüllte Moira ein. Sie hatte das Gefühl, sich dadurch schlechter orientieren zu können. Der Weg war nicht beleuchtet, und sie setzte ihre Schritte vorsichtig, während sie die Taschenlampe auf den Boden vor sich richtete. Moira hatte keine Ahnung, weshalb sie ausgerechnet hier suchte. Sie hatte ein vages Gefühl, dass Elfriede in den halb verwilderten Gärten und dem dichten Bewuchs am Wegrand umherstreifen könnte. Ihre Rufe nach der Katze fielen in die Nacht wie Kiesel in einen See. Immer wieder blieb sie stehen und lauschte nach einem Miauen, doch die Grillen übertönten alles andere.

Ihr war unheimlich, und sie wäre gerne umgekehrt, zurück in die heimelige Sicherheit des Hauses, aber die Sorge trieb sie weiter. Sie sah Elfriede vor sich, verletzt oder vergiftet in den Grasbüscheln verborgen. Wie alle Mütter nahm Moira bei Ungewissheit immer das Schlimmste an.

Sie blieb stehen und hielt den Atem an: Da war ein leises Wimmern unter dem Grillenzirpen. Sie schaltete die Taschenlampe aus, um Elfriede nicht zu erschrecken – falls sie es war –, und folgte dem Geräusch.

Völlig unerwartet zog sich die Dunkelheit direkt vor ihr zu einer Gestalt zusammen, die auf einer Mauer am Wegrand kauerte. Moira prallte gegen sie, schrie vor Schreck, und die Taschenlampe fiel ihr aus der Hand. Die Gestalt erhob sich und packte Moiras Oberarme. Zwei, drei Herzschläge lang hing sie wie betäubt in diesem Griff. Dann löste sie sich mit einer Drehung des Oberkörpers und brachte sich mit zwei Schritten rückwärts außer Reichweite. Sie konnte nicht erkennen, wer ihr gegenüberstand – die Taschenlampe hatte sich beim Aufprall von selbst wieder eingeschaltet, lag auf dem Weg und beleuchtete nur die dunkelblauen Turnschuhe der Person.

»Haben Sie sich wehgetan?« Der Mann bückte sich, hob die Taschenlampe auf und reichte sie Moira. Dabei streifte der Lichtstrahl über sein Gesicht. Valeries Vater, Ralf Eger.

»Mir geht's gut, danke.« Erst jetzt fing Moiras Herz an zu puckern wie nach einem Sprint. »Brauchen Sie Hilfe?«

»Ich war auf meiner Joggingrunde, aber ich habe mich wohl etwas übernommen. Ich dachte, ich kippe gleich um, und habe mich kurz ausgeruht.«

Eger zog die Nase hoch, und jetzt fiel Moira auf, dass seine Augen verweint aussahen. Sofort traten auch ihr Tränen in die Augen. Wenn es um sie selbst ging, weinte sie so gut wie nie, doch wenn andere Kummer hatten, füllte sich ihr Herz so schnell mit Mitgefühl, dass es überlief.

Eger blinzelte ins Licht, und Moira senkte die Taschenlampe. Er trug ein schwarzes Kapuzenshirt, dazu Sweathosen in der gleichen Farbe. Nicht gerade das am besten geeignete Outfit, um am späten Abend joggen zu gehen. Er wischte sich mit dem Ärmel den Schweiß von der Stirn und legte den Kopf schief.

»Sie waren doch gestern mit dieser Polizistin bei unserem Haus. Meine Frau und meine Tochter sind seitdem völlig durch den Wind.«

Eger machte einen Schritt auf Moira zu. Sie musste sich zwingen, stehen zu bleiben.

»Der Gedanke, dass hier ein Mörder herumläuft, ist ziemlich beunruhigend. Haben Sie schon Hinweise, wer das getan hat?« Eger wirkte jetzt nicht mehr Mitleid erregend.

»Dazu kann ich nichts sagen. Ich bin nur die Dolmetscherin«, sagte Moira schnell. »Mein Vater wohnt hier im Dorf. Ambrogio Rusconi.«

Eger wurde sofort freundlicher. »Ach, der Professor! Netter Mann, sehr belesen und nicht so stumpf wie meisten Dörfler. Sind Sie zu Besuch?«

»Ja. Und gerade auf der Suche nach einer Katze. Haben Sie zufällig eine gesehen? Schildpattmuster, also dunkel mit blonden Flecken.«

»Ist mir nicht aufgefallen. Aber nachts sind alle Katzen grau, wie man so schön sagt. Eine Ausreißerin?«

»Wahrscheinlich«, sagte Moira. »Zumindest hoffe ich, dass sie nicht irgendwo eingesperrt ist.«

»Ich halte die Augen offen.«

»Das ist nett. Geben Sie einfach in der Osteria Bescheid, falls Sie Elfriede sehen. Gabriella kennt mich.«

»Na ja, gut … Das mache ich.« Auf einmal wirkte Eger fahrig. Er hob knapp die Hand. »Ich laufe dann mal weiter. Viel Erfolg bei der Suche.«

Er schob sich an Moira vorbei und beschleunigte seine Schritte. Offensichtlich hatte er kein Problem damit, sich im Dunkeln zu orientieren. Nicht zum ersten Mal überkam Moira der Verdacht, dass sie möglicherweise wirklich nachtblind war, denn sie sah so gut wie nichts.

Sie richtete den Strahl der Taschenlampe wieder vor sich und ging weiter. Die Begegnung mit Eger hatte eine innere Unruhe hinterlassen, die sie sich nicht erklären konnte. Sie schob es auf den Schreck, den sein plötzliches Auftauchen ihr versetzt hatte. Und auch wenn er versucht hatte, es zu verbergen: Moira war sicher, dass er geweint hatte.

Sie kehrte in die Casa Rusconi zurück, ohne Elfriede gefunden zu haben. Am Sonntagmorgen stand sie bei Sonnenaufgang auf. Die Katze erschien ihr wichtiger als alles andere, auch wenn ihr Vater der Meinung war, man müsse sich um sie keine Sorgen machen. Ambrogio schickte eine Nachricht, als Moira beim Frühstück saß: Arianna würde ihn am späten Vormittag abholen und heimbringen. Das verschaffte Moira ein paar Stunden, in denen sie ihre Suche fortsetzen konnte.

Als Erstes sah sie ein weiteres Mal im Garten nach. Zugewuchert und unübersichtlich, wie er war, hätte sie darin am Vorabend eine verletzte Katze leicht übersehen können. Im Internet hatte sie zudem gelesen, dass ängstliche Katzen häufig keinen Laut von sich gaben, selbst wenn man nach ihnen rief. Deshalb untersuchte sie gründlich jeden Winkel und jedes Gebüsch. Sie rief gelegentlich mit leiser, lockender Stimme Elfriedes Namen und lauschte, ob sie eine Antwort erhielt. Aber Elfriede war weder bei den Bienenkästen noch in den Haselsträuchern oder sonst irgendwo. Moira wurde immer sicherer, dass ihr etwas zugestoßen sein musste. Die Sorge ballte sich in ihrem Magen zu einem Knäuel aus Übelkeit. Durch ihren Kopf schwirrten all die furchtbaren Dinge, die einer kleinen Katze zustoßen konnten.

Wenn sie mit dem Garten fertig war, würde sie die Hauptstraße entlanggehen müssen, vielleicht war Elfriede von einem Auto überfahren worden. Natürlich war es auch möglich, dass sie in den falschen Garten geschlüpft und dort von einem Hund angefallen worden war.

Schließlich hatte Moira sich zum hinteren Grundstücksende durchgearbeitet und lief die schulterhohe Mauer entlang, die den Garten zum Nachbargrundstück abgrenzte. Auch auf der anderen Seite gab es dichten Bewuchs aus unterschiedlichen Bäumen und Sträuchern.

»Elfriede! Komm zum Essen!«, rief sie auf Italienisch, in der Hoffnung, die Katze mit der Aussicht auf Futter anzulocken. Nichts. Sie ging ein paar Meter weiter und spähte in die Brombeerhecke, die sich an der Mauer entlangrankte. »Elfriede!«

War da etwas? Sie glaubte, ein leises Maunzen zu hören. Es kam von der anderen Seite der Mauer. Moira drängte sich durch die Brombeerranken, die sich in ihren Kleidern verhakten, als wollten sie sie zurückhalten. Sie legte einen Arm über die Mauerkrone und stemmte sich mit den Füßen gegen die Steine, dann zog sie sich ein Stückchen hoch, sodass sie auf das andere Grundstück hinüberblicken konnte. Erst aus dieser Perspektive bemerkte sie, dass sich zwischen den Büschen auf der anderen Seite ein *rustico* verbarg: ein niedriges Häuschen aus Bruchsteinen, das ursprünglich zur Lagerung von Wein genutzt worden war. Der Giebel befand sich weniger als zwei Meter von der Mauerkrone entfernt. Es war durchaus möglich, dass eine Katze von der Mauer hinüber auf das Dach springen konnte. Was, wenn Elfriede genau das getan hatte und durch ein Loch im Dach gerutscht war?

Moira überlegte nicht lange, sondern zog sich über die

Mauer und ließ sich auf der anderen Seite herunter. Genau genommen beging sie wahrscheinlich gerade Hausfriedensbruch, aber es war weit und breit niemand zu sehen.

Sie rief noch einmal nach Elfriede und hörte wieder das leise Miauen. Es kam eindeutig aus dem Inneren des *rustico*. Moira schob die Zweige einer Glyzinie beiseite, die den Eingang des Häuschens halb verdeckte. Die Tür bestand aus dicken, grün lackierten Holzbohlen und hatte ein altertümliches, kastenförmiges Schloss, aus dem ein rechtwinklig gebogener Metallstab als Klinke ragte. Der Riegel war eingerastet, aber mit etwas Mühe ließ sich die Klinke herunterdrücken und die Tür nach außen aufziehen. Moira hatte erwartet, dass Elfriede sofort ins Freie schießen würde, doch im Inneren der Hütte rührte sich nichts. Unentschlossen blieb sie auf der Schwelle stehen. Über eine Mauer zu klettern war eine Sache, ein fremdes Haus zu betreten eine andere, auch wenn es nur ein besserer Schuppen war.

Moira beugte sich vor. »Elfriede?«

»Miau!« Es klang kläglich und verzweifelt. Das zerstreute Moiras Bedenken, und sie trat ein. Das *rustico* wurde offensichtlich als Lager- und Abstellraum genutzt. An den Wänden standen Regale, in denen Werkzeug und Gartenutensilien lagerten, in der Mitte des Raumes hatte man Umzugskartons, Gartenstühle, Dreiräder und andere Spielgeräte aufeinandergestapelt, sodass links und rechts zwei schmale Gänge blieben, die in den hinteren Teil der Hütte führten. Moira schlängelte sich um den Sperrmüllhaufen herum. Dahinter standen mehrere alte Schränke und wuchtige Holztruhen. Durch ein rundes, von Spinnweben verklebtes Giebelfenster fiel spärlich Licht herein.

»Elfriede?« Moira versuchte, möglichst leise aufzutreten, während sie zu den Schränken hinüberging. Und tatsächlich ertönte wieder das klägliche Maunzen. Moira öffnete einen der Schränke, aber darin stapelten sich nur schwarze Müllsäcke, aus denen alte Kinderkleidung quoll. Im nächsten Schrank befanden sich stockfleckige Taschenbücher, hauptsächlich deutschsprachige Krimis. Es roch muffig, und ein paar Asseln krabbelten über die Einlegebretter. Moira schloss die Tür schnell wieder und wandte sich dem nächsten Schrank zu, einem dunkel gebeizten Ungetüm mit geschnitzten Säulen zu beiden Seiten der Tür. Das Schloss hatte einen verschnörkelten Messingbeschlag. Darin steckte ein altersdunkler Eisenschlüssel. Er lag kühl und glatt unter Moiras Fingern und drehte sich mühelos, als wäre das Schloss vor Kurzem geölt worden. Von innen drückte etwas die Tür auf. Elfriede sprang aus dem Schrank. Sie sah Moira vorwurfsvoll an, ließ sich aber ohne Gegenwehr hochnehmen.

»Da bist du ja, du kleine Streunerin!« Moira drückte ihre Nase in das gefleckte Fell. Mit einer Hand hielt sie die Katze, mit der anderen wollte sie die Schranktür wieder schließen, wobei sie unwillkürlich einen Blick ins Innere warf. Und dort stand, ordentlich nach vorne ausgerichtet, ein Paar Gummistiefel der Marke Barboni.

»Ach du Scheiße«, sagte Moira zu Elfriede, die sich in ihre Armbeuge kuschelte. »Jetzt wird es kompliziert.«

Sie schrak zusammen, als sie in der Ferne Stimmen hörte. Eilig verließ sie die Hütte, wobei sie sich vorsichtig umsah, ob sich möglicherweise der Besitzer der Stiefel in der Nähe aufhielt. Dann setzte sie Elfriede auf die Mauer und kletterte wieder in den Garten ihres Vaters zurück. Elfriede sah ihr dabei zu, sprang mit einem weiten Satz auf den Boden und verschwand in Richtung Gästehaus. Da es ihr gut zu gehen schien, ließ Moira sie ziehen. Ein wenig außer Atem von der Kletterei und dem Schreck, holte sie ihr Telefon aus der Hosentasche und schaltete das GPS ein. Sie wollte herausfinden, auf wessen Grundstück sie gerade gewesen war. Sie suchte ihren Standort und stellte fest, dass die Hütte auf einem riesigen Areal stand, dessen Großteil der parkähnliche Garten einnahm. Die Hütte befand sich an der hinteren Grenze des Grundstücks. Vorne zur Straße hin gab es ein großes Gebäude. Moiras Herzschlag ging so schnell, dass sie kaum noch Luft bekam, weil ihr dämmerte, in wessen Besitz sie gerade unerlaubt eingedrungen war. Der Klick auf die Straßenansicht bestätigte es: Auf dem Bildschirm erschien das Eisentor, das zum Anwesen der Familie Eger führte.

13

Arianna Manzoni nahm die Espressotasse von Moira entgegen und lehnte sich auf dem Sofa zurück.

»Ich kann nicht schon wieder einen Durchsuchungsbefehl erwirken, weil Sie irgendwo ein Paar Gummistiefel gefunden haben«, sagte sie und nahm einen Schluck von ihrem *caffè*. »Dieser Ponte hat Beschwerde eingelegt, und wenn ich jetzt noch mal mit so einer Geschichte komme, zeigt mir die Richterin einen Vogel. Die Verdachtsmomente reichen einfach nicht aus.«

Moira saß der Staatsanwältin gegenüber auf der Kante eines Ledersessels, in dem normalerweise Herta residierte.

»Ich bin mir sicher, dieses Mal sind es die richtigen Gummistiefel«, sagte sie. »Das ist kein Massenprodukt, und die Polizei hat ja festgestellt, dass nur wenige Paare davon im Tessin verkauft wurden.«

»Es könnte auch sein, dass Eger die Stiefel in der Deutschschweiz gekauft hat«, mischte sich nuschelnd Ambrogio ein, der, in eine Wolldecke gehüllt, auf dem zweiten Sofa lag.

Die Staatsanwältin warf ihm einen strafenden Blick zu. »Sei still, du dürftest hier von Rechts wegen gar nicht mithören. Allerdings stimmt das«, wandte sie sich wieder an Moira.

»Aber der Tote hat für Eger gearbeitet und seine minderjährige Tochter sexuell ausgebeutet, das muss doch für einen Verdacht ausreichen! Eger hat das irgendwie erfahren und wollte sich an Brugger rächen: Ein besseres Motiv gibt es nicht!

Und das erklärt auch, weshalb Eger geweint hat, als ich ihm gestern Nacht begegnet bin. Er bereut seine Tat.«

»Möglich ist alles. Vielleicht hat er auch berufliche Probleme, oder seine Frau will sich von ihm trennen. Das Problem ist, dass das alles nur auf Gefühl beruht statt auf handfesten Verdachtsmomenten – und ohne die gibt es keinen Durchsuchungsbefehl.« Arianna Manzonis Augen wurden schmal.

»Wäre das Mädchen gewillt, auszusagen, dass der Tote sie sexuell missbraucht und ihr Vater davon erfahren hat?«

Moira seufzte. »Wahrscheinlich nicht. Sie denkt, sie hatten eine Liebesbeziehung. Und ihre Eltern haben keine Ahnung, dass zwischen ihnen etwas gelaufen ist. Aber Pornografie mit Minderjährigen herzustellen und hochzuladen ist doch garantiert illegal.«

»Das schon, aber erstens können wir den Täter nicht mehr belangen, und zweitens ist das Mädchen nicht erkennbar. Die Ohrringe reichen nicht, es sei denn, es ließe sich nachweisen, dass es Unikate sind. Aber selbst dadurch ergibt sich kein Tatverdacht gegen den Vater.« Manzoni leerte ihre Tasse und stellte sie auf den Couchtisch.

»Es tut mir leid. Ich halte sogar für möglich, dass Sie recht haben, aber um einen Durchsuchungsbefehl zu beantragen, brauche ich stärkere Indizien. Reden Sie mit Ferrone und Ispettrice Moretti, dann sehen wir weiter.«

Sie stand auf, beugte sich über Ambrogio und tätschelte liebevoll seinen Bauch. »Und du, mein Guter, pass schön auf dich auf, und streng dich nicht an, wie die Ärztin gesagt hat. Aber lieg auch nicht nur faul herum, sondern mach deine Übungen, damit deine rechte Seite aktiviert wird.«

»Versprochen, meine Liebste.«

Moira brachte die Staatsanwältin zur Tür und bedankte sich, dass sie Ambrogio abgeholt hatte. Dann kehrte sie ins

Wohnzimmer zurück und setzte sich aufs Sofa, weil Herta die Gelegenheit genutzt hatte, ihren angestammten Platz wieder einzunehmen.

»Ich hätte wenigstens ein Foto von den Stiefeln machen sollen«, überlegte sie laut. »Vielleicht gehe ich noch mal zurück.«

»Das lass bitte schön sein. Falls ich einen Mörder als Nachbarn habe, möchte ich nicht, dass du sein nächstes Opfer wirst.«

»Darauf bin ich auch nicht besonders scharf«, versicherte Moira ihrem Vater.

»Allerdings bin ich geneigt, ihm die Hand zu schütteln, wenn er dieses Schwein tatsächlich getötet hat. Die Welt ist nicht schlechter geworden dadurch, dass er nicht mehr auf ihr wandelt. Hilfst du mir mal?« Ambrogio versuchte, sich aufzusetzen, und Moira fasste unter seinen rechten Arm.

»Das fühlt sich wirklich eigenartig an, als wäre meine rechte Seite eingerostet.«

Er prustete wie ein Walross und nahm mit der Linken seinen Kaffeebecher, der allerdings Pfefferminztee enthielt, weil die Ärztin ihm für die nächste Zeit Kaffee verboten hatte.

»Ich bin jedenfalls heilfroh, dass Elfriede wieder da ist«, sagte er. »Aber ich frage mich, wie sie in diesen Schrank geraten konnte.«

»Vielleicht ist die Tür zugefallen, durch einen Windzug zum Beispiel.«

Moiras Vater sah sie skeptisch an. »Der Schrank war abgeschlossen. Mir kommt es eher so vor, als hätte jemand sie absichtlich dort eingesperrt.«

Moira schüttelte den Kopf. »Wer würde denn so was tun?« Noch während sie redete, wusste sie es und gab sich die Antwort gleich selbst: »Jemand, der wollte, dass die Gummistiefel entdeckt werden. Weil die Person weiß, dass Ralf Eger der Täter ist.«

Ambrogio hob seine buschigen Augenbrauen und blinzelte. »Oder jemand, der diesen Eindruck erwecken möchte.«

»Ich muss mit Chiara reden.« Moira stand auf. »Hast du alles, was du brauchst?«

»Ich bin durchaus in der Lage, mich zu bewegen«, sagte Ambrogio würdevoll. »Aber danke, *tesoro*. Ich bin wirklich froh, dass du hier bist.«

Moira trat auf die Terrasse und rief Chiara an.

»Ich bin heute bei meinen Eltern in Olivone«, sagte die Polizistin. »Aber wir sehen uns morgen zur Kommissionsbesprechung in Lugano.«

»Wahrscheinlich ist es besser, wenn du mit Ferrone redest«, sagte Moira. »Alles, was ich sage, wird er sowieso als unqualifiziert ablehnen. Sorry, es klingelt an der Tür, bis morgen!«

Sie legte das Handy auf den Küchentisch und ging zur Tür. Davor stand eine Gruppe von fünf Personen. Moira brauchte einen Moment, um Daria vom Museum zu erkennen. Die anderen vier – drei Männer und eine Frau – kannte sie nicht.

Daria räusperte sich und hielt Moira eine mit Alufolie abgedeckte Kuchenform entgegen. »Bitte schön, für Ambrogio. Eine *crostata* mit Birne und Nougat, gewissermaßen als Friedensangebot. Dürften wir wohl hereinkommen?«

Verdutzt nahm Moira die *crostata*. »Gab es denn Krieg?«

Daria wand sich ein wenig. »Wir sind eine Abordnung des Dorfvereins und möchten Ihren Vater bitten, wieder das Amt des Kassenwarts zu übernehmen. Nach den jüngsten Ereignissen erscheint uns Signor Ponte nicht mehr vertrauenswürdig. Wir haben ihm nahegelegt, aus dem Verein auszutreten.«

»Mit Betrügern wollen wir nichts zu tun haben«, meldete sich einer der Männer aus der zweiten Reihe.

Pontes Verfehlungen hatten sich also bereits herumgesprochen. Beinahe tat er Moira leid. Er würde wahrscheinlich in Montagnola keinen Fuß mehr auf den Boden kriegen.

»Warten Sie bitte einen Moment.« Moira schloss die Tür und trug den Kuchen ins Wohnzimmer.

»Birne und Nougat? Na gut, sie sollen reinkommen«, brummte Ambrogio.

Die Delegation trippelte durch die Diele ins Wohnzimmer, überraschenderweise unbehelligt von Luise, deren Schwanzspitze unter dem Schrank hervorlugte und heftig hin und her peitschte. Wahrscheinlich wollte sie es lieber nicht mit zehn Füßen auf einmal aufnehmen.

Moira hörte Daria noch sagen: »Mein lieber Ambrogio, wir sind alle so froh, dass es dir gut geht …«, dann schloss sie die Tür. Das war alleine Ambrogios Angelegenheit.

Chiara saß schon an einem Tisch vor dem Mauri unter einem der bunten indischen Sonnenschirme. Café und Friseurladen zugleich, lag das Mauri mitten in der Innenstadt, aber zwischen der Unmenge von Grünpflanzen fühlte Moira sich wie in einem Garten.

»Gute Idee, dass wir uns alleine besprechen, bevor die ganze MoKo dabei ist.« Moira setzte sich. »Ich weiß gar nicht, wo ich anfangen soll.«

Sie bestellten Cappuccino und Croissants, dann erzählte Moira von der nächtlichen Begegnung mit Eger. Chiara machte ein ungläubiges Gesicht. »Er saß da im Dunkeln und hat wirklich geweint?«

Moira nickte und berichtete, wie sie die Gummistiefel gefunden hatte.

»Gut möglich, dass es dieses Mal die richtigen sind. Schade, dass wir die nicht zuerst gefunden haben.«

»Ich verstehe, dass Manzoni sich nicht noch mal in die Nesseln setzen will, aber wir können doch nicht so tun, als gäbe es diese Hinweise nicht.«

Chiara stützte ihr Kinn auf die Hand und dachte nach. Dann richtete sie sich auf und schob den Unterkiefer vor.

»Wir sagen Ferrone und den anderen erst einmal nichts.«

»Wow, und das von dir!«, sagte Moira anerkennend.

»Ich weiß, ich weiß. Ich gelte als Ferrones Protegé. Und er fördert mich. Aber das heißt nicht, dass ich immer seiner Meinung bin.«

Chiara grinste. »Inzwischen suchen wir nach weiteren Hinweisen, die für Eger als Täter sprechen. Und mit denen kriegen wir die Durchsuchungsanordnung oder sogar einen Haftbefehl.«

»Ganz einfach.« Moira schnitt eine Grimasse. »Und wo sollen wir anfangen zu suchen?«

»Tja, nun lernst du das Herzstück jeder polizeilichen Ermittlung kennen: stinklangweiliges Aktenstudium.« Chiara trank ihren Cappuccino aus und stand auf. »Ravi hat sicher jede Menge bedrucktes Papier für uns.«

Sie brachten die Zusammenkunft der Mordkommission hinter sich. Sie bestand hauptsächlich daraus, dass Ferrone sich aufregte. Er hatte die aktuelle Ausgabe des *Corriere del Ticino* dabei und hielt sie hoch, damit alle sie sehen konnten.

»*Nevèra*-Mörder immer noch nicht gefasst«, las er vor. »Die Bestie weiter auf freiem Fuß.«

»Tee-Killer träfe es besser«, flüsterte Moira Chiara zu, die sich die Hand vor den Mund halten musste, um nicht loszulachen.

»Die Panne mit dem Bauunternehmer war peinlich genug, so etwas können wir uns nicht noch einmal leisten.« Ferrone sah dorthin, wo Moira und Chiara saßen.

»Ich erwarte nicht, dass dieser Fall innerhalb von zwei Wochen gelöst wird, aber wir brauchen erste Ergebnisse. Nicht für die Presse, sondern für die Bevölkerung. Die Leute verlieren sonst das Vertrauen in die Polizei.«

»Wo er recht hat …«, murmelte jemand in Moiras Nähe.

Ferrone schimpfte noch eine Zeit lang weiter und entließ sie dann. Chiara stand auf und strebte auf Ravi zu, der sich mit Serena unterhielt. Moira musste sich bewusst davon abhalten, ihn die ganze Zeit anzustarren. Sie war an ihm als Mann kein bisschen interessiert, aber er war so unfassbar perfekt, dass sie ihn stundenlang hätte ansehen können.

Chiara reichte ihm gerade einmal bis zur Brust und musste an seinem T-Shirt zupfen, damit er sie bemerkte.

Er drehte sich um, und seine Augen begannen zu leuchten. »Chiara! Wie geht's dir? Und was macht deine *nonna?* Ich hoffe, sie hat sich von ihrem Ausflug erholt.«

»Danke, Ravi, ihr geht's wieder gut. Ich würde mir gerne mal die Zeugenbefragungen durchlesen und generell noch mal alles, was wir an Schriftstücken zu dem Fall haben, durchsehen.«

»Da hast du dir was vorgenommen. Aber klar, ich bringe die Sachen in dein Büro. Auch die Unterlagen, die Serena von Bruggers Speicherstick gezogen hat? Ich habe alle Dateien ausgedruckt, das sind vier volle Aktenordner. Wurde bereits alles durchforstet und weiter nichts Interessantes entdeckt.«

»Ich sehe es mir trotzdem noch mal an. Die Geschäftspartner habt ihr auch überprüft, oder?«

Ravi nickte. »Keine Verdachtsmomente. Wir haben sogar die Videos der Grenzpolizei ausgewertet, um den Italiener mit dem grünen Sportwagen zu finden, aber ohne Erfolg. Ich glaube nicht, dass das irgendwohin führt.«

»Da hast du wahrscheinlich recht. Danke, dass du uns den ganzen Kram runterbringst, Ravi.« Chiara lächelte zu ihm hinauf, und Ravi strahlte vor Freude.

Sie verließen den Besprechungsraum und liefen den Hauptgang hinunter.

»Komm, wir decken uns am Automaten mit Schokoriegeln und Kaffee ein«, sagte Chiara. »Wir werden beides brauchen, glaub mir ... Das heißt, wenn du Lust hast, mir zu helfen. Das gehört ja nicht zu deinen Aufgaben.«

»Natürlich bin ich dabei, was denkst du denn?« Moira zögerte und fragte vorsichtig: »Es ist vielleicht zu privat, aber worauf hat Ravi angespielt, als er nach deiner Großmutter gefragt hat? Ist alles okay?«

Chiara seufzte. »Meine Oma ist ziemlich dement, deshalb wohnt sie wieder bei meinen Eltern. Die Wohnung ist klein, und meine Mutter und mein Vater arbeiten beide.« Chiara sah sie beinahe trotzig an. »Wir sind einfache Leute: Meine Mutter arbeitet im Supermarkt an der Kasse, mein Vater im Lager einer Baumarktkette. Da ist meine *nonna* viel alleine. Ich schaue nach ihr, sooft ich kann, aber ich muss ja auch arbeiten. Neulich ist sie weggelaufen. Wir haben stundenlang nach ihr gesucht, und schließlich habe ich Ravi angerufen. Der hat dafür gesorgt, dass eine Polizeidrohne die Umgebung abgesucht hat. Und so haben wir meine Oma tatsächlich wiedergefunden.«

Moira legte eine Hand auf ihre Herzgegend. »Der ist ein Guter, Chiara. Von der Sorte gibt es nicht viele. Aber wenn es bei dir nicht funkt, kann man natürlich nichts machen.«

Sie hatten die Automaten erreicht. Chiara kramte in ihrer Hosentasche nach Kleingeld. »Daran liegt es ja gar nicht. Ich finde ihn auch wirklich toll. Aber wie lange würden wir zusammenbleiben? Ich meine, so einem Kerl werfen sich doch die Frauen förmlich vor die Füße. Glaubst du, er könnte da auf Dauer widerstehen?«

»Man weiß nie, wie sich eine Beziehung entwickelt. Ein Risiko gibt es immer, den anderen zu verlieren. Aber ist das wirklich ein Grund, gar nicht erst anzufangen?«

»Ja, du hast ja recht. Ich weiß auch nicht, vielleicht gehe ich mal was mit ihm trinken.«

»Ein gemeinsamer Cappuccino ist ja noch kein Verlobungsversprechen. Aber lerne ihn ruhig ein bisschen besser kennen. Ich glaube, das lohnt sich. Er kann ja nichts dafür, dass er so unfassbar schön ist.«

Mit Kaffee, Schokolade und salzigen Snacks ausgestattet gingen sie in Chiaras Büro. Dort trafen sie wieder auf Ravi, der zwei übereinandergestapelte Kartons schleppte, was seine Oberarme vorteilhaft zur Geltung brachte.

»Na los, frag ihn schon«, flüsterte Moira.

Chiara bekam einen panischen Gesichtsausdruck, doch dann räusperte sie sich. »Du, Ravi? Du hast mich doch neulich gefragt, ob ich Lust hätte, mit dir mal einen Kaffee zu trinken? Also, wenn das noch gilt, würde ich das gerne annehmen.«

»Wirklich? Na klar gilt das noch!«

Moira tat so, als wäre sie mit ihrem Handy beschäftigt, während die beiden sich fürs Wochenende verabredeten. Dann ging Ravi, um noch weitere Kisten zu holen. Chiara schlug die Hände vors Gesicht und quiekte. »Ich kann mich nicht mal daran erinnern, wann ich zum letzten Mal mit einem Typen verabredet war!«

»Das wird toll, genieß es.«

»Mache ich. Aber jetzt an die Arbeit.«

Sie packten die Kisten aus, und bald standen auf dem Boden zwei lange Reihen von dicken Aktenordnern mit sorgfältig beschrifteten Rücken.

Moira sah entsetzt darauf hinab. »Das sind ja Tausende von Seiten! Die zu lesen dauert Monate!«

»Nicht, wenn wir vorher finden, was wir suchen«, sagte Chiara.

»Und was suchen wir?«

»Das wissen wir, wenn wir es gefunden haben.«

»Na großartig!«

Sie setzten sich einander gegenüber an Chiaras Schreibtisch und begannen, die Akten zu studieren. Zuerst nahmen sie sich die Zeugenbefragungen vor, die in den Dörfern um die *nevèra* gemacht worden waren. Moira war wieder einmal erstaunt, welcher Aufwand hinter den Ermittlungen steckte. Tagelang waren Hunderte von Anwohnern befragt worden, ob sie etwas Ungewöhnliches bemerkt hatten, fremde Gesichter, unbekannte Fahrzeuge oder seltsame Geräusche. Den meisten Leuten war nichts aufgefallen, doch einige hatten sich an besondere Ereignisse im fraglichen Zeitraum erinnert. Die Polizisten waren jedem davon nachgegangen und hatten dazu Vermerke gemacht.

Anwohner, die die Polizisten beim ersten Versuch nicht angetroffen hatten, waren ein zweites Mal besucht worden. Einige hatten der Polizei auch einfach die Türe vor der Nase zugeschlagen, als wären sie lästige Staubsaugervertreter. Andere hatten die Gelegenheit genutzt, über ihre Krankheiten oder Ehegatten zu klagen, die Nachbarn anzuschwärzen oder sich über die politischen Zustände auszulassen. Man brauchte sicher eine Menge Langmut, um sich all das geduldig anzuhören und aufzuschreiben.

Moira und Chiara arbeiteten sich bis mittags durch die Protokolle, holten sich beim Migros-Supermarkt eine Familienpackung Sushi, die sie am Schreibtisch aßen, und machten dann weiter, bis es dunkel wurde.

Ravi kam noch einmal vorbei und brachte ihnen heißen Kaffee, bevor er den Heimweg antrat. Moira rief ihren Vater an, um zu fragen, wie es ihm ging. Sie war froh zu hören, dass Arianna bei ihm war. Dann setzten sie ihre Arbeit fort.

In Moiras Hinterkopf summte die ganze Zeit über etwas herum, das sie nicht richtig greifen konnte. Doch auf einmal – sie las gerade eine besonders langweilige Befragung – manifestierte es sich.

Sie blickte auf und stützte sich mit den Ellbogen auf den Tisch.

»Sag mal, wie ist das eigentlich mit der Handyortung? Also, rechtlich gesehen. Ihr habt doch Adrian Bruggers Standortdaten von seinem Mobilfunkbetreiber bekommen, richtig?«

»Ja, haben wir. Das nennt sich Antennensuchlauf. Wir kriegen dann alle Nummern, die sich in einem bestimmten Zeitraum an bestimmten Funkmasten eingeklinkt haben. Wir brauchen dazu aber eine gerichtliche Anordnung. Wenn es um Mord geht, ist die aber nicht schwer zu kriegen.«

»Und wie genau kann man dadurch ein Handy orten?«

Chiara zuckte die Schultern. »Kommt drauf an. Auf dem Land sind die Funkzellen ziemlich groß, in der Stadt viel kleiner. Manchmal nur ein paar Hundert Meter.«

»Ihr habt also alle Nummern, die in Zürich in denselben Funkzellen eingeloggt waren wie Brugger?«, vergewisserte sich Moira.

Chiara nickte. »Und?«

»Vielleicht sollte man mal nachsehen, ob Egers Handy zur selben Zeit bei denselben Funkzellen eingeloggt war. Er hat uns doch selbst erzählt, dass er sich während der Woche in Zürich um seine Agentur kümmert. Es wäre ein Schuss ins Blaue, aber es könnte doch sein, dass die beiden irgendwas miteinander zu tun hatten.«

Einen Augenblick lang herrschte Schweigen. Dann sagte Chiara: »Und wir bräuchten dazu keine Genehmigung, denn wir haben die Daten ja bereits.«

»Einen Versuch wäre es wert, oder?«

Chiara nickte.

»Wenn wir eine Verbindung herstellen könnten, würden wir wahrscheinlich auch den Durchsuchungsbeschluss kriegen. Am liebsten würde ich auf der Stelle Ravi dransetzen, aber der Arme hat auch seinen Feierabend verdient. Ich rede gleich morgen mit ihm.«

Sie fuhren damit fort, die Aussagen durchzusehen. Moira hatte bald das Gefühl, jeden Einwohner des Muggiotals persönlich zu kennen. Ein Giorgio Camponuovo hatte einen weißen Kastenwagen ohne Aufschrift vorbeifahren sehen, als er seinen Vorgarten umgegraben hatte, eine Rosalba Tondi hatte in der Nacht von Dienstag auf Mittwoch ferne Schreie gehört, die sie für brünstige Wildschweine gehalten hatte. Im Grotto Montebello in Monte hatte eine Hochzeit stattgefunden. Eine Gruppe betrunkener Gäste hatte zu später Stunde Lärm veranstaltet und Laken von einer Wäscheleine entwendet. Die neunjährige Melina Vallesanto war freitags auf dem Heimweg von der Schule von einem Fremden angesprochen worden, der jedoch davongelaufen war, als sich ein Fahrradfahrer näherte. Weder der Fahrer des Kastenwagens noch der Fremde hatten identifiziert werden können, aber beide Beschreibungen unterschieden sich so stark von Ralf Eger, dass Moira die Vorfälle als irrelevant betrachtete.

Die Buchstaben begannen beim Lesen zu verschwimmen. Moira rieb sich die müden Augen.

»Ich glaube, ich kann nicht mehr.«

Chiara hob den Kopf. »Wie spät haben wir es denn?«

Moira blickte auf ihr Handy. »Halb elf.«

»Okay, dann machen wir Schluss für heute.« Chiara gähnte und streckte sich wie eine Katze. »Vielleicht finden wir morgen den entscheidenden Hinweis.«

»Dir macht das richtig Spaß, oder?«

Chiara wiegte den Kopf. »Irgendwie schon. Es ist wahnsinnig anstrengend, aber ich fühle mich wie ein Suchhund, der nach einer Fährte schnüffelt. Und wenn ich die habe, lasse ich nicht mehr locker.«

Moira lachte und steckte sich die letzten Erdnüsse aus der Packung neben dem Aktenstapel in den Mund.

»Ich glaube, du bist eine richtig gute Polizistin. Ferrone hat völlig recht, dich besonders zu fördern. Obwohl es mich wundert, er scheint nicht gerade viel von Frauen zu halten.«

Chiara sah nach unten. »Das hat auch einen besonderen Grund«, sagte sie leise. Sie hob den Kopf und sah Moira direkt an. »Er ist nämlich mein Vater.«

»Was?« Moira hätte beinahe die Erdnüsse ausgespuckt.

Chiara zog ein verlegenes Gesicht.

»Ich bin nicht mit ihm aufgewachsen. Meine Eltern haben sich noch vor meiner Geburt getrennt, und meine Mutter hat bald meinen Stiefvater geheiratet. Mein leiblicher Vater hat mir jedes Jahr zum Geburtstag und zu Weihnachten eine Karte und etwas Geld geschickt. Das war alles, was wir miteinander zu tun hatten – und es war auch völlig okay für mich, ich hatte ja einen Vater. Doch dann mussten wir ein Schulpraktikum machen. Irgendwie kam ich auf die Idee, das bei der Polizei zu absolvieren. Ich habe Maurizio angerufen, und er hat alles organisiert. Nach dem Praktikum war für mich klar, dass ich Polizistin werden wollte. Aber glaub nicht, dass ich es leichter hätte, weil ich seine Tochter bin. Eher im Gegenteil.«

»Das kann ich mir vorstellen. Wahrscheinlich erwartet er von dir besonders viel.«

Chiara nickte. »Es soll niemand denken, er würde mich bevorzugen. Obwohl die meisten hier gar nicht wissen, dass wir verwandt sind.«

»Danke, dass du es mir gesagt hast.«

Chiara grinste. »Deswegen musst du aber nicht aufhören, über ihn zu lästern. Er ist einfach ein Choleriker und für seine Mitmenschen manchmal unerträglich.«

Sie stand auf. »So, und jetzt nach Hause. Wir brauchen unseren Schlaf.«

Am nächsten Morgen brachte Moira ihren Vater zu seiner Reha-Therapie, wo Luca ihn nachmittags wieder abholen würde. Dann fuhr sie zu Chiara ins Büro, und sie machten dort weiter, wo sie am Vorabend aufgehört hatten.

»Ich war schon bei Ravi. Er macht mit Serena einen Suchlauf nach Egers Nummer«, sagte Chiara. »Die war einfach zu finden: Sie steht im offiziellen Telefonverzeichnis. Ravi denkt, wir kriegen morgen oder übermorgen ein Ergebnis. Oder eben keines.«

»Hoffen wir das Beste.«

Moira ging dazu über, die Befragungsprotokolle nur noch zu überfliegen. Schließlich hatten sie alle durch und räumten die Ordner wieder in die Kartons.

»Nichts«, sagte Chiara nüchtern. »Schade, aber ich habe auch nicht wirklich damit gerechnet, dass wir etwas finden.«

»Und jetzt?«

»Wir sehen uns noch mal die Liste der Spuren an und hoffen auf Inspiration.« Chiara drehte ihren Kopf hin und her und rieb sich den Nacken. »Wir müssen unsere Gehirne einfach mit allem füttern, was wir zu dem Fall haben. Es kommt vor, dass man winzige Hinweise überliest, und die Erleuchtung kommt einem irgendwann später, wenn man gar nicht mehr damit rechnet.«

Sie druckten alles aus, was im Intranet zum Fund von Bruggers Leiche und dem Fundort gespeichert war, und hängten es an das große Whiteboard an der hinteren Wand.

»Ich fühle mich wie in einer Fernsehserie«, sagte Moira. »Irgendwie macht es wirklich Spaß, nach Verbindungen zu forschen. Auch wenn der Anlass so unerfreulich ist.«

Sie stellten sich nebeneinander vor dem Whiteboard auf, das nun voller Notizen und Fotos hing, unter anderem Bilder von Bruggers Leiche sowohl in der *nevèra* als auch auf dem Sektionstisch. Moira versuchte, nicht allzu genau hinzusehen.

»Sehen wir mal, was wir haben. Nur Stichpunkte, damit wir einen Überblick kriegen.«

Chiara gab Moira eine eng bedruckte Liste. Sie nahm einen Marker von ihrem Schreibtisch, trat ans Whiteboard heran und schrieb auf eine freie Stelle »Fundstücke«. Moira las von der Liste ab: »Fundort *nevèra*: Thermoskanne, gängiges Modell. Zwei Teilabdrücke von Gummistiefeln Größe 44, Marke Barboni. Stück eines Plastiklöffels, grün, semitransparent, Marke unbekannt. Fundort Umkreis 500 Meter: Baseballkappe ›New Yorker‹, halb verrottet. Medikamentenpäckchen Voltaren, leer. Tote Ziege, skelettiert, ohne Kopf. Igitt. Damenslip, weiß, halb verrottet. DNA-Analyse ohne Match. Wer verliert um Himmels willen seine Unterwäsche im Wald?«

Chiara zog nur die Augenbrauen hoch.

Moira sagte: »Oh, alles klar«, dann las sie weiter vor: »Vier Zigarettenstummel der Marke MS, keine DNA nachweisbar. Das war's. Halt, hier auf der Rückseite steht noch etwas Handschriftliches: ›Rote Decke, Wolle, guter Zustand, keine DNA-Spuren nachweisbar.‹«

Chiara hielt beim Schreiben inne und drehte sich zu Moira um. »Von dieser Decke weiß ich noch gar nichts.«

»Hier steht als Funddatum der 7. Mai.«

»Da gab es noch mal eine Suche, stimmt. Aber diese Info wurde nicht an mich weitergeleitet.«

»Wie es aussieht, gibt es auch kein Foto davon.« Moira scannte das Whiteboard, entdeckte aber nichts.

»Ist wahrscheinlich auch nicht wichtig, eine vergessene Picknickdecke oder so. Aber ich will sie mir trotzdem mal ansehen. Wir schauen mal in der Asservatenkammer vorbei.« Chiara ging zur Tür. Moira nahm ihr Handy vom Schreibtisch und schloss sich ihr an.

»Asservatenkammer, das klingt aufregend.«

Chiara lachte. »Erwarte nicht zu viel.«

Sie liefen durch die Gänge, mehrere Treppen hinunter und dann wieder um etliche Ecken, sodass Moira völlig die Orientierung verlor. Chiara öffnete eine grau lackierte Feuerschutztür und ließ Moira zuerst eintreten. Dahinter lag ein riesiger Lagerraum, wo auf langen Reihen von Metallregalen quadratische, gleich aussehende Kartons standen. Eine hüfthohe Theke verwehrte den Zugang. An einem Schreibtisch saß eine ältere Frau an einem Rechner. Sie sah auf, begrüßte Chiara und erhob sich. Moira fiel auf, wie elegant und gepflegt sie wirkte, obwohl sie hier unten wahrscheinlich nicht sehr viele Besucher bekam. Aber sie hätte auch Empfangsdame bei einer großen Firma sein können.

»Was kann ich für dich tun, *cara?*«

Chiara gab ihr das Aktenzeichen des Falls, und die Frau verschwand zwischen den Regalen. Es dauerte eine ganze Weile, bis sie zurückkam und schwer atmend einen Karton aus grauer Pappe auf die Theke hievte.

»Danke, Camilla.«

Sie trugen den Karton zu einem Tisch, der in einer Nische stand.

»Mach du ihn auf«, sagte Chiara.

Moira war ein bisschen aufgeregt, als sie den Deckel hob und in die Kiste griff. Sie holte das weiche, in Plastikfolie eingeschweißte Päckchen heraus und legte es auf den Tisch. Es war eine schlampig zusammengefaltete Decke.

»Rot!«, sagte Chiara. »Das ist eindeutig Violett.«

Moira beugte sich vor, damit sie besser sehen konnte. In der Plastikfolie fing sich die Reflexion der Neonleuchte, die über dem Tisch hing. Die Decke war schmutzig, und im Gewebe hatten sich an mehreren Stellen kleine Zweige und Blätter verfangen.

»Das ist keine Kaufhausdecke«, stellte Moira fest. »Die ist handgefilzt. Genau solche habe ich bei Susanne Neri gesehen. Sie hat mir sogar erzählt, dass sie die mit Roter Bete färbt.«

»Wow«, sagte Chiara. »Wohl doch keine ganz unwichtige Spur.«

»Hey, was macht ihr beide denn hier?« Moira schloss die Tür von Chiaras Büro hinter sich und ging Luca und seinem kleinen Sohn Alessio entgegen. Der kleine Junge versteckte sich hinter den Beinen seines Vaters, sobald er Moira erblickte.

»Alle Kinder aus Alessios Kindergarten begleiten heute einen Elternteil zur Arbeit, und er wollte unbedingt mal eine echte Polizeistation sehen. Die Rechtsmedizin wäre wohl nicht der richtige Ort für einen Vierjährigen«, erklärte Luca. »Wir waren schon bei Serena und bei unserem *Capo Area* persönlich. Und jetzt wollten wir zu dir und Chiara.«

Moira kauerte sich nieder, sodass sie mit Alessio auf Augenhöhe war. »Das ist aber toll, dass dein Papa dir die Polizei zeigt. Was hat dir denn am besten gefallen?«

Der Kleine blinzelte sie vorsichtig an, und nach einiger Überlegung sagte er: »Rookie.«

Moira lächelte. »Der Hund von Serena. Ja, der ist toll. Hast du ihn denn auch gestreichelt?«

Alessio nickte ernsthaft. »Der war ganz lieb.«

»Das ist er.« Moira stand auf und sah Luca an. »Chiara versucht gerade, Susanne Neri zu erreichen. Sie soll jetzt ganz offiziell befragt werden.«

Sie erzählte Luca von der Decke. »Ich glaube nicht, dass dabei viel herauskommt. Susanne verkauft diese Decken ja überall auf Märkten. Wer weiß, wie viele davon es gibt. Die Decke könnte jedem gehören. Vielleicht hat sie nicht einmal etwas mit dem Fall zu tun.«

»Ihr beide habt euch wirklich in diesen Fall verbissen. Und das meine ich als Kompliment.«

»Als was denn sonst?« Moira grinste ihn an.

»Hast du denn hier noch viel zu tun? Ich habe Alessio versprochen, mit ihm an den Lido zu gehen.«

»Da werden Erinnerungen wach! Ich glaube nicht, dass Chiara mich heute noch braucht. Aber ich habe natürlich keinen Badeanzug dabei. Weißt du was? Ich gehe schnell rüber zum Migros, hole mir einen, und komme nach.«

Luca nickte erfreut. »Tolle Idee! Wir liegen immer auf der Wiese ganz hinten neben dem Pavillon.«

»Manche Dinge ändern sich nie!«

»Wir Tessiner pflegen eben unsere Traditionen«, gab Luca zurück.

Sie verabschiedeten sich, und Moira holte ihre Tasche aus Chiaras Büro.

»Geh ruhig, heute tut sich sicher nicht mehr viel. Und du bist sowieso nicht verpflichtet, mir zu helfen. Sag mal, ist da irgendwas zwischen dir und Doktor Cavadini?«

»Quatsch, wir sind nur alte Freunde von früher. Wenn ich im Sommer zu Besuch war, hingen wir immer mit derselben Clique ab.«

Chiara nickte betont langsam. »Na, dann ist ja alles gut. Viel Spaß!«

Das Migros-Kaufhaus lag nur eine Fußminute von der Polizeistation entfernt. Moira erstand einen schlichten schwarzen Bikini, eine Sonnenbrille, Sonnencreme und ein Strandtuch sowie eine große türkisblaue Stofftasche, in der sie alles unterbringen konnte. Dann ging sie zu Fuß durch die Stadt und war kaum eine Viertelstunde später am Strandbad. Die Zufahrt war modernisiert worden, aber sobald sie das Kassenhäuschen passiert hatte, fühlte sie sich in ihre Jugend zurückversetzt. Der alte Holzpavillon mit der Snackbar als Herzstück und den überdachten Außengängen, die lange Reihe abschließbarer Kabinen, die man saisonweise mieten konnte, die beiden Holzveranden mit Tischen, von denen aus man über den Strand einen Panoramablick auf den See hatte – es hatte sich kaum etwas verändert. Es roch nach Pommes und Sonnencreme, und die halbrunde Terrasse vor dem Pavillon war voller junger Frauen, die rauchten und Kaffee tranken, während ihre kleinen Kinder hin und her rannten. Im Sand direkt am Seeufer lagen ein paar Schüler und Schülerinnen, die wohl blaumachten. Aus Erfahrung wusste Moira, dass es erst nach Schulschluss gegen vier Uhr richtig voll werden würde. Sie wandte sich nicht nach rechts, wo sich in einem höher gelegenen Bereich die Schwimmbecken befanden, sondern ging an der Tischtennisplatte vorbei, an der sie und Luca schon bei unzähligen Runden gegeneinander angetreten waren. Mit leiser Melancholie dachte sie daran, wie sie damals gewesen waren: unbeschriebene Blätter, glatt und noch ohne die Knicke und Risse, die im Laufe der folgenden Jahrzehnte entstanden waren. Sie beneidete diese ferne, längst vergangene Version ihrer selbst.

Ein Winken von der Wiese her riss sie aus ihrer nostalgischen Stimmung. Sie hob die Hand und ging über den Rasen. Luca hatte zwei Handtücher im Schatten eines ausladenden Baumes ausgebreitet. Auf einem davon hockte Alessio und lutschte an einem Eis. Auf dem anderen lag Luca, lässig zurückgelehnt auf seine Unterarme gestützt.

Moira breitete ihr Handtuch neben dem von Alessio aus. »Ich gehe mich schnell umziehen. Und dann fordere ich dich zu einer Runde Pingpong. Kann man sich immer noch Schläger an der Bar leihen?«

»Kann man«, bestätigte Luca. »Herausforderung angenommen.«

Moira zog sich in der Umkleide den neuen Bikini an. Glücklicherweise passte er und war bequem. Sie musste sich eingestehen, dass ihr nicht gleichgültig war, wie sie auf Luca wirkte. Sie dachte an Chiaras Frage, ob zwischen ihr und ihm etwas laufe. Sie wusste die Antwort selbst nicht, und sie mochte auch nicht darüber nachdenken.

Alessio wollte ins Wasser, also musste die Runde Tischtennis warten. Luca zog seinem Sohn Schwimmflügel an. Dann rannten sie alle drei in den See hinein. Das Wasser war herrlich kühl. Moira legte sich in die Wellen, die von einem Linienboot erzeugt wurden, das in einiger Entfernung vorbeifuhr. Alessio jubelte und hielt den Kopf hoch wie ein kleiner Seehund. Luca feuerte ihn an, und sie schafften es bis zu den Pontons, die den Rand der Badezone markierten. Moira kletterte aus dem Wasser und legte sich triefnass auf die Holzbohlen. Sie schloss die Augen und ließ sich von den Sonnenstrahlen trocknen. Luca blieb im Wasser, denn Alessio wollte wieder und wieder vom Ponton springen.

Abgesehen von dem Rettungsschwimmer, der die kleine Rutsche bewachte, waren sie alleine. Der Schwimmbadlärm aus Kinderstimmen, Musik, dem Pfeifen der Bademeister und -meisterinnen, dem Platschen vom Sprungbecken und den scheppernden Durchsagen aus den Lautsprechern bildete einen einschläfernden Klangteppich, auf dem Moira nach und nach davontrieb.

Sie erwachte mit einem Ruck, weil sich der Ponton neigte und laute Stimmen in ihr Wohlbehagen schnitten. Tropfen prasselten kalt auf ihren sonnenwarmen Rücken, weil mehrere Leute sich direkt neben ihr aus dem Wasser zogen. Moira öffnete die Augen. Eine Gruppe Jugendlicher hatte den Ponton geentert und balgte sich jetzt neben ihr herum. Sie versuchten, sich gegenseitig ins Wasser zu werfen, lachten und kreischten übertrieben. Moira wollte sich gerade gestört fühlen, da erinnerte sie sich daran, dass sie und Luca und ihr Freundeskreis ganz genauso gewesen waren. Sie setzte sich auf, ließ die Füße ins Wasser baumeln und beobachtete lächelnd die jungen Leute, die wie junge Hunde spielerisch miteinander kämpften.

Ein Mädchen mit langem blondem Haar stemmte sich gegen den Griff eines Jungen, der an ihrem Arm zog. Es war Valerie. Sie gab dem Zug nach, schrie gellend und schwebte einen Wimpernschlag lang über dem Wasser. Im nächsten tauchte sie ein und kam lachend wieder an die Oberfläche. »Das wirst du mir büßen, Matteo!«

Matteo war der, der in der Gruppe offensichtlich den Ton angab. Er sah am besten aus, die Mädchen scharten sich um ihn, als hofften sie, auch von ihm ins Wasser geschleudert zu werden, und die anderen Jungs ahmten unbewusst seine Gesten nach.

Valerie schwamm zur Leiter und kletterte nach oben.

»Ciao, wie geht's dir?«, fragte Moira, als das Mädchen mit

ihr auf Augenhöhe war. Valerie fror ein, gewann aber sofort ihre Selbstsicherheit zurück.

»Super, das sieht man doch. Was machen Sie denn hier?«

»Dasselbe wie du: den Nachmittag mit Freunden verbringen. Ist bei dir zu Hause alles okay?«

»Sind Sie jetzt auch noch Sozialarbeiterin? Ich komme schon klar.« Valerie sah ungeduldig zu ihrer Gruppe hinüber.

»Das freut mich, ehrlich. Ganz kurz eine Frage: Haben deine Eltern mal eine Decke von Susanne Neri gekauft? So eine gefilzte Schafwolldecke, in Violett?«

»Wieso wollen Sie das wissen?«

Moira zuckte die Schultern. »Das kann ich dir leider nicht sagen.«

Valerie drehte ihr nasses Haar zusammen und wrang es aus. »Wenn es Ihnen weiterhilft: haben wir nicht. Obwohl das genau nach dem Kunsthandwerks-Mist klingt, auf den meine Mutter abfährt. Aber nein, so eine Decke habe ich bei uns im Haus noch nie gesehen.«

»Okay, danke. Viel Spaß noch.«

Sie beobachtete, wie Valerie zu ihrer Clique zurückkehrte, dann stand sie auf und machte einen Kopfsprung ins Wasser. Sie glitt unter der Oberfläche dahin, bis ihr ein Bündel Algen ins Gesicht klatschte. Sie kam nach oben und streifte es angeekelt ab, dann schwamm sie hinüber zu Luca, der im flachen Wasser versuchte, Alessio Schwimmbewegungen beizubringen.

»Mit wem hast du da geredet?«, wollte er wissen.

»Die Tochter von Ralf Eger, unserem noch inoffiziellen Tatverdächtigen.«

Moira erzählte Luca von ihrer nächtlichen Begegnung mit Eger und von den Gummistiefeln und der Decke.

»Eine violette Filzdecke? So eine hat Valentina bei Susanne

268

gekauft. Beim Waschen ist die ganze Farbe rausgegangen und hat alles rosa gefärbt. Ich musste fünf Hemden wegwerfen. Valentina hat die Decke zurückgebracht. Es haben sich wohl noch andere Käufer beschwert und ihre Decken umgetauscht. Soweit ich weiß, hat Susanne dann aufgehört, mit Roter Bete zu färben. Allzu viele dieser Decken dürften also nicht mehr im Umlauf sein.«

»Das ist gut. Dann kann Susanne uns bestimmt sagen, wer noch so eine Decke besitzt. Und, wie sieht es aus? Spielen wir eine Runde Pingpong?«

14

Moira betrat die Diele und fing Luise ab, bevor die sich auf ihre Füße stürzen konnte. Mit der Katze auf dem Arm ging sie in die Küche. Sie war verlassen, ebenso das Wohn- und das Arbeitszimmer.

»*Papà?*« Moira zwang die Besorgnis nieder. Sie musste sich abgewöhnen, immer sofort das Schlimmste zu befürchten, wenn sie nicht alles so vorfand, wie sie es erwartete.

Tatsache war allerdings, dass sich Ambrogio nicht im Haus aufhielt. Moira trat auf die Terrasse und hielt Ausschau nach ihm, aber auch im Garten schien er nicht zu sein.

Moira kraulte Luise zwischen den Ohren. Dann ging sie zurück in die Diele und sah, dass Ambrogios Schuhe fehlten. Etwas beruhigt kehrte sie in die Küche zurück und setzte Luise auf dem Tisch ab. Dabei fiel ihr Blick auf einen Briefumschlag mit Ambrogios Handschrift: *Bin bei Agnes.*

Einen Moment lang überlegte Moira, was damit gemeint war, aber dann fielen ihr die noch immer verschollenen Hesse-Briefe ein. Sie schlüpfte in ihre Flip-Flops und ging hinüber zu Agnes' Haus, das einen mächtigen Schatten über die Straße legte, und klingelte. Als nach einer Weile niemand zur Tür kam, drückte sie zaghaft die Klinke herunter. Die Tür öffnete sich. Agnes hatte wohl wieder einmal vergessen abzuschließen.

Moira trat ein und schloss die Tür hinter sich. Der Schlüssel steckte von der Innenseite. Moira drehte ihn. Immerhin lief möglicherweise ein Mörder in der Gegend herum. Dann bewegte sie sich vorsichtig durch das Labyrinth aus Möbeln, Statuen, Lampen und Nippes, darauf bedacht, nichts umzustoßen oder herunterzuwerfen. Durch die kleinen, vergitterten Fenster, die zudem mit Vorhängen versehen waren, fiel nur spärlich Licht in die Zimmerflucht. Trotz der sommerlichen Wärme draußen war es hier drin kühl und etwas klamm.

»*Buongiorno*, ich bin es!« Moira stand am Fuß der Treppe und sah hinauf. Immer noch keine Antwort. Die Stille fühlte sich beunruhigend an. Moira fühlte sich befugt, die Treppe hinaufzusteigen. Agnes war nicht im Salon, aber auf dem Tisch standen zwei Sherrygläser. Dabei war Ambrogio im Krankenhaus ausdrücklich darauf hingewiesen worden, dass er keinen Alkohol zu sich nehmen sollte.

Moira lauschte und versuchte, das Ticken der Pendeluhr auszublenden. Endlich hörte sie ganz leise Stimmen. Sie folgte dem langen, düsteren Flur bis ans Ende, blieb vor der letzten Tür stehen und klopfte. Ohne abzuwarten, öffnete sie langsam die Tür.

Agnes und Ambrogio saßen an einem gewaltigen Schreibtisch aus Kirschholz. Die Schränke zu beiden Seiten hatten etliche Fächer und Schubladen. Das Ungetüm von Möbelstück musste hier im Raum aufgebaut worden sein, denn es hätte weder durch die Tür noch durch den schmalen Flur gepasst. Auf dem Tisch, der fast so groß war wie die Tischtennisplatte im Strandbad, stand ein altertümlicher Monitor mit gelb verfärbter Kunststoffhülle. Der Lüfter des Rechners unter dem Tisch war so laut, dass Moira klar wurde, weshalb die beiden sie nicht gehört hatten.

Ambrogio und Agnes steckten die Köpfe zusammen, angeleuchtet vom blauen Schein des Monitors. Den Klappladen vor dem Fenster hatten sie geschlossen, sodass nur eine Reihe aus Lichtstreifen auf die Terrakottafliesen fiel.

»Entschuldigung.«

Beide Köpfe fuhren herum, als hätte Moira sie bei etwas Verbotenem ertappt.

»Ihr habt mich nicht gehört, deshalb bin ich einfach raufgekommen. Ich hoffe, das stört Sie nicht«, sagte Moira an Agnes gewandt.

Die alte Dame winkte ab. »Kein bisschen. Ambrogio und ich suchen im Internet nach den Briefen.« In ihrer Stimme lag Stolz, als hätten sie eine besondere Leistung vollbracht.

»Ich kenne mich ja mit diesem Internet nicht aus, aber Ambrogio ist einfach fabelhaft.« Sie sah Moiras Vater schwärmerisch an, der sich verlegen den Bart raufte. Er warf Moira einen flehenden Blick zu.

Moira improvisierte. »Leider muss ich Ihnen meinen Vater entführen, ich glaube, einer der Bienenstöcke ist umgekippt.«

»*Porca miseria!*«

»Ach du liebe Zeit!« Agnes presste beide Hände an ihre Brust. »Ja, dann musst du wohl nach dem Rechten sehen.« Sie wandte sich an Moira. »Liebes, würden Sie den Fensterladen öffnen? Ich habe da immer Probleme mit meinen steifen Fingern.«

»Natürlich.«

Moira schlug die Läden zurück an die Außenwand und klappte die beiden Halterungen in Form von Männerköpfen hoch. Das warme Abendlicht flutete ins Zimmer. Moira genoss einen Moment lang die Aussicht über die Dächer von Montagnola. Als sie sich wieder umdrehte, fielen ihr die vielen gerahmten Bilder auf, die an den Wänden hingen. Sie hatten ganz unterschiedliche Größen und Rahmen, aber alle zeigten dieselbe Person. Einen Jungen und auf späteren Aufnahmen einen Jugendlichen, mit schmalem Gesicht, braunem Haar und ernstem Gesichtsausdruck. Die Ähnlichkeit mit Agnes war unverkennbar. Das größte Bild war ein lebensgroßes Studioporträt von Kopf und Schultern des Jungen im Alter von Anfang zwanzig, wie Moira schätzte. Er sah ausgezehrt aus. Seine Augen lagen tief in den Höhlen und hatten einen fiebrigen Glanz. An dem schweren Holzrahmen waren links und rechts Kerzenhalter befestigt, die elektrische Kerzen trugen. Hinter der rechten Kerze klemmte ein Strauß vertrockneter Rosen. Moira fühlte sich an Kirchenbilder von Märtyrern erinnert. Sie erschauerte vor dem hoffnungslosen Blick des jungen Mannes.

Agnes hatte es offensichtlich bemerkt. »Mein Sohn, sagte sie. »Er ist mit 22 Jahren gestorben. Es war Suizid.«

Sie sah Moira erwartungsvoll an.

»Oh, das tut mir sehr leid.« Moira wusste nicht recht, wie sie reagieren sollte.

»Er sieht sehr intelligent aus«, sagte sie schließlich.

»Das war er.« Agnes nickte zustimmend. »Intelligent und sensibel. Seit er nicht mehr ist, warte ich im Grunde nur noch auf meinen eigenen Tod.«

Ambrogio räusperte sich. »Sag doch so was nicht, Agnes.«

»So ist es aber«, beharrte sie. »Durch Adrian hatte ich ein bisschen das Gefühl, wieder einen Sohn zu haben – natürlich konnte niemand Jürg ersetzen, aber ich hatte wieder jemanden, um den ich mich kümmern konnte und der sich um mich kümmerte. Nur hat sich all das ja im Nachhinein als Schall und Rauch herausgestellt.« Sie zuckte mit den Schultern, doch in ihrer Stimme lag Bitterkeit. »Nun, ich habe mich täuschen lassen, ich törichte alte Frau.«

Sie stand auf. »Geht ruhig und kümmert euch um die Bienen. Danke dir für die Hilfe, Ambrogio. Vielleicht meldet sich noch einer deiner Antiquare. Wenn wir die Briefe wiederfinden, werde ich sie dem Museum übergeben. Dort sind sie besser aufgehoben als bei mir.«

»Das ist ja eine furchtbare Geschichte mit ihrem Sohn«, sagte Moira, als sie wieder in der Casa Rusconi waren. »Wusstest du davon?«

»Dass er jung verstorben ist, schon, aber nicht, woran. Sehr traurig, dass man ihm anscheinend nicht helfen konnte.« Ambrogio schenkte sich ein Glas Orangensaft ein und betrachtete es zweifelnd. »Ich hätte ja lieber ein Glas Merlot.« Er seufzte und trank einen Schluck. »Nun ja, zumindest sind Vitamine drin. Wie geht es denn meiner Enkeltochter?«

Moira fasste sich an die Stirn. »Das habe ich ja völlig vergessen, dir zu sagen: Ich habe Luna eingeladen, die Pfingstferien hier zu verbringen. Das ist doch hoffentlich okay für dich?«

»Aber natürlich! Ich sehe das Kind so selten, dass ich gar nicht mehr weiß, wie sie aussieht. Du hast doch erzählt, dass sie irgendwas mit Mode im Internet macht – zeig mir das doch mal.«

»Du übertreibst.«

Moira nahm ihr Tablet, das auf dem Küchentisch lag, und klappte es auf. Sie hielt es so, dass ihr Vater auf den Bildschirm blicken konnte, und wischte durch den Instagram-Account LunaNell.

»Donnerwetter, Cornelia hat sich aber gut gehalten!« Ambrogio sah an sich hinunter und klopfte sich auf den Bauch. »Das kann man von mir nicht behaupten. Sie wäre entsetzt, dass ich mich so gehen lasse. Eine schlanke Figur war ihr immer wichtig, nicht nur bei sich selbst. Arianna ist da zum Glück nicht so streng.«

»Wie lange hast du Mama nicht gesehen?«

»Sicher zwanzig Jahre. Mindestens!«

»Du kannst ja mal mit ihr videochatten, das machst du doch mit Luna auch.«

Ambrogio winkte ab. »Zweimal pro Jahr telefonieren reicht.

Jeder von uns beiden lebt sein eigenes Leben, da wahrt man besser etwas Distanz.«

Er sah Moira nachdenklich an. »Wie geht es eigentlich dir mit der Trennung von deinem Mann? Wenn das nicht zu persönlich ist.« Er hüstelte verlegen.

»Passt schon. Ist schön, dass du fragst.« Sie dachte einen Moment lang nach. »Ich habe mich viel schneller daran gewöhnt, alleine zu leben, als ich dachte. Und es macht mir viel weniger aus, als ich mir vorgestellt habe. Also, richtig alleine bin ich ja nicht, Luna wohnt ja bei mir, aber eben ohne Mann. Ich war so daran gewöhnt, dass ich richtig Angst hatte, mich zu trennen, weil ich dachte, ich komme nach zwölf Jahren Ehe alleine gar nicht klar. Aber das stimmt natürlich überhaupt nicht. Viele Dinge sind sogar einfacher, weil ich mich nicht mehr abstimmen muss. Ich finde es momentan ziemlich gut, keinen Partner zu haben.«

»Ich hab schon immer gesagt, Frauen kommen ohne Männer viel besser zurecht als umgekehrt«, sagte Ambrogio. »Wir Männer sind verloren ohne eine Frau in unserem Leben. Alles, was wir tun, tun wir, um Frauen zu beeindrucken und für uns zu gewinnen. Ein Mann alleine ist so überflüssig wie eine Schraube ohne Schraubenzieher.«

Moira lachte und strich ihm über den Arm. »Ganz so extrem würde ich es nicht sehen.«

Ambrogio machte ein tragisches Gesicht. »Doch, doch, das sieht man ja im Tierreich. Bei den Bienen sterben die Drohnen direkt nach der Begattung oder spätestens dann, wenn keine weiteren Männchen mehr zur Begattung gebraucht werden. Die Arbeiterinnen lassen sie nicht mehr ans Futter oder töten sie sogar. Ihre Aufgabe ist erfüllt, und sie haben keinen Nutzen mehr.«

Moira konnte ihr Lachen nicht mehr zurückhalten. »So ist

es. Du wärest ja auch beinahe nach der Begattung verschieden. Entschuldigung.« Sie hielt sich kichernd die Hand vor den Mund.

Ambrogio gluckste in sich hinein, dann musste auch er laut herauslachen. »Na gut, das war vielleicht etwas melodramatisch.« Er wurde wieder ernst. »Und Luna? Wie kommt sie mit der Trennung klar?«

Moira zuckte die Schultern. »Sie redet nicht gerne darüber und tut, als wäre es ihr egal. Aber ich glaube, es tut ihr ziemlich weh, dass Martin so gut wie jedes Interesse an ihr verloren hat, seit wir ausgezogen sind. Immerhin ist er der einzige Vater, an den sie sich erinnern kann. Er hat sich auch immer gut um sie gekümmert, aber jetzt meldet er sich kaum noch bei ihr.«

»Was für ein Vollidiot.«

»War es denn bei dir so anders?« Moira sah ihren Vater kritisch an.

Der schüttelte heftig den Kopf. »Ich wollte mich weiter kümmern, aber das konnte ich ja nicht, weil Nelly mit dir nach Deutschland gezogen ist. Ich wollte dich auch häufiger in den Ferien hier haben, aber sie hatte immer Gründe, weshalb das nicht ging.«

»Wirklich?« Moira schwieg einen Moment. »Davon wusste ich nichts.«

»Ach, lassen wir die alten Geschichten.« Ambrogio winkte ab. »Hauptsache, du bist jetzt da. Und ich freue mich, dass Luna bald dazukommt.« Er stand auf. »Heute bin ich dran mit Kochen. Hast du Lust auf *spaghetti al limone?*«

»Kann ich reinkommen, oder störe ich gerade?«

Luca stand vor der Tür. Dieses Mal hatte er keine Flasche Wein dabei. Er sah müde und angespannt aus.

»Wir sind gerade mit dem Essen fertig, komm ruhig rein.«

Moira trat zurück, und Luca kam ins Haus. Sie führte ihn in die Küche.

»Ciao, *carissimo!* Was für eine unverhoffte Überraschung!« Ambrogio freute sich offensichtlich, Luca zu sehen. Moira kam zum ersten Mal der Gedanke, dass ihr Vater ihn als so etwas wie seinen Sohn betrachtete.

Luca nahm dankbar einen *boccalino* mit Primitivo an. Ambrogio sah der Flasche sehnsüchtig hinterher, hielt sich aber eisern an seinem Orangensaft fest.

»Wir sollten am Wochenende die Brutwaben kontrollieren«, sagte Ambrogio. »Bei dem Wetter wird es dieses Jahr früh losgehen, und wenn wir nicht aufpassen, schwärmen uns die Bienen aus.«

»Ich komme auf jeden Fall vorbei«, versprach Luca. Er lächelte nervös und fuhr sich mehrmals durchs Haar. Sein Blick folgte Moira, die das Geschirr unter den Wasserhahn hielt und in die Spülmaschine räumte. So nervös kannte sie ihn nicht. Seine Anspannung übertrug sich auf sie. Ein Glas entglitt ihren nassen Fingern, und sie konnte es gerade noch auffangen.

Auch Ambrogio merkte wohl, dass Luca sich ungewöhnlich verhielt.

»Wir freuen uns natürlich immer über deinen Besuch, aber was führt dich zu so später Stunde her?«

Luca stammelte herum, trank einen großen Schluck von seinem Wein und setzte die Schale zu hart auf den Tisch.

Ambrogio zog die Augenbrauen zusammen und ähnelte erstaunlich einer Büste von Zeus, die Moira einmal in einem römischen Museum gesehen hatte.

»Irgendwas bedrückt dich doch, Junge. Raus damit, dann sehen wir, ob wir dir helfen können.«

Luca rieb sich den Nacken und sah dann Moira direkt an.

Beim Blick in seine Augen wurde ihr leicht schwindlig, und ihr Mund war auf einmal ganz trocken.

»Kann ich … Könnten wir reden? Im Garten?« Er sah zur geöffneten Terrassentür.

»Na klar«, sagte Moira betont munter und wischte sich die nassen Finger an einem Geschirrhandtuch ab.

»Ich mache die Küche fertig, geht nur.« Ambrogio wedelte mit der Hand.

Moira schnappte sich die Weinflasche und einen *boccalino*. Sie ahnte, dass sie einen Schluck brauchen könnte.

Ambrogio warf ihr einen fragenden Blick zu, als sie Luca nach draußen folgte, und sie hob die Schultern. Es musste um etwas Wichtiges gehen, aber sie hatte keine Ahnung, was das sein könnte.

Es war kurz vor neun und die Sonne gerade untergegangen. Noch hielt sich ein leichter rötlicher Schimmer am Horizont, aber von der anderen Seite schob sich schon die Dunkelheit über den Himmel. Im Garten sangen die Vögel ihr letztes Lied und vereinzelte Grillen ihr erstes. Marlen strich durchs hohe Gras, den Schwanz erhoben wie eine Standarte, erstarrte, als sie Moira und Luca wahrnahm, duckte sich und huschte davon.

Sie setzten sich auf die Bank vor dem Gästehaus. Moira schenkte Luca und sich Wein nach und stellte die Flasche auf den Boden. Die Keramikschalen klackten trocken aneinander.

»Es gibt nirgendwo so friedvolle Abende wie hier«, sagte Moira. »Beinahe pastoral.«

»Ja, man kommt automatisch zur Ruhe, egal, wie anstrengend der Tag war. Meistens. Nicht, wenn es zu Hause Ärger gibt.«

Moira drehte sich halb zu ihm. »Valentina und du habt euch gestritten?«

Luca schnaubte kurz durch die Nase. »Kann man es Streit nennen, wenn einer schreit und der andere nichts sagt?« Er schloss kurz die Augen. »Ich wollte nicht streiten, und ich konnte auch nicht lügen.«

»Warum solltest du lügen? Kannst du dich ein bisschen deutlicher ausdrücken? Worum ging es denn?«

Luca sah sie an, zu lange. »Um dich.«

Moiras Herz stürzte in ihren Magen – so fühlte es sich jedenfalls an. Sie kippte schnell den Wein hinterher.

Luca sprach weiter. »Valentina hat mir an den Kopf geworfen, wir hätten etwas miteinander. Sie sagte, du wolltest mich ihr wegnehmen.«

»So ein Quatsch!«

»Und dann hat sie behauptet, ich sei in dich verliebt.« Er sah sie wieder an.

»Wie kommt sie denn darauf?«

Lucas Miene wirkte hilflos. Offen und verletzlich. Er sah wieder aus wie damals mit sechzehn.

»Das weiß ich nicht. Aber es stimmt.«

»Was?« Moira verschluckte sich beim Sprechen und musste husten. Sie klopfte sich mit der flachen Hand auf die Brust, bis sie wieder sprechen konnte.

»Womit hat sie recht?«

»Dass ich in dich verliebt bin.« Es klang fast wie eine Frage.

Moira wünschte sich, sie könnte die Zeit zwei Sekunden zurückdrehen und ihn daran hindern, zu sagen, was er gerade gesagt hatte.

»Luca, das geht nicht. Du bist verheiratet. Du hast ein kleines Kind. Verantwortung.«

»Ich weiß.« Er presste die Lippen zusammen und nickte. »Ich weiß das, aber ich kann es nicht ändern.«

Einige Minuten saßen sie nebeneinander, ohne zu sprechen oder sich anzusehen. Moira betrachtete die Bemalung ihrer Schale und ihre Finger, die darum lagen.

»Ich weiß nicht, was ich sagen soll«, sagte sie.

»Musst du auch nicht.«

»So ein Mist.«

»Kann man so sagen.« Er lachte traurig.

Moira neigte sich zu ihm und lehnte ihren Kopf an seine Schulter. Luca legte ihr einen Arm um die Taille und hielt sie fest. Sie atmeten im selben Takt. Auf eine gewisse Art war Moira dankbar, diesen Moment erleben zu dürfen.

Es hätte genügt, den Kopf zu heben und ihr Gesicht ein wenig mehr zu ihm zu drehen, um ihn zu küssen, und sie hätte es vielleicht getan. Doch jenseits des Gartenzauns bog ein Auto in die Via Valdoro ein, die Scheinwerfer streiften über die Oleanderhecke. Das Auto bremste vor der Casa Rusconi, jemand stieg aus und warf die Tür zu. Im Haus ertönte die Türklingel, und gleich darauf rief eine Frauenstimme: »Luca, ich weiß, dass du da bist! Komm sofort raus, du hast bei dieser Schlampe nichts zu suchen! Dein Platz ist bei deinem Kind und deiner Frau, *wéon!*«

Luca ließ Moira los und rieb sich mit beiden Händen übers Gesicht.

»Mein Leben ist eine Telenovela. Tut mir leid, ich hätte wissen müssen, dass sie herkommt.«

»Aber sie hat recht«, sagte Moira leise. »Wenn ihr Probleme habt, setzt euch zusammen. Ich kann nicht die Lösung sein.«

Valentinas Stimme drang jetzt aus dem Haus, dann erschienen ihre und Ambrogios Silhouetten im erleuchteten Ausschnitt der Terrassentür. Luca stand auf.

»Wahrscheinlich hast du recht. Aber es hätte was werden können mit uns.«

»Vor langer Zeit vielleicht«, sagte Moira. »Aber es gibt kein Leben im Konjunktiv. Na geh schon.«

Sie blieb sitzen und sah zu, wie er zum Haus ging, sah ihn und Valentina gestikulieren, beide mit vorgereckten Köpfen wie kampfbereite Hunde. Dann verschwanden sie, nur Ambrogios rundliche Gestalt blieb zurück.

»Alles in Ordnung?«, rief er in den dunklen Garten hinaus.

»Ja, ich komme gleich rein!«

Auf der Straße schlugen zwei Autotüren zu, und der Wagen fuhr davon. Es wurde wieder ruhig bis auf das Knarren der Zikaden. Glühwürmchen taumelten über die Wiese.

Moira goss noch einmal Wein in ihren *boccalino* und nippte daran. Aus der Dunkelheit löste sich ein Schatten und streifte leise maunzend an ihren Beinen entlang, dann sprang Elfriede zu ihr auf die Bank.

Sie kraulte die Katze unter dem Kinn und wurde mit einem tiefen Schnurren belohnt.

»Weißt du, was wirklich bescheuert ist?«, sagte Moira zu Elfriede. »Dass ich auch in ihn verliebt bin.«

15

»Ravi hat mir gerade Bescheid gesagt: Die Ergebnisse des Suchlaufs sind da. Kommst du runter in die Stadt? Das war schließlich deine Idee, also musst du auch dabei sein.« Chiara klang, als hätte jemand Geburtstag. So lebhaft hatte Moira sie selten erlebt.

»Ich bin sowieso gerade unterwegs. Ich setze meinen Vater bei seiner Reha ab und bin in zwanzig Minuten bei euch.«

»Beeil dich, dann schaffst du es auch in fünfzehn. Ravi sagt, er verrät das Resultat erst, wenn du da bist.«

Moira schaltete die Freisprechanlage ab und sah aus dem Augenwinkel, dass Ambrogio zufrieden lächelte.

»Dein neuer Job macht dir Spaß, merke ich.«

»Stimmt. Es tut ganz gut, dass ich nicht immer alleine vor dem Rechner sitzen muss.«

»Vielleicht wäre das ja auch etwas auf Dauer für dich?«

Moira warf ihm einen schnellen Seitenblick zu.

»Dann müsste ich aber hier im Tessin bleiben.«

Ambrogio hob die Schultern. »Im Haus ist genug Platz für dich und Luna. Und ich würde mich freuen, auf meine alten Tage noch ein bisschen frischen Wind um mich zu haben.«

Moira seufzte. »So einfach ist das nicht. Luna müsste die Schule wechseln, und das System hier ist völlig anders. Außerdem hat sie ihren Freundeskreis in Frankfurt, da kann ich sie nicht einfach rausreißen. Und was wäre mit Mama? Sie wird auch nicht jünger.«

»Es war nur ein Angebot, *tesoro*. Du kannst es dir in Ruhe überlegen. Und wie es Luna hier gefällt, sehen wir ja in den Ferien.«

Damit ließen sie das Thema fallen. Moira setzte ihren Vater an der Tagesklinik ab, aber noch auf dem Weg zur Polizeistation beschäftigte sie sein Vorschlag. Insgeheim hatte sie sich schon vorgestellt, wie es wäre, dauerhaft im Tessin zu leben. Es war furchtbar konservativ, und es gab viel zu viele alte Machos wie Ferrone, aber die Landschaft war paradiesisch, das Wetter von März bis Ende Oktober schön und die Steuern niedrig. Zumal sie bei Ambrogio keine Miete würde zahlen müssen.

Und Luca lebte hier. Moira war nicht sicher, ob das ein Argument für oder gegen einen Umzug war. Aber sie konnte sich nur schwer vorstellen, dass er wieder völlig aus ihrem Leben verschwinden würde. Sie war alt genug, um zu wissen, dass man nicht oft Menschen begegnete, mit denen man so stark auf derselben Wellenlänge schwang, wie es bei ihr und Luca der Fall war.

Sie schüttelte den Kopf, um den Gedanken loszuwerden. Luna würde ganz sicher nicht umziehen wollen, und damit war die Idee vom Tisch.

Sie stellte den Wagen im Parkhaus an der Postbusstation ab und lief die paar Minuten bis zum Polizeigebäude.

»Achtzehn Minuten«, sagte Chiara, als Moira ihr Büro betrat. »Ravi wartet schon auf uns.«

Sie gingen nach oben, wo Ravi an seinem Computer saß, und zogen sich Stühle heran. Moira entging nicht, dass Chiara mit einer Hand über Ravis Rücken strich, als sie sich setzte. Das gemeinsame Kaffeetrinken war anscheinend gut gelaufen. Sie hatte ganz vergessen, danach zu fragen.

Ravi rief einen Stadtplan auf, der in unterschiedlich große

Parzellen aufgeteilt war. Kleiner im Zentrum und größer in den Randgebieten.

»Das sind die Funkzellen in Zürich«, erklärte Ravi. »In der Innenstadt gibt es so viele, dass sich ziemlich genau bestimmen lässt, wo jemand sich aufgehalten hat. Ich habe alle Nummern, die ich bekommen habe, nach denen von Adrian Brugger und Ralf Eger durchsucht. Wir haben Glück, dass sie bei demselben Anbieter sind. Okay, das hier sind die Funkzellen, in die Bruggers Telefon während der fraglichen Woche eingeloggt war.«

Ravi klickte zweimal, und etliche der Zellen wurden blau.

»Und das hier ist Egers Telefon.« Die meisten Zellen wurden zur Hälfte grün, einige ganz grün.

»Okay, und jetzt sehen wir uns das im zeitlichen Ablauf an. Ich lasse es ziemlich schnell durchlaufen.«

Moira beugte sich gespannt vor und sah, wie alle Funkzellen auf Gelb zurücksprangen und dann in einem raschen Wechsel grün und blau wurden. Die Animation dauerte weniger als eine Minute, dann lehnte Ravi sich zurück und verschränkte die Arme.

»Ist euch etwas aufgefallen?«

»Die Zellen sind immer entweder grün oder blau«, sagte Chiara. »Obwohl beide in denselben Zellen aktiv waren.«

»Genau. Und was bedeutet das?«

»Dass immer entweder das eine oder das andere Telefon eingeschaltet war«, sagte Moira aufgeregt. »Das kann ja wohl kein Zufall sein!«

Chiara neigte sich nach vorne, um Moira über Ravis Brustkorb hinweg anzusehen.

»Ich wette, Eger hatte Adrian Bruggers Handy bei sich und hat es nur eingeschaltet, wenn er Nachrichten an Susanne geschickt hat, um vorzutäuschen, dass Adrian in Zürich war.«

Ravi nickte. »Das glaube ich auch. Ich habe außerdem

Adrians Kontodaten mit den Standortdaten beider Handys abgeglichen und festgestellt, dass in den Funkzellen mit den Geschäften, wo mit seiner Karte bezahlt wurde, auch immer eines der Telefone eingeschaltet war. Mal das eine, mal das andere.«

»Die PIN-Nummern der Karte und des Handys kann Eger ja nur von Adrian erpresst haben«, sagte Moira. »Reicht das als Beweis?«

Chiara schüttelte den Kopf. »Ein Beweis ist das nicht, aber ein starkes Indiz. Damit kriegen wir hoffentlich den Durchsuchungsbeschluss. Ich rufe gleich Staatsanwältin Manzoni an. Danke, Ravi!« Sie stand auf und klopfte ihm auf die Schulter.

Ravi sah ein wenig verwirrt aus, aber dann lächelte er. »Viel Erfolg!«

Auf dem Gang sagte Moira: »Ich glaube, Ravi hat auf einen Kuss gehofft.«

Chiara zog nur die Augenbrauen hoch. »Doch nicht im Dienst!«

»Aber außer Dienst schon?«

Chiara grinste und senkte den Blick. »Ja, da schon.«

»Hey, ich gratuliere! Seid ihr jetzt offiziell zusammen?«

»Mal sehen. Wir müssen uns ja erst richtig kennenlernen.«

»Äußerst vernünftig«, sagte Moira mit gespieltem Ernst, und Chiara tat so, als wollte sie ihr auf den Fuß treten.

»Und wie steht's um dich und Dottore Cavadini?«

Moira verdrehte die Augen. »Zwischen uns läuft nichts. Glaub mir das ruhig endlich mal: Wir sind alte Freunde, mehr nicht.«

Chiara nickte ironisch. »Natürlich. Das kannst du meiner Großmutter erzählen. Die würde es vielleicht glauben.«

Moira lernte, dass Hausdurchsuchungen in der Regel am frühen Morgen stattfinden. Um fünf Uhr morgens sollte sie sich vor dem Tor der Villa Eger einfinden. Auf dem kurzen Fußweg dorthin herrschte noch das Zwielicht der scheidenden Nacht. Die Sonne hing hinter den Hügeln, es war kühl, und über den Wiesen lag der Tau wie ein feuchtes Netz.

Chiara fing sie ein Stück vor dem Eingangstor auf einem kleinen Parkplatz ab. Dort standen zwei Polizeiautos und Chiaras Zivilwagen. Mehrere Männer und Frauen in dunkelblauer Uniform nickten Moira zu, während Chiara sie vorstellte.

Chiaras Haarknoten saß heute besonders straff. Sie wirkte ernst und konzentriert, als sie dem Team ihre Anweisungen gab. Niemand wäre auf die Idee gekommen, ihre Autorität infrage zu stellen, auch wenn sie die kleinste Person in der Runde war.

»Denken Sie bitte daran, ruhig und höflich zu bleiben«, sagte sie am Ende. »Und gehen Sie bei der Durchsuchung schonend vor.«

Allgemeines Nicken, dann ging der ganze Trupp gemeinsam zur Villa hinüber.

»Wird Eger jetzt auch verhaftet?«, fragte Moira.

Chiara verneinte. »Es sei denn, wir finden unmittelbare Beweise. Ansonsten wird er zur Vernehmung geladen, wenn wir alles, was wir finden, ausgewertet haben.«

Sie blieben vor dem verschnörkelten Tor stehen. Chiara klingelte. Niemand meldete sich, was Moira aufgrund der Uhrzeit nicht verwunderlich fand. Chiara drückte noch mehrmals entschlossen auf den Klingelknopf, bis die kleine Lampe der Sprechanlage aufleuchtete und eine verschlafene Männerstimme fragte, wer dort sei.

»Guten Morgen, Chiara Moretti, Polizia Giudiziaria. Ich war bereits neulich bei Ihnen. Bitte öffnen Sie die Tür.«

Tatsächlich bewegten sich die Flügel des Tores nach innen.

»Schnell jetzt«, bestimmte Chiara. »Wir wollen nicht, dass sie irgendwas verschwinden lassen.«

Im Laufschritt bewegten sie sich auf die Villa zu und stiegen die Treppe hinauf, bis auf zwei Polizistinnen, die das *rustico* durchsuchen sollten.

Ralf Eger erwartete sie an der Tür und blinzelte ihnen entgegen. Die Haare hingen ihm wild auf den Kragen seines gesteppten Bademantels aus dunkelrotem Satin. Moira wunderte sich beinahe, dass er kein gesticktes Monogramm auf der Brusttasche trug.

»Was wollen Sie denn in aller Herrgottsfrühe hier?«, nuschelte er.

»Wir führen eine Hausdurchsuchung durch. Hier ist der Beschluss.«

Chiara händigte ihm ein mehrseitiges Schriftstück aus. Moira wiederholte ihre Worte auf Deutsch.

»Er gilt für das gesamte Wohngebäude, den Garten und alle Nebengebäude.«

Ralf Eger rückte seine Brille zurecht und starrte auf das oberste Blatt, aber Moira sah seinen Augen an, dass er gar nicht las, was dort stand. Wahrscheinlich überlegte er, was er tun sollte.

Hinter ihm tauchte nun seine Frau auf, in eine Art Kimono aus jadegrüner Rohseide gehüllt. Ohne Make-up sah ihr Gesicht flach und unscheinbar aus. Ihre Frisur saß erstaunlicherweise so perfekt, als käme sie gerade vom Friseur.

»Was ist denn los, Ralf?«

Eger drehte sich zu ihr herum und erklärte auf Deutsch, worum es ging.

Verwirrt blickte sie in die Runde.

»Ich verstehe das nicht.«

»Wir haben den Verdacht, dass sich in Ihrem Haus oder auf Ihrem Grundstück Beweise befinden, die im Tötungsdelikt zum Nachteil von Adrian Brugger von Bedeutung sind«, sagte Chiara, und Moira übertrug wieder alles ins Deutsche.

»Treten Sie bitte zurück und lassen Sie das Durchsuchungskommando seine Arbeit tun.«

Einer der Uniformierten beugte sich über die Loggia und gab den beiden Kolleginnen unten ein Zeichen, worauf diese sich in Richtung Garten bewegten. Die anderen sechs sowie Moira und Chiara betraten die Villa.

»Was für eine Unverschämtheit, hier einfach aufzutauchen und in unser Haus einzudringen!«, echauffierte sich Frau Eger.

»Die Leute machen nur ihre Arbeit«, sagte Moira. »Sie werden nichts kaputt machen und so wenig Durcheinander anrichten wie möglich. Schläft Valerie noch?«

»Natürlich schläft sie noch! Es ist fünf Uhr morgens!«

Während die Ereignisse Frau Eger aus der Fassung zu bringen schienen, blieb ihr Mann auffällig ruhig. Er wirkte nicht nervös und fahrig, sondern als wäre er in eine Schockstarre verfallen. Reglos wie eine Statue stand er in der Eingangshalle.

»Ich wecke das Mädchen«, sagte Moira zu Chiara und ging nach oben, gefolgt von dreien der Uniformierten. Die anderen drei begannen im Erdgeschoss die Garderobenschränke zu öffnen und Jacken, Mäntel, Regenschirme und was sich sonst darin befand, auszuräumen.

Valeries Tür war nicht schwer zu finden. Ein Plakat von Lana del Rey hing daran. Immerhin hatte das Mädchen einen anständigen Musikgeschmack.

Moira klopfte an die Tür, wartete aber nicht, sondern trat sofort ein. Falls es etwas zu verstecken gab, durfte sie dazu keine Gelegenheit erhalten.

Sie hätte sich keine Sorgen machen müssen: Valerie lag im

Bett, eine pinkfarbene Schlafbrille, mit falschen Diamanten verziert, auf dem Gesicht. Moira fragte sich, wie man damit schlafen konnte. Valerie rührte sich nicht, und Moira hatte Zeit, sich umzusehen.

Die Jugendzimmer, die sie kannte, sahen anders aus. Valeries Reich bestand aus zwei aufeinanderfolgenden Räumen, die durch eine Flügeltür mit Glaseinsatz getrennt wurden. Eines war offensichtlich das Schlafzimmer und besaß ein angrenzendes Badezimmer, das andere diente als Arbeits- und Wohnraum. An den Decken beider Räume hingen Leuchter aus Muranoglas. Die Egers mussten wirklich eine Menge Geld haben. Moira kannte sich nicht mit Designermöbeln aus, aber die Einrichtung wirkte teuer. In einem Bücherregal mit Glasborden standen keine Bücher, sondern hochhackige Schuhe in verschiedenen Farben, die wie Dekorationsstücke präsentiert wurden. In einer Ecke lehnte ein zwei Meter hoher Spiegel mit Goldrahmen, und an dem Kleiderständer daneben hingen mehrere Taschen, Schals und Jacken.

Moira trat ans Fenster und blickte auf den Garten hinaus. Ganz hinten beim *rustico* sah sie die beiden Polizistinnen, doch die Entfernung war zu groß, um Einzelheiten zu erkennen. Hoffentlich waren die Gummistiefel noch da.

Im Nebenzimmer rumste es, als wäre etwas Schweres umgestürzt. Valerie bewegte sich. Moira ging hinüber zum Bett.

»Valerie, du musst aufwachen.«

Das Mädchen murmelte etwas und zog die Bettdecke enger um sich. Moira seufzte und setzte sich auf die Bettkante. »Valerie!«

Sie musste mehrmals an Valeries Schulter rütteln und zog ihr schließlich die Schlafmaske auf die Stirn. »Die Polizei ist hier und durchsucht gerade euer Haus!«

Das wirkte. Valerie richtete sich auf.

»Was? Scheiße! Warum denn?«

»Es tut mir wirklich leid, aber die Polizei vermutet, dass dein Vater in den Mord an Adrian verwickelt ist.«

»So ein Bullshit! Die haben sich immer gut verstanden.« Valerie versuchte, hart zu erscheinen, aber ihrem Gesicht war anzusehen, dass sie Angst hatte. Sie zog die Knie an und schob sich mit dem Rücken an die Wand, als suchte sie Schutz.

Moira sah sie mitfühlend an. »Ich darf dir leider keine Einzelheiten mitteilen. Aber es könnte etwas mit dir zu tun haben.«

»Papa weiß ja nicht mal, dass Adrian und ich was miteinander hatten.«

»Könnte er es nicht doch irgendwie erfahren haben?«

Valerie schüttelte den Kopf. »Wie denn? An mein Handy kommt er nicht ran, und niemand wusste von uns. Und wenn er es rausgekriegt hätte, hätte er höchstens mich umgebracht.«

Sie zog sich die Schlafmaske vom Kopf und pfefferte sie aufs Bett, dann verbarg sie ihr Gesicht in den Händen. Moira streckte die Hand aus und strich ihr beruhigend über die Schulter. »Es wird sich alles klären. Aber jetzt solltest du dir vielleicht etwas anziehen. Die Polizisten werden auch dein Zimmer durchsuchen.«

Valeries Gesicht tauchte auf, Panik im Blick. »Oh Scheiße! Ich bin am Arsch!«

Sie blickte zu ihrem Frisiertisch, dann sah sie Moira an.

»Ich hab zwei Gramm Koks hier. Wenn die das finden, kann ich mich beerdigen lassen.«

»Wie kann man nur so dumm sein, das im eigenen Zimmer zu verstecken?« Moira stand auf. »Im Frisiertisch? Wo?«

Valerie huschte hinüber, zog die mittlere Schublade auf und holte eine kleine Dose heraus.

»Helfen Sie mir?« Sie sah Moira flehentlich an.

»Gib her. Aber denk nicht, dass du das wiederbekommst!«
Moira nahm die Dose und schob sie in ihre Hosentasche.

»Klar. Das vergesse ich Ihnen nie!«

Valerie nahm einen rosafarbenen Bademantel vom Kleiderständer und schlüpfte hinein, dann setzte sie sich wieder auf ihr Bett. Moira sah aus dem Fenster. Die Polizistinnen kamen gerade vom *rustico* zurück, bei sich eine durchsichtige Plastiktüte, in der sich die Gummistiefel befanden.

Moira dachte darüber nach, ob sie das Richtige getan hatte. Vielleicht zerstörte sie gerade eine Familie. Auch wenn sie theoretisch Chiara recht gab, dass ein Verbrechen bestraft werden sollte, sagte ihr Bauchgefühl, dass Adrian Brugger kein Verlust für die Menschheit war. Valerie würde mit dem zurechtkommen müssen, was Brugger ihr angetan hatte, aber es gab für sie eine Chance, das Ganze zu verarbeiten und zu überwinden. Und dazu brauchte sie ihre Eltern und ein einigermaßen stabiles Umfeld.

Aber es war sinnlos, darüber nachzudenken, denn die Kugel, die Moira angestoßen hatte, nahm ihren Lauf. Sie hatte keinen Einfluss darauf, was sie dabei alles niederwalzen würde.

Sie zuckte zusammen, als heftig gegen die Tür geklopft und sie einen Moment später aufgestoßen wurde. Zwei Polizisten und eine Polizistin trampelten ins Zimmer. Ohne Valerie oder Moira zu beachten, begannen sie, das Zimmer zu durchsuchen. Moira dachte daran, wie sie und Chiara Adrian Bruggers kleine Wohnung auf ähnliche Weise durchsucht hatten. Aber Adrian war bereits tot gewesen. Mitansehen zu müssen, wie die eigenen persönlichen Habseligkeiten durchwühlt wurden, musste sich schrecklich anfühlen.

Moira fragte sich, wieso Valeries Eltern nicht nach ihr sahen. Möglich, dass Chiara sie nicht nach oben ließ, damit keine potenziellen Beweise vernichtet werden konnten.

Sie setzte sich zu dem Mädchen aufs Bett und legte ihr den Arm um die Schultern. »Ich weiß, das ist hart, aber du bist härter, okay?«

Valerie nickte und presste die Lippen aufeinander.

Sie sahen zu, wie alle Schränke geleert und mögliche Verstecke abgetastet wurden. Auch der Frisiertisch kam an die Reihe, und am Ende lag darauf ein kleiner Berg aus Schmuck, Haarspangen, Nagellackflaschen und anderen Kosmetikartikeln. Die Dose in Moiras Hosentasche drückte auf ihren Hüftknochen.

»Wie sieht es hier aus?« Chiara kam herein, Klemmbrett und Kugelschreiber in den Händen. »Alles okay?«

»Wirklich angenehm ist das nicht für eine Jugendliche«, sagte Moira. »Sogar ziemlich traumatisch, wenn du mich fragst.«

Chiara zog eine bedauernde Grimasse. »Geht leider nicht anders.«

Sie ging hinüber in das zweite Zimmer und wandte sich an einen der Uniformierten, notierte etwas und nickte. Dann kam sie zurück, während die Polizisten mit einem rosafarbenen Laptop das Zimmer verließen.

»Wir nehmen dein Notebook und dein Handy mit, beides muss ausgewertet werden.«

»Aber ich hab doch gar nichts gemacht!« Valerie legte sich die Arme um den Oberkörper, als fröre sie.

»Darf ich?« Chiara zog eine Plastiktüte aus ihrer Umhängetasche, nahm Valeries Telefon vom Nachttisch und packte es ein.

»Ich brauche mein Handy aber! Da sind alle meine Kontakte drauf!«

»Du musst dir eben ein Ersatzgerät besorgen, wenn du es nicht ein paar Tage ohne Telefon aushältst«, sagte Chiara ungerührt.

Moira stand vom Bett auf. »Können wir kurz draußen reden?«, sagte sie zu Chiara.

Sie traten auf den Flur, und Moira zog die Tür zu Valeries Zimmer zu.

»Muss das echt sein? Das Mädchen ist völlig verstört. Sie kann ja wirklich nichts dafür, was ihr Vater möglicherweise angestellt hat.«

»Aber sie ist möglicherweise der Grund für das, was ihr Vater angestellt hat«, erwiderte Chiara, während sie etwas auf ihrer Liste abhakte. »Sie kriegt die Sachen ja wieder.«

»Ich meine das Ganze hier, wie das abläuft.« Moira verschränkte die Arme. »Die Eltern kommen schon klar, aber wenn Jugendliche oder Kinder involviert sind, muss es doch irgendeine Art von psychologischer Betreuung geben.«

»Das ist nicht vorgesehen. Wir machen hier eine ganz normale Hausdurchsuchung. Natürlich ist das für die Betroffenen nicht angenehm, aber das ist eben so. Außerdem bist doch du diejenige, die das Ganze in Gang gesetzt hat. Und ich bin für deine wertvolle Mitarbeit sehr dankbar.«

»Wenn ich geahnt hätte, wie wenig Rücksicht ihr nehmt, hätte ich mir das vielleicht noch mal überlegt.«

Chiara sah sie erstaunt an. »Warum regst du dich denn so auf?«

Moira bemühte sich, nicht laut zu werden. »Weil Valerie sechzehn Jahre alt ist und außerdem ein Opfer von sexueller Ausbeutung.«

»Darum geht es hier aber nicht, sondern um ein Tötungsdelikt, wahrscheinlich vorsätzlichen Mord. Ich werde alles Notwendige tun, um den Täter zu ermitteln. Und bisher dachte ich, du willst das auch.«

»Natürlich will ich das. Aber man muss auch nicht noch mehr Schaden anrichten. Wenn ich mir vorstelle, meiner

Tochter würde so was passieren, wird mir ganz anders. Wahrscheinlich kann man das nicht nachvollziehen, wenn man keine Kinder hat.«

Chiara schnaubte spöttisch. »Das dadrin ist kein Kind, sondern eine verwöhnte junge Frau, die denkt, sie muss sich für nichts anstrengen.«

Moira schüttelte ungläubig den Kopf. »Du solltest dir vielleicht mal die Mühe machen, hinter die Fassade zu blicken. Eigentlich wäre das doch dein Job als Inspektorin, oder? Und etwas Menschlichkeit schadet im Allgemeinen sowieso nicht.«

Chiara ließ das Klemmbrett sinken, das sie bisher wie einen Schild vor ihrer Brust gehalten hatte.

»Für mich ist das hier auch nicht einfach. Das ist die zweite Hausdurchsuchung überhaupt, die ich leite, und ich brauche dabei deine Unterstützung. Mach nicht alles noch schwieriger, indem du querschießt, bitte.«

»Ich will ja gar nicht querschießen, aber jemand muss Valeries Interessen wahren.«

»Hier läuft alles hundertprozentig korrekt ab. Außerdem sind wir sowieso fast fertig. Kommst du bitte mit runter? Du müsstest noch ein paar rechtliche Hinweise übersetzen – ich will sicher sein, dass die Egers alles verstanden haben.«

Moira schluckte ihren Ärger hinunter. »Ich komme sofort, ich will mich wenigstens verabschieden.«

Chiara ging nach unten, und Moira klopfte an Valeries Zimmertür. Das Mädchen lag zusammengerollt im Bett und hatte sich die Decke über den Kopf gezogen.

»Wir gehen jetzt wieder. Ich kümmere mich darum, dass du dein Handy schnell wiederbekommst, okay?«

Valerie schob ihr Gesicht unter der Decke hervor. »Kann ich vielleicht auch mein Zeug wiederhaben?«

Moira hob nur die Augenbrauen. Valerie schob die Unterlippe nach vorne wie eine Fünfjährige, der man ein Eis abschlägt. Dann zog sie sich wieder die Decke über den Kopf.

»Wenn was ist: Du hast ja meine Nummer.«

Den guten, aber sinnlosen Rat, mit den Drogen aufzuhören, sparte Moira sich.

Chiara bot Moira an, sie im Auto mitzunehmen, aber sie lehnte ab. Sie verabschiedeten sich kühl voneinander. Moira machte sich zu Fuß auf den Weg zurück zur Casa Rusconi.

Es tat ihr leid, dass sie und Chiara in Streit geraten waren. Die junge Polizistin war für sie in den letzten Wochen eine Freundin gewesen – die einzige, die sie im Tessin besaß. Aber sie wollte auch Valerie beschützen. Sie versuchte sich vorzustellen, Luna wäre in so eine Geschichte verwickelt, aber es gelang ihr nicht, obwohl Luna nur ein Jahr jünger war als Valerie. Sexvideos mit wesentlich älteren Männern, Kokain – bei Luna unvorstellbar. Aber das glaubten Valerie Egers Eltern vermutlich auch von ihrer Tochter.

Es bestand eine hohe Wahrscheinlichkeit, dass das Kokain, das Moira in ihrer Hosentasche trug, aus Peru stammte. Von ihrer Arbeit für die NGO, die sich auch gegen den Drogenkonsum von Jugendlichen engagierte, wusste sie, dass ein Gramm Kokain in Lima so viel kostete wie eine Schachtel Zigaretten. Bis es über Brasilien und Italien in die Schweiz kam, verhundertfachte sich der Preis.

Javier war wahrscheinlich von Leuten getötet worden, die mit Überfällen ihre Drogen finanzierten. Zumindest hatte das die Polizei damals vermutet. Natürlich hatte man nie herausgefunden, wer die Täter gewesen waren. Wohl junge Männer aus einem der Slums, aus denen auch die Kinder stammten, um die sich die NGO kümmerte.

Wozu der ganze Einsatz, wenn aus diesen Kindern junge

Männer wurden, die andere für ein paar Dollar Beute töteten? Moira wusste, dass es ungerecht war, so zu denken, aber nach Javiers Tod hatte dieser Gedanke sie nicht mehr losgelassen. Und letztlich hatte sie deswegen ihren Job aufgegeben und war mit Luna nach Deutschland zurückgekehrt.

An diese Zeit zu denken wühlte noch immer die Traurigkeit am Grund von Moiras Erinnerungen auf. Sie schob die Gedanken beiseite und beschloss, bei Gabriella einen Kaffee zu trinken. Sie hatte die sympathische Wirtin seit einigen Tagen nicht gesehen.

Vor dem Il Mulino stand ein weißer Lieferwagen. Moira ging um ihn herum und wollte eintreten, da kamen ihr aus dem Inneren zwei Männer entgegen. Sie schoben einen sechsflammigen verchromten Herd auf einem Rollbrett und versuchten, ihn durch die Eingangstür zu bugsieren. Gabriella folgte ihnen dichtauf.

»Machen Sie mir bloß nicht den Türrahmen kaputt! Das Gebäude steht unter Denkmalschutz!«

»Nur die Ruhe«, gab einer der Männer zurück. »Das Ding ist durch diese Tür reingekommen, dann kommt es auch durch diese Tür wieder raus.«

»Was ist denn hier los? Kann ich irgendwie helfen?«, erkundigte sich Moira.

»Sie könnten mal beiseitegehen«, sagte einer der Männer.

Moira tat wie geheißen und beugte sich vor, um sich mit Gabriella unterhalten zu können.

»Ist der Herd kaputt?«

Statt Gabriella antwortete einer der Männer: »Kaputt nicht, aber unbezahlt.«

»Sind Sie immer so diskret?«, kam Gabriellas wütende Stimme aus der Gaststube.

Jetzt erinnerte sich Moira an das, was Lucas Mutter beim

Abendessen erzählt hatte: Adrian Brugger hatte sich finanziell am Il Mulino beteiligen wollen, aber nie gezahlt.

Sie hatte über diesen Dorfklatsch nicht weiter nachgedacht, aber jetzt schoss ihr unwillkürlich die Frage durch den Kopf, ob Gabriella wohl fähig wäre, jemanden zu vergiften. Allerdings würde sie dadurch ihr Geld erst recht nicht bekommen. Es ergab keinen Sinn. Moira verwarf den Gedanken wieder.

Die beiden Männer hatten es geschafft, den Herd durch die Tür zu schieben, und begannen, ihn in den Lieferwagen zu laden. Gabriella trat vor die Tür.

»Moment, da sind noch meine Kinderlöffel drin!« Sie kauerte sich hin, zog die Schublade unter dem Backofen auf und nahm einen Besteckeinsatz mit verschiedenfarbigen Plastiklöffeln heraus. »So, zu verschenken habe ich nämlich nichts.«

Die Arbeiter schoben den Herd ruckelnd weiter in Richtung Lieferwagen.

Moira stellte sich neben sie, als wollte sie gemeinsam mit Gabriella den Zugang zum Restaurant blockieren.

»Hiermit ist Il Mulino offiziell geschlossen. Ich habe keinen Herd mehr. Und keinen Pizzaofen, keine Fritteuse und kein Warmhaltegerät. Und keinen Kühlschrank«, sagte Gabriella.

»Akzeptieren die keine Ratenzahlung?«

Gabriella schüttelte den Kopf und rieb sich die Stirn. »Nicht mal die kann ich bezahlen. Ich wirtschafte hier so knapp, dass mir kaum genug zum Leben bleibt. Jemand hatte mir Geld versprochen, aber das kam nicht.«

Die Männer kamen zurück. Moira und Gabriella traten beiseite.

»Tut mir leid, wir machen nur unsere Arbeit«, sagte der eine bedauernd.

Moira legte der Wirtin den Arm um die Schulter. »Wir finden eine Lösung. Was kostet denn das Ganze insgesamt?«

»Dreißigtausend Franken.«

Moira überlegte, dann zog sie ihr Handy aus der Tasche und rief ihren Vater an.

Sie erklärte ihm die Lage und fragte dann: »Hast du nicht Lust, Teilhaber einer Osteria zu werden? Mit dreißigtausend Franken bist du dabei.«

Ambrogio ächzte. »Das muss ich mir erst mal überlegen.«

»Du hast fünf Minuten. Die räumen gerade Gabriellas Küche aus. Wenn die Sachen weg sind, sind sie weg.«

Moira hörte ein lang gezogenes »Ffffffff«, dann sagte ihr Vater: »Gut, ich mache es. Das Geld liegt sonst sowieso nur faul herum.«

»Du bist großartig!« Moira machte für Gabriella das Daumen-hoch-Zeichen. »Soll ich dich zur Bank fahren?«

»Nicht nötig. Das mit dem faul herumliegen war durchaus wörtlich gemeint. Ich habe immer eine Reserve im Tresor.«

»Es gibt einen Tresor im Haus?«

»Tja, mein Schatz, du weißt nicht alles. Ich bin in zehn Minuten da.«

Moira gab die Neuigkeiten an Gabriella weiter. Die musste sich die Tränen aus den Augen wischen. »*Carissima*, ich danke dir vielmals!«

»Das Dorf braucht seine Osteria. Über die Einzelheiten eurer Partnerschaft kannst du ja mit meinem Vater reden.«

»Natürlich, wir machen das alles mit einem Vertrag wasserdicht. Ich kann kaum glauben, dass ich doch nicht schließen muss!«

Die beiden Männer verdrehten die Augen, weil sie alle Geräte wieder zurück in die Osteria schleppen mussten, aber Ambrogio legte noch ein gutes Trinkgeld für sie auf die dreißigtausend Franken. »Lasst euch auf der Heimfahrt nicht überfallen«, sagte er.

Der Lieferwagen wendete vorsichtig auf der schmalen Straße und verschwand.

Gabriella fiel Ambrogio um den Hals. »Mein Bester, ich danke dir so sehr. Kommt rein, ich mache zur Feier des Tages eine Flasche vom besten Valdobbiadene auf!«

16

In den nächsten Tagen hörte Moira nichts von Chiara, und sie selbst fragte auch nicht nach, ob die Untersuchungen der Gummistiefel und der anderen Dinge, die die Polizei bei den Egers beschlagnahmt hatte, etwas ergeben hatten. Inzwischen wusste sie, dass Laboruntersuchungen ihre Zeit benötigten. Außerdem war es ihr ganz recht, etwas Abstand zu Chiara zu gewinnen. Ihr Verhalten bei der Durchsuchung gab Moira immer noch zu denken. Das unsensible Vorgehen der jungen Inspektorin hatte sie allzu sehr an Ferrone erinnert. Ging es Chiara darum, den Fall zu lösen, oder darum, ihren Vater zu beeindrucken?

Das Wissen, dass Chiara Ferrones leibliche Tochter war, veränderte zwangsläufig die Art, wie Moira sie betrachtete. Insofern konnte sie gut verstehen, dass Chiara nicht wollte, dass das polizeiintern bekannt wurde.

Auch Luca meldete sich nicht, und obwohl Moira wusste, dass es besser war, wenn sie sich nicht sahen, vermisste sie ihn. Sie hoffte, dass es ihm gelang, wieder eine gemeinsame Basis mit Valentina zu finden – doch gleichzeitig tat diese Vorstellung weh.

Moira versuchte, weder an den Fall noch an Luca zu denken, ging tagsüber spazieren, arbeitete an Übersetzungsaufträgen und verbrachte die Abende mit ihrem Vater. Sie holten die alten Brettspiele vom Dachboden oder sahen sich Fotoalben aus der Zeit an, als Moiras Eltern noch zusammengelebt hatten. Bilder, die Moira seit ihrer Kindheit nicht gesehen hatte. Moira wunderte sich selbst, dass es die alten Fotoalben brauchte, um ihre Erinnerungen aufzufrischen, und fragte sich, ob sie die Trennung ihrer Eltern weniger überwunden als vielmehr in einem sehr abgelegenen Winkel ihres Gefühlslebens verstaut hatte.

Erst jetzt wurde ihr bewusst, wie jung ihre Eltern damals gewesen waren, und dadurch verstand sie besser, weshalb ihre Ehe nicht auf Dauer funktioniert hatte. Nelly war damals gertenschlank gewesen, ihr helles Haar stand auf den Bildern wie elektrisiert um ihren Kopf. Noch heute war sie immer auf der Suche nach neuen Dingen, die sie ausprobieren konnte. Sie brauchte Veränderung, um glücklich zu sein. Ambrogio war auf den alten Bildern auch deutlich schlanker und hatte noch volles Haar, wirkte aber schon damals gesetzter und behäbiger als Moiras Mutter.

»Am Anfang hat mich fasziniert, dass sie so quirlig war und immer neue Ideen hatte«, sagte Ambrogio dazu. »Und sie hat mich immer ihren Heimathafen genannt. Aber mit der Zeit fand ich es immer anstrengender, dass alle paar Wochen ihre Vorstellung davon wechselte, wie und wo sie leben und was sie tun wollte.«

»Und ihr wurde das Leben im Tessin wahrscheinlich zu eintönig«, ergänzte Moira.

»Allerdings. Ich war ja auch drei, vier Tage in der Woche nicht da, wenn ich unterrichtet habe. Dann war Cornelia mit dir alleine hier. In den ersten zwei Jahren hat meine Mutter noch bei uns gelebt, das ging auch nicht besonders gut. Cornelia fand, sie mischte sich zu sehr ein, im Haushalt und auch bei deiner Erziehung. Ich habe das damals nicht wirklich verstanden. Heute schäme ich mich ein bisschen dafür, dass ich zu bequem war, deiner Mutter damals den Rücken zu stärken.«

»Die Chance hast du verpasst«, sagte Moira. »Aber immerhin denkst du heute anders.«

»Aber wiedergutmachen konnte ich es nicht.« Ambrogio sah betrübt in seine Teetasse. »Das ist das Schlimme am Älterwerden: Die verpassten Chancen häufen sich.«

»Wenn man immer alles richtig machen würde, wäre das Leben wahrscheinlich sehr langweilig und vorhersehbar«, sagte Moira tröstend. »Und wer weiß: Vielleicht säßen wir dann jetzt nicht hier.«

Ambrogio brummte zustimmend. »Auch wieder wahr. Und das wäre ja wirklich schade. Übrigens: Weißt du, was mit Luca los ist? Er hat angerufen und Bescheid gegeben, dass er in nächster Zeit nicht mehr zum Imkern kommen kann.«

Moiras Herz begann sofort schneller zu schlagen, aber es gelang ihr, unbeteiligt zu wirken. »Wahrscheinlich hat er viel zu tun, oder seine Familie braucht ihn.«

Sie merkte, dass ihr Vater sie forschend ansah, wich seinem Blick jedoch aus und kehrte mit der Handkante die Brotkrümel auf der Tischplatte zusammen.

»Hast du eigentlich inzwischen mit Gabriella darüber gesprochen, wie deine Beteiligung am Il Mulino genau aussehen soll?«

»Für meine dreißigtausend kriege ich zwanzig Prozent Anteile an der Osteria, also am Geschäft. Die Räume sind ja nur gepachtet. Gabriella muss mir das Geld also nicht wie ein Darlehen zurückzahlen, sondern ich bin am Gewinn beteiligt, falls es welchen geben sollte. Vittorio und ich haben auch schon ein paar Ideen, wie man mehr Gäste anlocken könnte.«

»Mama wird begeistert sein, dass du auf deine alten Tage noch was Neues anfängst!«

Ambrogio lächelte. »Ganz so träge, wie sie dachte, war ich nie. Ich glaube, sie hat mich diesbezüglich unterschätzt.«

Am nächsten Tag klingelte Moiras Telefon. Chiaras Nummer stand auf dem Display. Moira hatte den Impuls, den Anruf wegzudrücken, aber sie war doch zu wissbegierig, ob es Neuigkeiten gab.

»Sitzt du?«, fragte Chiara. »Wir haben den Dreck analysiert, der an den Gummistiefeln hing: Fledermausguano und Erde in genau der Zusammensetzung wie die Erdproben vom Tatort, sowohl außer- als auch innerhalb der *nevèra*. Und, halt dich fest: Im Kofferraum von Egers Auto haben wir Fasern gefunden, die mit denen der violetten Filzdecke übereinstimmen.«

»Oh mein Gott, das heißt, er war es?«

»Auf alle Fälle sind das starke Indizien, aber keine Beweise«, sagte Chiara. »Ohne ein Geständnis wird es für eine Anklage nicht reichen. Wir haben seine Vernehmung in einer Stunde angesetzt und hätten dich gerne dabei. Egers Italienisch ist nicht besonders gut, ohne Dolmetscherin ist uns das zu riskant. Es muss alles wasserdicht sein.«

»Ich bin sozusagen schon unterwegs«, sagte Moira.

Eine halbe Stunde später betrat sie Chiaras Büro. Die Inspektorin begrüßte sie so freundlich wie immer, und Moira überlegte, ob sie bei der Hausdurchsuchung zu empfindlich gewesen war. Sie wusste so gut wie nichts über Polizeiarbeit, und dass Chiara sich so ungewohnt streng gezeigt hatte, mochte eine strategische oder psychologische Entscheidung gewesen sein.

»Eger ist in keinem besonders guten Zustand«, sagte Chiara. »Er weint.«

»Echt jetzt?« Moira setzte sich auf den Drehstuhl gegenüber von Chiaras Schreibtisch, auf dem sich die Akten so hoch stapelten, dass die Polizistin nur vom Kinn aufwärts zu sehen war.

»Das hat er auch gemacht, als ich ihm nachts begegnet bin. Bedeutet das, er hat Schuldgefühle?«

Chiara zog ratlos die Mundwinkel nach unten.

»Das werden wir rausfinden. Aber ich muss dich warnen: So eine Vernehmung ist kein Vergnügen. Das kann sehr, sehr lange dauern, und wir sind nicht gerade nett zu dem Verdächtigen. Es geht dabei richtig ans Eingemachte. Kommst du damit klar?«

Moira hatte keine Ahnung, wie sie zurechtkommen würde, aber sie nickte.

Chiara stand auf.

»Na gut, hoffen wir es. Wenn es dir zu viel wird, gibst du mir ein Zeichen, und wir machen eine kurze Pause.«

Sie gingen zusammen in den Korridor hinunter und fuhren mit dem Aufzug ins oberste Stockwerk. Die Vernehmung fand nicht in einem normalen Büro statt. Auch dieses Mal war es ein richtiger Verhörraum. Wieder kein dunkles, leeres Zimmer, wie man es oft in Krimis im Fernsehen sah, sondern mit einem großen, wenn auch durch eine weiße Jalousie verdeckten Fenster, einem schlichten Tisch und mehreren bequem aussehenden Polsterstühlen, die um einen zweiten, größeren Tisch aufgestellt waren. Es herrschte dieselbe triste Gemütlichkeit wie in einem evangelischen Pfarrheim.

Am Tisch saß vor einem Notebook einer der uniformierten Beamten, den Moira bereits bei den Treffen der Mordkommission gesehen hatte. Bianchi? Grandi? Er und sein Kollege hatten die Einwohner der Dörfer im Val di Muggio befragt. Er begrüßte Moira und Chiara mit einem stummen Nicken und wandte den Blick wieder dem Bildschirm zu.

»Stefano führt heute Protokoll«, erklärte Chiara. »Wir nehmen aber auch alles auf Video auf.« Sie wies nach oben. Moira blickte auf und entdeckte zwei an der Decke installierte Kameras, die den Raum aus unterschiedlichen Winkeln filmen konnten.

Sie nickte nervös. »Gibt es hier vielleicht etwas zu trinken? Ich habe einen ganz trockenen Mund.«

Chiara holte aus einem niedrigen Schrank zwei kleine Plastikflaschen mit Mineralwasser. »Du wirst heute eine Menge reden müssen, hoffe ich.«

»Wo soll ich mich hinsetzen?«

Chiara stellte einen der Stühle so um, dass er zum Tisch des Protokollanten hin ausgerichtet war und sich die anderen Stühle links und rechts vor ihm befanden.

»So hast du alle im Blick.«

Und alle hatten sie im Blick.

Moira setzte sich. Es war ein seltsamer Platz, so als würde von ihr erwartet, den Stuhlkreis zu leiten. Sie fühlte sich unwohl, aber es war wohl zu spät, um einen Rückzieher zu machen.

Die Tür öffnete sich. Ferrone betrat das Zimmer, in der Hand einen Kaffeebecher mit dem Emblem der Luganeser Eishockeymannschaft, das einen Panter zeigte, der auf den Betrachter zusprang. Wie passend.

Ferrone warf ein »Guten Tag« in den Raum, ging zu Bianchi oder Grandi und begann mit ihm ein leises Gespräch. Der Polizist händigte ihm eine Aktenmappe aus. Moira suchte unwillkürlich in seinem Gesicht nach Ähnlichkeiten zu Chiara. Wenn man wusste, dass die beiden Vater und Tochter waren, konnte man tatsächlich einige Übereinstimmungen erkennen.

Es klopfte wieder. Chiara warf Moira einen Blick zu. »Es geht los.«

Zuerst trat Ralf Eger ein, hinter ihm eine Frau in einem klassischen Kostüm mit knielangem Rock. Sie sah aus wie die Darstellerin einer Spitzenanwältin einer Fernsehserie. Moira fielen die sicher zehn Zentimeter hohen Absätze ihrer Pumps auf. Bevor die Tür sich wieder schloss, sah Moira durch den

Spalt einen uniformierten Beamten, der die beiden wohl hierhergebracht hatte.

Ferrone stellte seine Tasse auf den Tisch, legte die Aktenmappe daneben und begrüßte sowohl die Frau als auch Eger mit Handschlag und erstaunlicherweise sogar mit einem Lächeln. Chiara tat dasselbe. Moira wurde vorgestellt, erhielt aber keinen Händedruck. Die Frau war in der Tat Egers Anwältin, Signora Angela Zorzi.

Alle nahmen Platz. Eger und seine Anwältin mit dem Rücken zum Fenster, Ferrone ihnen gegenüber. Chiara zog sich einen Stuhl unauffällig so zurecht, dass Eger sie nicht mehr sehen konnte, ohne den Kopf zu drehen. Im bläulichen Licht der Neonröhren sahen sie alle aus, als litten sie unter irgendeiner schrecklichen Krankheit im Endstadium.

Moira wünschte sich auf die Gartenbank in Montagnola. Dort würde sie mit einem Buch und einem Kaffee sitzen, sich die Sonne auf den Kopf scheinen lassen und Elfriede beim Schnurren zuhören. Sie hatte das Gefühl, in eine düstere, schmutzige Parallelwelt geraten zu sein, in der es nur Verbrechen und Schuld gab. Sie sehnte sich auf einmal nach Licht und Einfachheit und Unschuld.

»Signora Rusconi, bitte übersetzen Sie alles, was gesagt wird, wortgetreu und ohne etwas hinzuzufügen oder wegzulassen«, sagte Ferrone, ohne sie anzusehen.

»Natürlich.«

Ralf Egers Personalien wurden für das Protokoll festgehalten, dann wurde er über seine Rechte aufgeklärt. Moira beobachtete ihn dabei unauffällig und bemerkte, dass Chiara dasselbe tat. Er versuchte, gelassen zu wirken, doch seine Mundwinkel zuckten nervös, und er blinzelte auffallend häufig. Moira fragte sich, ob sie sich gerade mit einem Mörder im selben Raum befand.

Ferrone begann mit der Vernehmung. Moira war überrascht, dass er nicht seinen üblichen ruppigen Ton anschlug. Er drehte sich auf seinem Stuhl ein wenig zur Seite und legte einen Unterarm auf die Tischplatte.

Moira übersetzte, was er sagte, ins Deutsche:

»Herr Eger, wir möchten Sie heute im Zusammenhang mit dem Tötungsdelikt zum Nachteil von Herrn Adrian Brugger befragen. Was wissen Sie über diesen Vorfall?«

Eger sah kurz seine Anwältin an, dann räusperte er sich.

»Ich habe dazu nichts zu sagen.«

Die Anwältin nickte kaum merklich. Ferrone lächelte leicht, als hätte er nichts anderes erwartet.

»Ich verstehe, dass Sie befürchten, aus Versehen etwas Falsches zu sagen. Aber Sie könnten durch Ihre Aussage dazu beitragen, diese Sache aufzuklären. Daher bitte ich Sie, Ihre Entscheidung, keine Aussage zu machen, noch einmal zu überdenken. Wissen Sie etwas darüber, wie Adrian Brugger zu Tode gekommen ist?«

Eger schluckte sichtbar. »Ich habe dazu nichts zu sagen.«

Ferrone klappte die Aktenmappe auf und sortierte einige bedruckte Blätter. Dann sah er auf. »Entschuldigen Sie, wir haben Ihnen gar keine Erfrischung angeboten. Möchten Sie vielleicht einen Kaffee oder ein Wasser? Sie können auch eine Cola haben.«

»Nein danke, ich bin nicht durstig.« Wieder ein Blick zu seiner Anwältin. »Ich habe doch zu Protokoll gegeben, dass ich nichts zu sagen habe. Kann ich jetzt gehen?«

Wieder veränderte Ferrone seine Haltung: Er legte beide Hände auf dem Tisch übereinander und beugte sich weit vor, als wollte er Eger möglichst nahe kommen.

»Tut mir leid, aber ich möchte Ihnen dennoch einige Fragen stellen. Sie können es sich jederzeit anders überlegen und uns helfen zu verstehen, was genau geschehen ist da oben in der *nevèra*. Sind Sie je in einer *nevèra* gewesen?«

Eger öffnete schon den Mund, zuckte aber auf einmal leicht zusammen. Hatte seine Anwältin ihn unter dem Tisch getreten?

Jedenfalls klappte Eger den Mund wieder zu.

Ferrone ließ sich nicht aus der Ruhe bringen. Er blätterte wieder und sagte, ohne Eger anzusehen: »Ehrlich gesagt würde ich auch ausrasten, wenn ein älterer Mann meine minderjährige Tochter dazu brächte, Pornos fürs Internet zu drehen. Das kann man doch nicht einfach ungestraft lassen!« Er hob den Kopf, blickte Eger direkt in die Augen und fragte sanft: »Haben Sie den Film gesehen, in dem Adrian Brugger es Ihrer Tochter Valerie besorgt?«

Ralf Eger krümmte sich zusammen, als hätte ihn jemand in den Magen geboxt.

»Diese Drecksau«, keuchte er. Moira zögerte einen Moment lang und übersetzte dann wortgetreu.

Ferrones Augenbrauen hoben sich leicht, und er nickte. »Da gebe ich Ihnen völlig recht. Ein widerliches Dreckschwein. Sie kennen also den Film? Und Sie wollten, dass Brugger dafür bestraft wird, was er Ihrer Tochter angetan hat. Das kann ich Ihnen gut nachfühlen. Jeder Mensch würde das wollen.«

Angela Zorzi lehnte sich nach vorne. »Suggestivfrage«, sagte sie auf Italienisch.

»Entschuldigung, ich habe mich mitreißen lassen. Es macht einen wirklich wütend, wenn jemand so etwas einem Kind antut.« Ferrone machte eine kleine Pause. »Gut, dann reden wir über etwas anderes: Sie befanden sich in der vorletzten Aprilwoche aus geschäftlichen Gründen in Zürich, korrekt?«

»Ja. Ich bin Inhaber von zwei Werbeagenturen in Zürich und Luzern und bin abwechselnd vor Ort.«

Zorzi schien ihn wieder getreten zu haben, denn er wandte sich ihr zu. »Damit kann ich mich ja wohl kaum belasten.«

Ferrone hakte sofort ein: »Gibt es denn andere Dinge, mit denen Sie sich belasten könnten?«

»Nein!«, fuhr Eger ihn an. »Herrgott, Sie drehen einem das Wort im Mund herum.«

»Genau deshalb sollten Sie nichts sagen, außer, dass Sie nichts zu sagen haben«, meldete sich Zorzi zu Wort.

Egers Gesicht war rot angelaufen. »Soll ich mich etwa des Mordes beschuldigen lassen und dazu schweigen?«

»Bitte, das ist Ihre Entscheidung, aber gegen meinen ausdrücklichen Rat«, sagte die Anwältin und verschränkte die Arme.

»Bislang hat niemand Sie beschuldigt«, wandte Ferrone ein. »Wir bitten Sie nur, uns bei der Aufklärung dieses Unglücks zu helfen. Gut möglich, dass Herr Brugger versehentlich zu Tode gekommen ist.«

Ralf Eger schnaubte und sackte ein wenig in seinem Stuhl zusammen, als er sich entspannte.

Ferrone lächelte ihn gewinnend an. »Ich bin nicht Ihr Feind, Herr Eger. Ich versuche nur, der Wahrheit auf die Spur zu kommen. Das ist meine Arbeit, und die erledige ich so gut wie möglich, ebenso wie Sie und jeder andere hier im Raum. Ich brauche Ihre Hilfe bei dieser Sache. Bitte seien Sie kooperativ. Woher stammt der Dreck an Ihren Gummistiefeln?«

»Was für Gummistiefel? Ich besitze gar keine.«

Ferrone schob ein Foto über den Tisch. »Diese hier. Wir fanden sie in einem *rustico* auf Ihrem Grundstück.«

»Die gehören mir nicht.«

»Eigenartig. Dann habe ich wohl falsche Informationen. Ein Herr Roberto Ponte hat ausgesagt, er habe Ihnen diese

Gummistiefel geschenkt, da er versehentlich die falsche Größe gekauft und den Kassenbon verloren hatte.«

Eger fasste sich in schlecht gespielter Überraschung an den Kopf. »Jetzt erinnere ich mich wieder. Ich habe die Stiefel nie angehabt. Ponte hat sie mir förmlich aufgedrängt, aber ich trage nie Gummistiefel.«

»Aha. Danke für die Information.« Ferrone kritzelte etwas auf ein Blatt. »Aber jemand hat sie getragen, denn es fanden sich Spuren von Erde und Fledermausguano an den Sohlen. Können Sie mir das erklären?«

»Jemand anderes muss sich die Stiefel ausgeliehen haben«, sagte Eger sofort.

»Das ist gut möglich, in der Tat. Das *rustico* war üblicherweise nicht abgeschlossen?«

»Doch, aber der Schlüssel liegt auf dem Vorsprung des Türstocks. Jeder hätte die Tür aufschließen können.«

Moira dachte an Elfriede. War es wirklich Zufall, dass die Katze in genau dem Schrank eingesperrt gewesen war, in dem sich die Gummistiefel befanden? Oder hatte jemand versucht, sie auf Egers Spur zu locken? Aber weshalb hatte die Person sich nicht direkt an die Polizei gewandt, wenn sie Informationen zu Bruggers Mörder besaß?

»Danke, Herr Eger, das erklärt, wieso die Stiefel schmutzig waren, obwohl Sie selbst sie nie getragen haben.« Ferrone sah auf. Übergangslos wechselte er zu einem schärferen Ton: »Woher kommen die dunkelroten Fasern, die wir in Ihrem Kofferraum gefunden haben?«

»Violett«, warf Chiara ein.

Ferrone sah sie irritiert an. »Wie bitte?«

»Die Fasern sind genau genommen violett, nicht dunkelrot.«

»Soll ich das auch übersetzen?«, fragte Moira.

»Nicht nötig.«

Eger zuckte mit den Schultern, aber selbst im Neonlicht sah man, dass er blass geworden war.

»Ich würde gerne eine Pause machen und eine Zigarette rauchen«, sagte er. »Und jetzt nehme ich auch gerne einen Kaffee. Bitte schwarz mit zwei Süßstoff.« Er zog eine Schachtel Zigaretten und ein Feuerzeug aus dem Jackett und legte beides vor sich auf den Tisch.

Der *Capo Area* sah auf seine Armbanduhr.

»Beantworten Sie erst meine Frage, bitte«, sagte Ferrone ruhig.

»Ich weiß gar nicht, von welcher Decke Sie reden. Vielleicht hat meine Frau etwas transportiert, Pflanzen oder so, und die Decke untergelegt.«

Ferrone machte sich wieder eine Notiz. »Ihre Frau benutzt also gelegentlich Ihren Porsche für Transporte?«

»Ja, sie benutzt ihn manchmal«, sagte Eger. »Und wahrscheinlich transportiert sie darin auch ab und zu irgendetwas. Ist das verboten?«

»Nein, nein. Ich wundere mich nur, weshalb sie dafür nicht den SUV benutzt, der dafür wesentlich besser geeignet ist.«

»Weil ich manchmal mit dem SUV unterwegs bin, wenn ich in die Berge fahre. Ich gehe am Wochenende oft mit dem Hund wandern.« Eger machte ein zufriedenes Gesicht.

»Ah ja, damit wäre diese Frage auch geklärt.« Ferrone legte den Kopf schräg. »Nur eine Sache wundert mich noch.«

»Was denn?«, fragte Eger.

Ferrone zog die Augenbrauen zusammen und sah Eger wieder direkt an. »Woher wussten Sie sofort, dass ich den Porsche meinte? Ich hatte nicht erwähnt, in welchem Wagen wir die violetten Fasern gefunden haben. Ebenso wenig hatte ich erwähnt, dass diese Fasern von einer Decke stammen.«

Moira hatte noch nie jemanden grün im Gesicht werden sehen. Bis jetzt. Eger sah auf einmal so bleich und hohlwangig aus wie eine Leiche. Er wandte sich hilfesuchend seiner Anwältin zu.

Die verschränkte die Arme und sah ihn von der Seite an. »Jetzt haben wir den Salat. Ich habe Ihnen doch gesagt, Sie sollen den Mund halten.«

Ab diesem Zeitpunkt hielt sich Eger daran und wiederholte nur monoton, er habe nichts zu sagen. Schließlich beendete Ferrone die Befragung, und Eger wurde von zwei Uniformierten hinausgeführt. Ferrone klappte seine Akten zu und verabschiedete sich knapp. Auch Moira und Chiara standen auf.

»Na, war es sehr schlimm?«, erkundigte sich die Inspektorin.

»Gar nicht. Ich fand es ziemlich spannend. Aber das Dolmetschen ist bei so vielen Leuten eine echte Herausforderung.«

Chiara nickte anerkennend. »Du hast das wirklich gut hingekriegt. Schau mal, Eger hat seine Zigaretten liegen lassen.«

»Ich stecke sie ein und gebe sie ihm bei Gelegenheit zurück. Irgendwie tut er mir leid.«

Moira verstaute die Packung und das Feuerzeug in ihrer Umhängetasche.

»Das gewöhnt man sich schnell ab«, sagte Chiara.

»Vielleicht war er es wirklich nicht.«

Chiara legte den Kopf schief. »Jedenfalls versucht er, etwas zu verbergen. Aber das kriegen wir noch raus. So, und jetzt brauchen wir was, das uns den Kopf freimacht.«

Mehr verriet sie nicht, sondern lief mit Moira zum See hinunter. Kurz darauf pflügten sie mit einem knallroten Tretboot im Vintagelook durch die Wellen des Luganer Sees.

Sie fuhren ein Stück hinaus und strampelten mit Muskelkraft parallel zur Uferlinie in Richtung Osten. Der Stadtpark lag wie ein grüner Klecks zu ihrer Linken, danach kam der

Lido mit seinem fünfeckigen Pavillon. Davor kreuzten etliche kleine Segelboote mit leuchtend weißen Segeln. Auf der anderen Seite erhob sich steil die Hügelkette, die den See einfasste. Man erkannte winzig klein die Anlegestelle der *grotti* von Caprino, die nur mit dem Boot erreichbar waren.

»Man fühlt sich sofort wie im Urlaub!« Moira reckte die Arme in die Luft. Die Passagiere eines kreuzenden Motorboots hielten es für einen Gruß und winkten begeistert.

»Auf dem Wasser kriegt man den Kopf frei. Und es kann einen niemand belauschen«, sagte Chiara. »Also, was hältst du von der ganzen Geschichte?«

»Ich weiß nicht, warum, aber Eger tut mir irgendwie leid.« Moira trat kräftiger in die Pedale, um eine Welle zu überwinden. »Hat er es getan oder nicht?«

»Die Indizien sprechen jedenfalls gegen ihn«, sagte Chiara. »Wir bräuchten wenigstens einen Zeugen, der ihn in der entsprechenden Zeit vor Ort gesehen hat. Auch kein richtiger Beweis, aber immerhin ein starkes Indiz.«

»Aber Eger war doch zur Tatzeit in Zürich«, sagte Moira. »Also kann er es gar nicht gewesen sein.«

»Nicht unbedingt. Du vergisst, dass Brugger wahrscheinlich schon am fünfzehnten entführt, aber mehr als eine Woche später getötet wurde. Ravi hat die Telefondaten überprüft und Signora Eger hat es auch bestätigt: Eger war am Wochenende nach Ostern wieder hier im Tessin. Er könnte es getan haben.«

»Stimmt, daran habe ich nicht mehr gedacht«, gab Moira zu. »Aber das ist kein Beweis, richtig?«

Chiara presste die Lippen aufeinander und trat so heftig in die Pedale, dass Moira schnell die Füße hochhob.

»Mein erster großer Fall, und ich versage. Warum gesteht dieser Werbefuzzi nicht einfach? Wir müssen ihn noch mal in die Mangel nehmen.«

Da war wieder diese Verbissenheit, die Moira ganz untypisch für die junge Polizistin erschien. Andererseits: Wie gut kannte sie Chiara nach so kurzer Zeit? Sie hatte sich nach ihrer ersten Begegnung rasch ein Bild gemacht und daran festgehalten. Weshalb war sie überrascht, dass Chiara noch andere Facetten hatte?

Sie fuhren zurück zur Anlegestelle des Bootsverleihs. Der junge Mann, der sich um die Boote kümmerte, wartete schon auf dem Steg. Er hielt Moira seine Hand hin, um ihr beim Aussteigen behilflich zu sein. Aber das Boot schwankte unter ihr, als sie gerade die Lücke zwischen Boot und Steg überwinden wollte, und sie fiel. Zum Glück fing der Bootsverleiher sie auf.

»Ganz schön stürmisch!« Er grinste. Moira konnte sich nicht entscheiden, ob sie ihm dankbar sein oder ihn unverschämt finden sollte.

»Sie haben was verloren.« Der Mann bückte sich und drückte ihr etwas in die Hand: Egers Zigarettenpackung und sein Feuerzeug. Moira starrte darauf. Vorhin, als sie es im Verhörraum eingesteckt hatte, hatte sie nicht darauf geachtet – aber das rote Feuerzeug mit dem weißen Schriftzug hatte sie schon einmal gesehen. Moira erinnerte sich, wie Susanne Neri damit beim Hexenabend das Räucherstäbchen im Wintergarten angezündet hatte. Allerdings hatte sie damals den Aufdruck nicht beachtet: *Eger Promotions*.

Sie drehte sich zu Chiara um, die die Hand des Bootsverleihers ignorierte und leichtfüßig auf den Steg sprang.

»Ralf Eger und Susanne Neri kennen sich«, sagte sie. Über ihre Schultern rieselte der Schauer, den man fühlt, wenn man sich seiner Sache absolut gewiss ist, auch wenn man nicht erklären kann, weshalb.

Sie hielt das Feuerzeug hoch. »So eines besitzt auch Susanne. Und als ich Eger nachts begegnet bin, muss er auf dem Rückweg von ihrem Haus gewesen sein.«

Chiara war nicht beeindruckt. »Das ist jetzt aber sehr weit hergeholt. Das Feuerzeug kann Susanne auch woanders herhaben. Vielleicht lag es in der Osteria herum. Dafür sind solche Werbegeschenke schließlich da: um sie überall zu verteilen.«

Moira schüttelte den Kopf. »Ich kann es nicht erklären«, gab sie zu. »Aber da ist eine Verbindung. Du willst doch sowieso noch mal mit Eger reden? Wo ist er jetzt?«

»Im La Farera, dem Untersuchungsgefängnis.«

Sie verließen den Steg und liefen, während sie redeten, am Spielkasino vorbei zurück in Richtung Polizeistation.

»Dann fahren wir hin«, sagte Moira. »Du wolltest ihm doch Druck machen.«

»Damit, dass wir schon so bald wieder mit ihm reden wollen, wird er nicht rechnen. Vielleicht gar keine schlechte Idee. Aber wir brauchen die Genehmigung der Staatsanwältin.«

»Ich denke, das wird kein Problem«, sagte Moira.

Wie erwartet sah Arianna Manzoni keinen Grund, die Vernehmung abzulehnen, und daher parkten Moira und Chiara eine gute Stunde später vor dem Untersuchungsgefängnis, das etwas außerhalb von Lugano lag.

»La Farera ist das Gebäude rechts, das wie ein Krankenhaus aussieht«, erklärte Chiara. »Und der große Gebäudekomplex links von uns ist das normale Gefängnis, La Stampa.«

Moira fand beides gleich beklemmend mit den hohen, nackten Betonmauern, die die Gebäude umgaben.

Auch innen wirkte das Gefängnis wie ein Krankenhaus, mit langen, gefliesten Korridoren und kahlen, weißen Wänden. Moira fand es trostlos. Sie trafen Eger in einem spartanisch eingerichteten Raum mit vergitterten Fenstern, der Moira an ein Innengehege im Zoo erinnerte. Es gab sogar einen Abfluss im gekachelten Boden.

Ralf Eger wirkte verstört und geistesabwesend. Er hörte gar nicht auf das, was Chiara zu ihm sagte, sondern unterbrach sie mitten im Satz.

»Bitte lassen Sie mich zurück nach Hause«, bettelte er. »Ich will zu meiner Familie. Es ist furchtbar hier drin. Man ist wie lebendig begraben. Ich halte das nicht aus.«

Er fing an zu weinen. Moira spürte sofort den Druck hinter ihren Augen, der bedeutete, dass ihr gleich ebenfalls die Tränen kommen würden. Sie versuchte, sich zu sagen, dass Eger vielleicht ein abscheuliches Verbrechen begangen hatte, aber beim Anblick dieses Häufchen Elends empfand sie nur Mitleid.

Sie zwang sich, mit fester Stimme zu sprechen, als sie Egers Worte übersetzte.

»Wenn Sie hier rauswollen, helfen Sie uns, das Tötungsdelikt an Adrian Brugger aufzuklären«, sagte Chiara eindringlich. Sie stand auf und stützte sich mit beiden Händen auf den Tisch. Dann, unvermittelt: »Welche Beziehung haben Sie zu Susanne Neri?«

Egers Mund klappte einige Male auf und zu, wie bei einem Fisch auf dem Trockenen. Dann sagte er: »Das ist der Name von Adrians Lebensgefährtin. Aber ich kenne die Frau nicht. Also kann ich wohl kaum eine wie auch immer geartete Beziehung zu ihr haben.«

Während er sprach, gewann er an Sicherheit, und am Ende schimmerte seine überhebliche Art durch seine Wortwahl. Moiras Mitgefühl legte sich, und der Druck hinter den Augen verging. Beinahe hätte sie vergessen, was für ein arrogantes Ekel Eger im Grunde war.

316

»Wir wissen aber, dass Sie Signora Neri sehr wohl kennen«, behauptete Chiara. »Na los, erzählen Sie: Haben Sie Adrian getötet, weil er Susanne betrogen hat? Oder weil er das mit Ihrer süßen kleinen Tochter tat? Oder beides? Dass jemand gleich zwei Motive hat, um jemanden zu töten, ist wirklich etwas ganz Besonderes.«

Eger sank in sich zusammen, jetzt wieder das Häufchen Elend. Spielte er ihnen etwas vor?

»Ich kenne die Frau nicht«, meinte er erschöpft. »Wie oft soll ich Ihnen das noch sagen?«

Chiara richtete sich auf und zuckte mit den Schultern. »Gut, dann werden wir auch Signora Neri in Untersuchungshaft nehmen und befragen müssen.«

Sie wandte sich ab und machte einige Schritte in Richtung Tür.

»Warten Sie«, sagte Eger. »Ich gestehe die Tat.«

Moira sah Chiaras überraschten Gesichtsausdruck, aber als die Inspektorin sich wieder umdrehte, hatte sie ihre Miene wieder unter Kontrolle.

»Welche Tat?«

»Ich gestehe, dass ich Adrian Brugger entführt und getötet habe. Ich habe die Nachrichten von seinem Telefon aus geschickt, um vorzutäuschen, dass alles in Ordnung ist.« Jetzt klang Egers Stimme fest und entschlossen. Moira begriff nicht, was vor sich ging, aber sie übersetzte.

»Sind Sie bereit, Ihr Geständnis schriftlich zu wiederholen?«, fragte Chiara. Sie hatte auf einmal einen beinahe gierigen Ausdruck im Gesicht wie ein Jagdhund, der eine Fährte aufgenommen hat. Ein brennender Ehrgeiz kam da an die Oberfläche, der unbedingte Wille, sich zu beweisen.

Eger nickte nur.

Chiara drückte auf einen Knopf neben der Tür. Beinahe sofort erschien ein Gefängniswärter. Sie bestellte Schreibzeug bei ihm, und innerhalb weniger Minuten wurden ihnen ein Stapel Blätter und zwei Kugelschreiber gebracht. Chiara legte alles vor Eger auf den Tisch. »So, und jetzt schreiben Sie haargenau auf, wie es zu Bruggers Tod gekommen ist. Lassen Sie nichts aus. Hinterher werden Sie sich erleichtert fühlen, das verspreche ich Ihnen.«

Chiara trat ans Fenster und blickte durch das Gitter hinaus auf die Tessiner Landschaft. Sie sagte nichts mehr und ignorierte Eger vollkommen – wahrscheinlich, um ihn nicht beim Schreiben zu stören.

Ralf Eger kritzelte eifrig wie ein Musterschüler ein Blatt nach dem anderen voll. Moira hätte gerne ihr Handy benutzt oder sich anderweitig abgelenkt, wagte aber nicht, irgendetwas zu tun, das Eger stören könnte. Ihre Augenlider wurden schwer, und sie unterdrückte ein Gähnen.

Es gab nicht einmal eine Uhr hier drin. Sie verlor jegliches Zeitgefühl. Ein paarmal fielen ihr tatsächlich die Augen zu.

Sie schreckte auf, als Eger den Kugelschreiber fallen ließ.

»Fertig«, sagte er. »Unterschrieben habe ich es auch.«

Chiara wandte sich vom Fenster ab.

»Vielen Dank«, sagte sie freundlich und nahm die beschriebenen Blätter an sich. »Möchten Sie einen Kaffee? Oder eine Zigarette?« Sie bückte sich, holte Egers Zigaretten und das Feuerzeug aus ihrer Tasche und legte beides auf den Tisch.

»Rauchen verboten«, sagte Eger, aber Chiara zuckte mit den Schultern. »Wir machen eine Ausnahme. Kaffee?«

Eger nickte. »Schwarz mit zwei Zucker, bitte.« Er schlug die Beine übereinander und zündete sich eine Zigarette an. Tatsächlich wirkte er erleichtert und entspannt.

»Moira, sagst du den Kollegen Bescheid, dass sie einen Aschenbecher und einen Kaffee für Herrn Eger besorgen?«

Moira drückte auf die Klingel und bestellte das Gewünschte. Dann gab Chiara ihr Egers Geständnis und bat sie, es durchzulesen.

Moira hätte die Blätter am liebsten hingeworfen und wäre geflohen. Sie wollte raus aus dieser Betonburg, die einem die Luft zum Atmen nahm. Der alte Ausdruck »gesiebte Luft« kam ihr in den Sinn, der manchmal scherzhaft in Comics und alten Filmen verwendet wurde.

Aber ihr blieb nichts anderes übrig, als zu lesen. Eger beschrieb ausführlich, wie wütend er gewesen war, als herauskam, dass seine Tochter ein Verhältnis mit Brugger hatte. Seine Tochter habe es ihm eines Abends gestanden und um Hilfe gebeten, den Missbrauch zu beenden. Er habe Brugger unter einem Vorwand zu sich bestellt, habe ihn mit allem konfrontiert, aber der habe ihm ins Gesicht gelacht. Er, Eger, habe Brugger niedergeschlagen, in den Kofferraum des Porsche gequetscht und in die *nevèra* gebracht. Er habe gewollt, dass Brugger seine Tat gestehe, doch der habe sich hartnäckig geweigert. Eger habe ihm Wasser und Proviant dagelassen und sei in der Woche darauf nach Zürich zurückgekehrt. Am Wochenende danach habe er den Stechapfeltee zubereitet und gehofft, Brugger würde alles zugeben, wenn er unter Drogen stünde. Doch leider sei wohl die Dosis zu hoch gewesen und Brugger daher gestorben. Er, Eger, sei in Panik geraten und habe die Leiche in der *nevèra* zurückgelassen. Und das sei alles. Gezeichnet, Ralf Eger.

»Alles in Ordnung?«, fragte Chiara.

Moira hatte keine Ahnung, ob der Text in Ordnung war, nickte aber.

»Gut, dann können wir gehen. Herr Eger, ich danke Ihnen, dass Sie Licht in den Fall gebracht haben. Wir werden das Geständnis übersetzen lassen und melden uns dann.«

Eger hob den Kopf. »Kann ich inzwischen nach Hause? Ich werde auch nicht fliehen, versprochen. Ich kann eine Kaution stellen.«

»Tut mir leid, Herr Eger, wir sind hier nicht in den USA. Sie müssen bis zu Ihrer Gerichtsverhandlung hierbleiben.«

»Unglaublich. Wie haben Sie das nur geschafft?« Die Staatsanwältin sah vom Ausdruck des Geständnisses auf, das Moira ins Italienische übertragen hatte. Auch Ferrone, der ebenfalls ein Exemplar hatte und in der Sitzecke für Besucher lehnte, nickte beifällig. »Sehr gute Arbeit«, lobte er.

Chiaras Augen strahlten, aber es gelang ihr, ihr Lächeln zu unterdrücken. Es musste für sie ein wunderbares Gefühl sein, von ihrem Vater gelobt zu werden.

Ferrone glich jetzt weniger einem schläfrigen Krokodil als einem zufriedenen dicken Kater. »Ich gebe dem Pressesprecher Bescheid, dass er eine Mitteilung für die Medien vorbereiten kann.«

»Entschuldigung«, sagte Moira, »aber was, wenn das Geständnis gar nicht echt ist?«

Drei Gesichter wandten sich ihr gleichzeitig zu.

»Das ist doch total merkwürdig: Erst streitet er kategorisch ab, irgendetwas mit Bruggers Tod zu tun zu haben, und kaum zwei Stunden später kann er es kaum abwarten, ein Geständnis abzulegen. Es stimmt, er muss etwas mit der Sache zu tun haben, und er war im Tatzeitraum im Tessin. Aber weshalb hätte Valerie ihm von ihrer Beziehung zu Brugger erzählen sollen? Sie hat ihn ja noch nach seinem Tod verteidigt und beharrt darauf, sie seien verliebt gewesen. Und selbst wenn es so gewesen sein sollte: Weshalb hat Eger ihn nicht einfach angezeigt? Da passt doch etwas nicht.«

Ferrone lächelte nachsichtig. »Ich glaube nicht, dass Sie die nötige Erfahrung und das kriminalistische Wissen besitzen, um das beurteilen zu können.«

Chiara sprang ihrem Vater bei: »Du hast doch die ganze Sache ins Rollen gebracht, weil du die Gummistiefel auf Egers Grundstück gefunden hast.«

Moira musste also ihren Posten alleine verteidigen. Sie empfand einen Stich, weil Chiara sie so leicht verriet, nur um der Anerkennung ihres Vaters willen.

»Eger ist genau in dem Moment umgeschwenkt, in dem du Susanne Neri erwähnt hast. Ich glaube, er will sie schützen.«

Chiara schüttelte den Kopf, als sei Moira ein hoffnungsloser Fall. »Susanne Neri wäre nie fähig gewesen, Brugger zu überwältigen oder in einen Kofferraum zu hieven. Dazu ist sie zu klein und schmal.«

Jetzt mischte sich die Staatsanwältin ein: »Moira, Sie wollen nur helfen, das weiß ich. Aber wichtig ist, dass wir jetzt eine Anklage vorbereiten können. Ob Herr Eger tatsächlich schuldig ist, wird dann das Gericht entscheiden.«

»Und der wahre Täter läuft inzwischen weiter frei herum.« Moira kam sich vor wie ein Kind, das seinen Eltern etwas Wichtiges erklären will, aber nicht ernst genommen wird.

»Ich weiß einfach, dass da was nicht stimmt!« Kein besonders überzeugendes Argument, das war ihr bewusst.

»Jetzt reicht es aber!« Ferrone trat dicht an sie heran. Seine schwarzen Augen funkelten, und Moira musste sich beherrschen, nicht zurückzuweichen.

»Ich habe Sie Polizistin spielen lassen, um meiner Kollegin hier einen Gefallen zu tun. Aber jetzt versuchen Sie, meine Arbeit zu sabotieren. Die Ermittlungen sind hiermit abgeschlossen. Die Sonderkommission wird in den nächsten Tagen ohnehin aufgelöst. Wir benötigen Ihre Dienste nicht mehr. Ihr ausstehendes Honorar wird Ihnen überwiesen.«

Ferrone ging zur Tür. »Kommen Sie, Ispettrice Moretti.«

Chiara warf Moira einen entschuldigenden Blick zu, sagte aber nichts und folgte dem *Capo Area* nach draußen.

»Hat der mich gerade rausgeworfen?« Moira war fassungslos.

»Ich fürchte ja, Liebes.« Die Staatsanwältin klang mitfühlend. »Machen Sie sich nichts draus. Genießen Sie Ihre verbleibende Zeit im Tessin mit Ihrem Vater. Vielleicht essen wir noch einmal zusammen in einem schönen *grotto*.«

»Glauben Sie auch, dass Eger es war?«

Die Staatsanwältin hob die Schultern. »Er hatte ein Motiv und die Gelegenheit. Ja, ich denke, er war es. Wer sonst?«

Ja, wer sonst?, dachte Moira, als sie über den Parkplatz der Polizeistation lief. Eine Stimme riss sie aus ihren Gedanken: »Moira!« Lucas Stimme fuhr ihr direkt in den Solarplexus. Sie drehte sich um und sah ihn auf sich zukommen mit seinem jungenhaften Schlendern, das sie so mochte.

Ihr erster Impuls war, davonzulaufen, aber das wäre natürlich albern gewesen, also wartete sie auf ihn. Er lächelte breit, als wäre alles in bester Ordnung zwischen ihnen. War es das möglicherweise auch? Vielleicht hatte er sich wieder mit Valentina vertragen und tat jetzt so, als wäre seine Liebeserklärung nur aus der momentanen Stimmung entstanden?

Sie schloss kurz die Augen. Das war alles zu viel. Warum musste er ihr ausgerechnet jetzt über den Weg laufen?

Aber da stand er schon vor ihr. »Hey, ich habe gehört, ihr habt Ralf Eger ein Geständnis entlockt. Respekt und herzlichen Glückwunsch!«

Moira starrte ihn finster an. »Die Glückwünsche kannst du gerne behalten. Ich glaube nämlich nicht, dass Eger es war. Und außerdem hat mich Ferrone gerade rausgeworfen.«

»So eine Scheiße! Das tut mir wirklich leid. Hast du Zeit für einen Kaffee?«

»Können wir raus aus der Stadt? Ich brauche irgendwie frische Luft.«

Minuten später fuhren sie in Lucas Sportwagen den Lungolago entlang. Moira fragte gar nicht, wohin es ging. Sie lehnte den Kopf gegen den Sitz und hielt ihr Gesicht in den Wind. Ihre Haare flatterten um ihren Kopf und kitzelten ihre Wangen. Sie ließen Lugano hinter sich und fuhren auf der Strada Cantonale nach Süden, immer am See entlang. Luca reizte das Geschwindigkeitslimit von ganzen 60 km/h aus, aber weil die Straße schmal und kurvig war, fühlte es sich viel schneller an. Auf der Beifahrerseite raste in einer Armlänge Entfernung die Steilwand vorüber, und es kamen ihnen immer wieder Lastwagen und Reisebusse entgegen, die sie noch weiter nach rechts drängten. Moira war genau in der richtigen Stimmung für ein bisschen Nervenkitzel.

»Ich kenne eine schöne Bar direkt am See«, sagte Luca. »Da können wir etwas trinken.«

In Melide, wo die Straße über die lange Brücke führte, die Ost- und Westufer verband, bog er ab und fuhr vorbei an der Touristenattraktion Swiss Miniature, die Moira noch aus ihrer Kindheit kannte, hinunter zum See. Dort fanden sie mit viel Glück einen Parkplatz.

»Gehen wir erst eine Runde? Ich war seit Jahren nicht mehr hier«, sagte Moira.

Sie schlenderten um das kleine Hafenbecken herum und folgten dem Weg am Seeufer entlang. Leise klatschten Wellen an die hellen Steinquader, die das Ufer befestigten, und das Geräusch beruhigte Moira ein bisschen.

»Ich glaube nicht, dass ich noch lange hierbleiben werde«, sagte sie, ohne Luca anzusehen.

»Wollte nicht deine Tochter in ein paar Tagen kommen?«

»Ja, eigentlich schon. Aber ich muss auch mein Leben in Frankfurt irgendwann wieder aufnehmen. Das ist hier doch wie Disneyland, alles nicht echt.« Sie nickte hinüber zu Swiss Miniature, über dessen Zaun der Gipfel eines Montblanc aus Drahtgeflecht, Betonguss und Lackfarbe ragte.

»Für die Leute, die hier leben, ist es echt«, sagte Luca.

Moira seufzte. »Dann bin wahrscheinlich ich diejenige, die nicht echt ist. Eine falsche Ermittlerin, die keine Ahnung hat, was sie überhaupt tut. Schuster, bleib bei deinem Leisten, würde meine Mutter sagen. Sie liebt dämliche Kalendersprüche.«

Luca lachte. »Bist du jetzt nicht ein bisschen zu hart mit dir selbst?«

Sie blieben stehen und sahen auf die Wasserfläche hinaus, die sich unter einem Windhauch kräuselte. Der Himmel färbte sich leicht rosa. Wieder einmal staunte Moira im Stillen über diese Landschaft, die wirkte, als hätte jemand absichtsvoll ein besonders paradiesisches und pittoreskes Fleckchen Erde erschaffen.

Moira zuckte mit den Schultern.

»Kannst du versuchen, es dir nicht so sehr zu Herzen zu nehmen?«, fragte Luca.

»Schwer. Wenn ich recht habe, läuft hier irgendwo jemand frei herum, der einen Menschen getötet hat. Und ich mache mir Sorgen um Valerie. Sie ist irgendwie so verloren. Wenn jetzt auch noch ihr Vater als Mörder ins Gefängnis kommt, weiß ich nicht, wie sie reagieren wird.«

»Ich mag dich genau deswegen, weil dir Dinge nicht egal sind, auch wenn sie nicht dein Problem sind.« Luca rückte etwas näher an sie heran, berührte sie aber nicht. »Du machst sie zu deinem Problem, und das finde ich wundervoll. Die meisten Leute interessieren sich für nichts, was nicht unmittelbaren Einfluss auf sie hat.«

»Als damals mein Mann getötet wurde, hat es niemanden gekümmert. Nicht mal die Polizei. Er war einfach eine weitere Nummer in ihrer Statistik. Ich habe mir geschworen, dass ich niemand sein werde, der wegsieht, falls jemand mich braucht.«

»So jemand warst du noch nie«, sagte Luca. »Ich werde dich vermissen, weißt du?«

»Ich dich auch. Aber ich komme sicher mal wieder.«

Luca lächelte. »Das freut mich.«

Ein Teil von Moira drängte sie dazu, ihm zu sagen, dass sie Gefühle für ihn entwickelt hatte. Aber die möglichen Konsequenzen standen ihr zu deutlich vor Augen. Ein Kind, das zu klein war, um es zu verstehen, würde mit einem Vater aufwachsen, der die meiste Zeit abwesend wäre.

Ihr Telefon vibrierte, und sie zog es aus der Tasche. Es war eine Nachricht von Chiara: *Tut mir sehr leid, ich habe versucht, mit meinem Vater zu reden, aber er bleibt bei seiner Entscheidung. Ich hoffe, du meldest dich trotzdem mal.*

Moira steckte das Telefon wieder ein und lächelte Luca an.

»Ich glaube, wir lassen das mit dem Aperitif besser. Es ist spät geworden, und mein Vater erwartet mich zum Abendessen.«

17

Während sie mit dem alten Geländewagen die Straße nach Montagnola entlangfuhr, grübelte Moira abwechselnd darüber nach, ob sie Luca gegenüber ihre Gefühle hätte offenbaren sollen und mit welchen wohlgesetzten Worten sie Ferrone klarmachen könnte, was für ein kurzsichtiger, engstirniger Trottel er war. Sie wusste genau, dass sie weder das eine noch das andere tun würde, aber die Gespräche in Gedanken durchzuspielen wirkte wie eine Drainage für ihre aufgestauten Gefühle.

Die Schafweide, die Susanne an Ponte verkauft hatte, kam in Sicht. Es befanden sich keine Tiere auf ihr, nur die alte Zinkwanne, die als Tränke gedient hatte, stand noch da. An Susannes Haus bremste Moira ab und wollte gerade das Lenkrad einschlagen, als vom Dorf her ein anderes Auto um die Kurve kam, blinkte und, ohne die Geschwindigkeit wesentlich zu reduzieren, in Susannes Einfahrt einbog.

Moira fuhr weiter, als hätte sie nie etwas anderes vorgehabt. Aber sie hatte erkannt, wer am Steuer des Wagens gesessen hatte.

Sie bog in den nächsten Feldweg ein, hielt hinter einem Gebüsch, stieg aus und schlich sich so unauffällig wie möglich zurück zu Susannes Haus. Sie hatte die Sonne im Rücken und sah ihren geduckten Schatten vor sich herspringen wie einen heimtückischen Kobold.

Außer Atem vor Aufregung, erreichte sie die rückwärtige

Mauer. Zum Glück umstand jede Menge Gerümpel das Haus, sodass sie sich gut verstecken konnte. Es roch intensiv nach Schaf. Jetzt noch tiefer geduckt, arbeitete sie sich bis zur Hausecke vor. Ihre Knie schmerzten, und sie schwor im Stillen, wieder mehr Gymnastik zu machen.

Sie lugte um die Hausecke und konnte leise, aber aufgeregte Stimmen hören. Susanne und ihr Besuch hielten sich im Wintergarten auf. An dieser Hausseite gab es kein Gerümpel, aber an der Wand entlang zog sich ein Beet mit blühenden Blumen bis zum Wintergarten. Die dichten Büschel von Hortensien, die vor den Fenstern wuchsen, waren hoch genug, um Moira zu verbergen, wenn sie auf dem Bauch lag.

Seufzend ließ sie sich auf die schmerzenden Knie nieder, legte sich dann bäuchlings ins Gras und robbte unbeholfen das Beet entlang, während sie überlegte, wie sie sich aus der Sache herauswinden sollte, falls man sie entdeckte. Die Stimmen wurden etwas lauter, blieben aber unverständlich. Moira würde sich ein Stück hinter den Hortensien hervorschieben müssen, um etwas zu verstehen. Alles hing davon ab, ob die beiden Personen im Wintergarten so platziert waren, dass sie sie bemerken würden, wenn sie hinaussähen. Sie rümpfte die Nase, weil der Geruch nach Schaf noch intensiver wurde. Wahrscheinlich stand der Wind ungünstig.

Moira stemmte sich vorsichtig hoch und reckte den Kopf wie bei der Yogaübung »Kobra« – und hätte beinahe laut gekreischt, weil sich ihr etwas Weiches, Feuchtes ins Genick presste, das atmete. Sie konnte ihren Schrei gerade noch unterdrücken, doch ihre Arme gaben nach, und sie plumpste auf den Bauch. Schnell wälzte sie sich herum, die Arme vor dem Gesicht gekreuzt, um den Angreifer abzuwehren.

Über ihr stand ein sehr zotteliges, sehr schmutziges Schaf und blickte ausdruckslos auf sie herab. In seinem graubraunen Fell hingen Kletten und kleine Zweige. Moira seufzte lautlos und entspannte sich. Das Schaf trippelte ein paar Schritte vorwärts, knickte schwerfällig mit den Vorder- und Hinterbeinen ein und ließ sich genau dort nieder, wo Moira hinwollte.

Moira starrte es böse an und zischte leise, um es zu vertreiben, aber es rührte sich nicht, sondern gab sich ganz dem Wiederkäuen hin. Moira musste handeln, wenn sie noch etwas von dem mitkriegen wollte, was im Wintergarten geredet wurde. Kurz entschlossen robbte sie neben das Schaf, sodass sich sein massiger Körper zwischen ihr und dem Wintergarten befand. Sie presste sich in das verdreckte Fell, versuchte, von dem penetranten Gestank nicht ohnmächtig zu werden, und schob ihren Kopf unter den des Schafes. Das Tier schien ihre Nähe zu genießen, denn es lehnte sich vertrauensvoll an sie, sodass Moira nach Luft rang. Sie blieb dennoch liegen und spitzte die Ohren.

»… nicht zur Polizei. Die würde uns sofort verhaften, auch wenn wir nichts mit dem Mord zu tun haben«, sagte Agnes Tobler gerade.

Moira hatte das Gefühl, ihre Augen würden gleich vor ihr ins Gras kullern. Sie fasste nach hinten und tastete nach ihrem Telefon, damit sie das Gespräch aufzeichnen konnte, aber ihre Gesäßtasche war leer. Entweder hatte sie das Handy im Auto vergessen oder bei ihrer Kriecherei verloren. Frustriert hämmerte sie mit der Faust auf den Boden.

»Aber Ralf war es nicht, da bin ich mir ganz sicher. Wir müssen erklären, wie alles abgelaufen ist.« Susanne klang weinerlich wie eine überforderte Sechsjährige.

»Wenn sie ihn verhaftet haben, muss es Beweise gegen ihn geben, Kindchen«, sagte Agnes mitfühlend.

Susanne schluchzte so sehr, dass sie kaum sprechen konnte.

»Er hat mal gesagt, er würde dafür sorgen, dass niemand mich je wieder verletzt, auch wenn ich ihn nie lieben würde.«

»Das klingt nicht gut. Aber wir könnten nichts für ihn tun. Wenn wir alles offenlegen, würde das seine Lage nur verschlimmern. Wir werden stillhalten und abwarten. Wenn er es nicht getan hat, klärt sich das schon auf.«

»Meinst du?«, schniefte Susanne. »Aber was ist, wenn Gabriella zur Polizei geht?«

»Das wird sie nicht, keine Sorge. Nimm dich zusammen und tu, was ich dir sage. Dann geht alles gut aus.«

»Okay«, sagte Susanne mit ihrer Kleinmädchenstimme. Dann schluchzte sie auf einmal laut. »Das war alles so eine unglaublich dumme Idee!«

Das Schaf schrak zusammen, sprang erstaunlich schnell auf und trappelte über die Wiese davon. Moira blieb ohne jede Deckung zurück. Glücklicherweise war es inzwischen ziemlich dämmerig. Sie schob sich so schnell rückwärts durchs Gras, dass sie selbst darüber staunte. Hinter den Hortensien drehte sie sich wie der Zeiger eines Kompasses herum und schlängelte sich bis zur Ecke des Hauses und hinter eine blaue Regentonne. Dann richtete sie sich halb auf und lief zurück zu ihrem Auto.

Ihr Telefon lag auf dem Beifahrersitz. Sie ließ den Motor an und hielt wenige Minuten später vor der Casa Rusconi. Als sie ins Haus kam, stürzte sich Luise wie gewohnt auf ihre Füße, hielt dann jedoch inne, schnupperte und floh. Moira betrachtete ihren Schuh und merkte, dass sie in Schafscheiße getreten war. Seufzend zog sie die Schuhe aus, trug sie durch die Küche, vorbei an ihrem Vater, der am Herd stand und in einer riesigen gusseisernen Pfanne rührte. Moira stellte die stinkenden Schuhe auf die Terrasse und ging barfuß zurück ins Haus.

Ihr Vater musterte sie von unten nach oben. »Du siehst aus,

als hättest du an einem Armeegefecht teilgenommen. Und du riechst etwas ländlich, wenn ich das anmerken darf.«

Moira sah an sich hinunter und bemerkte erst jetzt, dass ihr helles T-Shirt und ihre Leinenhosen vorne mit Grasflecken und Dreck verziert waren.

»Ist ein neuer Modetrend: Camouflage-Look«, sagte sie und lugte in die dampfende Pfanne. »Was riecht hier so gut? Ist das etwa eine Paella?«

Ambrogio lächelte stolz. »Ich weiß noch, dass du die besonders magst.«

»Allerdings! Ich ziehe mich nur schnell um.«

Moira lief hinüber zum Häuschen, zog sich Haremshosen und ein schlabbriges T-Shirt an und wusch sich wenigstens das Gesicht und die Unterarme, obwohl ihr eine Dusche lieber gewesen wäre. Ihre Haare rochen, als hätte sie in einem Schafstall geschlafen.

Währenddessen dachte sie darüber nach, was sie belauscht hatte. Richtig schlau wurde sie nicht daraus. Aber da drang auch schon Ambrogios Stimme vom Haus herüber: Die Paella sei fertig.

Er hatte auf der Terrasse serviert. Der Duft von Meeresfrüchten und Safran stieg in die Luft. Dazu gab es den kräftigen Merlot aus der Casa Cavadini. Moira Herz begann zu stechen, als sie das Etikett sah, aber sie versuchte, nicht darauf zu achten. Es brachte nichts, Liebeskummer nachzugeben. Je schneller sie sich mit den Tatsachen abfand, umso früher konnte sie wieder nach vorne blicken.

Ambrogio kam aus der Küche, gefolgt von allen fünf Katzen, die der Geruch nach Garnelen und Fisch magisch angezogen hatte. Er zog sich die grüne Winzerschürze über den Kopf, rollte sie zusammen und legte sie auf einen freien Stuhl. Dann ließ er sich mit einem zufriedenen Ächzen nieder. Die Katzen umringten seinen Stuhl wie eine Leibwache und sahen zu ihm auf, als wollten sie ihn hypnotisieren.

»Ihr hattet euren Anteil schon«, sagte er und versuchte, streng zu blicken, was ihm weder gelang noch die Katzen irgendwie beeindruckte. Ambrogio zuckte bedauernd mit den Schultern und wandte sich Moira zu.

»Ich habe mir gedacht, nach einem harten Arbeitstag kannst du was Anständiges zu essen gebrauchen«, sagte er und schenkte ihnen beiden Wein ein. »Außerdem haben wir was zu feiern: Ich habe die Briefe gefunden.«

Einen Moment lang wusste Moira nicht, wovon er sprach, dann riss sie die Augen auf.

»Echt jetzt? Die Hesse-Briefe? Wie hast du das denn geschafft?«

Ambrogio zuckte mehrmals mit seinen buschigen Augenbrauen und grinste.

»Ich hatte alle möglichen Antiquare angeschrieben, die ich kenne, und ein alter Bekannter aus Zürich hat die Briefe tatsächlich im Internet ersteigert. Sie kommen morgen per Kurier hier an. Ich freue mich schon auf Agnes' Gesichtsausdruck, wenn ich sie ihr zurückgebe. Die Gute ist wirklich eine Nervensäge, aber hier geht es um höhere Werte.«

Moira blieb ein Stück Garnele im Hals stecken. Sie hustete und klopfte sich auf die Brust. Dabei überlegte sie, ob sie ihrem Vater erzählen sollte, was sie herausgefunden hatte. Dann fiel ihr ein, dass sie ihm noch etwas zu beichten hatte.

»Ferrone hat mich aus der Sonderkommission rausgeworfen.«

Ambrogio legte die Gabel, die er gerade zum Mund führte, wieder auf den Teller.

»Wie bitte? Dieser Parvenü! Ich spreche morgen mit Arianna, dann wird das sofort rückgängig gemacht.«

»Mach das bitte nicht. Sie hat mir schon gesagt, dass sie nichts dagegen tun kann. Außerdem ist sie auf seiner Seite.«

Moira erzählte, was im Kommissariat passiert war.

»Völlig klar, dieser Ferrone will vor der Presse *bella figura* machen«, polterte Ambrogio. »Ich glaube dir, *tesoro*. Wir Rusconis haben ein untrügliches Bauchgefühl.« Er klopfte bekräftigend auf die Wölbung unter seinem schwarzen Rolling-Stones-T-Shirt mit der berühmten herausgestreckten Zunge. Moira wunderte sich kurz, dass es die T-Shirts überhaupt in seiner Größe gab.

»Es ist mehr als nur ein Bauchgefühl.« Moira erzählte ihrem Vater von ihrem Lauschangriff. Als sie zu der Stelle mit dem Schaf kam, liefen Ambrogio vor Lachen Tränen über die Wangen.

»Du und das Schaf, das perfekte Ermittler-Duo!« Sein Bauch bebte.

»Hey, das ist eine ernste Sache!«

»Ja, ja, du hast völlig recht. Aber es ist einfach zu komisch!« Ambrogio bemühte sich, seine Gluckser zu unterdrücken, und hörte ihr weiter zu.

Moira gab das Gespräch der beiden Frauen so genau wieder, wie sie nur konnte.

»Was hältst du davon?«, fragte sie dann.

Ihr Vater strich sich nachdenklich den Bart.

»Mit Adrians Tod haben sie also nichts zu tun, aber auf irgendeine Art sind sie trotzdem in die Geschichte verwickelt. Aber wie?«

»Warte mal kurz.« Moira ging ins Haus und kramte aus dem Durcheinander auf dem Esstisch einen Notizblock und einen Kugelschreiber. Wieder auf der Terrasse, setzte sie sich neben ihren Vater, damit er mitlesen konnte, was sie aufschrieb.

»Also, was wissen wir? Susanne und Agnes haben etwas

getan, und es ist schlimm genug, dass sie dafür ins Gefängnis kommen könnten. Und sie befürchten, Gabriella könnte sie an die Polizei verraten.«

»Also weiß Gabriella ebenfalls davon«, ergänzte Ambrogio und streichelte Marlen, die auf seinen Schoß gesprungen war und sich dort zusammengerollt hatte.

»Aber keine von ihnen hat Adrian Brugger getötet, und sie wissen anscheinend auch nicht, wer der Täter war. Aber irgendwie stecken sie da alle zusammen drin.«

Moira klopfte sich mit dem Stift gegen die Unterlippe.

»Na toll, jetzt wissen wir auch nicht mehr als am Anfang.«

Ambrogio setzte Marlen behutsam auf Moiras Schoß um und stand auf. »Ich mache uns mal einen Kaffee, der hilft beim Denken.«

»Bringst du auch was Süßes mit?«

Während ihr Vater in der Küche rumorte, machte Moira eine Liste der Indizien. Sie schrieb:

- Violette Decke
- Gummistiefel mit Fledermauskot
- halb transparenter Plastiksplitter, grün

Viel war das nicht. Sie starrte auf das Blatt, bis Ambrogio die dampfenden Espressotassen auf den Tisch stellte, dazu die immer noch halbvolle Tüte mit *confetti*. Moira griff hinein, steckte sich einen der Zuckerkiesel in den Mund und lutschte ihn wie ein Bonbon. Das schien ihr Gehirn wieder in Gang zu bringen. Vielleicht lag es auch daran, dass sie jetzt wieder ein Gegenüber hatte. Sie zeigte ihrem Vater die Liste.

»Viel ist das nicht«, kommentierte er.

»Aber vielleicht mehr, als es scheint. Die violette Decke stammt angeblich von den Egers, die genau so eine von Susanne Neri gekauft haben. Aber die Egers haben einen Hund, und wie jeder weiß, der einen Hund oder eine Katze besitzt, verteilen sich deren Haare einfach überall. Also hätten an der Decke wenigstens ein paar Hundehaare kleben müssen. In der Analyse der Fundstücke stand davon aber nichts.

Susanne hatte die Decken aus dem Verkauf genommen, also ist unwahrscheinlich, dass außer den Egers und ihr noch viele andere Leute genau so eine haben. Sie hatte außerdem guten Grund, auf Adrian wütend zu sein, falls sie davon wusste: Er ist fremdgegangen und hat sie dazu gebracht, ihr Grundstück weit unter Wert an Roberto Ponte zu verkaufen.«

Moira zerbiss das *confetto* mit einem Krachen und spülte die Splitter mit Espresso hinunter.

»Du bist richtig gut«, sagte Ambrogio anerkennend. »Was noch?«

»Sehen wir uns mal Gabriella näher an. Wenn du ihr nicht aus der Patsche geholfen hättest, wäre sie pleitegegangen, weil Adrian seinen Anteil an der Osteria nicht bezahlt hat.«

Moira sah vor sich, wie die Handwerker den Ofen auf die Straße geschoben hatten und Gabriella die Besteckschublade entglitten war. Sie knallte den Stift auf den Tisch.

»Ach du Scheiße! Gabriella hat eine ganze Menge Plastiklöffel, falls kleine Kinder in die Osteria kommen. Halb transparent und hellgrün. Genau wie der Splitter, den man in der Nähe von Adrians Leiche aus dem Dreck geschart hat. Das kann doch kein Zufall sein!«

»Na ja, so einen Löffel könnte fast jeder aus der Osteria mitgenommen haben. Und Gabriella würde sich nie an einem Mord beteiligen. Ich kenne sie lange genug, und sie ist die netteste Frau der Welt. Außer Arianna natürlich.«

Moira nahm sich noch ein *confetto*. Der Zucker schien tatsächlich beim Denken zu helfen.

»Deine Menschenkenntnis in Ehren, aber es ist unmöglich, in andere Leute wirklich reinzuschauen. Ich sage ja auch gar nicht, dass es direkt um Mord ging. Aber es gibt vielleicht etwas, was Adrian gleichermaßen mit Ralf, Gabriella, Susanne und Agnes verbindet.«

»Eger und Susanne hatten sicher Gründe, aber Gabriella und Agnes verstanden sich gut mit ihm«, sagte Ambrogio. »Adrian war wie ein Sohn für Agnes. Ihr eigener ist ziemlich jung gestorben.«

»Ich weiß. Suizid. Hat sie dir je erzählt, weshalb er das getan hat?«

Moiras Vater hob die Schultern. »Er wird depressiv gewesen sein oder so etwas.«

Das zweite *confetto* zersplitterte in Moiras Mund. Sie schluckte die Mischung aus Zucker und Mandel schnell herunter, damit sie weitersprechen konnte.

»Vielleicht war Agnes ja nicht mehr so begeistert von Adrian, nachdem er die wertvollen Briefe geklaut hatte. Und Gabriella stand seinetwegen vor der Pleite.«

»Aber deswegen bringt man doch niemanden um!« Ambrogio schüttelte entschieden den Kopf.

»Ich glaube auch nicht, dass sie Adrian umbringen wollten«, sagte Moira. »Aber vielleicht wollten sie ihn bestrafen.«

Ambrogio sah Moira betroffen an. »Du meinst, sie wollten sich an Adrian rächen und haben sich zusammengetan, um ihm einen Denkzettel zu verpassen?«

»Wäre doch möglich. Alle vier hatten Anlass, richtig sauer auf ihn zu sein. Deshalb haben sie ihn da oben eingesperrt. Er sollte ein bisschen leiden, damit er nie wieder auf die Idee käme, jemanden zu hintergehen. Nur, dass eine Person der Ansicht war, das würde nicht ausreichen.«

»Und diese Person ist zur *nevèra* hochgelaufen und hat ihm

den tödlichen Tee gebracht.« Ambrogio stützte das Gesicht in die Hände und rieb sich die Wangen. »Wenn das stimmt … Das musst du der Polizei erzählen!«

»Die nehmen mich ja nicht ernst, nicht mal Chiara. Hast du gewusst, dass Ferrone ihr Vater ist? Sie wird sich nicht gegen ihn stellen.«

»Aber Arianna …«, setzte Ambrogio an, doch Moira unterbrach ihn.

»Ich kann das alles ja nicht beweisen. Das sind reine Vermutungen. So viel habe ich inzwischen gelernt. Indizien reichen nicht. Man braucht einen echten Beweis, zum Beispiel einen Zeugen oder eine Zeugin.«

»Unfassbar, wozu Menschen fähig sind«, murmelte Ambrogio. »Das halbe Dorf besteht aus Verbrechern.«

»Ganz ehrlich: Dieser Adrian hatte Strafe mehr als verdient. Ihn umzubringen war vielleicht ein bisschen übertrieben, aber im Grunde war er der schlimmste Verbrecher. Er hat alle, die er kannte, ausgenutzt und hintergangen. Ein richtiges Arschloch. Ich bin mir gar nicht sicher, ob ich es der Polizei überhaupt sagen würde, wenn ich wüsste, wer es war. Wenn da nicht Ralf Eger wäre, der höchstwahrscheinlich einen Mord gestanden hat, der gar nicht auf seine Kappe geht.«

»Stimmt, den gibt es ja auch noch. Und warum hat er überhaupt gestanden, wenn er es gar nicht war?«

»Ich vermute, dass er unsterblich in Susanne verliebt ist und denkt, dass sie Adrian getötet hat. Aus lauter Liebe will er den Helden spielen und sich für sie opfern.«

»Das würde ich für dich oder für Arianna auch tun, wenn ihr jemanden umgebracht hättet.« Ambrogio schwenkte belehrend den Finger.

»Gut zu wissen, ich komme nötigenfalls darauf zurück«, sagte Moira grinsend.

Innerlich war sie tatsächlich gerührt von der spontanen Aussage.

»Tja, und woher kriegen wir nun unseren Zeugen oder unsere Zeugin?«, fragte Ambrogio.

Moira nahm sich nachdenklich noch ein *confetto*. In dem Augenblick, in dem sie es in den Mund steckte, kam sie auf die Idee.

»In den Tagen, in denen Adrian gestorben ist, gab es eine Hochzeit in Monte. Um zur *nevèra* zu kommen, muss man mit dem Auto durch Monte fahren, einen anderen Weg gibt es nicht. Die Polizei hat zwar den Wirt des *grotto* befragt, aber in den Akten stand nichts davon, dass auch das Brautpaar und die Gäste vernommen wurden. Vielleicht hat jemand von denen etwas bemerkt.«

»Das ist aber sehr unwahrscheinlich, oder?« Ambrogio runzelte zweifelnd die Stirn.

»Aber das Einzige, was mir einfällt.«

»Gut, dann unternehmen wir morgen einen kleinen Familienausflug.«

»Du kommst mit?«

Moiras Vater lächelte. »Was denkst du denn? Dass ich mir die Gelegenheit entgehen lasse, Detektiv zu spielen?«

Am folgenden Morgen klingelte um neun Uhr morgens ein Kurier an der Casa Rusconi und händigte Moira ein Paket von der Größe einer Schuhschachtel aus. Sie brachte es in Ambrogios Büro und legte es ehrfürchtig auf den Schreibtisch.

»Die Briefe sind da!«, rief sie nach oben.

Kurz darauf ertönte ein lautes Poltern, dann erschien ihr Vater in der Tür.

Moira bekam große Augen. »Wie siehst du denn aus?«

Ambrogio hob das Kinn. »Fesch, oder? Die Hose sitzt ein

bisschen eng, und ich kriege die Jacke nicht ganz zu, aber sonst geht's.«

Er drehte sich hin und her, damit Moira seine Lederhose und die Bikerjacke bewundern konnte. Dazu trug er schwere, klobige Stiefel.

»Du siehst aus, als wärest du im Senioren-Chapter der Hells Angels.«

»Das nehme ich als Kompliment. Für dich habe ich auch eine Kluft. Noch von deiner Mutter. Müsste dir passen.«

Zehn Minuten später standen sie vor der Garage. Ambrogio hievte das Tor nach oben. Im Inneren erschienen zwei auf Hochglanz polierte Vintage-Motorräder. Das eine metallicblau, das andere tiefschwarz.

»Lieber die Interceptor oder die Goldwing?«, fragte Ambrogio.

»*Papà*, ich bin sprachlos.« Moira trat zu den Motorrädern und ließ eine Hand über den Tank der blauen Goldwing gleiten. »Dass du früher mit Mama Motorrad gefahren bist, wusste ich, aber ich dachte, du hättest das längst aufgegeben.«

Ambrogio lachte. »Ich fahre zwar nicht mehr so viel, aber Arianna und ich machen gerne an den Wochenenden kleinere Touren.«

Moira entschied sich für die Goldwing – praktisch ein rollendes Sofa –, weil sie ihr sicherer vorkam. Auf einem Regal lagen mehrere Helme. Moira fand schnell einen, der ihr passte. Ihr Vater schob die Maschine aus der Garage und schwang sich überraschend behände in den Sattel. Moira nahm hinter ihm Platz, lehnte sich an seinen Rücken, damit sie in den Kurven mitgehen konnte, und los ging es.

Ambrogio fuhr gemütlich, aber nicht träge, und Moira vergaß beinahe, dass sie nicht zum Vergnügen unterwegs waren. Bis Mendrisio fuhren sie auf der Strada Cantonale, die sich relativ gerade am Seeufer entlangzog. Dann nahmen sie die Landstraße nach Castel San Pietro und genossen es, durch eine Kurve nach der anderen zu jagen. Von Castel San Pietro aus ging es steil bergauf ins Muggiotal hinein. Die Kurven wurden so eng, dass Ambrogio das Tempo verringern musste. Links und rechts der Straße stand dichter Wald, dennoch konnte man erkennen, wie steil es bergab ging. Moira genoss die gemütliche Fahrt durch die Natur. Sie kamen an einer kleinen Ansammlung weniger Häuser vorbei, und sie stellte sich vor, wie idyllisch es sein musste, hier zu leben. Wenn man wollte, konnte man ganz für sich bleiben, und dennoch war es nicht allzu weit bis Mendrisio oder Chiasso.

Dann erreichten sie Monte. Am Ortseingang befand sich etwas erhöht die Osteria des Dorfes. Ambrogio stellte die Goldwing auf dem Gemeindeparkplatz ab, dann stiegen sie die lange Treppe zur Terrasse des Gasthauses hinauf. Unter den Sonnenschirmen saßen einige Gäste in Wanderkluft, meist ältere Herrschaften. Da der Wirt nirgendwo zu sehen war, betraten sie die Gaststube.

Moira war sofort hingerissen: Alte Dielen und Holzmöbel, die nicht zueinanderpassten, schufen eine gemütliche Atmosphäre. An der hinteren Wand gab es eine Feuerstelle mit steinernen Sitzplätzen, wo man sich im Winter aufwärmen konnte. Durch die Fenster überblickte man das gesamte Tal und konnte bis nach Chiasso sehen. Es roch ein wenig nach Asche und verkohltem Holz, überlagert von dem köstlichen Geruch nach gebratenem Fleisch und Gewürzen. Neben dem Tresen stand ein Buffetwagen mit Salaten und Vorspeisen und auf dem Tresen zwei Torten, die von Glashauben geschützt wurden. Auch hier kein Wirt, aber aus der Küche drangen Geräusche.

»Hallo!«, rief Moira.

Ein großer Mann in den Fünfzigern erschien hinter der Theke. Er hatte weißes Haar, aber eine jugendliche Ausstrahlung und große hellblaue Augen. Nicht gerade der typische Tessiner, dachte Moira.

»Ja, was gibt es?«, fragte er mit einem breiten Deutschschweizer Akzent, weshalb Moira ins Deutsche wechselte.

»Entschuldigen Sie die Störung«, sagte sie. »Hätten Sie einen Moment Zeit? Moira Rusconi. Ich arbeite an einem Todesfall, der sich hier in der Nähe ereignet hat, und bräuchte einige Informationen von Ihnen. Dauert nicht lange.«

Der Wirt wischte sich die Hände mit der langen Schürze ab, die ihm bis zu den Waden reichte.

»Frank Moser. Kann sein, dass ich zwischendurch nach dem Essen schauen muss, aber wenn ich weiterhelfen kann, tu ich's gern. Es war vor zwei Wochen oder so schon jemand von der Polizei hier. Haben Sie was vergessen?«

Moira war erleichtert, dass er nicht nach ihrem Ausweis gefragt hatte, sondern einfach annahm, dass sie zur Polizei gehörte.

»Es kommt manchmal vor, dass Leute sich nachträglich an Dinge erinnern, deshalb fragen wir noch mal nach. Wenn Sie an die Tage rund um die Hochzeit zurückdenken: Ist Ihnen irgendetwas Ungewöhnliches aufgefallen? Fremde Gesichter im Dorf, unbekannte Autos oder überraschende Ereignisse, die nicht in die tägliche Routine passen? Das können auch ganz kleine Ereignisse sein, die Ihnen gar nicht so ungewöhnlich erschienen sind. Jemand, der nach dem Weg gefragt hat oder eine Reifenpanne hatte.«

Moira war ziemlich stolz darauf, dass sie klang wie eine echte Inspektorin.

Moser nahm sich Zeit zum Nachdenken und schüttelte dann den Kopf. »In den Tagen vor der Hochzeit war nichts Besonderes. Ich war mit den Vorbereitungen voll beschäftigt, Einkaufen und solche Dinge.« Er rieb sich das linke Ohrläppchen. »Die Feier selbst ... Da ist natürlich ein Riesenbuhei. Reden, Spiele, Brautstraußwerfen, all diese Sachen. Aber Moment, da war was am Nachmittag. Das hatte ich tatsächlich vergessen. Ich war auch die meiste Zeit in der Küche und habe das gar nicht richtig mitgekriegt. Aber da war eine Frau, die gehörte nicht zur Hochzeitsgesellschaft. Irgendwie hatte sie sich wehgetan, und die Braut hat sich um sie gekümmert. Irgendwann muss sie gegangen sein, oder jemand hat sie nach Hause gefahren.«

»Können Sie uns sagen, wie die Frau ausgesehen hat?«

Wieder dachte Moser lange nach. Dann schüttelte er bedächtig den Kopf.

»Nein, tut mir leid. Ich hatte so viel zu tun, da habe ich nicht auf Details geachtet.«

Moira lächelte ihm aufmunternd zu. »Das macht nichts. Toll, dass Sie sich überhaupt noch an die Frau erinnern können. Die Braut hat sich also um sie gekümmert? Würden Sie uns deren Kontaktdaten geben, damit wir uns direkt an sie wenden können?«

»Freilich. Muss ich nur erst raussuchen.« Moser verschwand.

Ambrogio ließ sich auf die Sitzbank fallen, die unter der Fensterfront verlief.

»Da wir schon mal hier sind, könnten wir auch zu Mittag essen«, schlug er vor. »Es riecht jedenfalls verlockend.«

»Das machen wir.«

Der Wirt kam mit einem Zettel zurück, auf dem die Adresse und die Telefonnummern des Brautpaares standen. Er freute sich, dass Moira und Ambrogio zum Essen bleiben wollten, und deckte für sie einen Tisch auf der Terrasse. Dort saßen sie, Moira mit einem Aperitif, ihr Vater mit einem alkoholfreien

Bier, und genossen die Aussicht. Während sie auf ihr Essen warteten, rief Moira beim Brautpaar an, doch beide antworteten nicht. Daher schrieb sie eine Textnachricht, in der sie um Rückmeldung bat. Dann steckte sie das Telefon ein und wandte sich ihrem Vater zu.

»*Papà*, ich muss dir was sagen. Ich weiß, du bist wahrscheinlich enttäuscht, aber ich habe das Gefühl, ich sollte nach Hause fahren. Ich bin schon zu lange hier. Ich weiß, du hast dich auf Luna gefreut, aber ich denke, wir kommen besser ein andermal wieder und besuchen dich.«

»Ist wegen Luca, oder?«

»Wie kommst du denn darauf?«

Ambrogio machte ein Geräusch, das wohl bedeuten sollte: Wem willst du hier was vormachen?

»Ist schwer zu übersehen, dass es zwischen euch gefunkt hat. Will er denn nicht?«

Moira seufzte. »So einfach ist das nicht. Er ist verheiratet, und ich werde ganz sicher keine Familie kaputtmachen. Wenn er kein Kind hätte, wäre es vielleicht etwas anderes. Ich weiß nicht. Aber das ist ja egal. Es ist, wie es ist.«

Ambrogio zwirbelte eine Strähne seines Bartes. »Und du meinst, davonzulaufen würde das Problem lösen?«

»Ja, natürlich. Wenn ich nicht da bin, passiert auch nichts. Und es tut weniger weh.«

»Sicher?«

Moira riss Fetzen von einem Bierdeckel und machte daraus einen kleinen Haufen auf dem Tisch.

»Keine Ahnung. Hoffentlich.«

Es entstand eine Gesprächspause, weil Moser das Mittagessen servierte. Wortlos fegte er das Häuflein Bierdeckelschnipsel vom Tisch in seine hohle Hand, wünschte guten Appetit und entfernte sich.

Ambrogio probierte seine Ravioli mit Salbeibutter und verdrehte verzückt die Augen. »Die einfachen Genüsse sind die besten, daran ist nicht zu rütteln.«

Dann nahm er das Gespräch wieder auf. »Du weißt schon, was für dich gut ist, *tesoro*. Aber ich habe mich wirklich sehr darauf gefreut, meine Enkelin zu sehen. In meinem Zustand weiß ich ja nicht, wie lange ich noch auf Erden wandle.«

»Das ist unfair«, sagte Moira und wickelte einen Streifen des Rindercarpaccios auf ihre Gabel.

»Ich sage nur, wie es ist.«

»Ich denke drüber nach, okay?«

»Das ist schön. Aber jetzt reden wir nicht mehr darüber, sondern genießen das Essen. Ich muss um drei wieder zurück sein, Gabriella und ich wollen ein paar Dinge wegen unserer neuen Partnerschaft besprechen.«

Moira warf ihm einen schiefen Blick zu.

»Wenn sie im Gefängnis landet, wird wahrscheinlich nichts aus euren Plänen.«

»Bis jemand schuldig gesprochen wird, ist er als unschuldig zu betrachten.«

»Das hat Spaß gemacht«, sagte Moira, als sie wieder in Montagnola waren, und stieg von der Goldwing.

Auch Ambrogio saß ab und nahm den Helm ab. »Ich hoffe, unser Ausflug bringt dich auch bei deinen Ermittlungen weiter. Obwohl ich mir immer noch nicht vorstellen kann, dass Gabriella und Agnes wirklich etwas Schlimmes angestellt haben.«

»Meinst du, ich habe mich da in etwas verrannt?« Moira legte ihren Helm zurück ins Regal und fuhr sich mit den Fingern durch die zerdrückten Haare.

»Ich weiß es nicht, *tesoro*. Du solltest dir jedenfalls ganz sicher sein, bevor du jemanden beschuldigst. Solche Sachen bleiben immer hängen, vor allem in so einem kleinen Dorf.«

»Ich weiß. Ich will ja auch keine Existenzen zerstören.«

Sie gingen ins Haus. Während Moira die hungrigen Katzen fütterte, entledigte sich Ambrogio im oberen Stock seiner Bikerkluft. Als er wieder in die Küche kam, trug er sogar ein Hemd, das locker über den Bund seiner Leinenhose hing. Ein Strohhut und weiße Leinenschuhe vervollständigten das Outfit.

»Ist das dein Hermann-Hesse-Gedächtnisanzug?«, frotzelte Moira.

Ambrogio zwinkerte. »Genau. Die obligatorische Dorftracht für formelle Anlässe jeder Art.«

Er zapfte sich ein Glas Wasser am Küchenbecken. »Gott, mein Mund ist ganz trocken vor Aufregung. Ich habe immer davon geträumt, mal ein Restaurant zu haben, und wenigstens werde ich jetzt so was wie Co-Wirt.«

»Wenn Gabriella ins Gefängnis kommt, kannst du den Laden ja ganz übernehmen«, sagte Moira.

»Das wollen wir nicht hoffen.« Ambrogio kraulte Herta, die auf der Arbeitsplatte neben der Spüle saß und ihn beobachtete, zwischen den Ohren.

»War nur ein blöder Witz, entschuldige.«

»Schon vergeben. Also bis später! Und überlege dir in der Zwischenzeit, ob du nicht doch mit Luna die Ferien hier verbringen willst.«

Die Haustür fiel ins Schloss. Moira ertappte sich dabei, wie sie auf die Uhr sah und überlegte, ob kurz vor drei zu früh für einen Aperitif war. Seit sie sich im Tessin aufhielt, wurden Wein und Prosecco immer mehr zu Alltagsgetränken. Die Tessiner nutzten jeden Anlass, eine Flasche zu entkorken, und wenn es keinen Anlass gab, dachten sie sich einen aus.

Moira entschied sich, die regionalen Gepflogenheiten zu achten, und holte eine Flasche Valdobbiadene aus dem Gelass unter der Treppe, das ihr Vater großspurig als Weinkeller bezeichnete. Herta sprang senkrecht in die Luft, als der Korken knallte, und floh nach draußen.

»Entschuldigung!«, rief Moira ihr hinterher. Sie schenkte sich ein Glas ein, stellte die Flasche in den Kühlschrank und setzte sich auf die Terrasse. Der Garten war dank Ambrogios Bemühungen wirklich ein kleines Paradies und hielt perfekt das Gleichgewicht zwischen verwildert und gepflegt. Moira musste an ihre und Lunas Dreizimmerwohnung in Frankfurt denken, mit dem winzigen Balkon an der Gebäuderückseite, wo im Hof die Autos der Hausbewohner parkten und es außer einer Rasenfläche von der Größe eines Duschhandtuchs kein bisschen Grün gab.

Die Wohnung war schön – oder zumindest hatte Moira sie schön gemacht –, aber jetzt, da sie darüber nachdachte, wurde ihr bewusst, dass sie sie nicht als ihr Zuhause betrachtete. Sie hatte nach der Trennung von Martin schnell eine neue Bleibe finden müssen und die erstbeste Wohnung gemietet, die groß genug war. Es war schwierig, im Stadtgebiet etwas Bezahlbares zu finden. Jetzt wurde ihr auch klar, weshalb sie noch keine Bilder aufgehängt und nicht einmal alle Kisten ausgepackt hatte. Es war eine Übergangswohnung. Ein Dach über dem Kopf, bis sie wusste, in welche Richtung sich das Leben entwickeln würde.

Sie lächelte, als Elfriede wie aus dem Nichts erschien und auf den Tisch sprang. Die Katze setzte sich, die Vorderpfoten ordentlich nebeneinander platziert, und sah Moira durchdringend an, wie Katzen es tun, wenn sie etwas oder jemanden als ihren Besitz betrachten. Moira lächelte und senkte den Kopf. Elfriede stupste ihre Stirn gegen Moiras, dann stieg sie gravitätisch auf Moiras Schoß und rollte sich zusammen. Es war das erste Mal, dass Elfriede ihr so nahe kam. Moira streichelte gerührt die pelzige Wange der Schildpattkatze. Es kam ihr vor wie ein Zeichen, dass sie hierhergehörte.

Sie trank noch einen Schluck Sekt und nahm ihr Telefon vom Tisch, um auf Chiaras Nachricht zu antworten.

Alles in Ordnung, ich bin ja selbst schuld. Mach dir keine Gedanken. Melde mich bald wegen Kaffee.

Noch während sie tippte, klingelte das Telefon. Auf dem Display erschien als Kontaktname: »Braut Monte«. Moira drückte gespannt auf den grünen Telefonhörer und meldete sich.

»Ich sollte Sie zurückrufen«, sagte eine helle, sehr jung klingende Stimme. »Worum geht es denn?«

»Danke für den Rückruf. Ich untersuche einen Kriminalfall, der sich in der Nähe von Monte ereignet hat, und der Wirt meinte, Sie könnten mir vielleicht weiterhelfen.«

»Geht es um den Eiskeller-Mord? Den Täter haben Sie doch gefasst, stand heute Morgen in der Zeitung.«

Eiskeller-Mord. Da hatte die Lokalpresse sich ja selbst übertroffen.

»Das stimmt«, sagte Moira schnell. »Aber wir untersuchen noch einige Details und versuchen, weitere Zeugen zu finden. Der Wirt der Osteria in Monte sagte, Sie hätten eine fremde Frau betreut, die sich verletzt hatte.«

»Ja, sie hatte sich übel den Fuß verknackst, weil sie viel zu große Gummistiefel anhatte. Wer geht denn auch in Gummistiefeln wandern!«

Moiras Solarplexus wurde warm und begann zu prickeln, ihr Herzschlag beschleunigte sich.

»Können Sie mir die Frau beschreiben?«

»Puh, auf ihr Gesicht habe ich gar nicht so geachtet. Sie

war schon älter, aber ich könnte jetzt nicht sagen, ob sie fünfzig oder fünfundsechzig war. Schwarze Haare, so ein längerer Bob. An mehr kann ich mich nicht erinnern. Es war immerhin mein Hochzeitstag.«

»Herzliche Glückwünsche nachträglich. Würden Sie vielleicht mal Ihre Hochzeitsfotos durchschauen, ob die Frau auf einem davon drauf ist?«

»Ja, kann ich, aber das wird eine Weile dauern. Wir haben Hunderte von Bildern.«

»Das ist eine sehr große Hilfe. Danke für Ihre Mühe.«

Sie verabschiedeten sich, und Moira beendete das Gespräch. Schwarzer Bob, das passte weder auf Gabriella noch auf Agnes. Susanne schied sowieso aus, weil sie zu jung war.

Elfriede drehte sich auf den Rücken. Moira kraulte vorsichtig die Stelle zwischen ihren Vorderbeinen, und die Katze fing an zu schnurren.

Moira überlegte, wer aus Adrians Umfeld einen schwarzen Bob trug. Und es fiel ihr tatsächlich jemand ein: Valeries Mutter. War auch sie Teil der Verschwörung gegen Adrian Brugger und hatte ihre Tochter gerächt? Von ihr war in dem Gespräch zwischen Agnes und Susanne keine Rede gewesen. Und sie war auch noch keine fünfzig – allerdings war man vermutlich nicht gerade in Bestform, wenn man kurz zuvor einen Menschen getötet hatte.

Aber warum sollte Nina Eger die Gummistiefel ihres Mannes anziehen? Wollte sie ihn loswerden, indem sie den Verdacht auf ihn lenkte? Es ergab keinen Sinn.

Moiras Telefon klingelte wieder. Ärgerlich, weil sie beim Nachdenken gestört wurde, nahm sie das Gespräch an, ohne auf das Display zu sehen.

»Moira, komm hoch zur Osteria!«, rief ihr Vater ins Telefon. »Der Notarzt kommt auch gleich!«

»O Gott, ist dir was passiert?«

»Nicht mir, sonst würde ich dich kaum anrufen. Es geht um Gabriella!« Im Hintergrund waren Sirenen zu hören, dann unterbrach Ambrogio die Verbindung. Jetzt hörte Moira die Sirenen auch direkt. Sie hob die verblüffte Elfriede von ihrem Schoß, rannte ins Haus, zog ihre Turnschuhe an und sprintete die ganze Strecke bis zum Il Mulino.

Als sie außer Atem die Osteria erreichte, kamen gerade zwei Sanitäter aus dem Haus, zwischen sich eine Trage, auf der Gabriella lag. Sie war kalkweiß im Gesicht und hatte die Augen geschlossen. In ihrer Nase steckte ein Sauerstoffschlauch.

Jetzt kam auch ihr Vater nach draußen, das Gesicht im Gegensatz zu Gabriella besorgniserregend rot.

»Was ist passiert?«, fragte Moira.

»Ich weiß nicht. Sie war nicht in der Gaststube, also bin ich nach oben gegangen und habe geklopft. Dann habe ich gemerkt, dass die Tür nicht abgeschlossen war, und bin reingegangen. Gabriella lag im Wohnzimmer vor dem Sofa, bewusstlos und mit Schaum vor dem Mund. Hoffentlich ist sie nicht tot!«

»Bestimmt nicht«, sagte Moira, obwohl sie natürlich keine Ahnung hatte. Aber noch mehr als um Gabriella sorgte sie sich darum, dass ihr Vater einen weiteren Schlaganfall erleiden könnte.

Die Sanitäter hatten die Trage mit Gabriella in den Ambulanzwagen geschoben. Der Ältere war bei ihr geblieben, und der Jüngere schloss die Türen. Moira lief hinüber. »Wohin bringen Sie sie?«

»Ins Civico«, sagte der Sanitäter beim Einsteigen. Dann zog er die Tür zu, und gleich darauf fuhr der Wagen an. Moira kehrte zu ihrem Vater zurück, der an einem der Tische vor der Osteria hockte und vor sich hin starrte. Sie legte ihm die Hand auf die Schulter. »Wie fühlst du dich?«

Er sah zu ihr auf, einen verwirrten, beinahe kindlichen Ausdruck auf dem Gesicht. »Wie kann das denn sein? Alles ging so schnell. Ich begreife das nicht.«

Moira war erleichtert, dass er sich klar und deutlich artikulierte.

»*Papà*, hast du Schmerzen im Arm oder in der Brust?«

Ambrogio schüttelte den Kopf. »Nein, mir geht es gut. Aber Gabriella ... Was ist denn mit ihr?«

»Wir fahren ihr gleich ins Krankenhaus hinterher«, entschied Moira. »Bleib sitzen, ich hole das Auto.«

Sie rannte zurück zum Haus, holte den Autoschlüssel und wendete den alten Jeep. An der Osteria sammelte sie ihren Vater auf und fuhr dann in Richtung Lugano, so schnell die Geschwindigkeitsbegrenzung es erlaubte.

Der Wartebereich war auf einem anderen Stockwerk, sah aber genauso aus wie der, in dem sie die Nacht nach Ambrogios Schlaganfall verbracht hatten. Moira versorgte ihren Vater mit Wasser aus dem Automaten und fragte sämtliches Personal, das in ihre Nähe kam, nach Gabriellas Zustand, aber niemand wollte ihnen Antwort geben. Schließlich rief Moira Luca an.

»Kannst du nachfragen, was mit Gabriella los ist?«

Zehn Minuten später rief Luca zurück.

»Sie hat wahrscheinlich eine Überdosis Schlaftabletten genommen. Vermutlich ein Suizidversuch.«

Moira rieb sich die Stirn. »Das wäre ja furchtbar.«

»Soll ich vorbeischauen?«, fragte Luca vorsichtig.

»Nein, wir kommen zurecht. Danke.«

Sie erzählte Ambrogio, was Luca gesagt hatte.

Dann blieb ihnen nichts anderes übrig, als wieder nach Hause zu fahren. Sie konnten nur hoffen, dass Gabriella wieder gesund werden würde.

18

Zwei Tage später stand Moira am Bahnhof von Lugano und wartete auf den Bus. Für die herrliche Aussicht über die Stadt und den tiefer gelegenen See hatte sie heute keinen Blick. Sie hatte versucht, sich mit einem Stadtbummel abzulenken, aber der Fall ging ihr immer noch nicht aus dem Kopf. Dazu kam die Sorge um Gabriella, deren Zustand immer noch unklar war.

Hatte sie wirklich versucht, sich umzubringen? Moira fiel es schwer, sich das vorzustellen, doch vielen Menschen merkte man eine Depression nicht an. Gabriellas finanzielle Probleme waren gelöst, aber vielleicht gab es noch etwas anderes, das sie belastet hatte und wovon niemand wusste? Ging es um die Sache, über die Agnes mit Susanne gesprochen hatte? Letztlich aufklären konnte das nur Gabriella selbst, wenn sie wieder aufwachte. Falls sie wieder aufwachte.

Endlich kam der Bus. Moira setzte sich ganz nach hinten, kam aber nicht zur Ruhe. In diesem Moment wünschte sie sich, sie hätte Lucas Angebot, für die Polizei zu dolmetschen, nie angenommen. Jetzt saß sie inmitten dieses Durcheinanders und wusste nicht, was sie tun sollte.

Ihr Telefon gab einen Signalton von sich. Dann noch zwei in kurzen Abständen. Sie fand es nicht gleich und wühlte hektisch in ihrer Umhängetasche, bis sie es endlich zwischen den Fingern fühlte.

Es waren drei Fotos, die die Braut geschickt hatte. *Ich hoffe, Sie können damit was anfangen.*

Alle drei Bilder waren auf der Terrasse der Osteria in Monte aufgenommen worden. Auf dem ersten sah man im Vordergrund festlich gekleidete Leute, die für das Foto posierten. Ganz rechts im Hintergrund saß eine Person, die ein Bein, dessen Knöchel verbunden war, auf einem Stuhl abgelegt hatte. Moira vergrößerte den Bildausschnitt, was frustrierenderweise nur dazu führte, dass sie einen Haufen bunter Pixel auf dem Display hatte. Außer, dass die Person dunkle Haare hatte, war nichts zu erkennen. Auch die anderen beiden Bilder waren nicht viel besser. Die Person mit dem verbundenen Knöchel war zwar abgebildet, aber unscharf. Moira wollte das Telefon gerade wieder einstecken, als ihr Blick auf die Dekoration eines Tisches im Vordergrund fiel. Dort standen mehrere Säckchen *confetti* in Hellblau und Rosa. Verschlossen wurden die durchsichtigen Zellophansäckchen von lilafarbenen Bändern – genau wie das Tütchen, das Agnes Moira vor einiger Zeit mitgebracht hatte.

Mehrere Sekunden lang war Moira unfähig, sich zu bewegen. Sie fühlte sich, als hätte man einen Eimer Eiswasser über ihr ausgekippt.

Agnes.

Agnes war auf dieser Hochzeit gewesen und hatte von dort die *confetti* mitgebracht. Und jetzt fiel Moira auch ein, dass die Nachbarin eine Zeit lang am Stock gegangen war, weil angeblich ihre Hüfte Probleme machte. Der schwarze Bob musste eine Perücke gewesen sein.

Moira merkte, dass sie die Luft anhielt, und atmete zwei-, dreimal tief durch.

»Bei diesen Kurven wird mir auch immer übel«, sagte eine ältere Frau, die vor ihr saß, verständnisvoll.

Moira lächelte verkrampft. Dann rief sie Chiara an.

»Ciao, *carissima!* Wie schön, dass du dich meldest! Wie

geht's dir?« Chiara klang ein wenig zu begeistert, womit sie wahrscheinlich ihr schlechtes Gewissen kaschieren wollte.

Moira ging nicht auf die Frage ein. »Chiara, ich weiß, wer es getan hat«, sagte sie atemlos. »Agnes Tobler.« Sie erklärte der Polizistin die Sache mit den *confetti* und dem Gehstock. »Agnes war nachweislich vor Ort. Zur richtigen Zeit. In Gummistiefeln, die ihr zu groß waren. Dafür gibt es Zeugen, die sie wahrscheinlich auch wiedererkennen würden. Ach, und außerdem hat sie wahrscheinlich versucht, Gabriella Motta zu vergiften. Die liegt mit einer Vergiftung im Koma. Das Civico sollte inzwischen die Rechtsmedizin informiert haben.«

»Okay, Moment. Ich weiß nicht, ob ich alles mitgekriegt habe. Was hat diese Gabriella mit dem Fall zu tun?«

»Ich denke, dass sie, Susanne, Ralf und Agnes, Adrian ursprünglich gar nicht töten wollten. Sie wollten ihm einen ordentlichen Denkzettel verpassen. Und Agnes hat dann ohne das Wissen der anderen Adrian umgebracht.«

»Das klingt völlig verrückt.«

»Es ist völlig verrückt, aber die Wahrheit.«

»Ich glaube dir ja. Gute Arbeit, übrigens.«

»Danke. Redest du mit deinem Vater?«

»Nein. Ich gehe direkt über Manzoni. Kannst du uns die Tüte mit den *confetti* bringen?«

»Ja. Allerdings habe ich die meisten schon gegessen.«

Chiara unterdrückte ein Kichern. »Macht nichts. Hauptsache, ein paar sind übrig und du hast noch die Verpackung. Und schick mir auch die Bilder weiter, vielleicht kann Serena was damit anstellen. Ahnt eure Nachbarin, dass du ihr auf der Spur bist?«

»Ich glaube nicht. Oh, Moment, ich muss aussteigen.«

Moira sprang gerade noch rechtzeitig aus dem Bus, bevor sich die Türen schlossen.

»Aber es wäre wahrscheinlich gut, sie möglichst bald zu verhaften, bevor sie noch jemanden umbringt. Vielleicht will sie auch Susanne aus dem Weg schaffen, damit die nichts ausplaudern kann.«

Moira ging über die Straße in Richtung Casa Rusconi, während sie weiter mit Chiara telefonierte.

»Ich schicke eine Streife bei ihr vorbei«, versprach die Polizistin. »Aber heute wird das nichts mehr mit dem Haftbefehl, fürchte ich. Es ist halb sieben. Außerdem kann ich Gefahr im Verzug nicht geltend machen, solange wir keine Beweise haben.«

»Mist. Aber klar, das verstehe ich. Ich glaube auch nicht, dass sie abhauen würde – wohin sollte sie auch?«

»Nimm einfach keine Süßigkeiten von ihr an«, sagte Chiara zum Abschied.

Sieh an, sie kann richtig witzig sein, dachte Moira anerkennend.

Sie war zu Hause angekommen, schloss die Tür auf und erschrak fast zu Tode, als von oben etwas Pelziges, Rotes auf sie herabschoss.

»Luise!«

Die kleine Katze krallte sich in Moiras T-Shirt und die Haut darunter und kletterte auf ihre Schulter. Dort ließ sie sich mit einem zufriedenen Maunzen nieder.

»Wie um Himmels willen hast du es auf den Schrank geschafft?«

Moira ging mit Luise in die Küche und rief nach ihrem Vater. Wie üblich bekam sie keine Antwort.

»Wo steckt der Mann denn wieder?«, fragte Moira die Katze. Im selben Moment sah sie den Zettel auf dem Tisch: »Bin bei Agnes, Briefe zurückbringen und noch ein bisschen Poirot spielen.«

Moira schloss die Augen und ermahnte sich, ruhig zu bleiben. Agnes hatte keinen Anlass, ihrem Vater etwas anzutun. Es sei denn, sie verlor die Geduld, weil er ihre Avancen ablehnte.

Immer noch mit Luise auf der Schulter versuchte sie, Ambrogio anzurufen. Doch er antwortete nicht. Wahrscheinlich hörte er sein Telefon einfach nicht – zumindest hoffte Moira, dass es daran lag.

»Tut mir leid, Luischen, du musst hierbleiben.« Sie zog sich die Katze von der Schulter und setzte sie auf den Tisch. »Essen gibt es später.«

Sie trat auf die Straße und sah an der Casa Tobler hinauf. Das Haus wirkte abweisend wie eine Trutzburg. Auf der Straßenseite brannte kein Licht. Sicher waren Agnes und ihr Vater im Wohnzimmer. Das Tor vor der Einfahrt erwies sich als verschlossen und war zu hoch, um einfach darüberzuklettern. Moira blieb nichts anderes übrig, als an der Tür zu klingeln.

Sie wippte unruhig mit einem Fuß, während sie wartete. Dann hörte sie, wie innen der Schlüssel gedreht wurde. Die Tür öffnete sich, und Agnes stand vor ihr.

»Was für eine schöne Überraschung! Heute habe ich aber Glück, so viel Besuch zu bekommen!« Agnes' Stimme klang ein wenig verwaschen.

»Ist mein Vater bei Ihnen? Er müsste dringend …«

»Nun komm doch erst mal rein, Mädchen. Dein Vater ist oben, wir feiern ein bisschen, dass ich meine Briefe wiederbekommen habe.«

»Ich gratuliere«, sagte Moira. »Ich muss Ambrogio leider abholen, wir haben einen Wasserrohrbruch im Haus.«

»Schlimm, ja, ja, das muss repariert werden. Komm mit hoch, dann kannst du's ihm selbst sagen.«

Moira trat ein. Agnes schloss hinter ihr ab und steckte den

Schlüssel ein. Dann ging sie Moira voraus. In der seltsamen Galerie der Schätze leuchteten wenige elektrische Teelichter, sodass die Räume an eine Gruft erinnerten. Moira war froh, als sie die Zimmerflucht hinter sich hatten und nach oben stiegen.

»Hallo, *papà*«, rief sie schon, bevor sie das Wohnzimmer betrat.

Es brannte kein elektrisches Licht, nur der Kerzenständer auf dem Beistelltisch neben dem Fenster spendete warmes Licht.

Ambrogio saß an dem runden Nussbaumtisch, auf dem eine Flasche Grappa und zwei Gläser standen. Seine geröteten Bäckchen verrieten, ebenso wie der Pegelstand der Flasche, dass er dem Tresterschnaps kräftig zugesprochen hatte.

»*Papà*, du musst mitkommen, wir haben einen Wasserrohrbruch im Haus.«

»Ach, so schlimm wird es nicht sein. Das bisschen Wasser wischen wir nachher auf. Setz dich zu uns. Wir erzählen uns gerade Geschichten aus alten Zeiten.«

Ambrogio zwinkerte Moira auffällig zu. Er hielt sich offensichtlich für sehr gewieft. Moira hoffte, dass Agnes das Zwinkern als spontane Zuckungen interpretierte.

»Erst einmal stoßen wir alle zusammen an.« Agnes öffnete den Glasschrank des Buffets und holte ein drittes Glas heraus.

Während Agnes ihnen den Rücken zugewandt hatte, gestikulierte Moira verzweifelt. Sie deute auf Agnes' Rücken und zog sich die Handkante über die Kehle. Dann machte sie eine Geste, als würde sie trinken, setzte das imaginäre Glas ab und wedelte mit gestrecktem Zeigefinger in der Luft herum.

Ambrogio sah sie verständnislos an und hob die Schultern.

Agnes drehte sich um. Moira versteckte schnell ihre Hände hinter dem Rücken.

Agnes schenkte ihr ein und reichte ihr das Glas, dann hob sie das ihre. »Trinken wir auf die Zukunft«, sagte sie.

Moira nippte so wenig wie möglich von ihrem Grappa, auch wenn es ihrem Vater bisher gut ging, obwohl er schon mehrere Gläser getrunken haben musste.

Irgendwo klingelte ein Telefon. Es war ein altmodisches Klingeln, dieses ratternde Schrillen, das Moira noch aus ihrer Kindheit kannte, aber schon lange nicht mehr gehört hatte. Der Apparat musste sich im Flur befinden.

»Entschuldigen Sie mich.« Agnes ging hinaus und schloss die Tür hinter sich. Moira begann sofort, auf ihren Vater einzuflüstern.

»Sie war es! Sie hat Adrian getötet und wahrscheinlich auch Gabriella vergiftet.«

Ambrogio legte eine Hand hinter sein Ohr. »Entschuldige, *tesoro*, aber ich habe kein Wort verstanden.«

Moira hob ihre Stimme ein wenig. »Agnes ist die Mörderin!«

Die Kerzenflammen flackerten.

»Ach ja, bin ich das?«, sagte Agnes in ihrem Rücken.

Moira kniff die Augen zusammen. »Scheiße!«, presste sie durch die Zähne.

Sie drehte sich im selben Moment um, als Agnes die Tür abschloss und auch diesen Schlüssel einsteckte. Erst als sie sich wieder dem Raum zuwandte, sah Moira die Duellpistole, die im Flur gehangen hatte, in ihrer Hand.

Moira sah die Waffe an und fühlte überhaupt nichts. Sie konnte sich nicht bewegen. Selbst wenn sie es versucht hätte, wäre es ihr nicht gelungen.

»Sie funktioniert, und ich kann damit umgehen«, sagte Agnes. Ihre Stimme war jetzt ganz klar. »War oft auf der Jagd mit meinem Vater. Ganze Nächte haben wir auf dem Hochsitz verbracht, um im Morgengrauen bereit zu sein. Kalte Nächte. Da muss man zusammenrücken, nicht wahr? Da muss man sich gegenseitig wärmen. So hat mein Vater es mir erklärt. Ich dachte lange, das wäre normal.«

Agnes ging langsam von der Tür zum Fenster.

»Agnes, leg das Ding weg«, sagte Ambrogio sanft. »Wir trinken noch ein Glas und hören dir zu.«

Einen Moment lang wirkte Agnes' Miene, als zöge sie den Vorschlag in Erwägung, doch dann fasste sie die Pistole fester. Sie setzte ihren Weg zum Fenster fort, öffnete es und warf den Haus- und den Zimmerschlüssel hinunter in den Garten.

»So, jetzt erzähle ich euch den Rest der Geschichte.« Sie setzte sich auf das Sofa, das in der Fensternische stand. »Aber ihr legt bitte zuerst eure Mobiltelefone aufs Buffet. Ich möchte nicht, dass ihr abgelenkt werdet.«

Ambrogio warf Moira einen Blick zu, und sie nickte leicht. Daraufhin reichte er ihr sein Telefon. Moira stand auf und legte beide Geräte auf die Ablage des Buffetschranks. Dabei drückte sie unauffällig auf die Wahlwiederholung ihres Telefons. Sie konnte nur hoffen, dass die Tonqualität gut genug war, sodass Chiara alles verstehen konnte.

Agnes hatte anscheinend nichts bemerkt. »Tragisch, dass mein Vater so schnell starb, nachdem ich zurückkam, um ihn zu pflegen. In der Badewanne ertrunken, ein schrecklicher Unfall.« Ambrogio murmelte: »*Madonna.*«

Agnes fuhr fort. »Ich habe es für das Kind getan, das mein Vater mit mir gezeugt hat, als ich fünfzehn war. Mein kleiner, hübscher Jürg. Er sah aus wie ein Engel.« Ihre Miene verfinsterte sich. »Und dann hat jemand seine Flügel zerbrochen, so wie mein Vater meine zerbrochen hatte.« Agnes' Blick richtete sich direkt auf Moira. »Weißt du, wie es sich anfühlt, wenn man sein Kind nicht beschützen kann?«

Moira schüttelte stumm den Kopf und betete darum, hier heil herauszukommen und Luna wiedersehen zu dürfen.

»Dann hoffe ich, dass du es nie erfahren musst. All meine Mutterliebe hat nicht ausgereicht, um ihn zu retten. Er hat es nie verkraftet. Er war innerlich kaputt. Und dann hat er dafür gesorgt, dass auch sein Körper zerstört wurde.«

»Wie?«, hauchte Moira.

»Drogen«, sagte Agnes in einem beinahe heiteren Ton. »Alles, was er kriegen konnte. Alles, was ihn vergessen ließ, nehme ich an. Und schließlich hat er sich umgebracht. Der Zug hat ihn stehend getroffen. Er muss ihm entgegengesehen haben. Das Schlimmste war, dass ich für ihn froh war, dass sein Leiden ein Ende hatte.«

»Das tut mir sehr leid«, sagte Moira. »Aber was hat das mit Adrian Brugger zu tun?«

Agnes' Gesichtsausdruck wurde nachsichtig. »Als er bei mir einzog, hatte ich das Gefühl, ich hätte wieder einen Sohn. Er war für mich da, hat mir in Haus und Garten geholfen, mir Gesellschaft geleistet. Natürlich konnte er meinen Jürg nicht ersetzen, aber es war wie eine zweite Chance. Ich hatte ihn sogar als Alleinerben in mein Testament eingesetzt. Und ich habe darüber hinweggesehen, dass ab und zu Dinge verschwanden. Ein Set goldener Löffel. Eine antike Leuchte. Ein Paar Perlenohrringe. Ich dachte, es würde ja sowieso irgendwann ihm gehören, und habe nichts gesagt oder so getan, als hätte ich die Sachen verlegt.« Sie atmete tief ein. »Dann kam Gabriella mit dem Video zu mir, das Susanne Neri ihr gezeigt hatte. So habe ich erfahren, dass er auch einer von denen ist, die Kinder missbrauchen. Ekelhaft, ein Mann von achtunddreißig Jahren mit einer Sechzehnjährigen.« Sie schwieg und schien sich in Gedanken zu verlieren.

»Deshalb haben Sie zusammen mit Gabriella Motta, Ralf

Eger und Susanne Neri entschieden, ihn büßen zu lassen«, sagte Moira, um Agnes zum Weitersprechen anzuregen.

Diese nickte. »Aber es reichte nicht. Ich musste verhindern, dass er so etwas je wieder tut. Eines kann ich euch sagen: Ich habe der Welt einen Gefallen getan, indem ich diesen Kinderschänder getötet habe.«

Ambrogio räusperte sich. »Das sehe ich genauso, Agnes. Solche Menschen bringen nur Unheil über andere. Es war völlig richtig, was du getan hast, und deshalb werden wir auch all das für uns behalten, nicht wahr, Moira?«

Moira nickte. Gleichzeitig lauschte sie, ob sie schon Polizeisirenen hören konnte, aber da war nichts. Von Lugano würde es vielleicht zehn bis fünfzehn Minuten dauern. Sie konnte nur hoffen, dass Chiara die Gendarmerie informiert hatte.

Agnes Tobler lächelte. »Ja, ja, das sagt ihr jetzt, und dann ruft ihr die Polizei.«

»Und wie soll das hier enden?«, fragte Ambrogio. »Willst du uns etwa erschießen?«

»Wahrscheinlich, auch wenn es mir leidtut«, sagte Agnes bedauernd. »Ich mochte dich immer gerne, Ambrogio. Manchmal habe ich mir sogar vorgestellt, wie es wäre, wenn wir ein Paar würden. Aber dann hast du ja diese fette Kuh angeschleppt.«

»Jetzt reicht es«, sagte Ambrogio ruhig. Dann griff er nach der Grappaflasche, schleuderte sie auf Agnes, sodass sie die Pistole fallen ließ, um die Flasche abzuwehren. Der Grappa ergoss sich über sie, dann fiel die Flasche auf den Boden und zersplitterte. Agnes kreischte und rieb sich die Augen, sie musste Schnaps ins Gesicht gekriegt haben. Im selben Moment war Ambrogio schon bei ihr und warf sich auf sie.

»Nimm die Pistole!«, rief er Moira zu, die sich bisher nicht gerührt hatte, so sehr hatte Ambrogios Angriff sie überrascht.

Sie zwang sich aus ihrer Starre und hechtete von ihrem Stuhl aus zum Sofa. Zu spät wurde ihr bewusst, dass der Boden voller Scherben lag, und sie landete mit beiden Handflächen inmitten der scharfkantigen Splitter. Sie hinterließ blutige Abdrücke auf den Dielen, doch den Schmerz spürte sie kaum.

Gerade wollte sie nach der Pistole greifen, da trat Ambrogios Fuß die Waffe beiseite. Er rangelte mit Agnes auf dem Sofa, die anscheinend erstaunliche Kräfte entwickelte. Moira robbte der Pistole hinterher, umfasste sie und drehte sich um. Gerade rechtzeitig, um zu sehen, wie der Kerzenleuchter neben dem Sofa umkippte und auf Agnes stürzte. Deren Kleidung war mit Grappa getränkt. Binnen Sekunden stand sie vollständig in Flammen. Moira sprang auf, rannte zu ihrem Vater und zerrte ihn von der brennenden Agnes herunter. Zusammen stürzten sie vor dem Sofa auf den Boden. In Ambrogios Bart züngelten kleine Flammen. Moira klopfte mit der flachen Hand darauf herum, um sie zu löschen.

»Autsch!«, rief Ambrogio empört, der offensichtlich nicht mitbekommen hatte, dass seine Manneszierde in Flammen stand.

Die Hitze wurde unerträglich. Sie zerrten sich gegenseitig vom Sofa weg in Richtung Tisch. Agnes lag vom Feuer umhüllt da. Sie gab keinen Ton von sich, wahrscheinlich war sie schon tot.

Der Brand hatte auf das Sofa übergegriffen, und die alte Polsterung brannte wie Zunder.

»Wir müssen das Sofa vom Fenster wegziehen, sonst kommen wir hier nicht raus!«, rief Moira. Ambrogio und sie rappelten sich auf, fassten das Möbelstück an den gepolsterten Armlehnen, die noch nicht brannten, und schoben es in die Mitte des Zimmers.

Moira öffnete das Fenster und beugte sich hinaus. Bis zum

Boden waren es mindestens vier Meter, und unter dem Fenster lag die gepflasterte Terrasse.

»Scheiße, zu hoch!« Sie musste schreien, denn das Prasseln der Flammen wurde immer lauter. Ihr Vater lief um den Tisch herum, der auf einer Seite bereits brannte, und schnappte beide Telefone vom Buffet. »Du rufst Luca an, der ist schneller als die Feuerwehr.« Er drückte Moira ihr Telefon in die Hand.

Halb aus dem Fenster gelehnt, rief Moira Lucas Nummer auf und schrie vor Erleichterung, als er nach dem zweiten Klingen annahm.

»Wir sind bei Agnes. Das Haus brennt, und wir kommen nicht raus«, rief sie, ohne sich mit Formalitäten aufzuhalten. »Du musst in den Garten, über das Tor. Links am Schuppen lehnt eine Leiter. Du musst uns durchs Fenster rausholen!«

»*Cazzo!* Bitte haltet durch!« Dann war das Gespräch weg.

Ambrogio wandte sich ihr zu. »Die Feuerwehr ist unterwegs. Aber bis die da sind, ist das Haus abgebrannt.«

Jetzt, da sie nur abwarten konnten, brach die Angst über Moira herein. Es war eine Angst jenseits von Furcht, sodass sie jedes Detail ihrer Umgebung gleichzeitig und in unglaublicher Schärfe wahrnahm. Alles verlangsamte sich, als wäre sie auf einmal in der Lage, die Einzelbilder eines Films getrennt voneinander zu sehen.

»*Papà*, ich hab Angst!« Sie klang wie ein kleines Mädchen.

»Wir sterben hier nicht«, sagte Ambrogio entschlossen. Er legte die Arme um Moira und drehte sie beide so, dass sie am Fenster und er mit dem Rücken zum Feuer stand.

»Schau nach draußen«, sagte er. »Es ist eine wunderschöne Nacht.«

Das war es wirklich. Der Mond war inzwischen aufgegangen und hing in einer Lücke zwischen den Baumwipfeln. In den Nachbarhäusern sah man warmes Licht hinter den Gardinen. Noch hatte niemand bemerkt, was vor sich ging. Das Dorf lag friedlich im Mondschein. Moira fühlte die Hitze der Flammen nicht mehr, Ambrogios Körper schirmte sie ab. Die Reste seines angekokelten Bartes kitzelten ihr Ohr.

Dann durchdrang das Aufheulen eines Motors die Stille, kam näher und brach ab, als das Auto vor der Einfahrt hielt.

»Das ist Luca!«

Die Torflügel der Einfahrt klapperten, wahrscheinlich zog Luca sich daran hoch. Ein dumpfer Schlag. Wenige Sekunden später rannte jemand um die Hausecke in den Garten. Moira schwenkte die Arme und schrie, dann deutete sie hinüber zum Schuppen. »Die Leiter!«

»Er beeilt sich besser, mir wird allmählich etwas warm«, brummelte Ambrogio hinter ihr.

Die Flammen züngelten hinter ihnen, und Moira neigte sich so weit aus dem Fenster, wie es nur ging. Luca schleppte die Leiter heran und stellte sie auf. Dann knallten die Holme gegen die Außenmauer unter dem Fenster. Die Leiter war ein wenig zu kurz, aber wenn man sich vom Fensterbrett herabließ, war die oberste Sprosse erreichbar.

»Du zuerst, ich helfe dir«, sagte sie.

»Kommt nicht infrage«, sagte Ambrogio.

»Los, kommt!«, schrie Luca von unten. Moira sah seine geweiteten Augen.

Sie schwang ein Bein nach draußen und tastete mit dem Fuß nach der Leiter, fand sie, zog das zweite Bein nach, während sie sich von außen an den Fensterrahmen klammerte. Die Splitter in ihren Handflächen stachen, aber sie kümmerte sich nicht darum. Sie stand einen Moment ohne Halt auf der Leiter, stützte sich an der Mauer ab, während sie die zweite und dritte Sprosse erfühlte, dann konnte sie die Holme greifen.

Sie blickte nach oben und sah die Silhouette ihres Vaters vor einem Flammenbündel, das nach draußen leckte.

»*Papà*! Jetzt!« Ihre Stimme überschlug sich. Dann kletterte sie so schnell wie möglich nach unten, ließ sich den letzten Meter einfach fallen und landete in Lucas Armen.

»Alles okay?«

»Ja, hilf meinem Vater!«

Luca ließ sie los und hielt die Leiter fest, die unter Ambrogios Gewicht bedenklich wackelte. Dann hatte auch er sicheren Boden unter den Füßen. Luca stützte ihn, und sie entfernten sich einige Meter vom Haus.

»Danke, Junge. Ich muss mich hinsetzen, glaube ich.«

Luca half Ambrogio, sich auf dem Rasen niederzulassen. Moira kniete sich neben ihn.

»Bist du verletzt?«

»Ich glaube nicht.« Ambrogio hustete. »Aber mein Rücken ist schön warm.«

»Oh Mann!« Moira lachte hysterisch, dann fing sie an zu weinen. Ambrogio streckte die Arme aus und zog sie zu sich.

»Alles gut, *tesoro*. Wir haben es geschafft.«

Moira nickte. Jetzt lachte und weinte sie gleichzeitig.

Nun hörten sie auch Sirenen, die schnell lauter wurden.

19

In der lang gestreckten Ankunftshalle von Malpensa, dem Flughafen von Mailand, herrschte ein solcher Betrieb, dass Moira sich vorkam wie im Inneren eines Bienenstocks. Die vielen gläsernen Schiebetüren, die nach draußen führten, öffneten und schlossen sich im Sekundentakt. In unregelmäßigen Intervallen quollen neue, mit Taschen und Koffern beladene Passagiere aus der Gepäckhalle.

Moira und ihr Vater standen dicht an der transparenten Barriere und suchten jeden neuen Menschenschwall nach Lunas Gesicht ab.

»Hoffentlich hat alles geklappt«, sagte Moira und knabberte an ihrem Daumennagel.

»Aber natürlich, sonst hätte sie angerufen. Mach dir keine Sorgen.«

»Ich freue mich schon so darauf, ihr Montagnola zu zeigen!«

»Auch wenn es nicht mehr dasselbe Dorf ist wie noch vor einer Woche«, sagte Ambrogio. Sein Bart war ungewohnt kurz, da er ihn wegen der versengten Stellen hatte stutzen müssen. Moira fand, er sah um Jahre jünger aus.

»Am liebsten würde ich ihr gar nicht erzählen, was passiert ist«, gestand sie. »Zumindest nicht alles.«

»Für das ausgebrannte Nachbarhaus müssen wir ihr wohl eine Erklärung liefern«, erwiderte Ambrogio. »Und auch dafür, dass ihr Großvater jetzt eine Osteria betreibt.«

»Wenn Gabriella wieder auf dem Damm ist, kannst du dich ja wieder ausschließlich deiner Imkerei widmen.«

Ihr Vater schürzte die Lippen. »Vielleicht will ich das ja gar nicht. Ich fühle mich pudelwohl hinter dem Tresen. Und wann Gabriella wiederkommt, wissen wir noch nicht. Auf Freiheitsberaubung stehen bis zu fünf Jahre Haft. Aber vielleicht kommt sie mit einer Geldstrafe davon. Ihr Anwalt war gestern in der Osteria und meinte, die Chancen stünden gar nicht so schlecht. Auch für die anderen sieht es gut aus.«

»Ich würde mich freuen«, sagte Moira, während sie weiter auf die Tür zur Gepäckausgabe starrte, um Luna auf keinen Fall zu verpassen. »Auch wenn natürlich nicht in Ordnung war, was sie getan haben. Aber mir fällt es wirklich schwer, mit diesem Adrian Mitleid zu haben.«

»Weißt du, dass ich sehr froh bin, dass du doch noch eine Weile in Montagnola bleibst?«

Moira drehte sich zu ihrem Vater um und lächelte. »Ja, weiß ich. Und ich bin auch froh. Nach alldem einfach abzureisen wäre mir seltsam vorgekommen. Ich muss das erst mal irgendwie verarbeiten.«

»Auch Albträume, hm?«

»Jede Nacht. Ich sehe sie immer vor mir, wie sie in Flammen gehüllt auf dem Sofa liegt. Sie hat nicht geschrien.«

»Es wird besser werden mit der Zeit«, sagte Ambrogio und streichelte ihre Wange.

»Mama!«

Moira sah etwas Blondes und Pinkfarbenes auf sich zuschießen, und schon fiel Luna ihr um den Hals. Sie schlang die Arme um ihre Tochter und hielt sie fest. Sie sog Lunas Duft ein, irgendein sehr süßes Parfum, das nach Fruchtbonbons roch.

»Ich hab dich so unglaublich vermisst!«, sagte Moira.

»Ich dich auch. Ein bisschen!« Luna lachte, dann umarmte sie Ambrogio, als hätte sie ihn erst vor wenigen Wochen zum letzten Mal gesehen statt vor über zwei Jahren.

»*Ciao nonno!*«

»Was, sprichst du etwa Italienisch?« Ambrogio riss die Augen auf und gab sich erstaunt.

»Aber das weißt du doch!«

»Hast du alles? Dann können wir gehen, oder? Die Katzen warten schon auf dich.«

»Nee, wir müssen noch warten. Es kommt noch eine Überraschung.« Luna kicherte und zeigte mit ausgestrecktem Arm auf die Tür zur Gepäckausgabe.

»Schau mal!«

Eine hochgewachsene Frau mit einem schulterlangen blonden Bob trat gerade nach draußen. Sie trug mindestens acht Zentimeter hohe Pumps, Leopardenleggins und eine Fliegersonnenbrille. Als sie die Dreiergruppe entdeckte, lächelte sie strahlend und hob die Hand. Sie zog ihren Rollkoffer durch das Drehkreuz und kam auf Moira zu.

»Überraschung!«, flötete sie, blieb vor Moira stehen, stellte ihren Koffer ab und gab ihr zwei Wangenküsse.

»Mama, was machst du denn hier?«

»Das war meine Idee!«, sagte Luna stolz. Moira warf ihrer Tochter einen entsetzten Seitenblick zu.

Ihre Mutter hatte sich Ambrogio zugewandt, der noch keinen Ton gesagt hatte.

»Mach ruhig den Mund wieder zu, mein Lieber.« Sie nahm die Sonnenbrille ab und musterte ihren früheren Ehemann mit ihren strahlend blauen Augen.

»Donnerwetter, Cornelia! Du siehst großartig aus.«

»Vielen Dank! Du kannst dich aber auch sehen lassen.«

Moira blickte zwischen ihren Eltern hin und her.

»Schau mal, wie die sich anschauen«, flüsterte Luna ihr zu. »Ich wette, die verknallen sich wieder.«

»Und genau deswegen hast du Nelly mitgebracht, oder?«, murmelte Moira zurück.

Luna grinste breit, sodass die freche Lücke zwischen ihren Vorderzähnen sichtbar wurde, dann hakte sie sich bei Moira unter.

»Ich hab das Gefühl, das werden richtig gute Ferien!«